Lichtenberg

[Paul Verhaeghen]

Lichtenberg

Een roman, hoewel opgebouwd uit slechts twee vragen,
toch verdeeld in dertien hoofdstukken

Manteau Antwerpen

Tweede druk
Omslagontwerp Wil Immink
Omslagillustratie Paul Verhaeghen
ISBN 90-223-1399-9
D 1997/0034/810
NUGI 300

The geometry of innocent flesh on the bone
Causes Galileo's math book to get thrown
At Delilah who's sitting worthlessly alone
But the tears on her cheeks are from laughter
(BOB DYLAN)

Well you can laugh at this sentimental story
But in time you'll have to make amends
The sudden chill where lovers doubt their immortality
As the clouds cover the sky the evening ends
Describing a picture of eyes finally closing
As you sometimes glimpse terrible faces in the fire
Well I'm the lucky goon
Who composed this tune from birds arranged on the high wire
(ELVIS COSTELLO)

AAAAAAAARRRRRGGGHHHHHH!
(JOHN ZORN)

Voor Veerle

1

Eén been zwaait al boven het ijle. Tom Pepermans houdt het kille staal van de reling tussen de dijen geklemd. Hij rilt. Zo vroeg in het jaar is het koud op deze hoogte. Negenenzeventig meter en negenenzestig centimeter – tweeëntwintig maal drie meter en vijfenvijftig centimeter plus zijn eigen ooghoogte – kijkt hij naar beneden. De grond daar, het abrupte einde van zijn blikveld, golft, siddert, kookt.

Hier zit hij, hoog boven alles uit. Het ijs is nabij, de eenzaamheid verschrikkelijk. *Eenzaamheid? We zien niet of er iemand anders is. Het licht is te fel. Er zijn te veel, te harde schaduwen.* En desondanks: hoe vredig baden alle dingen in het licht! Hoe vrij toch ademt hij in het vooruitzicht van de sprong! Hoeveel voelt hij niet *onder* zich...

Een flard gelach komt op de wind aangewaaid. Tom huivert. Het verbaast hem niet eens dat hij ziet wat hij ziet. Hoe op het plein een onooglijk figuurtje onhandig overeind krabbelt. Een jongeman in jeans en wit hemd. De inhoud van een koffertje ligt verspreid over de keien. Het gevloek klinkt Tom vertrouwd in de oren. Zoals hij ook het koffertje herkent, en de inhoud. En de man. Bovenop het dak van de Toren van Wijsbegeerte is Tom ooggetuige van zijn eigen aankomst op de campus van Meerhof, een half jaar terug in de tijd.

(Tijd wordt vervormd door zwaartekrachtvelden. En rond deze Toren hangt, op dit eigenste moment, een hoogst merkwaardig zwaartekrachtveld. Tom voelt het, duidelijk: de zwaartekracht trekt dwingender aan hem dan ooit tevoren. De aarde is op haar verleidelijkst.)

Tom neigt dieper en ziet hoe Tom-op-de-grond zijn pijnlijke knie masseert en naar de deuren van het gebouw strompelt. Tom-op-het-dak, die weet wat zal volgen, wil zichzelf toeschreeuwen niet naar binnen te gaan. Maak rechtsomkeer! Te laat: de zes maanden jongere Tom Pepermans heeft door een van de brede schuifdeuren de rijzige Tempel der Wetenschap al betreden.

Tom haalt, in al de schitter van laat februari, ook zijn andere been over de reling. De loop van de geschiedenis valt niet te keren. Diep ademt hij in. En uit. Met één hand houdt hij zich vast, met de andere neemt hij de rekenmachine uit zijn achterzak. Hij controleert een allerlaatste maal de feiten. Zijn val zal exact vier seconden duren. Als het waar is wat men zegt, dat tijdens zo'n val de vallende zijn leven aan zijn geestesoog voorbij ziet flitsen, dan is hij blij deze al met al geringe hoogte te hebben gekozen. Hij heeft geen zin in uitgebreide herinneringen. Maar er valt niets tegen te beginnen: reeds komen de oude spoken aan zijn enkels knagen. Tom gooit de rekenmachine ver van zich af, met een wijde boog tuimelt ze naar beneden en raakt enkele van die vage geesten in haar val. Dan zet Tom af. Eindelijk vrij – enkel nog zwaartekracht en ballistiek.

En het geheugen.

2

Tom hield halt op het plein, in de verblindende middagzon. Met één hand boven de ogen monsterde hij de machtige Burcht der Wijsbegeerte. Boven op het dak stond een stipje dat, dacht hij, naar hem zwaaide. Het beeld was niet scherp te krijgen: de Toren trilde zichtbaar van de inspanning om al die gonzende machinerie en al die disparate geesten bij elkaar te houden. Toms witte hemd kleefde aan zijn rug. Ruim drie kwartier had hij gelopen, helemaal van de stad tot hier. Hij had dit heiligdom als een pelgrim willen naderen. Maar nu hij zwetend voor zijn eindbestemming stond, bleek die niets van een heilige der heiligen te hebben. Veeleer deed de Toren hem denken aan een geketend beest. Met gespannen spieren wendde het onverschilligheid voor; intussen hield het hem echter strak in het oog.

Tom huiverde, ondanks de hitte. De slapeloze nacht, de hectische weken in Leuven, de treinreis op de harde banken, het prikken van het grijze polyester, het grommen van het beest. Tom bleef naar boven staren, alsof hij wachtte op een donderslag uit deze heldere hemel, een teken dat hem op dit ultieme moment voor zijn onheil zou behoeden.

Geen donderslag. Geen lichtflits.

Een zoute druppel gleed langs zijn wervelkolom zijn pantalon in. Tom nam een besluit. Hij pakte zijn koffertje op en deed een stap voorwaarts. Prompt stootte hij tegen een omhoogstekende straatsteen aan. Hij verloor zijn evenwicht en sloeg, in een volmaakte parabool, tegen de grond. Gegiechel klonk uit de lucht. Tom vloekte in zichzelf. Zijn geschaafde wang brandde tegen de hete plavuizen. Het beest had een teen uitgestoken en Tom was gestruikeld. Nu keek de Toren zoemend de lucht in, of hij niets met deze valpartij te maken had. Er gaapte een gat in Toms knie en er kleefde bloed aan de kasseien. De sluiting van zijn koffertje had het begeven. Zuchtend krabbelde Tom overeind. Hij raapte zijn boeltje bij elkaar en hinkte naar de deur.

Het beest was hongerig, de prooi was murw. Dus spleten de glazen panelen. In de hal liet Tom zijn ogen aan de duisternis wennen. De portier ('Robb Tovenaer') knikte hem ernstig toe.

'Waardig heer, hebt wat introspectie te offreren totter visitatie van ons esbattement?' De stem klonk zalvend bij de eerste woorden, werd dan nerveuzer. 'Niet elkiederlijk kan gratuit worden gepermitteerd in deze consternatie!'

Tom viste de uitnodiging van Wirtzheimer uit de borstzak van zijn hemd. Het gezicht van meneer Tovenaer klaarde op.

'Daar exhibeert u reeds de irrigatie! Laat mij ze scrofuleus consolideren!' Achter 's mans rug hing een bordje met in gotische letters de Spreuk van de Week: *Gelijke Rechten voor Iedereen, Privileges voor Niemand.* Hij spuwde onverstaanbare klanken in een intercom.

'Bedankt, Thea,' zei Abraham Leonard Wirtzheimer. Het bereiden en opdienen van warme dranken behoorde allang niet meer tot het takenpakket van de Administratief Medewerker. Thea deed het toch, want niemand durfde Wirtzheimer alleen bij de percolator achter te laten. Wirtzheimer, van nature een innemend en hoffelijk man, stelde het niet erg op prijs dat zijn vriendelijkheid hem bijna werd afgedwongen.

'Graag gedaan, Bram,' zei Thea Amal. Wirtzheimer schrok nog steeds wanneer iemand hem bij de voornaam aansprak. Hoe lang doceerde hij al? Twintig jaar, zoiets? Hij herinnerde zich de prenivelleringstijd zoals zijn Duitse grootvader de Eerste Wereldoorlog. Professor Wirtzheimer werd door zijn collega's beschouwd als een onverbeterlijke ouderwetse zak. Hij droeg nauwe pied-de-poule pakken en donkerrode dassen. Hij gaf nooit seminars: studenten hoorden niet van elkaar te leren, maar van een meer ervaren gids. Wirtzheimer schreef met een Parker 51. Groette andere hoogleraren stijf maar eerbiedig. Hij hield de relaties met het lager personeel vaderlijk. De middagdut op de sofa in zijn kantoor was zijn academische vrijheid. Dat men hem als een reliek uit vroeger tijden zag, hij liet het niet aan zijn hart komen. Wirtzheimer hield passioneel van Plato.

In de hoek van de wachtkamer houdt een kleine camera zacht neuriënd de sollicitanten in het oog. Er is niet veel te zien, iedereen zit geconcentreerd te lezen. De camera wordt speels, hij stelt zichzelf scherp op de neus van Otto Weiniger. Hij wijkt wat uit, ziet zichzelf weerspiegeld in Otto's oogwit, dan in diens iris, dan in diens pupil. Otto knippert niet, hij kijkt de camera recht in de lens. Niet wegkijken nu, niet breed gaan uitzwaaien over de kamer. Doen of het zo hoort, of het toeval is dat we Otto recht in de ogen kijken. De camera zoomt in, duikt verder, dieper de pupil in en leest daar, achterin van Otto's hoofd, diens meest inktzwarte gedachten.

De deur gaat open. De camera, alle lessen ten spijt, wendt zich naar het geluid. Een jongeman in jeans en wit hemd komt binnen. Hij draagt een koffertje en hinkt lichtjes. Het hemd ziet er niet fris uit. De Belg? De kerel blijft staan. Hij is zich niet van de camera bewust. Naast Otto is een stoel vrij. Daar gaat de onbekende zitten. Otto knikt hem minzaam toe, pakt een tijdschrift van de tafel (de *Currents*), en slaat het open. Maar niet na spottend over zijn bril heen recht in de lens te hebben gekeken.

Margo Denticulatus opent de jaloezieën. Ze knippert tegen het felle zonlicht. Met de handen in de zij gaat ze voor het raam staan. Daar houdt Margo van. Ze kijkt uit over de bakstenen en het beton, ze ziet de stad in de verte. De haarbrede rivier glinstert in de zon. Ze overschouwt het glimlachend, want tot daar, en verder, strekken zich de grenzen uit van haar toekomstige macht.

Margo wijdt enige gedachten aan het sociologische microklimaat van deze vroege jaren negentig. Als er al kansen bestonden om een vrouw tot in de hoogste regionen van de academia te katapulteren, waren die er nu. In de Grote Democratiseringsijver van de jaren zeventig hadden de Hoge Heren beslist alle stemmingen openbaar te laten verlopen. In deze tijd van Politieke Correctheid hoefde je je als vrouw maar kandidaat te stellen voor om het even welke functie en alle leden van de Raad stemden angstig voor jou. Dit jaar werd een nieuwe Rector Magnificus gekozen. Het Vrouwen Axxxie Komitee, waarvan Margo voorzitter was, had de wens uitgesproken dat het een Magnifica zou worden. Een tikje spijtig dat haar zusters niet Margo hadden aangewezen. Daarvoor was ze in haar academische carrière te weinig een hoogvlieger geweest, zeiden ze. Margo had diep geslikt, en had daarna ingestemd met de kandidatuur van Corrie Banten. Zij was een jonge, innemende arts, die in korte tijd een briljante wetenschappelijke loopbaan had weten op te bouwen. Een arts was bovendien zowel voor alfawetenschappers als voor beta's een min of meer aanvaardbare kandidaat.

Toch dacht Margo niet aan professor Banten, maar aan zichzelf als het werkelijke toekomstige hoofd van deze instelling. Kon Corrie het Vrouwen Axxxie Komitee, de drijvende kracht achter haar aanstelling, vergeten, en, meer in het bijzonder, de voorzitter van dit comité? Margo dacht van niet.

Het was niet louter *Wille zur Macht* die Margo dreef. Het werk-aan-de-basis had haar altijd belangrijker geleken dan academisch gekibbel over ideologische subtiliteiten. Ze werkte een paar uur per week in het Meerhofse blijf-van-mijn-lijfhuis. Ze stond wel eens aan de poort van een of ander illegaal confectieatelier-in-staking. Ze kwam graag en veel in de pers met dit soort acties. Niet al haar collega's namen haar dat in dank af. Ze zou beter aan haar wetenschappelijk curriculum werken, vonden sommigen. Margo had daar geen zin in. Wat stelden wetenschappelijke publicaties voor? Wederzijds reactionair kopjekrauwen van niet-eens-post-bourgeois intellectuelen was het. Margo zat in een wijkcomité van Turkse vrouwen. Ze deelde vrouwencondooms uit op marktpleinen. Ze was een tijdje met een vriendin gaan samenwonen – dat was niet goed afgelopen, maar ze had het toch *geprobeerd.* Ze had een man als secretaris, meneer Swinus. Ze wist welke belachelijke geruchten daarover de ronde deden, maar dat kon haar niets schelen. Ze had op die manier ten minste één vrouw gered van de verknechting in de baas-secretaresseverhouding.

Aan de andere kant, en kwam dat mooi uit, was professor Denticulatus niet vies van macht. Macht aangewend voor de goede zaak, is een goede zaak. Dat mocht haar niet beletten ook van die macht te *genieten.* Nu meteen, bijvoorbeeld, zou ze haar naaste collega een staaltje laten zien. Niet zomaar, maar omdat het in haar nieuwste plannetje paste. Maar dat Wirtzheimer een paar benarde ogenblikken lang in zijn stoel zou zitten sidderen, mocht ze dat niet prettig vinden?

'Ja hoor eens, collega Denticulatus,' schalde Wirtzheimer door de telefoon, 'ik heb nu eenmaal, gezien de enorme vlucht die ons Departement Wijsgerige Antropologie recentelijk heeft genomen, vanuit het Ministerie een extra formatieplaats toegewezen gekregen. Hoezo? Zeker was ik van plan die te gebruiken. Ik heb die *nodig*. Het PC-project! Aan uw afdeling afstaan? Hoe komt u erbij?'

'Brammetje-lief,' fluisterde Margo dwingend, 'je weet wat een Rector Magnificus allemaal vermag. En je weet hoe goed ik met Corrie op kan schieten. Toevallig ligt hier voor me een rapport van het Ministerie. Vertrouwelijk, staat erop. Brammetje, harde maatregelen staan voor de deur. Er zullen, hoezeer het de ambtenaren ook spijt, koppen gaan rollen. Het rapport sluit niet uit dat zelfs hoogleraren op de tocht kunnen komen te staan. Ons aller collega en mijn goede vriendin, professor Banten, is erg van het nut van bezuinigingen doordrongen. Ze vroeg me of ik niet een naam of wat kon suggereren. Van aan vervroegd emeritaat toe zijnde hoogleraren van mannelijke kunne. Ach, Corrie, die schat. Je weet hoe hoog haar kansen zijn bij de komende verkiezing. *Way ahead in the polls!*'

Wirtzheimer piepte.

'Je begrijpt wel,' vervolgde Margo, 'dat aan de term *hoogleraren* in de daarnet uitgesproken zin een *suppositio personalis determinata* toekomt. Uit deze propositie is een open disjunctie van singuliere proposities afleidbaar. Als je begrijpt wat ik bedoel.'

'Volkomen, mevrouw, volkomen,' teemde Wirtzheimer. Hij beklaagde het zich bitter dat hij Margo ooit had onderwezen in de Ockhamiaanse logica.

Precies op hetzelfde moment was de camera getuige van een staaltje van Margo's bijzondere methoden. Hoe door de deur van de wachtkamer plots een reusachtige kerel in een zwart joggingpak naar binnen stormde. Hij brulde (geen microfoon in het zaaltje, de camera kon hem niet verstaan) en mepte wild om zich heen. Alle studenten stormden in paniek naar buiten. De man sloeg waar hij ze raken kon. De jongen met het koffertje reageerde erg laat, hij kreeg een trap voor zijn achterste, struikelde en viel. Op handen en knieën schoof hij het lokaal uit. Alleen Otto

Weiniger was blijven zitten. Die kwam nu langzaam overeind en grijnsde de zwarte beer breed toe. Zei iets. Wees naar de hoek. De reus draaide zich naar de camera en zwaaide spottend naar het apparaat. Hij sloeg zijn armen om Otto's schouders. Als een dansduo uit de jaren dertig maakten beiden een gracieuze knix voor hun elektronisch publiek. Toen verdwenen ze door de deur.

Alles was zo snel gegaan dat de camera zijn eigen lenzen niet kon geloven. Maar het zaaltje was wel degelijk leeg. Een smal bloedspoor, zag de camera, liep van het midden van de kamer naar de deur.

Thea haalde de verbandtrommel. Na zijn onfortuinlijke tweede val was Tom het secretariaat binnengehinkt. Het was vlakbij; het leek hem een veilige plaats. Een aspirientje, een opgerolde broekspijp, een watje ontsmettingsalcohol, een pleister – Thea kweet zich routineus van de taak. Het verzette haar zinnen, zei ze. ('Hier, laat maar aan mij over. Ik heb een stel opgroeiende kinderen. Ik moet zelfs de neiging bedwingen er een kusje op te geven, meneer.') Wirtzheimer trad het secretariaat binnen, net op het moment dat Thea de laatste hand legde aan Toms knie.

'Iedereen is weg,' mompelde Wirtzheimer somber voor zich uit. 'Otto ook. Ze heeft Otto ingepikt.'

'Margo?' zei Thea. 'Alweer.'

'Ze eist die ene formatieplaats op. Dan belt de Rekenkamer om te melden dat er voor het PC-project toch nog geld over is. Genoeg om een tweede werkkracht aan te nemen. En dan pikt ze *jandorie* Otto in.' Hij keek zijn toehoorders aan. Dan, ineens, haalde hij zijn schouders op. Wirtzheimer was een welwillend man. Zijn woedebuien waren zeldzaam en ze zakten even snel weer weg als ze opkwamen. Een eigenschap die hem in Meerhof altijd goed van pas was gekomen.

'Niets aan te doen.' Hij rekte zich uit, wreef zich over de buik. 'Is er thee? Daar heb ik zin in, een lekker kopje thee.' Toen zag hij Tom.

'U bent geen student van mij.'

'Ik kom uit België. Ik had geschreven. Ik kwam voor het gesprek. U had me uitgenodigd.'

Thea plukte het dossier van haar tafel. Wirtzheimer opende het mapje.

'Volgt u maar.' Wirtzheimer zette zich in beweging. Hij hield het dossier verticaal voor zich uit en bladerde het bedachtzaam door, de hele, ingewikkelde weg naar zijn kantoortje toe zonder ook maar uit het bundeltje op te kijken. Blindelings duwde Wirtzheimer de deur open en vlak voor Toms neus weer dicht.

'Macht der gewoonte,' verontschuldigde hij zich. 'Vergeten dat u er nog was. Kopje thee?'

'Graag,' zei Tom.

'Dan zal u even terug moeten lopen, de theepot staat bij mevrouw Amal. Brengt u voor mij ook een kopje mee? Eén klontje, graag.' Hij verdiepte zich weer in Toms curriculum.

'Dank u zeer,' mompelde hij verstrooid, toen Tom weer terug was. 'Kijk eens aan, u brengt thee mee. Hoe attent. Daar had ik net zin in.' Slurp. 'Net genoeg suiker, dat treft. Meneer, meneer, dat moet hier ergens vooraan staan, Pepermans, u bent, zie ik, *psycholoog*? En u komt *hier* solliciteren?'

'Het bericht in de krant sprak van een multidisciplinair team. En ik begreep dat sociale wetenschappers in aanmerking kwamen.'

'Dat is, geloof ik, ook zo,' zei Wirtzheimer, na een lange stilte. 'Ik ben er niet volslagen zeker van, maar dat komt omdat de opstelling der advertentie berustte bij mijn senior medewerker, Doctor Leverband.' Hij drukte op de intercom. 'Thea, is Hadrianus daar? Bij PC? Kan niet worden gestoord?'

Wirtzheimer dacht na. Hij kon die extra plaats beter niet officieel vacant stellen. Margo was in staat een tweede keer roet in het eten te gooien. En, aan de andere kant, een psycholoog kon er nog wel bij, bij al die ingenieurs en computerdeskundigen en linguïsten en non-lineaire dynamici die rond Leverband hingen. Had die niet gezegd dat het ging om hand- en spandiensten? Niks inhoudelijks, gewoon een clever typetje uitzoeken?

'U begrijpt natuurlijk ook, meneer Pepermans, dat het feit dat u uitgenodigd bent voor dit gesprek betekent dat u, op basis van uw curriculum, beschouwd wordt als een serieuze kandidaat voor de vacant gestelde functie die naar wij hopen door de best mogelijke kandidaat zal worden opgevuld op een wijze die de uitstraling die onze universiteit in de wereld en ook ver daarbuiten heeft alleen maar kan versterken en dat dus... waar was ik ook weer?'

'Gesprek.'

'Inderdaad, meneer Pepermans, beste *Tom*, dat uw kandidatuur gunstig werd beoordeeld door de commissie – dat ben ik – die achter gesloten deuren de beste kandidaten als het ware heeft geselecteerd door hun kandidaatstellingen op grondige wijze te onderzoeken en dat u daar, zoals al gemeld, als bekwaam uit tevoorschijn bent gekomen en dat wij inderdaad, zoals mijn Administratief Medewerker, mevrouw Amal al heeft bevestigd, moeten vaststellen dat de wachtzaal geheel van overige kandidaten is geledigd, waardoor u dus de facto alleenbent overgebleven.' Hij keek Tom met een verwachtingsvolle blik aan.

'Hetgeen dus inhoudt,' vervolgde de hoogleraar, 'dat u de baan krijgt. *Jij* de baan krijgt.'

Tom wist niet wat hij hoorde. 'Dankuwel,' stamelde hij. 'Dit is boven verwachting.'

'Dat is dan geregeld,' zei Wirtzheimer tevreden.

'Wat houdt de baan precies in, professor?'

'*Dat* weet ik ook niet. Je wordt ingeschakeld in het PC-project. Wat dat inhoudt, zal mijn senior medewerker jou morgen uit de doeken doen. Laat ik alvast vertellen dat het gaat om een, welja, project waarmee een, dus, zogenaamd multidisciplinair team is gemoeid. Het betreft, hoe zal ik het zeggen, PC. Of PC's, ik weet het niet zo precies. Maar dat hoort u, *je*, hoor *je*, morgen dan wel van de heer Leverband. Het is leuk werk, hoor. Tenminste, dat denk ik. Multidisciplinair en zo. Klinkt goed, nietwaar?'

Tom knikte.

Abraham Leonard leunde behaaglijk achterover in zijn stoel en beet op het puntje van een fijne bolknak die hij speciaal voor dit soort gelegenheden in zijn borstzak bewaarde. 'Rookt u? Rook *je*?' Hij bood Tom de bolknak aan.

'Liever geen sigaar, professor. Ik heb sigaretten bij me.'

En welopgevoed! Geheel ontspannen haakte Wirtzheimer de duimen achter zijn bretels. Hij ontstak een lucifer en hield het uiteinde van de bolknak boven het dansende vlammetje. Met zachte pufjes dwong hij de sigaar tot ontbranding. Ogenblikkelijk loeiden de rookdetectoren; het sprinklersysteem spoot uit volle macht zijn hectoliters naar beneden.

'Aaauuuw,' brulde Wirtzheimer. Tom en hij waren onder het

brede bureau bijzonder onzacht met de hoofden tegen elkaar gebotst. Het kletterde boven hun hoofden op het formica blad. Een sirene loeide oorverdovend. Tom begreep dat hij niet anders kon dan de baan aannemen, en dat hij niet anders kon dan houden van deze slungelige grijsaard, die nu hoofdschuddend zijn sigaar fijn kauwde.

***

Meerhof wordt het dus, de plek waar Tom de volgende zes maanden (langer, denkt hij, maar wij weten beter) zal leven en werken. (En doodgaan.) Haar honderdtwintigduizend zielen, in al die verschillende lichamen. De rivier die zich langs de stad sleept; vloeibaar goud of platte stront, afhankelijk van de belichting, het jaargetijde, de windrichting. De stad kan het weinig deren, ze kijkt de rivier met de nek aan, ze heeft enkel oog voor zichzelf. Een nette stad: 1.180 ton huisvuil per week wordt spoorslags weggevoerd en ver weg in de polders gedumpt. Wie meer dan zijn rantsoen aan afval kwijt wil, kan de vuilnisman op afroep bestellen. Blijkens een opschrift in de winkelstraat waar Tom nu doorheen loopt, is boven de speelgoedhandel een groot en heilig jezuïet geboren. Zijn stuitbeentje wordt in de nabijgelegen kerk als relikwie bewaard. *Werd* er bewaard, het kleinood is recentelijk ontvreemd, misschien wel door die studenten die brallend in het portiek van de handelszaak staan, de armen om elkaars schouders geslagen. In dronken kameraadschap zingen ze vierstemmig:

Daar was laatst een leuke meid
Die voerde een gedoogbeleid
Jodelahoepsasa, jodelahop
(En *jodelahoepsasa, jodelahop*, als toegift, voor falsetto solo)

Iemand gaat rond met een pet en nu vermaakt de bende de volksmassa met een schunnig kerstlied. Tom is zijn smalle bed in Hotel Europa ('Twaalf Sterren Service') ontvlucht. Met het verkeerde merk sigaretten op zak zwerft hij door de straten. Er zit die diepe onrust in hem: het is niet alleen de hitte die hem slapeloos houdt. Een stuitbeentje wordt ook heiligbeentje genoemd. De rovers dachten allicht dat de koker waarin de relikwie werd bewaard van goud was – het was slechts verguld koper. Tom *had* proberen te slapen, maar was telkens op de valreep opgeschrikt door wilde schokken in zijn rechterbeen. Zijn lijf gunt hem geen rust: het schopt hem omhoog naar het bewustzijn.

Tom komt uit op een ruim plein dat baadt in het maanlicht. Een overblijfsel van de meest recente oorlog, de Britten dachten dat ze over Duitsland vlogen en loosden hier hun bommen. Tom merkt niets van de lelijkheid die men er, als betrof het een monument, heeft neergepoot: een kramp schiet door zijn kuit. Hij gooit zich op een stoel, vervaardigd uit stalen buizen en blauwe plastic spaghetti. Het is verrassend rustig, hier in de bommenkrater.

Een kelner sloft op hem toe. De man lijkt als twee druppels water op Jan Lenferink. Hij plooit zijn mond in vervaarlijk cynisch opkrullende stand en informeert loom: 'En, wou u iets gebruiken?'

'Spuitwater, graag.'

'Spuitwater?' vraagt de kelner, alsof men om iets vreselijks had verzocht.

Tom knikt.

'Spuitwater,' jubelt de kelner, de ogen ten hemel gericht, 'een glas spuitwater voor meneer, één.' Zijn stem wordt zalvend van toon: 'Spuitwater, dat zeggen wij al lang niet meer, *muh*-neer. Als begrip is spuitwater al eeuwen *out*. Dat zeg je niet. *Spuit*-wa-ter. Wij zeggen: spa rood. Dat,' doceert hij plechtig, 'is een merknaam. Je kunt ook zeggen: bronwater. Een glaasje bronwater dus, voor meneer?'

Maar Tom is allang om de hoek verdwenen.

Leunend tegen de drankenautomaat drinkt Tom zijn cola. Het vocht spoelt ijskoud langs zijn tanden. De injectie met cafeïne is precies wat hij nodig heeft; het begin van hoofdpijn snerpt onder zijn schedeldak. Kom, spreekt hij zichzelf toe, we gaan maar weer op stap. Tom kan niet vermoeden hoezeer de nu volgende ogenblikken zijn toekomst zullen bepalen, en de keuze en het tijdstip van zijn dood. In gedachten is hij bij zijn baan, en bij Bob en Poes en Cybele. Hij staat op het kruispunt van toekomst en verleden, en toch niet in wat heet: het heden. Daarom wordt het volgende verteld onder voorbehoud, want *van wat nu volgt kunnen we niet zeker zijn. Het is opgediept uit Toms geheugen, met alle vervorming van dien. Tom registreerde, maar de opname blijkt vaag. De euforie om de nieuwgevonden baan, de ergernis over de ober, het vreemde decor, de uitputting na twee nachten zonder slaap, de onwaarschijnlijkheid van het gebeuren zelf, dit alles kan geredelijk bijdragen tot een vervorming der waarneming en dus der herinnering.*

Dat hij zich van de automaat afduwde, dat herinnerde hij zich duidelijk. En dat hij zich, handen in de zakken, op weg begaf naar zijn hotel. Het gevoel, ineens, dat het kon lukken. De kinderkopjes glansden in het blauwe maanlicht. Dit kon een nieuw begin zijn. Schone lei. Ver van Leuven, ver van zijn vermaledijde daden. Die hem, uiteindelijk, hiernaartoe hadden gebracht. Opnieuw beginnen: die gedachte vulde hem met diepe tevredenheid. Hij werd er high van, van die gedachte, en van de hitte van de dag, de wegdrijvende migraine, van de snelheid zelf van de gebeurtenissen. Hij had een zweverig gevoel in zijn buik, alsof zijn darmen in een oceaan van vruchtwater dreven. Zijn handen trilden lichtjes, maar hij voelde zich niet opgewonden. Integendeel: hij ervoer innerlijke vrede, rust, en harmonie. Zijn inwendige rastaman ging zachtjes aan de gang: *Yeah mon, lookin' foh' dah founDAAAshion, mon. Hmm, hmm,* deden zijn hersenen, *hmm-hmm.* Swingend draaide hij de hoek om.

'Heej, lekker dier,' zei een zwoele, mateloos vrouwelijke stem achter zijn rug. Tom reageerde razendsnel.

'Ik ben een mens, inderdaad, tweebenig wezen zonder veren, en dat feit classificeert me, grif geef ik het toe, als dier. Of ik ook lekker ben, daarover kan geen a-priori uitspraak worden gedaan, dat dient empirisch vastgesteld te worden.'

'En nog vertrouwd met de mineure Socratici ook,' zei een tweede, zo mogelijk nog meer in testosteron gemarineerd strottenhoofd.

Tom draaide zich op zijn hakken om.

Een slecht idee.

De vrouw was betoverend. Van niet meer dan een halve meter afstand keek ze hem vlak in de ogen. Haar mond stond half open na haar laatste woord, een paarse grot vol glinsterende parels (haar tanden, vanzelfsprekend, vochtig glimmend; maar ook al de *woorden* uit die mond moesten parels zijn). Toen haar parfum hem vol in de neus sloeg, wilde Tom naar oude soldatengewoonte uitroepen *Gas, gas, gas*!, en het masker voorbinden dat hem moest redden van de dodelijke schoonheid. De negensecondedrill wilde hij uitvoeren, feilloos: de ogen dicht, de adem inhouden, gasmaskertas openen met rechts, met links het masker op het gezicht drukken, de riemen achter het hoofd spannen, en dan uiterst krachtig uitblazen, alle lucht uit het masker persen, en ten langen leste, na die volle negen seconden, de ogen openen. Maar Tom hield het, op dat kleine plein in Meerhof, bij de eerste twee onderdelen. Hij kneep de ogen dicht en hij hield de adem in. Het ogenblik vasthouden, *de* ogenblik vasthouden. Deze vrouw slechts verblindende herinnering laten zijn. Niets nieuws meer binnenlaten: sterven met deze indruk op zijn netvlies, met de van haar bezwangerde lucht in zijn longen. (Een ander commando, geleerd in het leger, was het *Flash, flash, flash!* van de nucleaire aanval. Het werd geroepen door diegene die de flits het eerst zag, hij dus die blind zou worden en aan stralingsziekte zou bezwijken. Als je dat kakelende *flash-flash-flash* hoorde, gooide je je plat op de grond. Je hield je armen gevouwen, je stopte je oksels af met je vuisten, je dook met je hoofd tussen je armen, je kneep je ogen stijf dicht. En je hield je benen gekruist, zodat je testikels bedekt zaten. Op dat laatste werd de nadruk gelegd. Het *Handboek van het Belgisch Leger* leert dat de Engel der Wrake haar slachtoffers bij het scrotum naar de onderwereld sleept. Dat aspect van de oefening werd feilloos uitgevoerd. Al was er geen Engel in de buurt, de sergeant was er wel en die dreigde met een doodschop in het kruis als hij het maar kon raken. Je nam het zekere voor het onzekere. Welke krijgsraad zou de dienstplichtige geloven die vertelde dat de pelotonscommandant zijn klokkenspel met laarzen had bespeeld? Bij de negensecondedrill werd geteld, bij de flashdrill niet. Die moest zo snel mogelijk afgelopen zijn. Het had de 180-millisecondedrill geheten, als sergeant Dejonghe had geweten wat een milliseconde was. Behalve waar de ballen van soldaten zaten wist de sergeant niet veel. 'Kijk, *mannen*, het stuk biologische oorlogsvoering slaan we over; veel te ingewikkeld.' – 'Maar wat doen we dan bij een biologische aanval, sergeant?' –

'Pepermans, wees gerust, *niemand* zal u biologisch aan *willen* vallen.' Maar nu, in het nachtelijke Meerhof, had Tom Pepermans wel degelijk te kampen met een heftige biologische aanval. Hij kleurde tot in zijn haarwortels helrood, beide bijnieren sloegen op hol, zijn testes deden verwoede pogingen tot migratie richting brein. Misschien hielp het inderdaad zich languit op de grond te werpen en vanuit deze positie het einde van de wereld tegemoet te zien. Blijven liggen tot de schokgolf van verzengende volmaaktheid was overgewaaid.)

'De stakker is uitgegleden.'

'Gaat het, kereltje?' vroeg de andere. *Zij*! En hoewel hij de benen gekruist had, en zijn billen samenperste, *bleef* deze Engel hem bij het krampende scrotum houden. Hij krabbelde overeind.

'Ati hier wilde alleen maar een vuurtje vragen,' zei dame twee. Nu pas zag Tom in de hand van dame één, van Ati dus, de sigaret. Met bevende vingers haalde Tom zijn doosje lucifers tevoorschijn. Daar brak al het eerste houtje, en het tweede, en het derde.

Zij nam hem tenslotte de lucifers uit handen, streek gracieus een stokje af, liet het vlammetje tot volle bloei komen en bracht het tot voor Ati's sigaret. Haar hand geplooid als een geknakte lelie. Zelf nam ze vuur via het brandende eind van Ati's rokertje. Hoe hun wangen simultaan implodeerden bij het begerig inhaleren. Hoe het mondstuk door de vuurrode lippen werd vervormd tot een ellipsoïde. Hoe elegant de rook langs de melkwitte schachten omhoog kronkelde. Hoe *zij*, met al haar ogen, zwart, zwart, hem onder dit zuigen tintelend aankeek en hoe Toms hersenen via die zwarte gaten tot deze succubus werden ingezogen. Ati gaf hem de lucifers terug, haar vingertoppen raakten even de zijne en Tom liet het doosje uit zijn hand glijden. De lucifers verspreidden zich in een volmaakt toevallige waaier op de straatstenen. *(We tasten, maar voelen niets; we noemen dit: oneindig klein. Eindeloos is de stoet dingen zonder naam op weg naar waar er niets is. Een wervelwind duurt niet de hele ochtend. Kan je de spiegel van het Mysterie schoonvegen, tot alles zonder waas is?)*

De jongedame, de vriendin van Ati, neemt de sigaret tussen de lippen uit en plooit de mond. De jongeman stapt voorwaarts, luikt de ogen en verlangt de zaligheid van vochtig glijden langs de paden van de tijd.

Hard priemt een vinger in zijn navel. Aan de straffende vinger zit een ring met een grote, zwarte steen. Zwart als haar ogen, en evenzeer lijkt hij het licht aan te zuigen. Steenkoud is de steen. Onder haar aanraking voelt Tom zijn buik bevriezen. Hard duwt de hand van Ati in zijn rug. Tom wankelt. Hij verliest zijn evenwicht. Kirrend slaat het duister zich om de dames heen, als een bosrand om wegsnellende hinden. Enkel de ijle geur van *l'Heure bleue* laten ze achter. Tom staart, vanaf de grond, naar de bleke schelp van een fontein. Het water klatert zachtjes. Hij ligt in het midden van de stad, het precieze geometrische midden. En hij staart naar de leegte in zijn eigen middelpunt.

Zou hij zo de slaap kunnen vatten? Wat was het dat hij in de ogen van Ati's vriendin gezien had? Tom kreunt, hij sluit de ogen. Een rodekruismedewerker had hem een kleurige hersenschudding geschilderd. Tom droomde hoe hij op de linnen brancard lag, ingesnoerd met brede riemen, helm in de schoot, conform de instructies. Zijn makkers tilden hem op, hij kon geen vin verroeren. Gekneveld zweefde hij over beken, over muurtjes, over heuvels, onder takken door, langs doornen, slingerplanten. Hij wiegde onder de grote stolp van de hete hemel. En toen dreven blauwige wolken over het bos en een van zijn maats schreeuwde *Gas-gas-GAS!* De brancard werd ruw op de grond gesmeten. De dragers voerden hun ballet met het gasmasker uit. Onderofficieren brulden hun bevelen. Gerinkel van gespen, rubber kriepte over rubber, linnen ruiste; al de nerveuze luchtverplaatsingen van een peloton dat zich wapent tegen zenuwgas. En te midden van dat gewoel boven zijn hoofd voelde Tom zich, dicht bij de grond die teder aan hem trok, volmaakt tevreden. Hij dacht nergens aan. Echt nergens. Hij ademde de vette smog in. Het gas geurde naar wierook. Door de wolk heen priemden, hard en soeverein, de zonnestralen. Een van de soldaten rukte Toms bril af, waarna een andere hem eindelijk een gasmasker over het hoofd trok. De glazen besloegen ogenblikkelijk, en het was mistig voor zijn ogen toen Tom de lucht in werd geheven. Zijn masker was onhandig aangebracht, het sloot niet volledig, hij bleef de zoete wierook ruiken terwijl hij, deinend in de brandende augustusdag, de heuvel op werd gedragen. De rook werd ijler bij het stijgen. Daar lag

Tom: in nevelen van wierook ten hemel gedragen, voeten eerst, door vier sterke mannen in bemodderd kaki. Een waren ze in het dreunende ritme van hun rijglaarzen en hun heftig gesnuif – zijn kameraden, onherkenbaar achter hun identieke maskers. De tunnel van lover door; een eindeloze reis naar de top van de heuvel die enkele seconden duurde. Boven barstte de zon in volle glorie te voorschijn uit het gebladerte, ze sloeg Tom vol in het gezicht. Binnenin de helm op zijn schoot droeg Tom een staalharde erectie. Toen werd hij weer de heuvel afgedragen, voeten eerst, en het bloed trok langzaam weg uit zijn hoofd en zijn geslacht. De gaswolk was niet over de heuvel geraakt, de vallei was koel en geurde naar schimmel. Water spatte op; hij werd over een beek gedragen, een flits zonlicht, de bosrand uit, en daar werd hij langs de startbaan neergezet. Een van zijn makkers maakte de riemen los. Tom ging rechtop zitten. Een tikje duizelig was hij, een weinig buiten adem, nog onder de invloed van het visioen dat hij boven op de heuvel had gehad. De dragers hijgden voorovergebogen uit, handen in de heupen, de gasmaskers in het gras gegooid, ze hadden weer gezichten gekregen. Bruin zweet gutste onder hun helmen uit.

Een engel had hij gezien toen hij ten hemel werd gedragen. Een engel zonder gezicht, in helderwit licht, vlak boven hem. De engel sloeg de takken weg uit Toms gezicht, boomwortels rukte hij onder de voeten van de dragers vandaan, hij stutte de berrie als die dreigde te kantelen in de kolkende beek. Een engel, geurend naar wierook en met een schimmelige adem. Toms oog was paars geschilderd, uit zijn oor liep een straal kleverig namaakbloed. De engel tilde de helm op en raakte hem daar, in het midden van zijn lichaam, met koele vingers aan.

In Hotel Europa (voor het raam knipperden nog steeds twaalf sterren aan en uit, landingsbakens voor verdwaalde boodschappers uit de hemel) voelde hij weer de erectie die de engel had opgewekt. Heel even hield Tom dat kleine dier in zijn hand, die opgerichte vogel op zijn nest van tweelingeieren. Hij voelde de warmte, hij voelde het hartje kloppen. Toen liet hij los – en viel in slaap.

Deel 1:
Het Fantoom

3

De aarde was een platte schijf. Tom balanceerde op de naald in haar middelpunt. Een paar honderd meter oostwaarts stond het gebouw van Sociale Wetenschappen, lager, maar nog indrukwekkend genoeg. Tussen deze beide torens liep een rijtje mieren op weg naar een broodje, een dictaat, een afspraakje. Een klein troepje stond onbeweeglijk op het plein, ze staarden naar die kleine stip bovenop de machtige Toren van Wijsbegeren. Op het dak van het studentenrestaurant wentelden de reuzenwieken van de airconditioning. Als ik daarin terechtkom, is vlees voor de lunch verzekerd, bedacht Tom grimmig.

Hij nam afscheid. Hij richtte eerst zijn blik op de intense streep bos in het zuiden, met daarin het universitaire ziekenhuis ('Zal ik daar nog heen worden gebracht, of zal dat geheel overbodig zijn?'). Een paar kilometer verderop knipperde de toren van de Simon-Stevinkerk onwennig naar het zonlicht. Daarachter de rivier, zonder haast op zoek naar zee. Geen wolk aan de lucht. Veel maakte het Tom niet uit

Aan de noordkant lag het klooster met zijn Venetiaans aandoende kerktoren. Het monasterium trok bereisde duiven aan, die hier een miniatuur San-Marcoplein meenden aan te treffen. Eens was Tom er binnengewandeld tijdens een middagpauze. Missionarissen in ruste liepen in vrolijk gebatikte Indische hemdjes tussen het koerende pluimvee en strooiden resten van hard brood. Er was een minuscuul vijvertje in de binnentuin. Een stokoude pater in zwarte soutane hing een primitieve visroede in het plasje. Af en toe ving hij een vis. Dan haalde hij het beest zuchtend van de haak en wierp het weer terug. Moesten we ze opeten, dan? vroeg hij aan Tom. Het leek alsof de moede priester met de vissen meeleefde, maar Tom stelde zich voor hoe het er in de vijver werkelijk aan toeging: al die goudkarpers die schichtig door het water gleden, de bek vol pijnlijke littekens van de haak, beducht voor elke hap, want verborg ook niet dit vliegje, deze made, dit balletje brood, de scherpe beet van de angel? *Un cercle infernal*, al glimlachte pater Dis nog zo mild vanuit zijn sinterklaasbaard. De kloosterling las onder het vissen zijn brevier.

Hier, bovenop De Toren, voelde ook Tom de prik van de angel, het steken van de dood ('O, Dood, waar is Uw prikkel?' – 'Hier, mijn Heer, en verder nog iets tot Uw dienst?'). Springen hielp. Enkele fracties van een seconde later was de steek verdwenen. Tom spreidde armen en benen, de wind woelde tussen zijn vingers. Hij lag op een kussen, op een zuil van lucht. Misschien had hij een krachtiger sprong moeten maken, het zo uit moeten mikken dat hij in de vijver terecht zou komen. Niet dat water zijn val zou breken: de vijver lag droog en alle vissen waren dood, en waar was Dis, de loze visser met het Limburgse accent? Maar zelfs al had Tom dat echt gewild: het binnenplein was te ver. De baan die hij volgde, dat kon hij nu al zien, leidde hem ook niet in de ventilatoren van de mensa, maar – zoals de bedoeling was – naar het kleine pleintje voor de Toren.

'O, Pepermans,' zo sprak de vallende, hardop, spottend, en woord na woord verdween ongehoord in de loeiende wind, 'jij steen der wijzen! Je hebt jezelf hoog opgegooid, maar elke steen die wordt geworpen moet ooit – vallen! Veroordeeld ben je, door jezelf en door je eigen steenworp. Neerkomen zal hij – op je eigen hoofd.' Ja, zijn eigen hoofd, zijn arme, naakte, geschoren hoofd, dat met vijftig kilometer per uur richting aarde raasde.

In de lift had Tom gezelschap gehad van een jong stel dat in een mysterieuze code sprak ('Ik ben soms sjaggerijnig,' zei het meisje, 'maar dat komt omdat ik zo geinig ben.' De jongen knikte ernstig, hij scheen haar te begrijpen.) Ze waren uitgestapt op de eenentwintigste. Tom ging één hoger. Bij het verlaten van de lift gaf hij een klopje op de muur van de gang.

Door de kier van de deur van het collegezaaltje heen meende hij de stem van Wirtzheimer te herkennen.

'De idee dient onderscheiden te worden van haar concrete realisaties. Van zichzelf is de idee niet zichtbaar. Ze is ook niet tastbaar, hoorbaar of ruik- of proefbaar. Ze wordt enkel door de Geest aanschouwd. Dat betekent niet dat de idee onwerkelijk is.

Plato beargumenteert dit op tweevoudige wijze. Ten eerste is de idee determinerend voor de reëele objecten, hetgeen, a fortiori, impliceert dat ze *bestaat*. Ten tweede is de idee het eigenlijke object van de wetenschap. De wiskundige maakt theorieën over de cirkel. Zijn inzichten gelden en zij zijn waar, ook als er – zoals het zich laat aanzien – op de hele wereld geen enkele reëele cirkel voorkomt. Daarom moeten ideeën op zichzelf realiteitswaarde bezitten. Immers, hoe kunnen ze waar zijn als ze niet op enig reëel object toepasbaar zijn?'

Tom duwde de deur open. De professor stond geheel alleen voor een bescheiden reeks lege stoelen – druk gesticulerend.

Tom kuchte.

Wirtzheimer sprong op. Toen hij Tom herkende, verscheen een brede glimlach op zijn gelaat. 'Waarde vriend uit België,' sprak hij, 'wees welkom. Ik was aan het inrijden. Om het nieuwe academiejaar met enige souplesse in te kunnen gaan.'

'Goeiemorgen, professor,' zei Tom. Wirtzheimer volgde Toms blik, die afdwaalde naar de hoek van het zaaltje. Vlak naast de katheder, in een prachtige plas zonlicht, troonde een tropische plant met scherp gepunte bladeren. Een gigantische tak orchideeën zat erop geënt. 'Mooi,' zei Tom.

'Ja, hè,' deed Wirtzheimer enthousiast. 'Ik kweek orchideeën in m'n vrije tijd. Kijk: deze zijn *heel* fraai.' Inderdaad, roomblanke kelken omvatten lila gevlekte lipjes. 'Kom.' Wirtzheimer leidde Tom tot heel dicht bij de plant. De hoogleraar had behoefte aan een praatje en schakelde over op de enige communicatieve modus die hij goed beheerste: de didactiek.

'Orchideeën zitten ingewikkeld in elkaar. Die lippen zijn de imitatie van een bepaald soort vrouwenwesp. Mannetjeswespen die voorbijvliegen worden er dol van. Ze willen met de bloem paren en in het geharrewar blijft stuifmeel aan hun poten kleven.' De hoogleraar lichtte een kapje op, binnen blonken twee ijle meeldraden. 'De wesp vliegt naar een volgende bloem, om ook daarmee te paren. Hij wrijft daarbij het stuifmeel over de stamper van de tweede bloem. Hier zit-ie, onder datzelfde kapje, iets hoger.'

Tom keek twijfelend naar het deel van de bloem dat een wesp moest voorstellen.

'Wespen en bijen zien in infrarood. Wat wij zien is kleurcontrast, een elegante vorm, sierlijk uitlopende uitsteeksels. *Art nouveau.* Misschien levert dat de orchidee een ongewild evolutionair voordeel op. Niemand ijvert voor het behoud van een afzichtelijke plant als de walstrobremraap, maar we gaan wel voor de orchidee, die immers zo prachtig is.'

Tom wees op de plant waarop de orchidee vastzat. 'Ik wist niet dat een orchidee een parasiet is.'

'Is ze ook niet. De orchidee vestigt zich op de boom, louter om hogerop te zitten. Ze plukt haar voedsel uit de lucht. Meer dan wat met de regen aan komt waaien heeft ze niet nodig. Wij dieren zijn erg goed in afbreken; onze bouwstoffen halen we uit de dieren en planten die we eten. Planten, die doen alles zelf, ze synthetiseren zelfs hun eigen vitamines. Beeld je in, genoeg hebben aan licht en lucht en regen. En verder alleen op tijd een wespje lokken. En als ik nu eens Thea belde, om je naar je kantoortje te brengen?'

Het kantoortje was klein, maar er stroomde veel licht naar binnen. Door het raam zag hij vooral groen. Ook rees, in het noorden, een kerktoren op. Duiven cirkelden eromheen. Tom legde zijn pen op het blanke tafelblad en ging kijken naar de litho die aan de muur hing. Het was een donkere prent. In het midden stond een helgroene appel afgebeeld, die door een kogel werd doorboord. Vruchtvlees spatte ter rechterzijde op in een horizontale fontein. De kogel hing, in de fractie van een seconde gevangen, ongeschonden tegen de rechterkaderrand aan.

'Heb *ik* voor je uitgekozen.'

Tom schrok.

'Hadrianus. Leverband.' Een jonge kerel. Een wuivend carrékapsel, een witte kroon. 'Mij doet het denken aan Wilhelm Tell. Moed en een vaste hand in tijden van onzekerheid.'

'Of aan de onmacht van de macht: de kogel doorboort de appel, symbool van zwaartekracht, maar valt uiteindelijk zelf morsdood op de grond, door de werking van de zopas symbolisch vermoorde zwaartekracht.'

'Macht en onmacht? Jij zal je hier thuisvoelen, kerel. En de zwaartekracht brengt ons gelijk met beide benen op de grond. Zal ik je rondleiden?'

'Dit is de deur naar de lokalen van het PC-project. Heeft Abraham je al verteld waar het over gaat?'

'Neen, maar ik weet wel wat een PC is.'

Hadrianus knipperde met de ogen. 'Het *lijkt* er wel een beetje op, denk ik.' Hij glimlachte. 'Hier staat de afkorting voor Persona Computata. Achter deze deur...' – Hadrianus pauzeerde dramatisch. De deur zag eruit als willekeurig welke deur in de gang: een plank spaanplaat geschilderd in wijnrood. Het deurslot maakte het verschil.

Hadrianus reikte Tom een stel plastic overschoentjes aan. Zelf trok hij ook een paar over zijn chique molières. Uit een doos werd een kapje in cellulosestof gehaald dat met twee bandjes onder de kin werd dichtgesnoerd en dat haar en baard omvatte. Tom kreeg een mondmasker toegespeeld. Hij volgde de bewegingen van Hadrianus: met één hand het ijzerdraden neusbrugje breken, bovenste reeks lintjes vastbinden om het achterhoofd, en onderste reeks vastbinden in de nek. Waar was dit voor nodig? En de sleutel en de cijfercode?

De kamer was ongeveer vier keer zo groot als Toms kantoortje. Ze stond tot bovenaan toe volgestouwd met apparatuur. De jaloezieën waren neergelaten. Tom en Hadrianus stonden in het halfduister voor een hek van stevig staaldraad. De vloer trilde onder het geronk van een of andere machine. Een lichte bries woei door de kamer. Hadrianus haalde een magneetkaart door een lezer. Ineens flitste het neon en een duister grommen zwol aan.

Hadrianus nodigde Tom met een zwierig gebaar binnen. Op een tweetal computermonitoren zag Tom zichzelf naar voren stappen. Met open mond.

'Hallo, Peesee,' zei Hadrianus. Hij leek een tikje minder zelfverzekerd.

Hallo, Hadrianus, verscheen er op een reusachtig scherm vlak voor hen. En ook een driedimensionaal getekende hand. Met uitgestoken wijsvinger, rechtstreeks op Tom gericht. Die deed instinctief een stap opzij. De vinger volgde hem.

Hem ken ik niet, gaf het scherm aan.

'Nee, dat klopt,' zei Hadrianus. 'Dit is Tom. Tom Pepermans.'

'Euh, aangenaam,' zei Tom.

Ook voor u euh aangenaam, verscheen er op het scherm. *Hadrianus, is dit een Geautoriseerde Gast?*

'Meer dan dat, Peesee,' zei Hadrianus. Hij legde zijn hand op Toms schouder. 'Dit is het nieuwe lid van het Team. Hij wordt je Persoonlijke Conversatiepartner.'

Mijn eigen Teamlid, FIJN.

Het woordje FIJN knipperde aan en uit.

Hadrianus, is het goed als ik Toms visuele karakteristieken opsla en een stemspectrogram neem?

Hadrianus knikte.

Tom, wil je wat rondlopen? Dan kan ik je bewegingspatroon goed in me opnemen.

Op de twee kleine schermen zag Tom zichzelf bewegen. De camera's tastten hem af, van algemeen beeld naar close-up. Op de schermen wemelden details van zijn gezicht. 'Draai wat langzame pirouettes,' zei Hadrianus. 'En spreek een beetje tegen Peesee.'

'Hallo, Peesee,' zei Tom. Hij voelde zich stom.

Praat maar rustig, Tom. Ik ben niet iets om bang voor te zijn. Ik bijt niet. Ik heb geen motorische cortex.

'Het is het nieuwe van de situatie. Die videomonitoren en zo. Al die camera's.'

Die monitoren geven het beeld weer dat ik van je doorkrijg. Als het ware een afdruk van mijn netvliezen. Het beeld wordt doorgeseind naar een afgesloten brandkoffer in de Project Centrale, waar het op band wordt bewaard. Een veiligheidsmaatregel, Tom. Niemand komt hier ongemerkt in. En niemand komt er ongeschonden uit als daar geen toestemming voor wordt gegeven. We zullen elkaar veel zien, en daar verheug ik me op.

In een hoop op elkaar gestapelde metalen schoendozen flitste een reeks LED-lampjes. Rijen van die dozen stonden tegen de achterwand, opgetast tot tegen het plafond. Duizend, tweeduizend? Aan de zijkanten van elke stapel stond een gigantische airconditioning.

'Peesee, we zullen je niet langer ophouden. Wil je dat ik de airconditioning aan laat terwijl je verder leest? Zet je haar wel af als je klaar bent?'

Okee. Tot ziens, Tom. Tot ziens, Hadrianus.

De tekst op het televisiescherm kromp tot een groene lijn, en dan een punt, en dan niets. Ergens bij de dozen begon een mechanisch gerammel. Een blad papier werd van een stapel een gleuf ingezogen, een blauwig licht flitste op, het papier viel in een bak aan de andere kant van het apparaat en een volgend papier draaide de machine al in.

Hadrianus sloot de traliedeur zorgvuldig. 'Dat is goed afgelopen. Peesee mag je wel. Dan stel ik je nu voor aan de rest van de ploeg.'

Tom knikte links en rechts naar de twee dames en de drie heren. De Canadese tweeling Roland en Sjon Barthe, de Amerikaanse Sarah Iaho, allen ingenieurs en nu druk doende, in jeans en op sloffen, met het slurpen van groene thee. Peter Berens, Nederlander, fysicus. Mollie Mequaeyer, de linguïst.

'Ik ben zeer onder de indruk,' zei Tom.

Roland hield op met suiker strooien. 'De evolutie vindt niet noodzakelijk de beste oplossing,' zei hij. 'Voor de natuur is goed goed genoeg, het leven moet tenslotte niets anders doen dan overleven en zich voortplanten. Wanneer je gaat *ontwerpen*, zoals wij dat doen, dan wordt het pas interessant. Of, in ons geval, pas ECHT *indrukwekkend*.' Hij hernam het ritmisch schudden met de suikerpot.

'Ons ideaal is werkelijk groots,' viel Sjon hem bij. 'Wij, die op deze vreugdeloze en pijnlijke mensheid geënt zijn, wij willen haar beminnen, haar verlichten, haar redden. Tom, wij zegenen je, en moedigen je aan in je inspanningen.' Hij sloeg met ferme hand enige kruimels kruidkoek van zijn revers.

'Dank u,' zei Tom verbouwereerd.

'Het is belangrijk,' sprak Sarah hem indringend toe, 'dat er een hechte kameraadschap ontstaat tussen mens en machine. Zij is ons dienstbaar, steeds weer, en is onuitputtelijke dienstbaarheid niet het hoogste ideaal? De machine zet dit ethisch ideaal om – in daad. *Zeker*, de machine is hard, maar de wet van het leven is nu eenmaal staal, en niet suiker.' (Roland schrok op.) 'Alleen het hart en de ziel gehard als staal bewerkstelligen leven. De machine stemt daarin overeen met het diepste wat de mens kan bereiken. Onthou dit wel. Handel ernaar.'

Peter knipperde met de ogen. Terwijl hij sprak, bleef zijn blik gefixeerd in de diepten van zijn kopje. Zijn woorden galmden, alsof ze opwelden uit een bodemloze verbinding met het middelpunt der aarde. 'Deze nieuwgeschapen technologie bezit dezelfde autonomie als een berg, een rivier, een ijstijd, een planeet. We zijn actieve scheppers. Een monsterachtig lot dat ons tot goden maakt. We scheppen naar ons beeld, onze gelijkenis, en de dingen die we maken werken autonoom in op de zichtbare wereld. Is dat niet de meest verheven ervaring voor ons, sterfelijke wezens? En als die machine haar dienstbare arbeid verricht, is ze dan niet, zoals wij, een wezen van goed en kwaad en verantwoordelijkheid, een *persoon*?'

Mollie legde moe haar hoofd op tafel. 'Nachtdienst gehad,' prevelde ze. 'Verwacht geen diepzinnigheid van mij. Sorry!'

'En dan is hier je eigen sleutel, je pasje, en een papiertje met de cijfercode. De code leer je uit je hoofd, en dan eet je het papiertje op. Ik maak *geen* grapje.'

'Maar wat moet ik *doen*?'

'Niets,' zei Sarah.

'Wat babbelen, da's al,' zei Peter.

'Kletsen met PC,' zei Sjon.

'Babysitten,' sneerde Roland.

'Ik wou dat ik in jouw schoenen stond.' Mollie hief haar hoofd nog even op.

Aan de wand hing een gigantische flowchart, een hele reeks rechthoeken, verbonden door gigantisch veel pijlen. (SIZE TRANSFORMER, NOVELTY DETECTOR, CLOCK RINGS, HIGHER LEVEL SYNAPTIC MATRICES, CENTRAL HEDONIC SYSTEM, SEMANTIC NETWORK, SELF QUERY waren enkele van de woorden die Tom kon onderscheiden.) Ernaast hing de foto van een man in sportuitrusting.

'PC's Persoonlijke Conversatiepartner, zoals ik al zei.'

De man op de foto is kort van gestalte en gedrongen. Hij draagt een buitenmaatse witte short en een zwart hemdje. Hij staat naast een atletiekpiste. Het kostuum, het borstelige haar, het ziet er jaren '50 uit. De man kijkt vief de lens in, van onder zijn wenkbrauwen uit. Er spreekt intelligentie uit die blik, en mateloos zelfvertrouwen.

'Iemand,' zei Sjon, 'moet PC, om het zo te zeggen, uittesten. Iemand die geen weet heeft van dit...' – brede zwaai naar de kaart

–'...en die doet of hij gewoon met een mens praat. Het is de enige manier om te zien of hij werkelijk werkt, onze Persona Computata. Je herkent Alan Turing op de foto? Hij stelde in 1950 de vraag of machines kunnen denken. Hij stelde een proef voor, een spelletje.'

'Hij zegt: laten we nagaan of een willekeurig persoon de antwoorden die een computer op zijn vragen geeft kan onderscheiden van de antwoorden die een mens hem geeft.'

'Dat is de Turingtest.'

'Niet meteen een universele definitie van intelligentie,' grinnikte Hadrianus.

'Hij was ook de uitvinder van het eerste schaakprogramma, *Turochamp*.'

'En van het blokje-omschaak. Wie een zet gedaan heeft, holt de kamer uit en rent om het huis. Als de tegenstander geen zet heeft gedaan in de tussentijd, mag jij nog een zet doen. Vereist een ijzersterk geheugen voor schaakposities, of anders een onwrikbaar vertrouwen in de medemens.'

'Gewoon praten met de machine, dus? Om te zien wat er mis aan is?'

Sjon schonk zichzelf nog een kopje Gyokura in. 'Er is *niets* mis met PC,' zei hij met nadruk. 'We zijn een wereldteam. Het beste.' Iedereen knikte ernstig. 'De interacties zijn geen tests. Ze behoren tot de opleiding van Persona.'

'De semantische netwerken zijn nagenoeg in orde.'

'PC begrijpt en produceert taal. Hij heeft een kleine encyclopedie in het hoofd. Hij kan zichzelf doelen stellen.'

'Nu is het moment aangebroken om hem volledig naar *real time* over te schakelen.'

'Je kan *on line* met hem praten.'

'Alles is klaar.'

'Een dezer dagen plant ik een *voice synthesizer* in, en dan kan hij ook echt antwoorden.'

'En dan hou jij je met hem bezig. Laat hem wat goede boeken lezen.'

'Vertel hem wat verhaaltjes.'

'Laat hem je vakantiefoto's zien.'

'Maar geen woord hierover aan iemand buiten het team.'

'PC is strikt geheim.'

'Zelfs Wirtzheimer heeft niet meer dan een vaag vermoeden van wat hier gaande is.'

'*Zij* zijn wel erg zeker van hun stuk,' zei Hadrianus, 'maar ik niet. Ik wil het eerst zien *werken*, echt werken, voor ik dit wereldkundig maak. Zoveel grootse AI-projecten lopen met een sisser af. Niemand mag hier iets van weten, tot het moment waarop we dit op een grote persconferentie naar buiten brengen. En wat zeg ik, het aangezicht van de wereld zal van dan af aan veranderen.'

'Hoe financieren jullie dit? Deze miljoenen aan apparatuur en werkuren, als dit, als dit zo strikt geheim is?'

'Schrander, die jongen,' mompelde Mollie tegen het tafelblad.

Hadrianus vertelde hem over deelfinanciering. Project voor een expertsysteem hier, voor een databank daar, een linguïstisch programmaatje of een probleemoplosser ginds. Samengevoegd levert dat, wel, PC...

'We werken hier heel hard aan. Vierentwintig uur per dag. De hele week door.'

'Maar dat zijn uiteraard niet jouw werkuren.'

Tom suisde in de lift naar beneden met zijn baas. 'Heb je een leuke kamer gevonden, ondertussen, in de stad?'

'Nee,' zei Tom. 'Ik heb nog niet de tijd gehad om iets te zoeken. Ik ben hier pas.'

'Als je wil, kun je bij mij intrekken. Ik heb een extra kamer. Goedkoop. Als je af en toe kookt, en je houdt de boel wat op orde, kun je blijven.'

'Oh,' zei Tom. '*Graag!* Ik hou van koken.'

'Mooi. Het is niet zo ver, en toevallig ben ik vandaag met de auto. Kunnen we meteen je spullen ophalen. Goed? En als het je niet bevalt, mijn huis, dan kun je altijd nog verder zoeken. Maar dat zal wel niet. Het is een *enig* huis. En schrik maar niet van de waarde collega's. Natuurwetenschappers hebben daar vaker last van: klus geklaard, en ze worden metafysisch. Het houdt ze aan de gang. Ik vermoed dat ze hun monoloogjes ook maar ergens gelezen hebben. Er slingert een boek van Sloterdijk rond, heb ik gezien.'

Het huis, onderaan de dijk, had een klokgevel onder een dak dat leigrijs was als een winterhemel. Mos groeide langs de noordzijde. Een prachtig verwilderde tuin. 'Ideaal voor een partijtje blokje-omschaak.'

Hadrianus duwde het smeedijzeren tuinhek open. 'Welnee. Mijn visueel geheugen is bar slecht.'

Ze gingen binnen via de keuken. Zwart-witte plavuizen, oud meubilair – 'Van bij de uitdrager, lekkere boerenspullen' – en Hadrianus toonde hem de woonkamer. Een houtkachel, een rozenhouten piano, een bakbeest van een jaren-'70-televisie op een sinaasappelkrat, een doorgezakte sofa en een brede, verschoten clubfauteuil. De ruwhouten planken kreunden van welbehagen onder hun stappen.

'En dit is jouw kamer.'

Een bed, een stoel, een tafeltje met lade, een kleerkast in een klein hok onder de pannen. Dat was alles. Het gestippelde behang had de kleur van oude tanden. De stippels lagen onregelmatig verspreid, als inslagpunten van dodelijk mortiervuur op een oorlogskaart. En registraties van dodelijk vuur, dat *bleken* ze. Fijne spikkels karmijnrood, grillig van vorm – nu een kleine, bescheiden vlek, dan een forse, krachtdadige spat met een stel satellietjes eromheen, dan weer een brede veeg, waarin zwarte streepjes kleefden.

'De muggen gaan hier in de zomer wild te keer. Er is een meertje vlakbij.' De muggenlijkjes hingen er in merkwaardige poses bij: hun laatste, haastige vlucht tot tweedimensionale, verwrongen posities herleid. Roodbruine vegen als remsporen achter hen aan; ze waren gillend doodgegaan terwijl ze voortschoven over het bloed dat uit hun buik spatte, een fractie, fractie van een seconde eerder dan hun primitieve hersenen uit het chitinepantser barstten en de neuronen wild tegen de muur op klauwden, paniekerig op zoek naar een hiernamaals.

Muggen hebben muggenhersentjes – het komt nooit bij ze op zich te verschuilen. Hoog op hun trillende poten werpen ze hun vette schaduwen af en ze loochenen hun eigen waarneming – nee, die heeft me niet in de smiezen, louter toeval dat hij deze kant uit komt met de *Vrij Nederland*, wil gezellig in bed wat lezen, niks druk maken, niks... Muggen zijn snel een dimensie kwijt.

Loskomen van het behang is een rotklus met die weerhaken. Muggen zijn alleen erg goed in landen. Tom herinnerde zich hoe hij als piepjong kind uit bed werd gehaald om een maanlanding mee te maken op tv. De maanmodule nadert, zakt uiterst langzaam en maakt verend contact. Stof waait traag op en daar staat het tuig dan op de maanbodem en mag ik nu weer naar bed want ik ben vreselijk moe en morgen zijn we toe aan vingerverven en dat vergt zo'n concentratie, mama. En dan komt kleine Tom op de kamer en hijst zich in bed en geeuwt tot de tranen in zijn ogen staan en ploft in slaap. Een mug ziet haar kans schoon. Ze prikt haar snuit in een haarvat, injecteert de dosis codeïne, en zuigt. En het is een warme zomernacht, vochtigheid in de lucht, en een collega landt ook, een paar centimeter verder en Mug Eén voelt de minieme schokgolf door de jonge vleesmassa deinen, ze laat zich vollopen, lekker gevoel is dat, ze zit erbij te doezelen, de zalige warmte van Toms bloed vloeit in haar, en er is het zacht pulseren van het strakke kindervel, maar ze moet weg, want dit is ook gevaar. Ze hangt zichzelf aan het plafond, kop in de wind en voelt de eitjes groeien binnenin. De uitwisseling van lichaamssappen, het inspuiten van zwaar verdovende middelen, de rush, het roven van het vocht. De rode en de witte cellen, de bloedplaatjes, alles heeft ze opgeslagen. Zo meteen is de verdoving uitgewerkt en ontstaat de irritatie. Daar heeft de mug geen weet van, ze hangt daar zwanger te wezen, dik en ondoorschijnend, stralend in de gloed van het toekomstig moederschap. Ze is een gloeiende karbonkel. Of een bom, gedrongen en op scherp.

'We kunnen natuurlijk altijd een likje verf,' opperde Hadrianus. Zonder al te veel overtuiging.

'U-hu,' sprak Tom op dezelfde wijze. 'Bloeddorstige voorganger.'

'Gewoon iemand met een trefzekere krant,' zei Hadrianus. Hij neeg. 'Uw dienaar. Ik zie mezelf graag als een soort nomade. Ook in eigen huis. Om de andere maand sliep ik in een andere kamer.'

'Nu niet meer, dus.'

'Het beetje extra geld van de onderverhuur kan ik goed gebruiken. Dan wil ik desnoods wel op een vaste stek.' Toms koffertje deed de matras nauwelijks doorbuigen.

'Misschien kunnen we de rest van je spullen dit weekend op gaan halen? Een paar uur rijden, Leuven, verder is het niet.'

Tom werd rood. 'Nee,' zei hij. 'Ik, wel, ik heb niets anders. Dat is het. Mijn gitaar. Die staat nog bij Poes. Mijn, euh, ex. Maar die kan ik niet meer onder ogen komen. Niet na eergisteren.'

Hadrianus ging op het bed zitten, naast de koffer. Hij klopte met zijn vlakke hand naast hem. 'Klinkt interessant. Vertel me alles.'

Toen ging de bel.

Hadrianus sprong op. 'Shit. Vergeten! Gisteren een meid ontmoet in de kroeg. We zouden gaan eten, samen.' Hij rende de trap af. 'Er staat nog een voorraadje blikken in de keuken. En kijk in het vriesvak. Doe of je thuis bent. HAI!' riep hij de compacte jonge vrouw toe die voor de deur stond. Die ging op haar tenen staan en zoende hem op de wang. Ze droeg een kort zwart jurkje, een kindermaatje. Haar mond was vuurrood geschilderd, haar haren lagen in een kordate wrong in haar nek. Het meisje *leefde*. Ze was een bol wol waar een kat mee speelt.

'Zullen we de stad intrekken, schat?' Hadrianus griste een jasje van de kapstok.

'Nou...'

'Tot later!' schreeuwde Hadrianus Tom toe. Hij trok de deur al achter zich dicht. Judith hield hem tegen. Ze rekte zich en fluisterde Hadrianus wat in het oor.

'Babysit niet komen opdagen?' zei Hadrianus. 'Oh, je kleine zusje, zeker? Je *dochtertje*? Nee, niet echt, nee.' Judith liep het voortuintje door en dook in haar auto. Ze plukte het ingezwachtelde bundeltje van de achterbank en bracht Ruth plechtig tot bij Hadrianus.

'En wie we hier hebben,' zei Judith tot haar dochtertje. 'Hadrianus!'

'En Tom,' zei Hadrianus. Zijn onderhuurder was op het rumoer afgekomen. Tom boog, hand op het hart. Judith schaterde.

'Wat een *leuk* meisje,' zei Tom. Hij stopte zijn neus in het bundeltje.

'HUH!' deed Ruth verschrikt. Het ritmische schokken van de auto had haar in slaap gewiegd, en ze werd wakker van die vreemde adem op haar wangen.

'Wat is ze MOOI,' zei Tom. Hij keek naar Hadrianus.

'Niet van mij,' zei deze laatste, voor de borst wapperend met beide handen.

'Nee, da's duidelijk,' merkte Judith nuchter op. Ruth, een paar maanden oud, knipperde met haar amandelvormige ogen naar Tom. Haar huid was gelig bruin, de kleur van löss. Over haar zwarte haar lag een mahoniehouten schijn, als bij haar moeder, en een verdwaalde krul wapperde zachtjes in de zomerbries. Judith keek Hadrianus diep in de ogen. 'En voor het geval dat je je af mocht vragen van wie ze wel is, wel, Ruth is helemaal van *mij*. Ruths vader en ik hebben niets meer met elkaar te maken. Hij weet niet eens dat ze er is. En is het geen *schatje*?'

'Het is voor mij ook een hele verrassing,' zei Hadrianus. Hij hield de baby onwennig vast terwijl Judith de reiswieg en een rieten tas vol spullen in de woonkamer installeerde.

'Als ik het goed begrijp,' zei Judith zakelijk, 'is Tom vanavond thuis. Fijn, kunnen we toch de stad in. Ik dacht al dat we hier zouden moeten blijven. Niet' – ze keek keurend rond – 'dat het hier onleuk zou zijn. Best een gezellig huis. Wonen jullie al lang samen?'

'Tom huurt een kamer hier. Sinds vanmiddag. Hij is een collega.'

'Fijn zo,' zei Judith, diep tevreden. 'Dat is dan geregeld, en dat weten we ook weer. Jij geeft haar wel te drinken, hé Tom?' Hadrianus gaf het bundeltje door.

'Hier is de fles. Een uurtje geleden afgekolfd. Zet ze zolang in de koelkast.' Het klonk of Tom niet veel keuze had. Judith kuste haar dochtertje. Ruth trok haar blijgemutst aan de oren.

Tom *had* niet veel keuze. Angstvallig ondersteunde hij het hoofdje van Ruth. Die frommelde haar voorhoofdje in elkaar; ze maakte kleine smakkende geluidjes. Tom legde zijn vinger in Ruths handpalm, en ze kneep met wellust. Met de scherpe nagels van haar andere handje krabde ze nauwgezet de opperhuid van zijn handrug weg. In een lacherige flits gleden Judith en Hadrianus langs het raam. Tom had niet eens gehoord dat ze de deur achter zich hadden dichtgetrokken. Het meisje schurkte zich tegen hem aan en slaakte een diepe zucht. Ze heette Ruth en ze was warempel een paar maanden oud. Tom streek zachtjes over haar warme hoofdje en fluisterde haar naam.

'Wojaaw-njoenaj,' zei Ruth.

'Pardon?'

'Jaaw-*njoe*NAJ,' beval Ruth. Ze wriemelde. Ze sloeg haar handjes achterover, vlak op Toms neus. Ze zette een keel op. Tom haastte zich naar de magnetron, druppelde de melk op zijn pols, perfect. Hij keek Ruth smachtend in de ogen. Zij zoog en staarde onbewogen terug. Knuffelbaar *all over* als ze is, deed de baby net of dat zo hoorde.

Ruth hikte. Wit vocht lekte uit haar mond. Tom veegde haar kinnetje af met zijn hand, en ineens verkrampte ze, ze werd helemaal rood, en draderig slijm kwam uit haar mond. 'Aioow!' deed ze, en daarna viel ze stil. Ze zuchtte nog even (*'Sjuhm-me?'*) en snorde dan de slaap tegemoet. Tom viste voorzichtig een schone zakdoek uit zijn jeans. Ruth droomde zich een wereld bij elkaar. Ze woelde toen Tom de verzuurde melk van haar snoetje boende. Hij nam haar eerbiedig bij kontje en nek en vlijde haar in het reiswiegje op de tafel. Hij legde haar op haar rug, haar hoofdje naar rechts gedraaid, weg van het licht, en ze zoemde zachtjes van tevredenheid. Toen pas zag Tom dat Ruths spuugbaan feilloos haar eigen hansop had gemist, maar niet haar verzorger. 'Gadver,' mompelde Tom en hij veegde met een slab uit de mand de smurrie van zijn kruis en dijen. In de badkamer spoelde hij de vlekken weg.

'Sss-jensjang,' zei Ruth. '*Phang*-joow. Nie*hau*ma?' Ze was klaarwakker toen hij terugkwam. Tom tilde haar uit de wieg en hield haar op schoot. Na zo'n slaapje had Ruth geen zin meer in veinzen. Wanneer ze lachte (en wat moest Tom daar ineens weinig voor doen), krulde haar neusje en groeven zich aandoenlijke kuiltjes in haar wangen. 'Hauhauhau,' deed Ruth. Ze speelden. Ze trokken rare snoeten. Ze fluisterden elkaar gekke troetelnaampjes in het oor. Zachtjes wiegde Tom haar weer in slaap. Maar steeds wanneer hij haar in de wieg legde, protesteerde ze. Dus installeerde Tom zich languit op de sofa en legde de baby op zijn buik; hij zoende haar hoofdje. Hij liet haar op zijn middenrif deinen, op het ritme van zijn adem. Tot ze in slaap viel, en hij, tenslotte, ook.

De sleutel knarste in het slot, Tom schrok overeind, en Ruth blies verbaasde o-o-o'tjes met haar mondje.

'Lieve, lieve schat,' riep Judith en ze plukte Ruth van Toms buik. Tom stond op, stopte zijn hemd in zijn broek, kuchte.

'Alles is goed gegaan,' zei hij. 'Ze is alleen een beetje misselijk geweest, na het eten. Ze heeft me – ze is op mijn jeans ziek geworden.' Hij geneerde zich een beetje.

'Oow, da's helemaal niet erg, hoor,' zei Judith. Ze wreef over Ruths buikje. 'Dat heeft ze wel vaker, dan heeft ze gewoon genoeg gehad.'

'Wisten jullie...,' maakte Hadrianus zich op voor een korte monoloog, 'dat de paus die verantwoordelijk was voor de Inquisitie, Innocentius VIII, op het eind van zijn leven, 1492 was dat, zo ziek was dat het enige voedsel dat hij tot zich kon nemen, wekenlang, moedermelk was? *Niet* via de fles. Innocentius was geobsedeerd door de cultus van Hephaistos, die hij zag als duivelsverering. Hephaistos, god van donder en bliksem, mank en afzichtelijk, is gehuwd met Aphrodite, godin der liefde. Volgens Paus Onschuld deelden Duivel en Liefde het bed.'

'Hadrianus, bedelf die jongen niet zo onder eruditie. Ach, wat is ze toch een *schatje*, hè?'

Tom kon niet anders dan dat beamen. Midden in zijn lofrede begon zijn maag te knorren. 'Sorry,' zei hij. 'Niet gegeten, vanavond. Te druk met Ruth.'

'Dat valt dan mee,' zei Hadrianus. Hij klapperde met de keukenkastdeuren. 'Er was alleen een gezinsblik ravioli in voorraad. En een zak rijst. Nu kan je nog een gezellige zak patat halen in de stad, of lekker naar de afhaalchinees. Hier zijn de sleutels van de auto.'

'Of anders geef ik je wel een lift,' opperde Judith. 'Ik moet toch naar huis, ik woon in het centrum.'

'Neenee,' zei Hadrianus snel. 'Tom moet nog terug. En ik wil nog wat met je praten.'

'Oh, maar Ruth moet naar haar eigen bedje, hoor. En ik tol van de slaap.'

'Blijven jullie toch gewoon hier slapen vannacht?'

'Tom slaapt al in je extra kamer.'

Hadrianus sloeg de ogen ten hemel.

'Heb je geen fiets,' vroeg Tom, 'die ik zou kunnen lenen? Wat frisse buitenlucht zal me goed doen.'

Hadrianus maakte een sleuteltje los uit zijn grote bos. 'Hij staat hier achter het huis. Tot ziens!'

'Het duurt wel een tijdje voor ik weer thuis ben,' zei Tom. 'Met die fiets en zo. Een uurtje, schat ik. Tot ziens!' Hij zoende Ruth op haar voorhoofdje. Judith bood koket haar wang.

De koele avondlucht deed hem inderdaad goed. Ze maakte ook dat hij duidelijker de honger voelde knagen. Er stond een lange rij studenten aan de patatkraam bij het station, en Tom had geen zin om aan te schuiven. Hij reed op goed geluk een laan in, passeerde warempel Hotel Europa (nog steeds geen engel geland) en een trits eetcafés, maar merkte dat hij geen zin had daar in zijn eentje te gaan zitten. Hij peddelde het grote plein op. Het café was dicht, de terrasstoelen stonden gestapeld onder een zeil. Aan de overkant, in het steegje dat naar het pleintje met de fontein leidde, zag hij twee jonge vrouwen dicht tegen elkaar aangedrukt langs de gevels sluipen. Hij dacht aan gisteravond. Hij begreep dat hij niet alleen op zoek was naar voedsel.

Twee dagen was hij weg uit Leuven, en hier fietste hij door Meerhof, bijna zonder het zelf te weten op zoek naar een stel dames dat hij nog geen etmaal geleden had ontmoet. Waarom? Ze hadden een vuurtje gevraagd, dat was alles. Er was met een nagel in zijn navel gepriemd, een hand was even vastgehouden. Dat was het. Of toch niet?

Nee, die twee meisjes waren het niet. Tom fietste nog een paar straten door; Ati en haar vriendin zag hij nergens. Haar vriendin, daar moest Tom vooral aan denken. Ze had er zo, zo vorstelijk uitgezien, zo... majesteitelijk. Tom floot een kort liedje van The Beatles (*Her Majesty's a pretty nice girl...*). Hij kreeg zin in een sigaret. Hij hield halt, leunde tegen de fontein aan en haalde (*Some day I'm gonna make her mine, o yeah, some day I'm gonna make her mine*) het pakje Caballero uit zijn borstzak. Majesteitelijk? Onnaspeurbare gratie... Zo onnaspeurbaar, en daar moest hij kort, hardop, om lachen, dat hij zich niet meer voor de geest kon halen hoe ze eruitzag. Haar bewegingen waren zo volkomen natuurlijk geweest dat ze onregistreerbaar waren. Er was geen smet geweest, geen eigenaardigheid waar zijn geheugen zich aan vast kon haken. Tom inhaleerde de troostende rook. Hij startte weer. Uit het portiek van de juwelier maakten zich twee gedaanten los.

'Ik denk dat ik wel kan raden waarnaar dat kereltje op zoek was,' zei Ati.

'Ik ook,' giechelde haar vriendin.

'Heb je dat liedje gehoord?'

'Her Majesty.'

'Ik durf te wedden dat dat een serenade was aan jouw adres,' zei Ati, en beide dames proestten het mooi gelijktijdig uit.

'Lekker ruikt het hier,' zei Hadrianus. Tom schrok.

'Ik botste toevallig op de nachtwinkel,' zei hij, over het gesis van de pan heen. 'Ik had zin om zelf te koken. Sorry, ik wou je niet storen. Ik dacht dat je naar bed zou zijn. Het is middernacht.'

Hadrianus parkeerde zichzelf bovenop de keukentafel. 'Judith is meteen na jou vertrokken,' zei hij. Hij geeuwde met wijdopen mond. 'Jammer.'

'Leuke meid.'

'Ach, een dezer dagen hapt ze vast toe. Dat dochtertje was wel een verrassing. Inspireerde haar uiterlijk je tot deze oosterse schotel?'

Tom goot geconcentreerd de saus (wat tomatenpuree, een tikje citroensap, een flinke scheut ananassap, twee soeplepels basterdsuiker, veel sojasaus en een mespunt chili) over de kippenblokjes en de groenten. 'Als jij nou de rijst uit de magnetron haalt en in de kommetjes schept, dan kunnen we meteen eten. De chopsticks liggen al op tafel.'

'Nou,' zei Hadrianus boven de eerste dampende hap. 'Koken kun je wel.'

'Ik kook graag. Het brengt je geduld, dosering, precisie bij; nederigheid ook, tegenover de onverwachte synthesen die de kookpan bewerkstelligt, of het leert je – als het niet lukt – iets over de finale onverenigbaarheid van het een en ander. Sommige dingen smelten onprettig samen; sommige conglomeraten worden ranzig en schiften.'

'Koken: metafoor voor het leven zelve.'

'Het was vandaag wel een leerzaam dagje. PC, je team ingenieurs, Turing. Ik heb ook geleerd dat ik van baby's houd, of in elk geval toch van Ruth.'

'Houden zo, dat laatste.' Hadrianus beet een krokant stukje paprika doormidden. 'Ik hoop dat je nog heel veel mag babysitten. Ik mag die Judith erg graag.'

'Laat ons daarop klinken,' zei Tom, en hij hief het glas. 'Op de nieuwe liefde!' Maar daarbij dacht hij niet zozeer aan Judith en Hadrianus.

Ruth knort van tevredenheid. Binnenin haar hoofd slapen kleurloos groene ideeën heftig. Rond als een ton drijft ze in de roes van langzaam opbrandend babyvet; ze zwalpt in de schemerige dromen die alleen een baby heeft. Binnenin haar lichaam kraakt alles en rekt zich uit. Haar cellen delen zich in hoog tempo. Ze groeit. Daar heeft ze meer dan een dagtaak aan. Dag en nacht, elk moment is ze ermee bezig. Elke minuut weegt ze meer dan de minuut daarvoor. Ook als ze slaapt, zoals nu, volvoert ze noest dat karwei. Misschien is het dat wat ze in haar dromen ziet: het wentelen van maagsappen, het pompen van het bloed. De machine sputtert. Haar maag is leeg. Ruth woelt, wordt wakker. Zet een keel op van jewelste.

4

Goed. Laten we niet vergeten dat ondertussen, in *real time*, Tom Pepermans van de toren is gestapt. Dit deel van de plot is niet interessant: het eind staat onherroepelijk vast. (Het eind is enkele vierkante meters straatstenen, met bloed bespat, en vlees en hersens en versplinterde botten.) Ook de weg naar dit slot is bekend: de parabool die Toms vallende lichaam beschrijft. De timing wordt bepaald door de parameters van beginsnelheid en versnelling. Er zijn geen vrijheidsgraden, er is geen ruimte voor improvisatie. Niets kan de val keren, laten we daar vanuit gaan. Geen deus ex machina in dit boek. Laat ons bijgevolg dit saaie tafereel verlaten en onze aandacht richten op iets wat minder gedetermineerd beweegt.

Minder gedetermineerd? Dit is de tijd waarin zich routines inslijpen. Peter had, zoals beloofd, PC een stem gegeven. De computer werd in zijn eigen stofvrije omgeving ingebunkerd, zodat masker en sloffen niet meer hoefden. Dat spreekt een stuk makkelijker. Tom begon aan de klus; hij leerde PC spreken, leerde met hem spreken. Altijd zat wel een van de ingenieurs, of Hadrianus zelf, te glunderen in een van de luxueuze fauteuils die uit het teamlokaal hierheen waren gesleept. Ze konden over hun schepping niet zwijgen.

'PC is modulair van opbouw. Elk subsysteem is een aparte, quasi-onafhankelijke computer. We noemen dat het principe van Perifere Centralisatie. Op elk moment zijn een paar honderd van die subsystemen tegelijkertijd actief. PC is een gigantisch netwerk. Jij praat met de spin die middenin dat web zit.'

Of ingewikkelder.

'De netwerken zijn sterk gesimplifieerd ten opzichte van de gebruikelijke architectuur. AI-modellen werken doorgaans met rij-naar-patroonomvorming, wij werken met rij-naar-lijntransformaties. In traditionele systemen wordt de output gecodeerd naar controlestatements. Hier gebruiken we een direct discreet filtersysteem met kammechanisme. Op die manier schakelen we probabiliteitsinformatie uit. Dat bedoelen we met Principale Codering.'

Of fundamenteler.

'Een computer kan zich als een mens gedragen op twee manieren. Ofwel laat je hem werken zoals hij dat normaal doet, en je zorgt dat de output lijkt op wat een mens presteert, qua timing en accuraatheid. Ofwel boots je de processen zelf na. Wij doen dat laatste. Zo kan PC werkelijk zelfstandig leren. Procesgerichte Computatie.'

Of filosofischer.

'Hoe sta je tegenover zo'n machine? Je hebt iets geschapen wat op een persoon lijkt. Kan je dan nog spreken van een machine? Of heb je te maken met een echte persoon, iets met bewustzijn en zelfreflexiviteit?'

Of directer bruikbaar.

'Je moet opletten dat je je niet teveel aan PC gaat hechten. Zelfs bij heel eenvoudige artificiële intelligentie treedt verslaving op bij de gebruiker. De secretaresse van de kerel die *Elisa* schreef, een eenvoudig programma uit de beginjaren dat het *hum-hum* van de client-centered therapeut nabootst, was niet van het toetsenbord weg te slaan. Het helpt niet dat je weet dat je met een programma spreekt. Er zit iets in, altijd, een intelligentie die je grijpt. PC is een buitengewoon krachtig programma. Let op!'

PC leerde inmiddels *on line*, en dat tempo was hem te traag. 'Laat me ook wat *anders* doen,' vroeg hij, 'ik verveel me zo.' Sarah draaide zijn kloksnelheid naar beneden, en stelde voor dat hij 's nachts wat bij zou klussen. PC had geen behoefte aan slaap, hij kon na zessen helpen in de boekhouding, of een stel berekeningen overnemen van het *mainframe* op het Rekencentrum. Hij werd alvast betrokken in het nachtelijk veiligheidsbeheer, hield gangen in de gaten via camera's, bediende de deuren.

En het huishoudelijk bestaan? Soms kwam Judith 's avonds langs, soms niet. Soms ging ze met Hadrianus de stad in, soms niet.

Soms liet Tom hen alleen in huis, en ging hij een eindje fietsen. Op de een of andere manier voerden zijn tochten hem telkens naar het pleintje in het midden van de stad. Het werd het middelpunt van zijn wereld. Maar nooit zag hij op die tochten, althans de hele rest van de zomer, Ati of Hare Majesteit – zo was hij *haar* gaan noemen. Het middelpunt van zijn wereld bleef leeg.

Hij leefde zich dan maar uit in de keuken.

Op werkdagen aten ze, zoals beschaafde stadslui, vaak buitenshuis, in een restaurant of eetcafé of mensa. Soms, en zeker op vrije dagen, bereidde Tom de meest verrukkelijke gerechten. Geuren, smaken en kleuren uit de hele aardbol kwamen op het fornuis samen; westers gepruttel en oosters gesis ontmoetten elkaar. Er was geen ventilatie in de keuken en toen Hadrianus er de tweede avond binnenkwam, op zoek naar een mes om een brief te openen, had hij verbaasd de geurige dampen opgesnoven die als een mist in de ruimte hingen. Meteen had hij de deuren opengegooid om heel het huis te laten doordringen van de lucht van gebakken ui, verse knoflook, bitterzoete vanille, zoutige vis. Sindsdien ademde het behang een spijslucht in en uit en was luchtverfrisser overbodig. Op zaterdag kon een *tadjin* op het kleinste pitje staan, vol schapenvlees, courgettes, kekererwten, raapjes, wortelen, kaneel, komijn, nootmuskaat, peper, koriander. Het was een echte berberpot, roodbruin, zonder versiering, de kegel naar onderen uitwaaierend, vol ribbels van de handen van de pottenbakker. De bovenkant van de kegel had een kleine verdikking en was niet geglazuurd. Deze bovenste knop werd vochtig en heet, en kon wit staan wolken als een kleine vulkaan. De gerechten die uit deze voorwereldlijke tiet tevoorschijn kwamen (*sheba bilbeib bilooz, l'ha'am ma'assel*) werden door de disgenoten steevast als hemels omschreven. (Tom kon zich niet helemaal van de indruk ontdoen dat Judith niet uitsluitend voor Hadrianus langskwam. Ze zat op zaterdag vaak aan de houten keukentafel, en tikte daar de interviews uit die ze maakte voor een huis-aan-huisblad. Ze pauzeerde vaak en lichtte dan de deksels van de potten.) Evengoed kon een zware gietijzeren wok op het grootste bekken worden gehesen. Met behendige pols werden flinterdunne reepjes varkensvlees dichtgeschroeid. Of er stond een bamboe stoompan met gevulde lotusbladeren op. *Yangzhu-*

chao-fan werd even hartelijk ontvangen als *carbonade flamande*, en de *manzana rellena de crema quemade* werd op applaus onthaald; *piroshki* mochten. Als ze daar zo naast elkaar op de schappen stonden, de donkere *tadjin* naast de bolle wok in wankel evenwicht op de twee houten handvatten, het fonduestel vol aromatische olie, het blok met werkelijk vlijmscherpe messen, de zeefjes van bamboe met goudkleurige metaaldraad, de gevlochten koepel van de stoompan, dan leek het alsof vele gezinnen hier onderdak hadden, elk met hun eigen *dian xin*, hun *curries, paella's*, hun *moamb.* Judith bracht af en toe een tweedehands kookboek mee, of schuimde de markten af op zoek naar zeldzame kruiden. Als postmodern bevrijde vrouw kon ze met lef en tongue-in-cheek traditionele taken op zich nemen, en dus de tafel tijdens Toms kookarbeid passend en bijwijlen uitbundig versieren. Toms handen roken steeds naar etenswaren – uien en knoflook, basilicum of komijn. Ingesleten geuren, niet afwasbaar. Tom hield van die merkwaardige scheikunde, die inhumaan-biologische partikels die zijn neus binnendrongen wanneer hij in gedachten verzonken zijn handen over zijn bovenlip vouwde. Wat hij de laatste tijd erg veel deed. Soms zagen zijn handen dagenlang geel van kurkuma, of rood van zelfgemaakte *tandoori masala*. Het snelste algoritme om Tom in huis te vinden was eenvoudig: 000 START SEARCH {OBJECT=TOM,PLACE} 001 IF {TOM,KEUKEN}=1 TERMINATE 002 SEARCH {TOM,REST-VAN-HUIS}.

Het was op precies zo'n kookavond dat Judith was komen binnenvallen. Ze had Ruth bij zich, wat niet zo vaak gebeurde. Meestal huurde ze Sam in, of Sarah, of iemand anders uit de lange rij onderling verwisselbare babysitters. Tom protesteerde telkens, nee, hij vond Ruth *leuk*, hij speelde *echt* graag met haar. Judith vond het beter de baby in haar vertrouwde milieu te laten. Tot grote ergernis van Hadrianus: zo'n babysitter dient te worden afgelost, en dus verdween Judith telkens rond de klok van middernacht. Nu zaten beide dames rond de tafel, nagenietend van de lamsfilet met aïoli, en Ruth zoog op haar *baklava*. Tom zette de rest van het gebak in het midden van de tafel, en liet het water lopen voor de afwas.

'Tom?' klonk Judiths stem in dat licht geraas van huishoudelijke bezigheden. 'Mag ik je wat vragen, iets wat ik me al een tijd zit af te vragen? Wat *doe* je eigenlijk in Meerhof? Hoe kom je hier terecht? Precies hier?'

De te verwachten vraag. De gevreesde vraag. Tom liet de borden een voor een in het sop glijden. Hadrianus streek een lucifer af. Hij stak zijn sigaret aan, wapperde het vuurtje bedachtzaam uit, zette zijn voeten tegen de tafelrand. De nutteloze lucifer mikte hij in het afwaswater. Tom trok een vies gezicht.

'En zeg niet: ik kwam op die advertentie af. Je komt berooid aanzetten, een schamel koffertje met weinig kleren, wat boeken en muziek. Je wilt niet dat we je spullen gaan ophalen bij je vriendin.'

'*Ex*-vriendin. Poes.'

'Neem een sigaret. De afwas kan wachten.'

'Het is een lang verhaal.'

'We hebben alle tijd.'

'Het is een beschamend verhaal.' Tom neemt Hadrianus' sigaret over, trekt heftig. 'Ik weet niet of ik het wel kwijt wil.' Damp slaat uit zijn neusgaten. Rook druipt in dikke wolken uit zijn mond, die stinkt naar honing en knoflook.

'Elk beschamend verhaal is leerrijk.'

'Voor verteller en toehoorder.'

'Vertel je verhaal als was je Sheherazade. Misschien stelt het de dood uit. Misschien houdt het Judith hier, avond aan avond.'

'En Ruth.'

'Begin bij het begin,' spoorde Judith hem aan. 'Wie weet houdt het me hier. Ik verzeker je: we zijn *allemaal* gekreukt. We schamen ons *allemaal*. Wat je ook is overkomen, of wat je ook gedaan mag hebben: daar is daar, en hier is hier.'

'Toen is niet nu.'

'We houden van je, Tom, alledrie, onvoorwaardelijk.'

Tom keek de beide vrouwen aan. Hen hier houden, het was een nobel doel.

'Tweejtweej*tweeeeej*,' gorgelde Ruth.

Je kunt verhalen voelen opborrelen uit je binnenste, soms. Beetje bij beetje stijgt het narratieve water, tot het uit je mond sijpelt. Je slikt om het binnen te houden, maar je kunt het tempo niet bijhouden. Als dat te lang duurt, stik je, of spuit als een fontein alles ineens de lucht in. Tom had de bron voelen wellen, al een tijd. *Nu* vloeide de stroom nog niet te snel. Nu was een goede tijd om aan het verhaal te beginnen. Hij draaide zich om, met schuimende handen, en keek de toehoorders aan.

'Goed,' zei hij.

Waarop hij zijn handen afdroogde, ging zitten, en zijn vingers op het ruwe houten tafelblad spreidde.

'Ik vertel het in de derde persoon, goed? Dat praat makkelijker. Alsof het over iemand anders gaat. Wat ook zo is, hoop ik.'

In die tijd was Tom verslaafd aan muziek. Arme student of niet, elke week ging hij zijn portie halen uit de rommelige bakken van de goedkope platenzaak in de Parijsstraat. Op maandag al ging hij staan kijken naar de nieuwe releases. Het was een half ritueel. Als Tom de Brusselsestraat in liep, en de vette chowchow zag liggen voor de kledingzaak op de hoek met de Pensstraat, begon zijn hart al sneller te slaan. Het beest lag er altijd, zomer, winter, wat ook de weersomstandigheden waren. Dat had meer met luiheid te maken dan met het moedig trotseren van 's levens ontberingen. Het beest deed zijn gevoeg in de plantenbakken, en als het eenmaal buiten lag, was het gewoon te vadsig om zich te verplaatsen. Zodra de druppels op zijn snoet spatten, sloeg de hond misnoegd zijn zwarte tong naar buiten, proefde van de regen, en legde dan triest de kop op de voorpoten. Af en toe huiverde het dier onder de nattigheid, en hief het de kop richting winkel, alsof het zijn baas verantwoordelijk stelde voor de grillen van het Belgische klimaat. Onder de luifel was het nochtans droog; het beest stierf echter liever als martelaar dan dat het zich zou verwaardigen een centimeter te wijken. Het *was* de baas zijn schuld tenslotte; chowchows horen thuis in het zonnige Kanton. De hond kende Tom, wat deze kon merken aan het feit dat het dier hem straal negeerde. Alle nieuwsgierigheid die het ooit omtrent Tom mocht hebben bezeten, was volmaakt bevredigd. Tom was er zo een die de Parijsstraat inschoof, tien meter verderop slechts, maar definitief buiten de mentale actieradius van het moegestreden dier.

Daar hingen ze, de splinternieuwe hoezen, aan de wasdraad achter het raam. Als Tom zich kon beheersen, ging hij op dinsdag terug. Meestal stapte hij meteen binnen. Hij deed zijn aankopen vroeg in de week, voor zijn geld op was. Na aankoop van dubbelelpees at hij de rest van de week macaroni met basterdsuiker.

Op die ene dag stond er de gebruikelijke klandizie. Tieners in spijkerpak, een kerel met een leren jack waarop in huisvlijt de slogan FUCK OFF was aangebracht en een spichtige jongen in een groene loden jas. Deze laatste was druk doende het laatste singletje van de *Dead Kennedys* in zijn jaszak te wurmen. Niet alleen Tom, maar ook de winkeljuffrouw had het in de gaten.

En het was mede deze juffrouw die Tom elke week naar de platenzaak dreef. Het was moeilijk te verklaren: buitengewoon mooi was ze niet, en belangstelling had ze nooit getoond; niet voor Tom, niet voor een der andere vaste klanten. Ze zat daar cool te wezen op haar barkruk, kauwgom malend terwijl ze *Opzij* las. Ze had présence, dat was het. Onverstoorbaar zat ze op die kruk, de wereld draaide onder haar door, het ritme van haar malende kaken negeerde de zuigende beat van Alan Vega volkomen. En terwijl Tom in de bakken met de D op de tast de heruitgave van *The Soft Parade* zocht, hield hij haar nauwlettend in het oog. Hij wist wat kon volgen.

De loden jongen had zijn hand al aan de deurklink toen het gebeurde. De dame, tevoren ogenschijnlijk zo door haar tijdschrift in beslag genomen, gooide plots en heftig haar hoofd naar voren, haar tong flitste tussen haar tanden uit, een natte *plop*, en haar kauwgom plakte in de nek van de winkeldief. Met haar rechtervoet tikte ze de naald van de plaat. Het werd stil. Iedereen keek.

'Dat,' sprak ze toonloos, 'is dan tweehonderd frank...'

De jongeman werd net zo bleek als de vale bloedzuiger in zijn nek. Zijn hand ging naar zijn achterzak. Toen herinnerde hij zich de prijs.

'Het kostte *honderd*,' protesteerde hij.

'...en voor dat bedrag zien we af van verdere rechtsvervolging,' vervolgde de winkeljuffrouw, volmaakt onbewogen.

'Zal ik effe helpen, anders?' vroeg de leren jekker. De jassenman koos het zekere voor het onzekere en gooide snel twee briefjes op de toonbank; hij was de winkel al weer uit, richting station.

'Hoepelen jullie ook maar op,' zei de winkeljuffrouw. Ze gaf het uurwerk boven de toonbank een flinke slinger. 'Sluitingstijd.' De klanten sloften zacht morrend naar de deur.

'En jij,' zei ze tot Tom, 'waar wacht *jij* op? Pas uit Leuven Centraal ontsnapt en in geen zes jaar een vrouw gezien? Nee, dat kan niet, je staat hier bijna elke dag. Of is mijn schoonheid zo oogverblindend dat je ter plekke wordt neergebliksemd?' Tom kwam niet zo gauw uit zijn woorden. Hij wou alleen maar zijn plaat betalen. Hij hapte naar adem.

'Ik zie het al. Mijn buitenaardse schoonheid, dus. In dat geval mag je me een etentje betalen. Ik heb honger en ik ben wat krap bij kas, vanavond.'

Tom keek naar de hoes in zijn handen en trachtte te schatten wat de Chinees voor twee kommetjes nasigoreng zou rekenen.

'Ik kook verrukkelijke spaghetti,' zei hij.

'Vergeet het. Die truc ken ik. En ik de hele avond jouw smerige poten van mijn lijf proberen te houden, zeker? Honger heb ik, da's alles. De Chinees, hiernaast?'

Tom knikte. Hij zette het stuk karton terug in de rekken.

De dame haalde een kleine zwarte schijf uit de kast.

'Hou je van de *Dead Kennedys*? Die oen is er met een lege hoes vandoor.' Tom knikte woordeloos zijn dankbaarheid. Ze hield koket haar hoofd een tikje schuin. 'Dit levert me wel een portie chop choy op, niet?'

Dat deed het. En bij het buitengaan bood ze hem, geloof het of niet, *glimlachend* haar arm.

'Ik heet Tom,' kon hij uitbrengen.

Ze glimlachte breder. 'Dan zal ik mezelf maar Poes noemen, zeker?'

'Dat was het begin.'

'Ik ben vooral benieuwd naar het einde. Ik ben nogal morbide.'

'Het is een lang verhaal.'

'We hebben alle tijd. Remember Sheherazade.'

'Maar het onmiddellijke vervolg,' zei Hadrianus, grote bellen cognac ronddelend, 'dat kan nog wel, niet? Zodat we een idee krijgen van de verdere gang van het verhaal.'

'Misschien moet ik dan in de richting van de rock-'n-'roll

gaan,' peinsde Tom. 'Hoe liefde groeit, hoef ik jullie niet te vertellen. Na dat eerste etentje namen we keurig afscheid aan de deur van de Chinees, en op latere avonden aan de deur van een Italiaan, de Portugees, de Cambodjaan, een Griek. En na een echt duur diner in de Ramberg nodigde ze me uit voor koffie op haar flat. Een week daarna mocht ik die zelfgemaakte spaghetti opdienen. Een maand later trok ik bij haar in. Een tweepersoonsbed was er al, veel kleren had ik niet, mijn boeken schoven bij op het rek, en de elpees stonden in dozen naast de stereo. En mijn gitaar kon in de platenzaak. Op het moment dat ik bij haar introk, lag Poes overhoop met de rest van het groepje waarin ze drumde, en ik was nogal ontevreden over *mijn* ritmesectie. Dus besloten we ook ons muzikale leven te laten samensmelten, en een nieuw groepje te vormen.'

'Ik wist niet dat je gitaar speelde.'

'En hoe,' zei Tom mistroostig. 'De bron van alle onheil.'

'Vertel.'

Tom krabde langs zijn neus. 'Misschien kan ik de bènd voorstellen aan de hand van een willekeurige repetitie. Geachte toehoorders, fase twee in het eerste verhaal: Tom Pepermans, stergitarist in een modern, rockgericht ensemble.'

De repetities begonnen met het uit de kelder gooien van de vorige band. De kelder onder de winkel was perfect geïsoleerd. Stond je voor de deur, dan voelde je de grond zacht trillen. Deed je de deur open, dan sloeg een gigantische stoot herrie je in het gezicht. Een pijnlijk luide ritmebox, bijvoorbeeld, en walmende keyboards, een bas die onbarmhartig boerde. Diep grommend rukte de zanger van, pakweg, *The Funeral Procession* aan de ketens van de doem waaraan hij zichzelf had vastgekluisterd. Uit het diepst van Limburg kwam dit collectief, hun gedachten waren even warrig als hun vogelnesten van haren, hun puntschoenen waren even stoffig als hun verering voor *Joy Division* was. De enige manier om hen te doen ophouden, was het uitschakelen van de stroom. Aan de dikke plakken rook en de zoete geur te oordelen was hun trance niet louter van muzikale aard. Er werd gecoördineerd gewerkt: Tom klikte de schakelaar van de zekering om en Poes liet op orkaankracht de plaat *Chérie – Mijn Grootste Successen* door de kelder schallen. Spuwend pakten de heren van de *Procession* hun biezen. Hun bassist kwam als laatste uit de kelder. Hij keek gewoontegetrouw erg nors, maar floot niettemin mee met *Een Viool in de Nacht (Brengt een Hart vol Verlangen)*.

Poes en Tom waren er het eerst. En, zoals altijd, duwde een wonderlijke jongeman de deur open terwijl de laatste klokslag uit Sint-Pieters klonk. In de ene hand droeg hij een kleine aktentas, in de andere een instrumentenkoffer. In de aktentas, wisten Tom en Poes, zat hagelwit papier van 80 gram zonder watermerk, zwart carbonpapier voor eenmalig gebruik, en een map met spaarzaam betikte vellen. Van beroep was deze jongeman mechanisch ingenieur. Een tijdlang had hij in een stofzuigerfabriek gewerkt, nu hield hij zich bij een sportmultinational bezig met het verder vervolmaken van de drukverdeling in de basketbal. Het dichterschap, zei hij, was zijn ware roeping. Hij nam deze bezigheid bijzonder serieus. In de tas zaten alfabetische lijsten van bruikbare woorden (*albino-bunzing, blastula, dodijnen, doezelaar, eenhokkig, epineus, fesjenebel, fontanel, frondeer*). Tot in het holst van de nacht schaafde hij zijn teksten bij. Als de fles leeg was, liep hij in de volslagen duisternis naar de brievenbus. Geen van de obscure tijdschriften die hij onder post bedolf had ooit iets gepubliceerd, maar men was steevast vriendelijk in de weigering, en zonder voorbehoud zag men verdere zendingen met genoegen tegemoet. De dichter vatte dat als aansporing op. Muziek was ontspanning, na de basketballen en de po-wee-zie. In een grijs verleden had hij een naam gehad, iets typisch Vlaams (Jef, of iets van die strekking), maar in de band heette hij eenvoudig: De Bassist.

De Bassist streek een weerspannige lok uit zijn ogen. Hij stroopte een broekspijp omhoog om zijn gloednieuwe crèmekleurige gaatjesschoenen te laten bewonderen.

'Ze passen uitstekend bij je bloemenhemd.'

'Nog wat geschreven?' informeerde Poes.

Zo kreeg je De Bassist los. Hij had altijd wel nieuw werk in de koffer. Als je hem vroeg waar het over ging, zei hij telkens dat gedichten niet ergens over gaan. De ultieme ongrijpbaarheid, de finale polyinterpreteerbaarheid, begrijp je, van elk kunstwerk. Het transcendeert de Maker, die niet het monopolie van betekenis heeft.

'Voor mij,' zei hij bij deze gelegenheid, 'voor mij, als bevoorrecht getuige bij het ontstaan van dit kunst-werk-in-mi-ni-a-tuur, voor mij lijkt het te gaan over de zucht naar Ware Liefde. En over de finale onvervuldheid van dat verlangen. Het smachten. En het feit dat je als het ware in elke andere die Toekomstige Geliefde ziet.'

Poes knikte instemmend.

'Dat de Teleurstelling alsmaar toeneemt, dat de dagen Lang worden, dat de Verwondering afstompt. Dat je Tragisch Vervreemdt van je Diepste Verlangen.'

Geen groep kan zonder bassist. Tom zei niet wat hij dacht.

'De muze,' sprak De Bassist, de blik strak op Poes gericht, '*bestaat.*' De stilte die volgde was enigszins geladen.

De Bassist verbrak haar weer. 'Landschap,' sprak hij, met een grafstem, 'met de Vrouwelijke Dieren.' Hij boog voor zijn toehoorders.

'Hier levend,' sprak de dichter, 'in dit landschap met de vrouwelijke dieren: daar lopen ze, heupwiegend. Het is tenslotte niet hun schuld: het fruit wordt almaar minder Turks, maar doodgewoon als appels. Zuurte aan de tanden. De ochtenden zoals het hoort; smakend naar brood, naar honing zelfs, naar zolders, kaas en thee. En ik naar vogelzoen. En dan (lang) uit dit venster kijken. Jij bent elk van hen.'

'Lang niet slecht,' zei een vierde stem. De bijzonder spichtige kerel droeg een slanke, gitzwarte gitaarkoffer. In vergelijking met De Bassist zag deze jongeman er ronduit onopvallend uit. Donkerbruine schoenen van een model dat al rond 1950 respectabel was; donker-indigo strakke jeans van het soort waar grootmoeders geen bezwaar bij maken; donkerblauwe lamswol sweater. Een kort kapsel met scheiding tooide zijn hoofd; het lag er zo netjes bij dat het een pruikje leek. Dat het haar echt was, was gebleken toen De Bassist de man tijdens hun laatste concert na een veronderstelde valse noot was aangevlogen. Hij had de hele gitarist aan zijn haren opgetild. Het had hem een venijnige trap-in-de-buik van de anders zo kalme instrumentalist opgeleverd, en een arm uit de kom. De gitarist kwam ervan af met een dagje hardnekkige hoofdpijn en een nieuwe bril. Die nieuwe bril zag er precies zo uit als de oude: een zilverkleurig model dat de bezitter ervan een onmiskenbaar air van dodelijke saaiheid verleende. Een typisch geval van een poëziekenner. En, tegen alle schijn in, de ideale gitarist voor Toms ensemble. Hij beheerste de myxolytische toonladder in elke transpositie; hij beklom de riedeltjes van de bluesladder vanuit elke toonaard en desnoods achterstevoren. En hij kende de complete Neil Young-catalogus uit het hoofd.

Poes keek rond. 'Iedereen is er!'

Dat was het afgesproken teken. De leden van de band daalden de keldertrap af, stelden hun instrumenten op, zeulden versterkers uit het berghokje, en sleurden met tomtoms, cymbalen en statieven. Poes sleepte haar grote basdrum aan, waarop in grote, zwarte letters de groepsnaam stond geschilderd: *The Local Losers.* Zelden had een groep een passender naam. Eén keer hadden ze meegedaan aan Humo's Rockrally. Een enkele krant had het gehad over de originele podiumact (een rel tussen de groepsleden ensceneren tijdens het laatste nummer, de bril van de ritmegitarist verbrijzelen en vervolgens quasi-kwaad het podium verlaten, het was wat anders dan goedkope gitaren stukslaan op de drumkit), maar verder was het optreden onopgemerkt gebleven.

Het was te begrijpen dat na dat fiasco, twee jaar geleden, *Head Crash*, zoals de groep toen heette, zichzelf had opgeheven. Een goed jaar later waren Bob en Tom en De Bassist voldoende over de schaamte heen om weer te gaan repeteren. Toen was Poes erbij gekomen.

Het had *Head Crash* nog meegezeten. Een van de vorige groepjes, *Toothless*, was roemloos aan haar eind gekomen toen het schoolhoofd eigenhandig een cimbaal op de schedel van de toenmalige basgitarist krom had geslagen en Bobs versterker een dusdanige doodschop had verkocht dat het schoolfeest het verder zonder elektriciteit had moeten stellen. *Xmas Violator* had de plaatselijke parochiezaal nooit gehaald. De pastoor had iets tegen de naam gehad en was dat op een repetitie komen vertellen. In het gekeuvel dat daarop volgde was Bob alweer een bril kwijtgeraakt en de pastoor het grootste deel van zijn laatste haren. *Demolition*, een derde reïncarnatie, was hardhandig uit het scoutslokaal verwijderd nadat de band *Anarchy in the UK* had ingezet. Deze episode had Tom altijd dwarsgezeten. Na Bobs intro, die wat botte opeenvolging van geblokte *power chords*, en

Toms nabootsing van het krankzinnige lachje van Johnny Rotten – lang dus voor hij de zaal had kunnen meedelen dat hij met ingang van heden als Antichrist bekend wenste te staan – werden zij met het volle gewicht van de katholieke naastenliefde om de oren geslagen en was het podium bezweken onder een paar honderd kilo *feldgraue* uniformen met inhoud. Geen wonder dat Bob na deze avonturen besloten had vertolker van Bachs luitwerken te worden. Het mocht een wonder heten dat hij nog in *Head Crash* en *The Local Losers* had willen stappen. Maar Bob was nodig. Hij was door de jaren heen een soort mascotte gebleken. Niet dat hij het onheil afwendde. Maar hij zorgde ervoor dat het binnen de perken bleef. Voor Tom althans. Bob was een geconcentreerd muzikant, hij merkte nauwelijks wat er rondom hem gebeurde, reageerde altijd te laat, en ving bijgevolg letterlijk de klappen op. Bob had na het *Demolition*-incident twaalf hechtingen gekregen; niet Tom. Bob was domweg blijven staan.

Dit waren ze dus. De eeuwige kern, Tom en Bob, aangevuld met Poes op de drums en De Bassist op de bas. De Bassist zat eerder noodgedwongen in de groep. Niemand anders durfde zich bij *The Local Losers* te vervoegen en geen andere band wou De Bassist in zijn gelederen. De man droeg schoenen met kwastjes; hij had theorieën over muziek als luchtsculptuur. Geluiden zijn golven die zich in de lucht bewegen, zei hij. Als je een geluid produceert, manipuleer je de plaats van de moleculen in de ruimte. Ergo: muziek is een sculptuur van lucht.

'Klaar?' vroeg Poes.

Is er iets mooiers dan het aftikken met de drumstokjes, en Tom die 'Eén, twee, drie, VIER' brulde, de band die explodeerde in een slordige versie van *Cinnamon Girl*, Bob en Tom beurtelings solo, De Bassist op scherp, en Poes roffelend als een waanzinnige? Nee, dat is er niet. Of nauwelijks. (Woorden van Tom Pepermans.)

Poes wiste zich het zweet van het gezicht met een grote, geel-wit gestreepte handdoek.

'Ik vond die countryversie van *Controversy* wel wat hebben,' zei De Bassist.

'Hoewel ik het beter zie functioneren in een heavy-metal arrangement,' zei Poes.

'Ik hield nogal van *Jesus, Alice Cooper and Me*,' merkte Bob schuchter op. *Jesus, Alice Cooper and Me* was de gloednieuwe compositie waarop Tom de groepsleden die avond had getrakteerd. Ze combineerde het mysterieuze veelzeggende van Paul Simons teksten met de tijdloze raakheid van de muziek van John Hiatt.

'Ik niet,' zei Poes.

'Ik ook niet zo,' zei De Bassist. 'Het combineert, als ik me zo mag uitdrukken, de nietszeggende vaagheid van de teksten van, pakweg, Paul Simon, met de botte bluesrockstijl van iemand als John Hiatt.'

'Als je er nu wat heavy invloeden door zou mengen,' suggereerde Poes.

'Of gooi er een lekker funky ritme onder,' likkebaardde De Bassist.

'Er is iets met je stijl, Tom,' zei Hadrianus. 'Je vervalt in slapstick.'

'Het mag,' zei Judith. 'Het eind zal tragisch zijn. Vóór het bittere, het zure.'

'Maar het was wel genoeg voor vanavond,' besloot Tom.

'Oh, ik hou van verhalen,' zuchtte Judith.

'Waarom vertel je er zelf niet een?'

'Hierbij beloof ik plechtig dat ik dat zal doen. Gauw. Maar geen autobio. Ik ben de hele week al met de werkelijkheid bezig. Ik verzin liever wat. Geef me de tijd.'

'Verzin een sprookje. Voor Ruth.'

'Een huis vol sprookjes en verhalen, dat lijkt me wel wat. De ideale omgeving om een baby in te laten opgroeien, zo'n huis.'

'Ik weet niet zeker of de rest van mijn verhaal zo geschikt is voor kinderoren.'

'Oh, jawel hoor,' zei Judith. 'Je kunt ze tegenwoordig niet jong genoeg inlichten over *alle* feiten des levens. Ze kan zich wapenen tegen het *fin de siècle*.'

'Op het moment van het *fin de siècle* is ze *negen*,' wierp Tom tegen.

'In elk geval,' zei Judith, en ze trok een plechtig gezicht, 'vind ik dat deze avond iets moois inluidt. Ik vind dat een huis vol sprookjes en verhalen ook een huis vol dromen hoort te zijn. Daarom heb ik een besluit genomen. Ik verklaar hier plechtig op Hadrianus' voorstel in te gaan, en met Ruth bij jullie in te trekken, zodat we aan het ontbijt die dromen kunnen uitwisselen.'

Tom keek een beetje weg van de onstuimige omhelzing waaraan Judith en Hadrianus zich overgaven en probeerde Ruths aandacht te trekken. Judith maakte zich los.

'Ruth, schatje,' zei ze. 'Deze heren ken je. Hadrianus, Tom. Ze zullen samen met mij voor je zorgen, is het niet, jongens?' De heren knikten. 'Ruth, speel jij maar lekker met je nieuwe huisgenoot Tom, dan gaan Hadrianus en ik een en ander vieren in het gezellige café-chantant waar ik stiekem een tafel heb laten reserveren. Hadrianus, we vertrekken, want het wordt laat. Ik heb LA CROTTA® Wonderlift op. De chemische facelift: in twee minuten alle rimpels weg. Werkt zes uur lang. Na middernacht word ik een borrelend rampgebied. We moeten ab-so-*luut* voor twaalven thuis zijn! Na middernacht gaat het licht uit, zodat Hadrianus er geen weet van heeft hoe ik er in het *echt* uitzie. Vooruit, *let's go*!'

En weg waren ze. Toms hoofd tolde van de herinneringen en van Judiths mededeling. In Ruths hoofd tolde het nog meer. Tom en Hadrianus kende ze. Tom het best. Grappige gozer. Deed alles om haar aan het lachen te krijgen. Druk gesticuleren, virulent glimlachen en breeduit bekkentrekken. Ruth herinnerde zich zo'n avond waarop Tom alle registers had opengetrokken en zij zich maar van den domme hield. Vanuit haar stoeltje had ze gefascineerd toegekeken hoe Tom uiteindelijk tijdens een handstand zijn evenwicht had verloren en zijdelings uit beeld was getuimeld. Het geluid van brekend speelgoed en een luid *godverdomme* begeleidden de val.

Fijne kerel voor een avond, zeker. Maar hier intrekken? Al heel Ruths korte leven vertelde Judith dat het hun beidjes was tegen de rest van de wereld. Een vader was overbodig, zei Judith. Ze had liefde voor twee. Van verwarrende boodschappen gesproken: nu kreeg Ruth er in één klap twee vaders bij. Twee! En het waren niet alleen Judiths woorden die haar die nieuw verworven vaders zorgelijk tegemoet deden treden: als Ruth zo in de crèche rondkeek was de invloed van één vader al zo desastreus.

‘Sjumme wen-thieh?’ Tom probeerde haar aandacht te trekken.

Ach, misschien moest ze maar wat meewerken. Minder sceptisch zijn. Die jongen deed zijn best. ‘Ba-ba,’ kraaide baby Ruth, ‘wo jauw nieduh AI.’ Ze greep met volle overgave in Toms wangen.

‘Auww,’ kreet Tom, terwijl Ruth vriendelijk het handvol uitgerukte baardharen monsterde.

Tom zette de reiswieg in zijn kamer. Hij meldde dit aan de huisgenoten met een briefje op de keukentafel. En ging slapen met het stille geweld van Ruths adem vlak bij zijn oor. Rond middernacht, inderdaad, slopen Hadrianus en Judith binnen. Tom werd er wakker van. Er werd gefluisterd in de gang. Vaag geruis hoorde hij ook. Een kreetje. Van pijn? van verrassing? van genot? En nog een, en nog. Volume en intonatie deden de volgende volgorde vermoeden: een gilletje van verrassing; een kreet van pijn; en dan: een schreeuw van genot.

5

Tom kwam de wc uit. Hij had Hadrianus de prescheerdeun horen aanheffen, een vaag tonaal geneurie in grote terts. Zijn huisbaas stond inderdaad voor de spiegel, in een gerafelde badjas waarop kleine korenbloemen stonden geborduurd. De mouw was afgebiesd met een strook madeliefjes.

'Goeiemorgen,' zei Tom. Hij dook voorlangs naar de wasbak.

Hadrianus glom van trots. 'Stil,' fluisterde hij. 'Judith slaapt nog.'

Het ijskoude water liep over Toms handen. Hij drukte op de dispenser en een grijsachtige sliert zeep vloeide in zijn hand.

Hadrianus' mes hakte het licht in de kamer tot ijs. Vaardig schraapte het de wang, ritmisch veegde Hadrianus het af.

'Jij kan tien minuten langer slapen,' bromde Hadrianus. 'Jij hoeft je niet te scheren.'

'Zonder baard lijk ik op mijn vader.' Tom keek zichzelf onderzoekend aan in de spiegel. 'Als ik dat ding afscheer heb ik *zijn* ogen. Mijn naakte wangen zijn dan tochtig, mijn bovenlip voelt koud en obsceen, maar mijn *ogen* zijn het naaktste, het obsceenste, het koudste deel van dat nieuwe gezicht. Soms scheer ik mijn baard – alleen om dat te zien, en te huiveren.'

'Je herkent je vader in de spiegel,' zei Hadrianus. 'Big deal! Een teken dat je volwassen bent, als je *hem* in de ogen kijkt tijdens het scheren.'

'Ik voel me niet volwassen, dan. Ik voel me beroerd.'

'Misschien is dat wel hetzelfde,' opperde Hadrianus luchtig, en hij zwaaide weer met het mes. 'Aauw!' Hij had een pukkeltje middendoor gekliefd; bloed sijpelde langs zijn wang en door het scheerschuim.

'Grote goden,' riep Tom uit. Hij snelde op Hadrianus af, de handdoek vooruit, om de wond te stelpen. Dat had hij niet moeten doen: Hadrianus duwde reflexmatig het mes weg van de plek van onheil. Het staal beet, ijskoud en schokkend. Bloed sijpelde nu uit Toms hand, een lange, lijnrechte, kloppende snee over de zijkant van zijn wijsvinger.

'Sodeju!' tierde Hadrianus. Hij leek nog meer geschrokken dan Tom zelf.

Gezicht en handen zijn dicht doorweven met haarvaten, dus Tom en Hadrianus bloedden hevig. Het bloed van Hadrianus' wang druppelde over Toms hand. Het liep de wastafel in; hun beider bloed in één enkele, niet te scheiden stroom. Tom en Hadrianus keken elkaar aan en lachten terwijl ze primitieve drukverbanden aanlegden. Het koningsblauw van Toms handdoek veranderde in nachtzwart.

'Weet je niet hoe gevaarlijk dit soort versmelting van lichaamsvochten is, in deze tijd? Met die snee heb ik misschien je doodvonnis voltrokken.'

Tom grijnsde. 'Zie jij je vader niet, in de spiegel, dan, als je je scheert?' vroeg hij.

Hadrianus grijnsde terug. '*Mijn* vader is al vele jaren dood. Sinds 1888, of daaromtrent.'

Achter de balie deed meneer Tovenaer de Thorazine-shuffle. *Morele Waarheid is de Ware Vrijheid* stond achter hem te lezen. Een studente in mini-jurk slenterde voorbij, likkend aan een ijsje. 'De dames apparenteren altieglijk zulkse minimale uitgedostheid, dat een alsgelijke troposfeer over de compartimenten arriveert, zo waar ik hier stagneer,' vertrouwde de portier Tom toe. 'Ik geef bekentenis, al auditeert het niet: bijwijlen maakt het uw serveerder gans levitisch.'

'Ach,' zei Tom. 'Het gebeurt ons allemaal. U bent zo wonderlijk uitgedost?' Robb Tovenaer droeg een kaki hemdjasje en had een honkbalpet in camouflagekleuren op zijn hoofd.

'Een van de usanties die hier zuiverlijk draperen, is de utiliteit van coïtale vacature, in jeder maandverband. Heden is zo'n persoonlijke gemeenschapsuitstap van arbeid. Ziet: ik attendeer reeds mijn collages komen te uiteengerukt, met de ons manu militari toegemeten genitaliën, als ik mij niet al te zeer verruïneer.'

'Leuk. Wat doet u op zo'n dag?'

'Dan? Een mijner favorabele tijdsexorcities is de orthodontologie, waarbij ik met plezier de wulpen, giotto's en wilde parvenues middels occulte televisie persifleer.'

'Dat lijkt me een aangenaam tijdverdrijf,' zei Tom en hij wandelde naar de lift – maar niet na Robb Tovenaer een aangename dag te hebben toegewenst.

'Judith is dus eindelijk bij jullie komen inwonen?' vatte PC het gesprek samen.

'Precies,' zei Tom. 'En Ruth ook natuurlijk. Een vriendin neemt hun flatje over. Een hele mooie flat in het centrum, hoogste verdieping van een kast van een art nouveau huis. Vanaf het balkonnetje kun je de Simon-Stevinkerk zien, heb ik me laten vertellen. Vriendelijke buren, die niet eens klaagden over het gekrijs van Ruth. Dat alles geeft ze op om bij ons te komen wonen. Het zal heerlijk zijn. Baby's kun je zo mooi beschermen. Tegen flink gestookte kachels, de scherpe hoek van de salontafel, de ruimte tussen twee trapspijlen. Er zijn die achteloze volwassenen met hun grote voeten. Boekenkasten in wankel evenwicht. Kruippakje met wurgkap. Speelgoedberen met loszittende oogjes. Pimentsaus, toiletreiniger, stopcontact. Je bent hun beschermengel.'

'Een rol die je ligt.'

'Ze doen je de wereld anders zien. Eeuwenlang deugdelijk gebleken bekers kunnen geen vijf cc vocht meer vasthouden. Eetgerei wordt zelfmoordtuig. Iets simpels als een vloer blijkt niet langer het stabiele draagvlak uit het natuurkundehandboek. Ook niet voor volwassenen, zoals ik al heb gemerkt na een gevecht met de kabel van de Fisher-Pricetelefoon, die gedurende de hele struikel-val-opkrabbeloperatie olijk bleef rinkelen en jolig met de oogjes bleef draaien.

Een baby heeft andere lichaamszones. Het leven borrelt er aan alle kanten uit, sijpelend of spuitend of mild geperst. Regelmatig moet dat sap worden bijgevuld. Er moet melk worden gezogen en lieve woordjes moeten in het oortje worden uitgegoten – tot het kraaien wordt van pret en tranen over de wangen bingelen en snot op de kin druipt. Luiers, zakdoeken, slabbetjes, het is opvanggerei waartegen Ruth van harte een vrolijke strijd voert. Haar buik dient om lief geboend te worden. Haar tenen brengt ze naar haar mondje alsof het moeders tepels zijn. Haar armbewegingen zijn ongecoördineerd, maar wacht tot er een bril of oorbel binnen grijpafstand opduikt. Woyawyawyaw... kraait Ruth en terwijl ze onbarmhartig moeders dure Wouters & Hendrix door de oorlel trekt, spuwt ze de bril vol speeksel. Jongetjes zijn erger, heeft Judith me verteld. Ze plassen je in koelen bloede onder wanneer je ze in bad stopt. Ze lachen er niet eens bij. Ze kijken je onbewogen aan terwijl hun lauwe, naar asperges geurende zeik over je heen sproeit. En dan is er...'

'Weet je,' onderbrak PC peinzend de monoloog, 'dat is typisch iets waar ik niet over mee kan praten. Een idee van ruimte heb ik. Het zit ergens in een van die grote dozen met semantische modules. Maar wat ruimte echt *is*, daar heb ik geen benul van. Ik kan die camera's laten zwenken en op een kaartje aantekenen of er iets veranderd is sinds de laatste scan. Dat is alle ruimtelijkheid die ik heb.'

'Tsja,' zei Tom.

'Misschien zou het helpen als die camera's mobieler werden. Als jij, bijvoorbeeld, een videocamera zou meenemen en opnames voor me zou maken, terwijl je loopt. Of me rechtstreeks met zo'n camera zou verbinden.'

'Hmmm,' zei Tom.

'Helemaal geen slecht idee,' zei Sarah vanuit haar fauteuil.

PC kuchte bescheiden.

'Nee, *helemaal* geen slecht idee,' zei Hadrianus, die erbij werd gehaald. 'Maar als je naar films kijkt en zo, PC, dan krijg je toch een beeld?'

'Een *beeld*,' zei PC. 'Maar zo'n camera neemt vreemde standpunten in en maakt bewegingen die geen mens kan maken. Mensen kunnen niet in- of uitzoomen. Opnames met een kleine videocamera zouden me een beter idee geven van wat het is mens te zijn.'

Sarah zat al ijverig te tekenen. 'Als we nu werken met een minuscule camera, die Tom met zich meedraagt, kijk, je zou in zijn brilmontuur de optische kabel van een endoscoop kunnen monteren, en het beeld doorseinen via een zendertje in zijn jaszak, dan kan PC dus echt volgen wat Tom...'

'Ho,' zei Tom. 'En mijn privacy dan? Ik ben niet van plan *alles* wat ik de hele dag verricht rechtstreeks door meneer hier te laten volgen. Of door jullie, want daar komt het ook op neer, natuurlijk.'

'We stoppen een minirecordertje in die jaszak,' stelde PC voor. 'Tom maakt opnames en laat me zien wat hij zelf wil. Niet helemaal realistisch, maar goed genoeg.'

Tom dacht na. 'Okee,' zei hij.

Sarah zocht haar gereedschap. 'Vanavond is hij klaar, die camera. Kun je hem meteen uitproberen. Geef me je bril, Tom.'

'Geweldig, lieve Corrie,' zei Margo. 'Negenenveertig en vier tiende procent van de stemmen in de voorronde! Wat een geweldig nieuws voor ons allemaal! Voor jouzelf in de eerste plaats natuurlijk. En voor de universitaire gemeenschap, jazeker, tuurlijk, schat. Uiteraard, Corrie, ik verlies ook de wetenschappelijke bedrijfsvoering niet uit het oog. Beslist. Vergeet je de strijd tussen de seksen niet te vermelden? Je vond je milieubewustzijn, als verantwoordelijkheid tegenover alle leven, zelf op een hoger niveau staan? Ben ik volkomen met je eens. Het blijft geweldig, natuurlijk. Nee, erg leuk. Gefeliciteerd!'

'Dus,' concludeerde Otto. 'Wordt het tijd voor Fase Twee. Consolidatie. Het zichtbaar maken van ons departement. *Product placement*. Corrie kan ons opstuwen, maar we moeten ook in staat zijn aan de top te blijven. Naamsbekendheid is uiterst belangrijk als je aan de subsidiepot wil zitten. Meer geld betekent dat we goeie nieuwe krachten kunnen aantrekken om het werk voor ons te doen. En af en toe blijft er wat aan de strijkstok hangen.' Hij leunde achterover. 'Als we mijn plannetje uitvoeren, kunnen we meteen ook die ouwe Wirtzheimer een loer draaien. Altijd meegenomen.'

'Dat lijkt me ook,' zei Margo, kauwend op haar potloodje. 'Dat lijkt me ook.' Ze straalde als in een tandpastareclame.

'Geef me een paar dagen om het uit te werken, okee?'

'Succes ermee,' mompelde Swinus. Hij rommelde in de kast, op zoek naar een restje cognac voor in de ochtendkoffie.

'Jij klein ambitieus vlegeltje,' zei Margo, en ze kneep Otto in de beide wangetjes.

'Hmm,' bromde Swinus op de achtergrond.

Die avond tegen zessen liep Tom het gebouw uit. Hij gaf *off-screen* commentaar. 'Dit is de buitendeur. En nu komen we langs de parkeerplaats' – hij zwaaide met zijn hoofd om PC de kans te geven de betonnen vlakte in al haar enormiteit te overzien – 'En hier...'

Auw! De jongedame waar hij tegenaan botste, maande hem in onvriendelijke bewoordingen voortaan beter uit zijn doppen te kijken.

'Sorry,' zei Tom. Toen pas zag hij tegen wie hij was aangebotst.

'Okee, okee,' zei de jonge vrouw, terwijl ze driftig haar bontjasje met de rug van de hand weer in de plooi borstelde.

'Sorry, Ati,' zei Tom.

'Nee, maar, het platonische Belgje,' zei Ati.

'Sorry,' zei Tom, voor de derde keer.

'Je valt in herhaling, Belgje,' merkte Ati op.

'Ja,' zei Tom. 'Het kan ook niet genoeg gezegd worden. Kan ik het goedmaken met een kop koffie?' Waar haalde hij de euvele moed vandaan?

'Later, schatje,' zei Ati. 'Ik moet de bus halen.'

'Geef ik je toch een lift op mijn fiets, achterop?'

Ati wees op haar jas. 'Niet als ik dit draag, lieverd. Daar *is* de bus. Tabé!'

'Zien we elkaar nog?' vroeg Tom.

Ati zocht gejaagd naar haar strippenkaart. 'Kom zondagavond naar het pleintje, zo rond negenen. Misschien ben ik daar wel.'

'Breng je... je... je vriendin mee?'

Ati zwaaide naar de bus. 'Oh, is het je om *haar* te doen?' Tom liet de schouders hangen. Ati lachte kort en blaffend. '*Misschien* wil ze wel,' zei ze. Het klonk plagerig. 'Weet je, zij en ik, we zijn erg intiem. We delen alles. *Alles*!' Ze hees zich de bus in. Tom slikte een harde brok door zijn keel.

'Ik heet Tom,' riep hij haar achterna.

'Okee, Tom,' brulde Ati uit een raampje. 'Tot zondag!' Geen misschien in die laatste zin.

Zwakjes zwaaide Tom de donderende autobus na. Het licht van de oranje avondzon, laag over de kim, weerspiegelde tegen de ruiten. Tom bleef kijken, hij had er graag enige seconden oogverblinding voor over.

Moeizaam raapte hij de versplinterde resten van zijn bewustzijn weer bij elkaar. Hij pakte zijn tas. Hij voelde de recorder trillen tegen zijn heup. Hij zette het ding af, spoelde terug, werd rood tot in zijn haarwortels.

Tom zou beslist nog een graad roder geworden zijn als hij had geweten dat hij vanuit de ziekenhuisrestauratie, vlak bij de bushalte, was gadegeslagen door Ati's vriendin. Ze ging schuil achter een enorme koffievlek, gevolg van de lach- en hoest- en proestbui, die zelf weer het gevolg was van Toms botsing met Ati en zijn idiote gedrag daarna. Had Tom een hoed gedragen, hij zou hem hebben gelicht voor Ati. Hij zou er de bus mee na hebben staan zwaaien, daar was Ati's vriendin van overtuigd. Tom was verdwenen. Nu kon ze weer de straat op.

Dat Belgje, die Tom (*dat* was tot in de restauratie doorgedrongen) leek erg onder de indruk van de dubbele charmes van Ati en haarzelf. Dat vond Ati's vriendin okee. Als ze diep genoeg naar binnen keek, kon ze allicht een vonkje sympathie vinden voor die Tom. Desnoods kon dat worden aangewakkerd tot een waakvlammetje genegenheid. Brandende liefde leek haar nog wat te veel gevraagd. Sympathie: het was moeilijk niet door Tom bewogen te worden. Al die reddeloosheid en klunzigheid maakten zoveel moederlijk instinct wakker. Alleen, vandaag had ze geen zin in platonische koffies. Ze had wat anders te doen, vanavond.

'Ja. Maar leuk? Wat heet? Vroeger kwam ik als ontwerper van bureaubenodigdheden aan de kost,' zei Judith. 'Zelf vond ik mijn werk geweldig, maar mijn baas was het niet altijd met me eens. Toen ik op een keer een briefopener-met-houder maakte in de vorm van een op zijn buik liggende tuinkabouter met een mes in zijn bloedende rug, vond hij het welletjes. Tijdje werkloos geweest. Ik doe nu korte interviewtjes voor dat huis-aan-huisblad. Met banale popsterretjes die morgen alweer vergeten zullen zijn. Of eigenaars van hippe handelszaken. Egotrippende kunstenaars. Verdienstelijke dartgooiers. Lokale politici die met hun vette handen over je rug wrijven bij het afscheid. Ach, ik heb veel vrije tijd, en niet al te veel werk. Dat vooral is het prettige.'

'Lijkt me een leuke baan, anders,' drong Tom aan.

'Vergeet het maar,' zei Judith. 'Dat dacht ik eerst ook. Maar dat veranderde snel. Dit, bijvoorbeeld,' zo zei Judith, en ze gooide een cassetterecorder op tafel. 'Dit is het bandje van het interview van vandaag.' Terwijl ze zich een straffe borrel inschonk voegde ze daar *godsamme* aan toe. 'Luister maar,' zei ze.

'Ik viel altijd al op, door mijn haarkleur,' zei de stem op het bandje. 'Na verloop van tijd heb ik geleerd dat positief te gebruiken. Bij ons in de disco mocht ik in eerste instantie opdraven als kelner, daarna vroeg Peter – da's de eigenaar van de keet, nu onze manager – me om enkele dagen sinterklaas te spelen. Toen hij dus het plan had opgevat om een cd-single op te nemen, een promotieplaatje voor de tent, hoefde hij niet lang te zoeken om daar een gezicht op te plakken.'

Er viel een korte stilte. Tom hoorde Judith langzaam haar keel schrapen. 'Dus, die, die cd-single werd een, nou, bescheiden hit. Overviel dat succes je niet een beetje?'

'Nee. Helemaal niet. Altijd al verwacht. Ik sta graag in het centrum van de belangstelling. Dat ik daar mijn brood mee verdien, is mooi meegenomen.'

'Jaja. Ben, ben je niet bang dat de huidige speedtrash-metal-techno-ambient-hiphop-raverage binnenkort in mekaar zakt, en dat je dan, hmm, zonder werk zit?'

'Dat denk ik niet. Ik werk als een bezetene om dat te voorkomen, om mijn plaats als artiest, zakmazegge, en niet alleen als pleebek-ekt te veroveren. Ik volg zanglessen, en het is de bedoeling dat ik op de *full cd*, die in september uit moet komen, ook zelf ga zingen.'

'Jeroen is een superprofessioneel ingesteld persoon,' zei een derde stem ('De manager,' fluisterde Judith, die door het raam de polders in staarde). 'Hij stippelt voor zichzelf een duidelijke lijn uit. Hij weet waar hij mee bezig is. Hij heeft ideeën! Het figuurtje dat hij speelt, komt helemaal van hemzelf. Hij is gegrepen door het vak. Onlangs nog stierf zijn vader, en dat vond hij echt vreselijk. Maar de avond na de begrafenis keerde hij meteen terug bij de promotietour, jaja! Zo professioneel!'

'Je bent, Jeroen, nogal populair bij kinderen?'

'Ja, en dat is het verschil tussen ons en een band als, pakweg, *The Vigorous Vibrators*. Wij stralen een positief imago uit. Wij, *The*

Futtock Shroud, wij staan voor de cleane Europese jeugd van de vroege jaren negentig. Geen schunnige toestanden, maar beleefde, welopgevoede jongeren, kèk in het lamsleren jèk, die respect en eerbied tonen. De jeugd heeft daar wel oren naar. Trouwens, wij spelen ook bewust in op die idolatrie, omdat de speed-trash-metaltechno-ambient-hiphop-rave-sien cleane idolen nodig heeft, die menen wat ze zeggen en die niet overduidelijk voor de poen op een podium staan.'

'Zo?' aarzelde Judith op de cassette. 'Ik denk dat we genoeg stof hebben voor een... een... pakkend verhaal over de groep. Misschien een laatste vraagje, Jeroen, aaah – heb jij nog wel een normaal leven? Met al dit succes bij de meisjes van negen tot zestien?'

'Nou, wat ik doe is voor mij het normale leven. Je bent jong en je wilt wat, tenslotte. Van het ene Europese land naar het andere hossen, promotie voeren... Ik geniet ervan! Maar het is wel slopend. Ik moet iedere dag keihard aan mijn conditie werken om het vol te houden. Al kan het gebruik van een paar ekstesss...'

'Bedankt, mevrouw,' zei de manager. 'Tot ziens. En doet u de groeten aan uw echtgenoot van me. Tot ziens!'

Hier werd het bandje afgebroken.

'En zo gaat het *elke keer*,' zuchtte Judith.

Hadrianus kuchte. 'Misschien is het tijd voor ander vertier,' zei hij. 'Als Tom nu eens het vervolg van zijn avonturen vertelde?'

Judith haalde mokken uit de kast, Hadrianus goot water op de koffie, en Tom bedacht een goed begin. Toen ze allemaal achter hun dampende bekers inktzwart vocht zaten, schraapte Tom zijn keel.

'Dit stuk is grotendeels verzonnen. Dat moet erbij gezegd worden. Ik was niet op de plaats van handeling. Ik zat in het leger, toen. Elke dag ging ik om zes uur de deur uit om de bus naar het station te nemen, om twee uur later op post te zijn in de kazerne van Evere. Poes sliep uit; in een studentenstad komt toch niemand voor elf uur 's ochtends een platenzaak binnen. Pas rond acht uur 's avonds kwam ik thuis, afgepeigerd. Het volgende reconstrueer ik dus, deels op basis van wat Bob me verteld heeft – maar ik heb mijn redenen om te twijfelen aan de betrouwbaarheid van die bron – en Poes – een, me dunkt, nog onbetrouwbaardere bron. Het is geromantiseerd, zal ik maar zeggen.'

'Steek van wal,' zei Judith, en ze nam Ruth op schoot.

'Ja?' vroeg Poes, terwijl ze de deur opendeed. Onaangekondigd bezoek was zeldzaam bij de Pepermansen. Zeker om acht uur 's ochtends. De postbode *bleef* niet bellen.

Ze streek de geeuwtranen uit haar ogen. Daar op de stoep stond Bob, in zijn donkerste indigo jeans en met een lucht van *Tabac Original* om zich heen. Hij liep rood aan bij het zien van Poes in badjas.

Hij stak een hand op. 'Hallo,' zei hij.

Poes bromde wat.

'Is... is... is Tom thuis?'

'Tom,' verklaarde Poes, terwijl ze de deur sloot, 'zit in Evere. Kazerne. Een prettige dag verder.' Net op tijd stak Bob zijn voet in de kier. Poes schrok ervan. Als Bob een dergelijke mate van assertiviteit aan de dag legde moest er wat aan de hand zijn. Er kon veel gezegd worden over Poes, maar niet dat ze niet nieuwsgierig was. Ze opende de deur weer.

'Ik,' zei Bob. 'Wel, ik *wilde* je alleen spreken, want ik, euh...'

'Jij, euh,' hielp Poes hem.

'Ik,' zo sprak Bob en hij slikte hoorbaar, 'ik wilde maar zeggen dat ik *Jesus, Alice Cooper and Me* een erg goed nummer vind.'

Poes keek hem afwachtend aan.

'Een heel goed nummer.' Bobs rechtervoet schreef kringetjes op de straatstenen. 'Er hoeft volgens mij niets aan veranderd te worden.' Kwam Bob haar op dit onzalige uur melden dat hij Toms composities wel zag zitten? Poes greep al naar de klink.

'Nee, wacht!' Bob graaide in de zakken van zijn strakke jeans. Met een ferme ruk haalde hij een krantenknipsel tevoorschijn. Tenminste, dat was de bedoeling. Maar heel de binnenzak kwam mee en het vodje papier scheurde prompt doormidden. Verbouwereerd stond de gitarist te kijken hoe de inhoud van zijn broekzak zich over het trottoir verspreidde. Een speelse bries nam ondertussen de andere helft van het knipsel mee. Bob stopte Poes snel de eerste helft in de hand, en deed een snoekduik. Poes las. ORGANISATOR ZOEKT VOLLE VOOROPENING. Ze begreep er niets van. Wat had zij te maken met een misselijke vacature voor een dubieuze publieksvoorstelling? Bob was haar uitleg verschuldigd. Waar was Bob trouwens? Daar verscheen hij om de hoek van de straat, triomfantelijk zwaaiend met de tweede helft van het papiertje. Onder het lopen stopte hij zijn hagelwitte zakdoek en de sleutel van zijn gitaarkoffer in zijn broekzak. Hij grijnsde breed.

Zonder het te willen nam Poes het tweede vodje aan. FESTIVAL TALENT GROEPSCONCERT. Gecombineerd met het eerste stuk leverde dat ORGANISATOR FESTIVAL ZOEKT TALENTVOLLE GROEP VOOR OPENINGSCONCERT. Begrijpelijker. Maar even misplaatst.

'Niet weer zo'n stomme talentenjacht. Vergeet het, Bobje. Daar valt niets anders te halen dan snijwonden en brilglasscherven.' Maar weer sloot ze de deur niet snel genoeg.

'*Lees* het artikeltje,' zei Bob, ineens gebiedend.

'Je vergeet één ding,' zei Poes, terwijl ze haar gast koffie inschonk. 'En dat is dat men een *talentvolle* groep zoekt.'

'Toevallig *zijn* wij een talentvolle groep.'

'O ja?' twijfelde Poes. Ze wilde het graag geloven, want de belofte van honderdduizend frank cash, een optreden op Marktrock en een cd-single geproduceerd door niemand minder dan Ludo Tarentini, het sprak haar best aan. En geen kans op verwondingen in de voorronde: de jury besliste louter op basis van een ingezonden cassette.

'Lekkere croissants,' meende Bob. 'Wat is het probleem?'

'Tom bakt ze niet slecht,' zei Poes, terwijl ze dromerig voor zich uit staarde. 'Het probleem is dat niemand onze muziek ziet zitten. In het verleden bleek de belangstelling gering, zacht uitgedrukt. Volgens mij mag het een stuk heavier. Zelfs David Bowie speelt tegenwoordig speedmetal.'

'Ik denk dat het meevalt. De Pepermans-sound is misschien niet de toekomst van de rock-'n-roll, maar wel die van *The Local Losers.*'

'Of funky, desnoods. Prince is de nieuwe god. De *Losers* zijn een ordinair gitaargroepje.'

'We zijn niet ordinair,' stelde Bob, 'We zijn echt. Eerlijk. Authentiek. Dat wordt belangrijk, in de jaren negentig: terug naar de wortels.'

'Jouw wortels,' zo memoreerde Poes, 'liggen bij *Toothless*, een bandje dat enkel door de ongevaarlijkheid die de naam suggereerde toegelaten werd tot het podium van het schoolfeest, en daar vervolgens door Pater Directeur eigenhandig van werd verwijderd tijdens het spelen van *Like A Sex Machine*. Dat,' zo concludeerde Poes tevreden, 'was zowel funky als heavy. *Daar* liggen je wortels, man, en nergens anders.'

'En de voorzitter van de jury dan?' opperde Bob. 'Ludo Tarentini. De rockende filosoof. Herinner u *The Bozos* waarin hij indertijd speelde.'

Poes herinnerde zich *The Bozos*, en huiverde. Ze hadden ooit een bescheiden radiohit.

'Zie je?' vroeg Bob.

En ineens zag Poes het. *The Local Losers* speelden minder strak, en met meer gitaarsolo's, maar toch: de algemene spirit was dezelfde. *The Local Losers* klonken precies zoals die meneer Tarentini het lustte. Er ging Poes een licht op. Naar sommige normen waren de *Losers* inderdaad een talentvolle rockgroep. Welzeker.

'Hoe krijgen we *Tom* zover?' Poes herinnerde zich Toms begrijpelijke afkeer van alles wat naar talentenjachten rook.

'Hoeft niet,' zei Bob. 'We hebben massa's ouwe opnames, niet? Ik compileer gewoon een en ander. Halen we het niet, dan hoeft Tom het niet te weten. Halen we het wel, geloof me, dan draait hij bij. Niet zozeer de poen, of het optreden, maar die opname: daar gaat hij voor, wed ik.'

Poes' vingers speelden met de toetsen van het machtige cassettedeck. Daar had je de eerste versie van *Driving with No Hands*, akoestisch. Best een pittig ritme. En de tweede versie. Poes sloeg de beat met beide handen op de knieën. Ruig en bluesy, met Toms hese stem die zich kronkelde rond een prikkeldraden arrangement, niet bang zich te bezeren. Poes liet haar hoofd heen en weer gaan op het bonken van de bas. Een derde versie diende zich aan. 'Un, deux, eins, zwei, hikkel, pikkel,' hikte Tom in de microfoon. Ogenblikkelijk na dit aftellen steeg een ongelooflijk gehuil uit de boxen op, als een sirene in paniek. Een staccato drum, een hete roffel, en dan de eeuwenoude vierkwartsmaat, met daar bovenop een hoog gierende gitaarriff, kort, bliksemsnel.

Break, solo, break. Stilte. Een donderend, diabolisch 'YEAH!!', en dan losgeslagen, satanisch gebries van Tom, het ritme dat alsmaar werd opgedreven, heerlijk! Poes deinde mee op de wilde golven van het lawaai. Een kopje koffie viel rinkelend om. Poes keek op en zag Bob verbijsterd staren naar wat, bij Poes' nadere inspectie, een ontblote linkerborst bleek. Poes herstelde eenn en ander.

'Excuses,' zei ze.

'Niet erg,' zei Bob. Hij klonk een beetje schor.

'Zo,' zuchtte Poes. Ze kwam geheel gekleed de badkamer uit. Bob had inmiddels de koffievlekken weggewerkt en sorteerde een stapel cassettes.

'We kunnen beter de tweede versie insturen. We moeten het transparant en subtiel houden. Ruig: ja. Rauw: beslist. Maar toch ook met de finesse, de soepele gitaarklank die Tom zo eigen is.'

'Hmm,' weifelde Poes.

'Luister,' zei Bob, en hij liet het singletje van de *The Bozos* nog eens horen.

'Bovendien lukt die hardcoreversie niet meer. Niet *live*.'

'Daar heb je gelijk in,' morde Poes. Ze herinnerde zich hoe ze Toms cola's hadden verrijkt met steeds grotere hoeveelheden wodka. En het was pas vlak voor het moment waarop hij in elkaar dreigde te storten dat Tom voldoende ontremd was om het gehinnik en het diabolische gitaarspel te voorschijn te toveren dat op de band te horen was. Onmiddellijk na de historische opname was hij in een comateuze slaap gedoken, waaruit hij achttien uur later met bonzend hoofd ontwaakt was. Hij weigerde pertinent te geloven dat het gebral, gebrul, gehuil en gegier op de band afkomstig was van zijn gitaar, stem of enig ander hem toebehorend lichaamsdeel.

'Voor het singletje kunnen we nog met de hele groep overleggen.'

Dat was de *verstandige* zet.

'Zal ik een cassette compileren?' vroeg Bob. 'Het moet vandaag nog binnen.'

'Doe maar,' zei Poes. Het was de *enige* manier. 'Doe maar hier. Ik moet naar de winkel toe.'

'Brengen we De Bassist op de hoogte?' vroeg Bob.

'Zorg ik voor,' zei Poes. 'Ik ga toevallig met hem lunchen, vanmiddag. Ik doe zijn poëzie goed, zegt hij. Gisteren nog heeft hij me de eerste versie van zijn laatste gedicht voorgelezen. Klein revolutionair, heet het. In bed gesitueerd.'

Bob tuitte de lippen. 'Zo? Erotische dichtkunst van ons aller Bassist?'

'Nee,' zuchtte Poes. 'Erotisch is dat gedicht niet. Maar misschien wordt de lijfelijke liefde wel vaker een thema in de nabije toekomst. Zegt hij.'

'Ha!' deed Bob.

'Ik inspireer hem,' zei Poes eenvoudig.

'En wat vindt Tom daarvan?'

'Tom, mijn lieve jongen, weet zoals gewoonlijk nergens van.'

En die laatste uitspraak van Poes werd die avond in de praktijk gedemonstreerd. In bed.

'Uh!' deed Tom. 'Uh! Uh!'

'Umpf!' antwoordde Poes.

'Ugghe.'

'Woempf...'

'Aah,' kreunde Tom. '*Aah.* Aah. Ah. Ah.'

Beneden hem werd het angstwekkend stil. Eén seconde. Twee. Drie. Vier seconden. Toen sprak een ijskoude stem, die Tom ternauwernood als die van Poes herkende: 'Was dat niet het geluid dat je maakt als je klaarkomt?' De dreigende ondertoon beviel Tom niet.

'Ja,' piepte hij.

Het werd weer doodstil in de kamer. Eén, twee, drie, zeven seconden. Veertien slagen die zijn hart nauwelijks durfde slaan.

'*Ben* je klaargekomen?' vroeg de stem weer. Zo mogelijk nog dreigender dan daarnet.

'Euh. Euh. Wel. Kijk... Ja.'

Poes sprong op, onverschillig voor het feit dat Tom nog bovenop haar lag. Het linoleum kwam hem keihard tegemoet.

'Euh. Euh. Sorry. *Sorry.*' Toms penis slonk razendsnel tot lucifergrootte. Zijn ballen werden krenten.

'Ha,' imiteerde Poes. 'Sorry. Sorry. Is dat wat je te zeggen hebt?' Ze stak een sigaret op. Ongeduldig wapperde ze het lucifertje uit. 'En je had me zo beloofd...'

Tom wou maar dat Poes er niet zo'n drama van maakte. 'Sorry!'

'Hu!' zei Poes minachtend. Ze krabde zich in het kruis. 'Sorry,' brieste Poes. '*Sorry*. Je zegt al zes maanden sorry. Niks anders te doen in die kazerne dan smegma verzamelen? Elkaar zitten opgeilen met verhalen over de wilde meiden en als je dan thuiskomt, hop, de godverdomde *laserstraal*.'

Poes stootte een fikse wolk uit haar neusgaten en drukte dan de peuk uit. Ze trok de donsdeken over zich heen en liet Tom rillend en kleverig achter op de koude vloer. Kon hij er iets aan doen? Hij werd *opgewonden* van Poes. De slaap vatten, dat zat er niet meer in. Op zijn tenen sloop hij de trap af. Hij haalde een regenjas van de kapstok en wikkelde zich daarin. Hij kon Poes horen snurken tot in de huiskamer. Hij ging wat oude *Flairs* lezen. Dan viel hij beslist in slaap.

De Bassist geeuwde. Eindelijk was zijn gedicht af. Hij las het ding nog eens na. Een echt liefdesgedicht. Direct. Geen omwegen, geen gezoek, geen gesmacht ditmaal, gewoon: verrukkelijk erotisch. Het was het avondje werken waard geweest. De Bassist geeuwde nogmaals en haalde de schrijfmachine van zijn schoot. Hij was moe. Een beetje dromen van de onbereikbare geliefde, het zou hem deugd doen. Misschien was zijn gedicht een profetie. Behaaglijk rolde De Bassist zich in de dekens, hij beroerde zijn lid. Hij glimlachte in het duister.

Tom bladerde mistroostig. Poes kon zich hoorbaar in een goede nachtrust verheugen. Tom rilde in de regenjas. Opeens schoot hij overeind. Wat zag hij daar? Zomaar, hier, op pagina vijfenzeventig van die oude *Flair* van (even naar de omslag gluren) 4 juli 1989? Wat stond daar? Gretig sloeg hij aan het lezen. De klok tikte de minuten weg. Hij legde het tijdschrift weg, en stapte resoluut naar boven.

'En hier wil ik het verhaal laten eindigen, voor vanavond,' zei Tom.

'Jammer,' zei Hadrianus. 'Het werd net leuk.'

'Genoeg is genoeg. Volgende keer verder.'

'Je geeft jezelf wel bloot,' zei Judith. Ze wreef zich over de kin.

'Ik doe het alleen maar' – Tom draaide een beetje ongemakkelijk op zijn stoel – 'omdat ik weet, of liever, vermoed, dat ik jullie kan vertrouwen. Het hoort bij de dramatiek.'

'Sjongejonge,' zei Hadrianus. Hij rekte zich uit. 'En dit is *echt* allemaal autobiografisch?'

'Yep.'

'Als je meer van *fictie* houdt,' zei Judith, 'wil ik een bijdrage leveren. Ik heb in de trein wat notities zitten maken, en die heb ik hier vanavond aan de keukentafel uitgewerkt. Een pittig erotisch sprookje. Misschien kan ik later...'

'Geweldig,' zei Hadrianus.

'Graag,' zei ook Tom. 'Eerlijk gezegd, ik sta versteld van mijn ontboezemingen. Het zou de druk wat van me afnemen als jij ook wat zou vertellen, Judith.'

'Tweejle, ieke thoeng-chwaa!'

'Het is bedtijd voor jou, lieverd, weet je dat?' zei Judith. Tom knipte de videocamera uit.

'Na het weekend laat ik dit aan PC zien,' zei hij.

'Het zal leerzaam zijn,' meende Hadrianus. 'En stichtend.'

6

'Welkom, liefste Otto,' zei Margo Denticulatus.

'Dank je, Margo.' Otto boog galant, de linkerhand op de rug. Met de rechter omvatte hij Margo's pols. Zachtjes drukte hij de lippen op de duim van zijn eigen hand, zoals dat bij een handkus hoort.

'Mallerd,' giechelde Margo.

'Asjeblieft,' zei Otto. Vanuit zijn linkerhand geurde een grote ruiker witte anjers Margo tegemoet. Otto glimlachte de glimlach van het wolvenjong dat hij was.

'*Mallerd*,' herhaalde Margo, en ze kuste hem vertederd op de wang.

Otto volgde haar naar de ondoorgrondelijke diepten van haar zitkuil.

'Hoi, Otto.' Swinus deed geen enkele poging uit de berg kussens op te rijzen.

Poes zette nogmaals het bandje van *The Local Losers* op. Als ze dan toch wereldberoemd gingen worden, kon ze haar klanten alvast laten wennen. Stiekem keek ze in het contactlenzenspiegeltje dat ze onder de toonbank verborgen hield. Het was meer dan ooit zaak Tom te vriend te houden. Zeker na die uitbarsting van gisteravond. Dus: zat die oogschaduw goed?

Bovendien voelde Poes zich erg geil. De Bassist had haar vandaag al twee keer opgebeld om haar zijn nieuwste liefdespoëzie te laten horen. Mooie verzen, beslist. Maar erg frustrerend. Tom was niet de ideale vervulling van haar verlangens. Tom was beter dan niets. Zij het niet veel beter. Maar ze moest het ermee doen.

Otto liet zich gedwee een tweede glas Kir inschenken. Hij had onbelemmerd uitzicht op de bloeddoorlopen ogen van Swinus. Swinus, die steeds wanneer Margo een halve centimeter dichter naar Otto toe schoof waarschuwend gromde. En Margo *schoof* dichterbij. Ze was hem al vele halve centimeters genaderd. Otto probeerde het midden te vinden tussen het plezieren van zijn baas en het behoud van eigen leven. Na elke manoeuvre van Margo schoof hij dus een eindje weg, maar niet te veel. Hooguit een millimeter of drie per keer. Daarbij, de zitkuil was cirkelvormig. Bij het millimetergewijs wegvluchten van Margo naderde hij noodgedwongen Swinus' logge tors. Otto hoopte maar dat er snel iets gebeurde. Waarom brandde dat verrekte rundsgebraad niet aan? Waarom denderde er geen vrachtwagen vol graniet voorbij, zodat de schilderijen van de muur daverden? Waarom tikten baldadige buurjongens geen voetbal door de ruit? Waarom stortte Margo de Kir niet uit over haar jurk? Otto zette zijn gedachten even op *repeat*. Waarom deed *hij* dat niet?

'Whoe!' gilde Margo.

'Jeetje,' riep Otto uit.

'Excuses,' grijnsde Swinus. Hij stond kalm op en graaide het glas van Otto's schoot. 'Het ontglipte me. Zomaar.'

'Geeft niks, geeft niks,' zei Otto, hoogstverbaasd naar zijn druipnatte broek starend.

Margo holde naar de keuken. Ze kwam terug met een reusachtige theedoek. Otto sprong overeind. Hij deed een greep naar het vod.

'Neenee, laat mij dat maar doen,' zei Margo. Voor Otto kon protesteren drukte ze de theedoek in zijn kruis en begon verwoed te schrobben. Hij keek verwilderd naar omlaag. Zijn blik ving die van Swinus. Om de een of andere reden speelden diens worstvormige vingers met een klein, maar duidelijk vlijmscherp zakmes. Otto slikte. Voor het eerst in zijn jongejongensleven concentreerde hij zich op het niet krijgen van een erectie.

Iets *niet* willen is altijd veel moeilijker dan het *wel* willen. Ergens *niet* aan denken is bijna onmogelijk. Otto leerde tot zijn schade en schande dat erecties niet op bevel *wegblijven*. Zelfs niet als een jaloerse (ex?, of would-be?) minnaar op twee meter afstand zijn nagels bijsnijdt met een scherp mes. Zelfs niet als je de dame in kwestie niet eens *mag*.

Aldus groeide het lid van Otto Weiniger duizelingwekkend, en met zijn lid ook de vrees voor zijn leven. Getuige de steeds bredere – en steeds strakkere – grijns op de smoel van de heer Swinus, volgde deze de vorderingen op de voet.

'Zo, je bent weer schoon!' Ter afscheid gaf Margo hem een tersluiks kneepje in de paal.

'Ziet eruit als na een beurtje Ariel,' zei Swinus, en hij maakte een wijzende beweging in de richting van Otto's kruis. Met het mes. Otto sprong verschrikt achteruit, en sloeg daarbij de vaas met witte anjers van de rand van de kuil. Met een luide knal spatte het kristal uit elkaar.

'Jezus,' kreet Margo, 'mijn lievelingsvaas!'

'*En* je mooie kleed,' sprak Swinus bedaard. Het slijmerige water drong zich in het handgeknoopte wollen berbertapijt. Otto griste vliegensvlug de theedoek uit Margo's handen en stortte zich met ware doodsverachting op de vochtplek. Die er alleen maar giftiger groen door werd.

'Dat zal een kleine interactie met de karpetshampoo zijn,' gniffelde de heer Swinus. Hij hief zijn voeten op, zodat de vlek ongehinderd kon passeren om de onderste kussens aan te tasten.

Tom stond raar naar Bob te kijken. Wat een gedaanteverandering. Een buffelleren jekker, versleten op de ellebogen en schouderbladen. Een zonnebril, genre James Dean. Een ringetje droeg hij ook, in het rechteroor. 'Hoi, Tommie!' zei Bob, en hij slofte luid smakkend met zijn kauwgom naar de kelder.

'Hello, folks!' Daar stond De Bassist, een baard van twee dagen, een jeansjasje met opgestikte suède franjes om de schouders, gescheurde spijkerbroek en puntige cowboylaarzen. Zijn haar zat in een kort staartje samengebonden. Het was bijgekleurd, met henna. 'Tom, schat,' zei De Bassist, en hij mepte de zanger vol op de schouder. 'Alles kits?'

'Ja, hoor,' zei Tom. Hij wist niet hoe hij het had.

'We gaan zo repeteren,' zei Poes, en ze nam zijn oor tussen haar vochtige lippen. Een soepele tong gleed zijn gehoorgang in.

'Ik ga al.' Tom haastte zich naar beneden.

Ludo Tarentini kuchte achter zijn hand. De ober reed het verzilverde wagentje binnen. Daarop prijkte een grote jute postzak.

'Veertien kilo,' fluisterde Ludo ontroerd. Met grote moeite tilde de ober zijn dof rammelende vracht op tafel.

'Dat zijn er dertien meer dan verwacht.'

'Dat krijgen we nooit op tijd beluisterd.'

'Inderdaad.' Ludo glimlachte fijntjes. 'Maar daar, waarde vrienden notabelen, hebben we het volgende op gevonden.' Acht halzen rekten zich in de richting van de spreker. Acht zijden dassen hingen roerloos in de *guacamole*.

'Vertel het hun, Theo.' Ludo porde zijn grijze buurman in de ribben. Deze begon quasi-behaaglijk achterover te leunen. Zijn das schoot uit zijn bord en kwam zijn hemd onherstelbaar besmeuren. Hij merkte het niet.

'De stad Leuven,' meldde hij, 'wier Schepen van Feestelijke Aangelegenheden ik de grote eer heb te zijn, en die, zoals u allen weet, een eminent sponsor is van het Marktrockfestival, dringt aan op een beslissing ten voordele van een collectief bestaande uit ingezetenen van voornoemde stad.'

'Niet uit Leuven – weg met die troep,' zei Ludo. 'Wat een bijkomend voordeel heeft, geachte vrienden. Zo'n kandidaat hoeft zich niet te verplaatsen. Dus komt het budget voor reisonkosten vrij. Dit bedrag kan, zo stellen de Schepen en ik voor, geïnvesteerd worden in een evaluatiebijeenkomst. Bijvoorbeeld in het verrukkelijke, maar peperdure restaurant de Sire Pynnock.'

'Hoera!' brulde de nagenoeg voltallige vergadering. 'Hoera voor Ludo!'

'Hoera,' herhaalde meneer Tarentini bescheiden, en hij nipte aan zijn chablis. 'Hoera voor mezelf.'

Het niet meejuichende lid was de bankier. Hij bladerde door de briefjes die bij de cassettes hoorden. 'Groepjes uit Leuven zat,' bromde hij. 'Als we hier voor middernacht vandaan willen, hebben we een minder ruim criterium nodig.'

Niemand wist hoe de voorzitter van de plaatselijke korfbalvereniging in het comité was geraakt. Maar hij zat er, en hij had een voorstel: 'Ik vind dat het een gemengd groepje moet zijn. Mannen en vrouwen in intens samenwerkingsverband.' De organisator knikte. Een vrouw in de rangen, goed idee. Vooral als men bedenkt dat beginnende popgroepjes *alles* doen om bijkomende concerten te versieren.

'En geen new wave-gedoe,' opperde de cafébaas. Hij herinnerde zich hoe het centrum van Leuven bij een openluchtconcert van *The Neon Judgment*, twee jaar tevoren, bliksemsnel was leeggelopen. En nadat ieder zijn gehate muziekgenre had gemeld, vatte Ludo de situatie krachtig samen.

'Een groepje dus, wonend in de onmiddellijke nabijheid van de Oude Markt, met een vrouw in de gelederen, en een voorkeur voor lichte, poppy gitaarmuziek.'

En terwijl de jury zich op de geloofsbrieven der kandidaten stortte, wijdde Ludo Tarentini zich volmaakt geconcentreerd aan een bordje noga-ijs in een jasje van marsepein, geserveerd op een verfijnd bedje van gepureerde bosbessen en frambozen.

'Het gaat er dus om hoe we de andere leden van de Werkgroep Onderzoek zo gek krijgen dat ze ons respecteren, zodat we ook *echt* aan de vleespot kunnen zitten?'

Otto glimlachte. Hij had alles zorgvuldig overwogen. 'Stel, beste Margo, dat je redacteur werd van een gereputeerd filosofisch vaktijdschrift, zou dat niet helpen?'

'Ja! Margo redacteur van een toptijdschrift. *Dat* zou de zaken vooruithelpen.' Swinus ontkurkte cynisch geeuwend een nieuwe fles Egri Bikaver.

'We hebben al een driemaandelijks nieuwsbriefje, niet, hoe heet het: *People & Culture*. Als we dat laten fuseren met een belangrijk tijdschrift, dan kan Margo in de redactie zitten. Ingewikkelder is het niet.'

'Otjeprotje, je bent een echte lieverd, maar welk belangrijk tijdschrift zou met ons willen samensmelten, denk je?'

'Willen? Geen enkel. Dat weet ik ook wel. Het briljante van dit plan is we het gewoon *doen*: we dwingen ze.'

'Waar denk je aan?'

Otto wachtte enkele seconden, voor maximaal effect. 'De *Philosophical Currents*.'

'De *Currents*?' Margo verslikte zich. Ze dacht aan de vele eerbiedwaardige meters die Wirtzheimers tijdschrift in de bibliotheek besloeg. In elke zichzelf respecterende filosofische bibliotheek ter wereld trouwens. Margo keek sceptisch. 'En hoe ga je dat aanleggen, snoepje?'

'Vakliteratuur verschijnt op extreem kleine oplagen. Zowel de *Currents* als *People & Culture* worden door de universiteit zwaar gesubsidieerd. Lees er de boekhouding op na: beide tijdschriften zijn flink verliesgevend. Zeker *People*: er gaan maar vier van de tweeduizend gedrukte exemplaren tegen betaling de deur uit. Het moet niet moeilijk zijn het College van Bestuur ervan te overtuigen dat we *P&C* beter op kunnen doeken. Door het te laten samensmelten met *Philosophical Currents*. Waardoor jij in de redactie komt, en mijn prachtige spitse teksten daar onder jouw naam zal laten verschijnen.'

'Otto, je bent des duivels,' zei Margo en ze kuste hem hartelijk op de mond.

'Daar drink ik op,' lalde Swinus. Hij probeerde overeind te komen voor een toost, maar viel voorover, met zijn gezicht in de biscuittaart. De vlokken slagroom spatten Otto en Margo om de oren. Een straal rode wijn sijpelde uit Swinus' mondhoek naar beneden.

'Toch snap ik niet,' zei Tom, 'waarom we een *playlist* zouden opstellen zonder dat er een concert in het verschiet ligt.'

'We moeten op alles voorbereid zijn,' stelde Bob.

'Jawel,' zei De Bassist. 'Stel dat we Marktrock mochten openen, of zoiets.'

Tom begon te schateren. 'Marktrock?'

'Dan mogen we wel een lijstje klaarhebben,' vond De Bassist.

'Dat is zeker zo,' grijnsde Tom. Hij wreef zich de prettranen uit de ooghoeken. '*Dan* mogen we wel een lijstje klaarhebben.'

'Misschien moeten we beginnen met een cover,' stelde Bob voor. 'Eèn beginselverklaring. Dit zijn we. *The Local Losers*. Hier staan we voor. En: het breekt het ijs want het publiek kent die song al.'

'Een cover, om Marktrock te openen,' hikte Tom.

'Laten we even kijken,' zei Bob, doodernstig. 'Ik dacht aan iets van John Lee Hooker.'

'*Led Zeppelin*,' vond Poes.

'James Brown lijkt me volmaakt geschikt,' stelde De Bassist voor.

'Persoonlijk voel ik meer voor Dylan,' zei Tom. Hij merkte dat de anderen het meenden.

'Of we doen iets van *The Beatles*,' stelde Bob voor.

‘En wat van de *Beatles*?’ vroeg Poes.

‘*Yer Blues*, natuurlijk,’ zei Bob.

‘Persoonlijk had ik eerder *Helter Skelter* in gedachten,’ bekende Poes.

‘Vreemd,’ zei De Bassist. ‘Ik dacht dat *Good Day Sunshine* de meest logische keuze was.’

‘*Can’t Buy me Love*,’ zei Tom.

‘*I Want You (She’s So Heavy)*,’ zei Poes.

‘*Happiness Is A Warm Gun*,’ suggereerde Bob.

‘*All You Need Is Love*,’ beweerde De Bassist.

‘*Help*!’ zei Tom.

‘Je neemt me de woorden uit de mond.’

‘We komen er niet uit,’ stelde De Bassist vast.

‘Kunnen we het toeval niet laten beslissen?’ vroeg Poes zich af.

Bob liep naar zijn gitaarkoffer. Uit de dubbele bodem diepte hij een songbook op: *The Beatles Complete*. Zijn duim ritste liefkozend langs de tweehonderdtweeënzeventig pagina’s.

‘Als ik nu met mijn rug naar Poes toe ga staan, maar dan zo dat De Bassist en Tom me in het oog kunnen houden. Ik laat de bladzijden ritselen, Poes zegt stop en het blad dat op dat moment open ligt, dat is het: onze *Beatles*-cover.’

‘Akkoord,’ zei Poes.

Bob nam zijn positie in.

Poes wachtte een paar seconden.

‘Stop!’ zei ze.

Ze hadden de heer Swinus voorzichtig opgetild en op het kleed neergelegd. Daar kon hij zijn roes uitslapen. Het kleed was toch al bedorven.

‘Volgens mij,’ opperde Otto, ‘is *ecologie* een uitstekend thema voor jouw eerste redactioneel. Kan mooi modieus omheen worden geluld. Het einde van het millennium nadert. Doemgedachten. Het Verloren Paradijs.’

‘Ecologie...’ Margo proefde het woord, voor op de tong. Was dat niet Corries thema voor de verkiezingen? Als Corrie dat redactioneel zou lezen, was de slag om *Philosophical Currents* gewonnen, en was een definitieve plaats in de Werkgroep Onderzoek verzekerd. Margo staarde naar het plafond, de ogen sluw dichtgeknepen.

'Holisme, totaliteitsgedachte, deconstructie, dat soort dingen.'

'En meng er wat Derrida door, en iets van Foucault. Of Nietzsche.'

'Verdomme,' zei Bob.

'Shit,' zei De Bassist.

'Hoe kun je nu net het meest onspeelbare nummer kiezen?' siste Poes.

'*Jij* koos,' zei Tom.

'*Sergeant Pepper's*!' zuchtte Bob.

'Begin maar alvast viool te studeren,' zei Poes.

'Ik heb ooit blokfluit gespeeld,' probeerde De Bassist.

'*Trompet* is wat we nodig hebben,' wist Tom.

'En bekijk die akkoorden,' zei Poes vol afgrijzen. 'E bemol 6, hoe speel je dat?'

Tom glimlachte. 'Zo,' zei hij, en uit zijn gitaar klonk een prachtig etherisch akkoord.

'Hmm,' twijfelde Poes.

'Ik zet het plaatje op.' Bob spurtte al naar boven.

'*E-co-lo*-GIE,' brulde Margo in Swinus' oor. Ze zat naast hem op het tapijt geknield.

'Huh?' mompelde Swinus verdwaasd.

'Postmodern HO-LIS-ME,' schreeuwde Margo. 'Ons ticket naar de top van het wijsgerig firmament.'

Swinus hief het hoofd een vijftal centimeter van de grond. 'Fijn,' zei hij, 'want ik kan geen alcohol meer zien.' Toen overwon de zwaartekracht. Swinus' hoofd raakte onzacht de vloer, stuiterde even op, en lag toen akelig stil. Otto keek Margo verschrikt aan.

'Niets aan de hand,' zei de hoogleraar. 'Doet hij wel meer. Komt-ie wel te boven.'

En inderdaad, een weldadig gesnurk vulde weldra de woonkamer.

'Moeilijk,' meende Poes.

'Een trompet,' zei De Bassist, 'is inderdaad prominent aanwezig in het eindspel. Geen blokfluit. Een trompet, helaas, hebben we niet in onze collectie, noch valt het bespelen ervan binnen onze muzikale competentie.'

'Die trompet klinkt flink vervormd,' zei Bob.

'Als een overstuurde gitaar,' merkte Tom op.

'Een heavy metal gitaar,' zei Bob.

'Een heavy metal versie van *Sergeant Pepper's*!' riep Poes uit. 'Dat is de oplossing!'

'Daar zeg je iets,' zei Tom. 'Je moet eens luisteren naar die hele elpee. Als je het gitaartje van Harrison volgt, jongens, dan hoor je wat.'

'Ongelofelijk gemeen,' zei Bob. Net als Tom kende hij elke noot, elk geluid op de elpee.

'Gewoonweg *vuil*.'

'Versterker helemaal open en de gitaar op kniehoogte.'

'Alsof hij op zijn verdomde *ballen* speelt, in plaats van op een Fender.'

'Als,' zo kwam Poes tussenbeide, 'de beide heren het eens zijn over een precieze omschrijving van de machistische klank van Harrisons gitaar, wil ik voorstellen dat we een makkelijker nummer uitzoeken.'

'Geen sprake van,' zei Tom.

'Nee, hoor,' zei Bob. Hij zat al op zijn knieën en schakelde een Overdrive-pedaal tussen Toms gitaar en de versterker. 'We spelen *Sergeant Pepper's*. Zoals Harrison het zelve zou hebben gewild. Walgelijk hard.'

'Juist,' zei Tom, 'authenticiteit voor alles.'

'Ongelofelijk smerig spelen we het,' zei Bob. 'Vunzig. Probeer eens, Tom.'

Tom deed iets oorverdovends.

'Wel?'

Bob stak zijn duim omhoog. Poes knikte enthousiast. De laatste noot zette zich langzaam om in het trage gejank van vroege feedback. De Bassist kuchte.

'Ik krijg hier hoofdpijn van,' zei hij. 'Misschien behoeft het toch een meer funky arrangement?'

'Geen sprake van,' zei Tom. Hij liet het gehuil openbloeien door met de vibratoarm te spelen.

'Dit is wat we moeten hebben,' zei Bob. Terwijl hij aan de

knoppen draaide werd het geluid donkerder. Een van de microfoonstandaards trilde mee. De kelder daverde toen Tom de openingsriff herhaalde.

De Bassist greep krijsend naar zijn oren. Hij smeet zijn Precision Bass op de mat en stormde de trap op. Tom dempte de snaren.

'Wat krijgt die ineens?'

Ludo Tarentini zette met tegenzin zijn espressokopje neer en bekeek de foto die de Schepen hem voorhield. Onmiskenbaar een vrouw in de rangen. Ze verwezen in het briefje naar Neil Young en John Hiatt. En hun repetitielokaal lag vijftien meter in vogelvlucht van de Oude Markt vandaan, wat de verplaatsingsonkosten bijzonder laag zou houden.

'Iedereen akkoord om deze groep, deze...' – hij spiekte – '... deze *Local Losers* uit te roepen tot winnaars van deze wedstrijd en hen bijgevolg op het Marktrockpodium te parkeren?'

Niemand maakte bezwaar. Niemand ook vroeg of de tape kon worden beluisterd. Terwijl Ludo het ene dessert na het andere had verorberd, hadden *zij* met het water in de mond zitten werken. Ze waren aan rust en een versnapering toe. De bankier wenkte de ober al.

'Eenparigheid van stemmen,' monkelde Ludo Tarentini. 'Een bijzonder competente jury, dat mag worden gezegd.'

De Bassist snoot driftig zijn neus. Hij had Bobs zonnebril op.

'Jullie laten me ook *nooit* mijn gang gaan. Garagerock, dat maken we, ja, en da's binnenkort wie weet grandioos commercieel en zo, maar waar blijft de waardering voor mijn talent? Poes, ze krijgt haar zin, harde muziek. Ik, die ijver voor een vleugje exotisme, een wolkje dansbaarheid, ik krijg nooit wat.'

Poes had nog steeds haar arm om de schouders van De Bassist. 'Beste Bassist,' zei ze, 'wij appreciëren je zeer. Je bent een fijn instrumentalist. Een uitstekend dichter. Een prachtig medemens. Maar op dit moment zijn we verplicht je voorkeur te negeren. We zijn een consequente garagegroep. Daarin past het concept van een harde *Sergeant Pepper's*-versie. Funk hoort daar niet bij. Let wel, onze waardering voor jou, als mens en muzikant, staat als een paal. We willen jou erbij. Je bent een echte kameraad. Je beroert de snaren van de bas als geen ander. Een schat ben je, okee? Maar even geen funk, begrepen?' Poes keek De Bassist gespannen aan.

De Bassist keek door de zonnebril heen staalhard terug, de handen in de zakken, de schouders voorovergebogen, in wankel evenwicht. Deze houding hield hij enkele seconden vol, gespannen als een veer, en Tom, Bob en Poes – vooral Poes – hielden hun adem in. Dan, ineens, ontspande hij. Hij lachte vele tanden bloot.

'Okee,' zei hij, 'okee.' En hij strekte zijn armen uit, een geopende hand aan elk uiteinde. Poes greep de rechterhand, en zwengelde die op en neer. Een halve seconde later waren *The Local Losers* één onontwarbaar kluwen armen, handen en lijven, warm en troostend, eensgezind en onverdeeld. Wat de toekomst zou brengen, wisten ze niet, maar dat ze die toekomst samen ingingen, dat was – althans die ene minuut – zeker.

'En smeer dat verdomde pedaal, wil je?' vroeg Tom aan Bob. 'Ik moet echt pompen om dat ding aan of uit te zetten.' Ontroering, Tom kon er niet mee overweg.

'Genoeg verteld. Tijd voor een sanitaire pauze. En ik moet nog koken ook. Of hebben jullie geen honger?'

'Misschien kan Judith haar sprookje voorlezen, terwijl Tom aan de arbeid gaat?' zei Hadrianus.

'Goed idee,' zei Tom, die al op weg was naar de badkamer.

In de tijd die Judith nodig had om haar notitieboek te gaan halen, was Tom weer terug. En terwijl hij de ingrediënten klaarlegde voor een snelle wok, kon het gezelschap even kuchen, gaan verzitten, zich een kop koffie inschenken. De aandacht even verzetten, om daarna met des te meer opmerkzaamheid te luisteren naar:

HET WARE, ONGECENSUREERDE VERHAAL VAN PAULUS DE BOSKABOUTER (zoals door Judith verteld aan een gezelschap van heren, plus haar baby-dochter Ruth, op de zoveelste van de zoveelste, 1991):

Dus.

In het bos, het grote bos waar dit verhaal zich afspeelt, woonden héél veel dieren. Uilen en raven en schildpadden en bevers en zo. Bosdieren. Er was ook een kabouter. Eentje maar. Maar het was een echte boskabouter. Hij droeg een half brilletje, waar hij welwillend wereldvreemd overheen kon turen. Blauwe kringetjes rook pufte Paulus, – zo heette onze kabouter – uit zijn korte, kromme pijpje, en die rook geurde naar hooi en eikeltjes en dennenappeltjes en sandelhout. Paulus woonde in een huisje van boomschors, met een parmantig schoorsteentje erbovenop. Niet in een paddestoel, zoals veel mensen denken, want die zijn er alleen maar in de herfst.

In het bos woonde verder ook een heks. Die heette Eucalypta. Haar gezicht zat vol afgrijselijke pukkels. Op haar kromme neus groeide een grote harige wrat. Ze had last van zweetvoeten. Ze had een bochel. Vies ruikende schilfers van een onuitroeibaar soort roos sneeuwden uit haar vettige haar. Haar adem stonk naar knoflook, rotte eieren en half verteerde uien.

Zoiets geeft problemen, dat kun je begrijpen. Heksenheren – zeldzaam zijn ze, maar ze komen voor – vonden Eucalypta, zelfs voor een heks, niet de moeite van het bekijken waard. Ze wijdden hun aandacht liever aan jonge, aankomende heksjes, blonde meiden met appelvormige borstjes, een hartje van een derrière, hemelsblauwe irissen, en een zekere meegaandheid van karakter. En omdat er zo weinig heksenheren zijn, komen ze altijd aan de bak. Het beste waar Eucalypta qua liefde op kon hopen was een mechanische wip met een bijziende heksenheer in hoge nood. Het grootste deel van het jaar floot Eucalypta treurig op haar reumatieke vingers naar de liefde, die zich echter buiten gehoorsafstand ophield.

Tot haar oog op zekere dag op Paulus viel. Ze had hem eigenlijk al die tijd over het hoofd gezien. Maar als ze hem zo wat preciezer bekeek, zo door de loep, hmmm, die Paulus was niet mis.

Met beesten had Eucalypta zich nooit af willen geven. Zo wanhopig was ze niet dat ze Kobus Konijn of Benny Bever in haar sponde duldde. Maar Paulus! Klein uitgevallen, dat menneke, maar uitstekend basismateriaal. En bovendien een vrijgezel, als enige kabouter uren in de rondte. Misschien was Paulus wel net zo eenzaam als zij?

En dus sprong Eucalypta in het holst van de lentenacht (de lucht vol feromonen, de wind in stijve bries noordwest) op haar bezem. Ze liet zich meewaaien tot aan Paulus' stulp, vastbesloten daar niet vandaan te gaan tot de wind zuidoost zou staan, hetgeen De Bilt slechts voor de komende week verwachtte. Onvervaard sloeg ze Paulus' bedje open. En hoewel hij duidelijk iets prettigs droomde, schudde Eucalypta treurig het hoofd. Daar had ze niet aan gedacht: Paulus bleek in alle opzichten de kabouter te zijn die hij was.

Boos trok Eucalypta terug naar haar huisje, haar bezem onder de arm. Uit een stoffige kast diepte ze een stapel duffe folianten op. En vele uren later, zo omstreeks het ochtendgloren, sprong ze uit haar krakkemikkige stoeltje op, kreet luidkeels 'Eureka!' en bakte een omelet van vogelbekdiereieren. Opgewonden mompelend verdween ze daarna diep het bos in. Men kon haar zien, verbeten pratend in zichzelf, her en der een zonderling gewas, een zeldzaam kruid of een curieuze zwam uit de bodem rukkend. En ze belde aan bij Dorus Das.

Die avond stormde het. In huize Eucalypta pruttelde de ijzeren heksenketel. Hagel ratelde tegen het raam en wind loeide door de schoorsteen, maar binnenin heerste een koortsachtige ijver. Toen Eucalypta het laatste ingrediënt, verse dassendarm, in de pot liet glijden, zuchtte ze voldaan. Ze sprong op de bezem, de dampende ketel achterop, en op de vleugels van de storm gierde ze haar miniatuurgeliefde tegemoet.

Paulus schrok zich een paarse pinnenmuts toen hij wakker werd, naakt en aan de vier bedspijlen vastgebonden. Hij voelde een infernale jeuk tussen de benen. Eucalypta zat geheimzinnig glimlachend aan het voeteneind, en trok alvast haar stinkende lorren uit. Ze staarde in extase naar Paulus' kruis. Daar werd de kabouterman een ondraaglijke spanning gewaar. Alsof hij van binnenuit werd opgeblazen. Paulus hief zijn kabouterhoofdje op, en vol afgrijzen zag hij hoe zich in zijn schoot een monsterachtig lid verhief, van vorm het zijne, van afmeting dat van een herdershond. Zijn benen werden van elkaar geduwd door zijn snel wassende testikels. Even stiet zijn eikel tegen zijn kin, maar zijn lid bleef verder groeien, tot voor Paulus arme kale kabouterhoofd een ander, even groot en even kaal eenogig hoofd op het ritme van zijn hartslag wiebelde.

'Mooi,' was Eucalypta's reactie. En ze scheurde zich de onderbroek van het smerige lijf. Paulus kneep zijn ogen stijf dicht terwijl Eucalypta krijsend haar onnoemelijke ding met hem deed. Toen hij (*ook dat nog, ook dat nog!*) klaarkwam, werd hij volgens het principe van de terugslag bij elke samentrekking hardhandig achterover tegen het bed geslagen.

Het werd een nacht vol ongekende gruwelen. Wanneer ze hem bijvoorbeeld achterstevoren bereed en haar stinkend aarsgat ritmisch langs zijn rode neusje streek. Maar eindelijk, eindelijk, hees Eucalypta zich in wat restte van haar vodden en zwijmelde ze naar de deur. Het zonlicht priemde Paulus in de ogen. 'Tot vanavond, lieveling,' mompelde de heks, en ze verdween in de klaterende ochtend.

En hoewel ze hem van zijn boeien had bevrijd, was Paulus zo volledig uitgeteld dat hij niet de kracht bezat zich voor het vallen van de avond uit de voeten te maken. Zodat een montere Eucalypta die avond ongehinderd weer haar gang met hem ging. En hoe meer Paulus tegenstribbelde, hoe prettiger Calypta het vond. Zo ging het, vrienden, avond na avond, weken aan een stuk. Eén keer probeerde Paulus weg te lopen, maar kabouters hebben korte beentjes en Paulus raakte niet ver. Het duurde niet lang voor Eucalypta hem had gevonden. Ze zette haar turbobezem tegen een boom en ging ter plekke over tot de daad. Oehoeboeroe, de uil, zat in die boom zogenaamd naar muizen uit te zien. Paulus werd algauw de risee van het bos.

Het was ook moeilijk je voort te bewegen met die bobbel in je broek. De minste wijziging in Paulus' balans – een beginnende erectie, om maar iets te noemen – verstoorde het delicate evenwicht, zodat hij PATS op zijn kaboutersmoeltje viel en zijn pijpje telkenmale brak. Toen Paulus op een keer over een stronkje struikelde en *pardoes* op zijn gezicht viel, schreef Krakras zijn val toe aan het passeren van Neeltje Konijn, en zo'n verhaal geeft ras aanleiding tot geroddel.

Elke avond nadat Eucalypta was vertrokken, omarmde Paulus zijn arme reuzenpik, legde zijn moede hoofd op de kolossale eikel te rusten en schreide zichzelf in slaap tegen het nalekkende pisgat.

Maar op zekere dag gebeurde er iets merkwaardigs. Een televisieploeg uit Hilversum kwam langs. Ze wilden een feuilleton draaien in het bos. Zo'n bos vol dieren, één kabouter en één heks, dat leek hun iets wat kleuters leuk zouden vinden. Het hele bos was wild enthousiast. Alleen: Paulus vormde een probleem. Zijn broekje was te goed gevuld om op *prime time* op het kleine scherm te vertonen. Geen dikke leuters voor kleine kleuters, zei de regisseur. Er werd overwogen de serie in een naburig bos te draaien. De uilen waren er aftandser, de kraaien rafeliger en de heks was door haar oude dag wat milder, maar het kon ermee door. Toen de dieren dat hoorden, verdrongen ze zich kwekkend en krassend en kakelend voor Eucalypta's deur. Onder druk van het verzamelde dierenvolkje, maar vooral uit ijdeltuiterij, gaf Eucalypta toe. Omwille van het belang der bosbewoners en haar eigen acteercarrière zou ze Paulus weer tot puur kabouterlijke proporties herleiden – voor de duur van de uitzending. Ze zou haar zalfje verdunnen. En zo komt het dat Paulus elke avond kwiek over het scherm dartelt. Hij is zijn oude vrolijke zelf, voor een kwartiertje, en telkens hoopt hij dat Eucalypta die avond zal vergeten langs te komen met haar magische zalf, of dat een cruciaal ingrediënt onvindbaar zal blijken. En ook Paulus is tenslotte ijdeltuit, dus doet hij in de serie flink zijn best. Ja, die Paulus, hij leeft echt op hoop.

Eten? Geen tijd voor. Otto Weiniger zat achter zijn schootcomputer, hele stapels boeken en fotokopieën rondgestrooid over zijn werktafel. Een flard Nietzsche, een schepje Derrida, een streepje Foucault? Dat kon. Hij was in de ban van het ritme van zijn zinnen. Hij verbaasde zich erover hoe flexibel hedendaagse filosofie toch is. Hoe men een citaat over, pakweg, de objectieve synthese met minieme inspanningen kan omvormen tot iets bruikbaars over ecologisch bewustzijn. Het toetsenbord ratelde vrolijk, de harde schijf raakte lekker vol.

'En dan nu het vervolg van *jouw* verhaal,' spoorde Judith Tom aan. Ze schoof haar bordje opzij.

'We zijn volledig *in the mood.*'

'Na dit prachtige sprookje komt het vervolg van mijn autobiografie mij minder interessant voor. Bovendien...' – Tom werd ineens erg verdrietig – 'Wel. Er zijn echo's, vrienden. Soms voel ik me een Paulus. Het gedeelte van mijn levensloop waar we nu bij aanbelanden illustreert dat, denk ik.'

'Ach,' zei Hadrianus. 'In zekere zin en soms zijn we allemaal Paulussen.' Judith keek hem met gefronste wenkbrauwen aan. 'Maar ook een Achilles, een Odysseus, een Oedipus, en zo. Bij tijd en wijle. En ten dele.'

'Sjwooh-ieh-sjwooh,' zei Ruth. 'Wo ch-uhn sjie-chwan *thieng*.'

Tom volgde het spoor van kledingstukken. Het laatste item, een glanzend slipje in namaakzijde, bracht hem tot vlak voor het douchegordijn. Daarachter weerklonk het frisse geklater van water op blote huid. Tom grinnikte. Hij haakte de tip van zijn schoen onder het luchtig stukje textiel, hief zijn voet de lucht in en maakte een wippende beweging vanuit de wreef. Het ijle slipje zeilde door de lucht, Tom ving het met zijn voorhoofd op.

'Marc Degryse maakt weer een uitstekende indruk!' riep hij. 'En daar komt hij alleen voor doel, dames en heren, en zal hij?... Ja, daar gaat-ie tussen de palen, goal, *goal, goal*!' Tom knikte krachtig met zijn hoofd en mikte zo het kledingstuk in de geopende wasmand.

Het douchegordijn werd even opzij geschoven. 'Zei je iets?' schreeuwde Poes boven het geklater uit.

'Neenee,' zei Tom.

'Kom je erbij?'

'Nee, dank je,' zei Tom, 'ik heb me vorige maand nog gewassen.'

'Grappig hoor,' deed Poes.

Tom liep naar de toiletpot, maakte zijn jeans los en liet zich op de kille wc-bril zakken, de Denker van Rodin gelijk. De telefoon ging. Om twee uur 's nachts? Tom struikelde richting telefoontoestel.

'Heidelandschap,' fluisterde een hese stem aan de andere kant van de lijn.

'Uh,' kreunde Tom.

De stem ging verder: 'Hoor, ik blaas de panfluit en maak kromme bokkensprongen. Ik verklaar...'

Het was De Bassist. Hij klonk lijzig en schor, als na een overdosis sigaretten. De rare pauzes in zijn tekst bevestigden het vermoeden dat hij een gedicht voorlas.

'Natuur tot oppermachtig, verbied Franse niemendallen, handel en haar bolle borsten vallen in mijn pastorale palmen.'

Weer een witregel.

'Warempel, hier wil ik de vredespijp gerookt, de totem neergeplant, de oorlogsbijl begraven. En dan wel op staande voet.'

Witregel.

'Zich aan de koele meren laven doet het hijgend hert veel goed. Vooral mits zonder talmen.'

De stilte duurde te lang om een witregel te zijn.

'Mooi,' zei Tom. 'Een beetje laat wel.'

'O, ben jij het?'

'Wie had je dan verwacht?' vroeg Tom, en meteen wist hij het antwoord.

'Poes, natuurlijk.'

Tom zweeg.

'Ik lees haar regelmatig verzen voor, over de telefoon,' legde De Bassist uit.

'Oh?' zei Tom.

'Ze is zo begrijpend,' zei De Bassist.

'Jaja,' zei Tom.

'Een ware bron van inspiratie.'

'Fijn voor je.' Toms broek viel op de grond.

'Blij dat je er ook zo over denkt.'

'Nou, tot ziens dan maar,' zei De Bassist.

'Tot ziens,' zei Tom.

'Vergeet niet Poes de boodschap over te brengen,' zei De Bassist.

'De boodschap?'

'Het gedicht,' zei De Bassist. 'Reciteer het voor haar, wil je?' Hij hing op. Tom sleepte zich weer naar de badkamer.

'Lalalaa, diptoediedomdom, lalalaa, diptoediedomdom, lalalaa, dipdoptietoedom, tiedoedom, ditoedomtomdom,' zong Poes van achter het douchegordijn. Ze droogde zich af. Ze zong *In The Mood.*

Vroeger, maar dat was een hele tijd geleden, zong Poes deze klassieker ter aanduiding van een zeer omschreven stemming. Tom had er steevast de beginregels van *Wanna Be Startin' Something* achteraan gezongen, met zijn onderbroek boven het hoofd zwaaiend, om daarna vastberaden de douchecabine in te klimmen. Niet nu. Nu trok Tom zijn jeans uit en haastte zich naar de kast om een pyjama te pakken.

Poes was hem te snel af.

'Hoorde je wat ik daar aan het zingen was?' vroeg ze, terwijl ze Tom van achter naderde en een sterke arm om zijn borst sloeg.

'*In The Mood*?' probeerde Tom. Poes trok hem dicht tegen zich aan. Ze drukte haar nog vochtige borsten tegen zijn harde schouderbladen.

'Precies!' zei ze en tevreden liet ze haar andere hand onder het elastiek van zijn onderbroek glijden. Ze neuriede in zijn oor. Tom herkende, niet zonder afgrijzen, het bekende lied van *The Jacksons*. Tom was moe. *Hij* wou slapen. *Hij* zat met *The Smiths* in zijn hoofd. Hij wou in quarantaine. In elk geval, hij wou niet wat dat kleine rode duiveltje kennelijk wel zag zitten. De zachte massage waarop Poes zijn scrotum onthaalde had een wonderlijke uitwerking op Toms corpora cavernosa.

'Ik heb geen zin,' zei Tom.

'Hmm,' zong Poes, 'dat *merk* ik, ja.' Ze omvatte Toms erectie met volle hand.

'Jaja,' zei Poes, en ze ging met haar tong in zijn oor. Nu zou ze haar lievelingsplaatje op gaan zetten, wist Tom, *Gigantic*, van de *Pixies*. Met de cd-speler op REPEAT, zodat de intro – basgitaar solo – hen om de drie minuten in de oren dreunde. Ze vond het hypnotiserend.

'Voor ik het vergeet,' zei Tom, 'de Bassist heeft gebeld. Hij had een boodschap voor je.'

'Een boodschap?' zei Poes, en ze bewoog haar hand langzaam naar voor en dan weer naar achter.

'Een gedicht, eigenlijk.'

'Oh?'

'Het heette Heidelandschap. Waar het over ging weet ik niet meer. Bolle borsten, geloof ik. Zoiets.'

'Bolle borsten?' zei Poes. Ze draaide Tom ruw rond, zodat ze oog in oog stonden. 'Zoiets?' vroeg ze. (Niet dringen, er is genoeg voor iedereen!)

'Zoiets,' bevestigde Tom, en o wonder hoe zijn vermoeidheid week onder de vaardige handen die zijn billen kneedden. 'Bolle borsten, zei De Bassist.' Poes duwde zijn penis naar beneden, opende haar dijen en ging dicht tegen Tom aan staan. Dan trok ze haar hand terug. Toms erectie sloeg vol tegen haar spleet aan. Poes sloot de benen.

'Ik begrijp het,' zei ze, en ze wiegde tergend langzaam met haar heupen.

De Bassist klom moe maar voldaan in bed. Een fijne repetitie, en een fijn gedicht afgemaakt. Met mooie metaforen; elegante erotiek. En met een indringende boodschap naar de geliefde toe. Mits zonder talmen, bijvoorbeeld. Niet mis te verstaan, dat. De Bassist liet zijn gedichten brieven zijn in de brievenbussen naar het hart van zijn bekenden. Vooral mits zonder talmen. Geheel bedwelmd door zijn eigen woorden zonk De Bassist de slaap tegemoet. Hij had zichzelf heerlijk erotische dromen beloofd, vannacht.

Kim Deal gaf hem voor de vierde maal van jetje op de intro van *Gigantic*.

'Hmmpff,' zei Poes. Hoewel haar moeder haar had bijgebracht nooit met volle mond te spreken.

'Grmmpffsjj,' antwoordde Tom, en hij spuwde een haartje uit.

Zo gaat een goede opvoeding naar de bliksem.

In de droom van De Bassist wentelden torso's en billen en woorden zich om elkaar heen. De Censor deed zijn best te redden wat er nog te redden viel. De schaar en zwarte kleefband waren hem afgepakt, maar hij had nog de doezelaar. Tot De Bassist hem ook die uit handen sloeg, en zich in zijn droom haarscherp en uitgebreid met zijn Toekomstige Geliefde onderhield.

Poes verstijfde.

'Verdomme,' zei ze.

Tom had zoiets verwacht.

'Shit.' Het was gezien de positie die ze innam een wat ongelukkige uitdrukking. Het starre oog van haar geslacht staarde Tom vochtig, blind, maar *zeer* verwijtend aan.

Bons! Daar viel De Bassist uit bed. Eigen schuld, bedacht hij, terwijl hij over zijn pijnlijk achterhoofd wreef. Je had maar niet moeten dromen dat je, als Tarzan, de liefde bedrijft terwijl je aan een liaan bengelt. De Bassist besloot het weer goed te gaan maken met de Censor, die ergens in een hoekje van zijn brein zat te mokken. Hij nam een bloemetje mee.

De cycloop keek alweer een stuk vriendelijker.

'Dat was een prettig alternatief,' sprak Poes ter hoogte van zijn navel.

'Fijn,' bracht Tom uit.

'Maar toch,' zei Poes, en ze draaide zich om, 'toch wil ik wel eens als elk normaal mens een uur lang lekker ge...'

'Jaja,' haastte Tom zich.

'Doe er wat aan, wil je?' vroeg Poes met aandrang.

'Ik heb er wel eens iets over gelezen. In de *Flair*.' Tom was het bed al uit. 'Even halen. Zet ik meteen de cd-speler uit.'

'Het staat onder het kopje "Hoe kan ik mijn vriendin een orgasme geven?"'

'Spannende titel,' vond Poes.

'*Suggestie 1. Elkaar strelen.*'

'Dat is niet wat ik wil. Een stevige wip, daar verlang ik naar.'

'Het volgende stukje is toepasselijker. Luister: *Je komt ook niet zo snel klaar als je vriendin bovenop gaat liggen en haar benen uit elkaar doet. Voor haar is dat fijn omdat haar clitoris door de ronddraaiende bewegingen vanzelf gemasseerd wordt. Ze kan zo in haar eigen tempo klaarkomen.*' Poes nam haar stelling in. 'Wat zegt het blad nog meer?' vroeg ze, tussen de ronddraaiende bewegingen door.

'*Je kunt ook aan je vriendin vragen of ze je penis voorzichtig en zachtjes wil strelen. Hiermee zou je zolang door moeten gaan tot het je lukt om je erectie een tijdje vol te houden, zonder dat je klaarkomt.*'

'Ik doe niet anders,' morde Poes. 'Zodra ik dat verrekte ding aanraak, zodra ik er maar naar *kijk*, beeldt-ie zich in dat-ie een fontein is, en zendt hij zijn stralen door het wijde luchtruim.'

Tom lachte.

'En daar valt niet mee te lachen,' zei Poes.

'Ik vrees wel,' zei Tom en hij hapte naar adem, 'ik vrees dat als je bovenop me ligt en met die ronddraaiende bewegingen je, euh, jezelf masseert, dat dat me, euh, nog meer opwindt.'

Poes graaide naar het tijdschrift.

'*Wanneer je voelt*,' las ze, '*Wanneer je voelt dat je toch gaat klaarkomen, kun je dat tegenhouden door even in het topje van je eikel te knijpen*.'

'Even,' zo herhaalde Poes nadenkend, 'in het topje van de eikel knijpen.' Ze gleed uit het zadel. 'Zo?'

'Ik voel niks,' hijgde Tom. '*Nee*, niet heen en weer gaan met die vingertjes.' Zijn scrotum tintelde verdacht.

Poes kneep harder. 'Ik merk geen verslapping,' zei ze.

'Ik voel ook geen verandering,' kreunde Tom. '*Harder* knijpen!'

'Dan gebruik ik mijn tandjes wel,' gromde Poes. Ze rondde haar mond om zijn gezwollen eikel. En beet.

'AAAAAAAAAAAHHHHHHRRRRRGGGGGG,' kreet Tom. Zijn lid verslapte ogenblikkelijk, zijn buik krampte heftig op en neer, en in zijn hoofd bonsde een hamer.

'En dat is het eind van het verhaal voor vandaag.'

'Ik denk dat ik enigszins begrijp waarom je niet naar die vriendin terug wilt,' zei Judith.

Hadrianus keek zorgelijk. 'Dit soort situaties lijkt me gevaarlijk,' zei hij. 'Ik ben geen psycholoog, maar volgens mij kun je daar impotent van worden. Conditionering, of hoe heet dat? Voor je het weet laat *little Tom* het hoofd hangen steeds wanneer hij Poes ontwaart.'

Tom sloeg pijnlijk de blik neer.

'O nee,' zei Judith. 'Dat is precies wat er gebeurd is, niet? Je bent impotent, arme Tom.'

'Wacht, wacht,' zei Tom. 'Niet te snel conclusies trekken. Ik was inderdaad impotent, toen. Een week, een tweede week, en een derde, en een maand.'

'Maar toen kwam alles weer in orde? Gelukkig!'

'Wel... Niet vanzelf. Ik ben in therapie geweest. Of zoiets. Maar het is nu wel erg laat. Dat vertel ik morgen wel.'

(Jawel, denkt Tom, Poes had me toen al opgegeven. Misschien op dat moment al *geruild* voor die flinke wip, waar ze zo naar verlangde.)

'Tom heeft weer veel van zichzelf gegeven,' zei Judith. 'En ook ik heb mijn bijdrage geleverd. Wordt het geen tijd, Hadrianus, dat ook jij je duit in het zakje doet?'

'Ik ben een slecht verteller,' zei Hadrianus. 'En is het geen bedtijd, nu?'

7

Wie sterft, ziet flarden uit zijn bijna afgelopen leven voorbijflitsen, dat is bekend. Het geheugen werkt associatief: Tom suist, en is het omdat hij in vrije val verkeert, dat hij terugdenkt aan een lang vergeten episode, aan de jaarlijkse val der parachutisten boven dat Italiaanse strand, *het* Italiaanse strand waar de familie in juli naartoe trok? Op Italiës nationale feestdag, halverwege de vakantie van de familie Pepermans, trokken straaljagers hun tricolore banden, groen en wit en rood, boven de badgasten. De bedoeling was de Italiaanse vlag te verbeelden. De jets vlogen evenwel niet noodzakelijkerwijs in de juiste orde; en soms gebeurde het dat een kleur uitviel. En dan, onder die verminkte vlag, strooiden de vliegtuigen parachutisten uit over het strand.

Op dat strand, vele kilometers lang, viel niks te beleven. Hordes halfdode Duitsers, Belgen en Hollanders, elk op de hun toegewezen, duurbetaalde dubbele vierkante meter. Het was bloedheet, het zand verschroeide de voetzolen op weg naar de onwelriekende Adriatische zee. De enige manier om een wandeling te maken was langs de vloedlijn lopen, waar het water nog koel aan het zand likte, en waar je niet tussen de halflijken door moest laveren. De eenzame heremietkreeft die door de vloed op het strand was achtergelaten werd in de schelp gekookt, daar was de kleine Tom zeker van. Hij leerde er noodgedwongen zwemmen; iets anders viel er niet te doen, als je geen brandwonden wou oplopen. Tommetje had een gevoelige huid. Menige vakantie eindigde in het zichzelf velletje voor velletje in de prullenmand gooien: blaren op zijn borst, waaruit een gelachtige vloeistof sijpelde. Putten graven, dat kon ook, flink diepe, om erin weg te duiken voor die verdomde brand uit de hemel. Italië, zo geroemd nochtans om zijn ijsbereidingen, had in deze uithoek van het toerisme – Italianen zelf waren er niet te vinden – slechts één enkel ijskraampje achtergelaten. De enige waar was ijs met krenten, en die krenten waren uren in grappa geweekt. Duitsers likten er zich laveloos aan. Tom had het geprobeerd. IJs brengt verkoeling, dacht hij. Hij had er een zware expeditie voor over gehad, springend van schaduw op schaduw langs de rij badhokjes, tot hij buiten adem bij het kraampje belandde. Het ijs vond hij vies plakkerig, en hij werd er zo draaierig van. Hij kreeg er nog meer dorst van. De onderhand hete Fanta die zijn zuinige ouders uit de supermarkt hadden meegebracht hielp niet erg. Die middag was Tom languit op het strand gaan liggen, duizelig van de alcohol, 's avonds had hij zijn hart uitgekotst; de hele volgende week was zijn rug een blarenveld.

Maar niet het saaie, dorre, met vette ingeoliede lijken bestrooide strand, de dorst, de brandwonden, waren het ergste van de trip. Het ergste was de reis zelf, afgelegd in de familiewagen. Tom was snel wagenziek. Vader vond dat onzin. Het zit in je hoofd, jochie. Later gaat dat allemaal over. In afwachting van de volwassenheid dus: veertienhonderd kilometer onversneden misselijkheid. Om de driehonderd kilometer dumpte Tom een hoopje braaksel dat een natie of wat eerder voedsel was geweest. Zo dropte Tom in Duitsland Vlaamse karbonade, in Oostenrijk eieren met Duitse ham, in Italië liet hij halfverteerde Wiener Schnitzels achter en toen ze aan de Adriatische kust aankwamen braakte hij donkerbruine ballen, hard als de Dolomietenkeien in de Oost-Tiroolse bergrivieren. Een ambassadeur van culinaire prestaties, dat was hij.

Wekt het verwondering dat de tienjarige Tom de jaarlijkse parachutisten zag als boodschappers uit de hemel, gekomen om hem op te halen en thuis te bezorgen? Na een miraculeuze vlucht zonder misselijkheid weer terug in zijn eigen kamertje met zijn lievelingsboeken en de grote doos Lego en het zachtbruine behangpapier, met de sprei met bruingroene schotse ruit en de blauwe beer die in de hoek de wacht hield? Helaas, deze engelen in kaki uniformen, die onder variaties op hun nationale driekleur en stinkend naar zweet en kerosine neerdaalden tussen de apathische badgasten, daalden enkel af. Geen retour. In koor meldden ze Tom: de helft van de ellende zit erop; maar kerende post, dat kon niet. Soms zat Tom te fantaseren dat ze hem toch mee zouden voeren, de hemelen in. Misschien was het niet helemaal onmogelijk. Italië was een heilig land, de paus woonde er.

Tom tekende 's avonds para's met vleugels, grote sterke vleugels. Wit en loodrecht wiekten ze naar boven, reuzenleeuweriken, een devote uitdrukking op hun ongeschoren koppen. Later, veel later, zou Tom beseffen dat engelen – biologisch gesproken – een onmogelijkheid zijn. Iets van het formaat van een mens is te groot om te vliegen. (Wil je toch een engel maken, dan heb je in wezen twee alternatieven. Eén is een mooi geproportioneerd wezen, met enorme vleugels. Nadeel is dat zo'n engel enkel kan zweven, en wie is beter op de hoogte dan de Heer om te weten hoe onbetrouwbaar de Hogere Luchtlagen zijn? Wil je klapwieken toelaten, dan is een gigantische spierkracht nodig. Dat levert onesthetische creaturen op, een en al borstkas. Er moet bespaard worden op het gewicht, dus geef je die engelen korte beentjes, en geen armen. Zo'n uiterlijk is, en ook dat zal de Here weten, behoorlijk gevaarlijk, gezien de perverse belangstelling voor de misvormde medemens in donkerder tijden en de wijdverbreide xenofobie in de hedendaagse wereld. Kom als zo'n engel aanzetten bij een jonge maagd, onaangekondigd, en let dan eens op hoe ze reageert op je 'Wees gegroet, Maria!'. Geen meid gaat spontaan in gynaecologische houding liggen om je Hemelse Boodschap te ontvangen. Wees blij dat ze niet geschoold waren in de Japanse gevechtskunsten, daar in het Midden-Oosten, rond *anno domini* 1. Wees blij dat ze nog niet de legerdienst voor vrouwen hadden, of automatische vuurwapens. Daar sta je, schokkend tegen de muur, terwijl Maria's Uzi ritmisch dumdumkogels door je lijf jaagt, omdat ze denkt dat je een radioactieve kamikazemissie van Hamas bent. Volgende keer vragen of er een aan-uitschakelaar op de halo mag, denkt de engel die vol gaten moeizaam (weliswaar onsterfelijk, maar toch sidderend van na-angst) ten hemel klimt. En of de Heer misschien een haakneus wil monteren, en geen gitzwarte krullen, alstublieft. Gabriël vond het maar niks. Hij had niet eens de tijd gekregen om de spuit met zaad tevoorschijn te halen, en hij had maar een uur, had de beheerder van Gods spermabank hem gezegd. Spuit met zaad: was hij na deze missie blij dat Elohim de engelen niet met een geslacht had uitgerust. – Nee, dan die nicht Elizabeth, die was een stuk bereidwilliger.)

'Hoewel ik helemaal niet mag zeggen dat het een gedrocht was, dat mij benaderde,' zei Judith. 'Het had wel iets van een engelinterventie, in die zin dat het hoogst verwarrend was, en ongelooflijk snel ging. *Taken by surprise.* Het ene moment zat ik nog, een bosje lelies in een vaasje naast me, in een losjes gedrapeerde jurk een gezellig boek te lezen; het volgende moment zat ik met Ruth op schoot. Maar daar ben ik erg blij mee, hoor, met die snoezepoes van me, die kleine honnepon.' – Het was maar één versie van Ruths conceptie, die ze daar aan Tom vertelde.

De lezer begrijpt dat Ruth aanwezig was bij dit gesprek.

Ze was in Toms ogen heel leuk, nu. Ruth wou vooruitkomen in het leven. Kruipen leek haar wel wat; ze zou het leren ook. Je zag de verbetenheid in dat koppie, die tong tussen de tandeloze lippen, die ambitieuze blik. Het doel lag voorwaarts, en Ruth spartelde met armen en benen. Coördinatie was het probleem. En spierkracht: ze slaagde er niet in zichzelf op te hijsen en op armen en knieën verder te kruipen. In plaats daarvan bleef ze tegen de grond aan gedrukt, en maakte zwembewegingen. Het netto resultaat was dat ze achteruitschoof. Hoe harder ze probeerde, hoe verder ze zich van het doel verwijderde. Tom kreeg niet genoeg van het spelletje. Hij hield Ruth een begerenswaardig voorwerp voor, een koekje, haar roze speelgoedolifant, zijn eigen gezicht desnoods, en hop, daar schoot de baby in de achteruit. Het kruipen vergde zoveel energie dat ze niet tegelijk kon bewegen met haar ledematen en haar hoofd optillen. Dus hield ze het hoofd tegen de grond (beter voor de aerodynamica, dacht ze), werkte ze zichzelf vooruit (vermoedde ze), en dan keek ze op om te zien hoever ze nog van haar doel verwijderd was. Wacht eens, het leek wel of ze niet erg veel was opgeschoten. Helemaal zeker was ze er niet van, maar het leek zelfs of die rotolifant verder weg was. Nochtans lag hij stil. Hij keek haar bepaald snoezig aan vanuit zijn kleine kraaloogjes. Een beetje guitig zelfs. Wat was hij om te zoenen! Laten we dat dan maar doen, besloot Ruth en ze zette zich schrap, de kop schuin tegen de vloer, en spartelde. Hijgend keek ze op. Hoe was het mogelijk? Vlak voor het moment dat de verbazing en de spanning plaats zouden maken voor boosheid en frustratie, precies op dat moment moest je haar onderscheppen. Tom hield ervan dat letterlijk te doen, hij dook met één hand onder haar buik, vlak onder haar zwaartepunt, en vervolgens vloog hij haar naar de olifant. Ze wriemelde heftig, ze genóót, en ze graaide met volle armen naar haar speeltje. 'Wotewote*wote*WOTE,' gilde ze, en als ze in de rondte had kunnen dansen, dan zou ze dat hebben gedaan, een wilde dans waarin ze zichzelf dronken zou draaien en de olifant weldadig middelpuntvliedend tegen de muur zou kwakken. De timing was essentieel. Kwam Tom te vroeg, dan protesteerde ze luidkeels. Spelbreker! Pretbederver! Kwam hij te laat, dan was ze ontroostbaar boos op die smerige olifant die haar met die geniepige kraaloogjes doodleuk zat uit te lachen. Ze trommelde met haar vuisten in de lucht, en als daar Toms neus hing, dan had Tom pech gehad. Twee minuten later zag ze ander interessant spul verderop, en boog nogmaals het hoofd voor de demarrage.

Als leren kruipen al zo moeilijk is, valt te begrijpen waarom het bestaan voor zoveel tweebenige volwassenen zo wankel aanvoelt.

'Pas op dat je haar niet het idee geeft dat ze kan vliegen,' bromde Judith van achter haar schrijfblok. 'Ik wil haar niet op een ochtend met gebroken nek onderaan de trap vinden.'

'O, mijn kleine superwoman,' fluisterde Tom in Ruths oor, en ze kraaide van pret toen hij, de lippen over de tanden, in haar tere oorschelp beet.

Judith was druk doende met een interview. Kauwend op haar potloodje, met frasen uit de recorder als deze:

'Ik geef de voorkeur aan zuiglammetjes uit de Pyreneeën. Die zijn beter van textuur dan de beestjes uit Pauillac. Het diertje wordt eerst volgens de regels van de kunst voorgebraden. De gigots worden verwijderd en naar de keuken gestuurd. De zadeltjes worden van het karkas gesneden en op een *réchaud* afgebakken.'

'Is dit niks voor jou, Tom?' riep ze loom naar de keuken, waar Tom de verre voorbereidingen trof voor een of ander ingewikkeld gerecht. 'De bobo van een chic restaurant.' Tom luisterde en schudde het hoofd.

'Ondertussen knip ik het karkas in grove stukken die een voor een in de verzilverde pers verdwijnen. Het wiel wordt aangedraaid. Eén deciliter van het magische vocht wordt ingekookt met rode wijn, *fond brun*, cognac en port. Deze saus wordt opgeklopt met getruffeerde boter, geproefd, bijgekruid, gezeefd, en opgediend naast het succulente lamszadel; wilde rijst met rozemarijn erbij. Daarna de gegrilleerde boutjes met een frisse salade en een spies van lever en niertjes. Voor lieden die de boutjes elegant ter hand wensen te nemen, is er een verzilverd heft rond de uiteinden geschoven.'

'Moet je dit zien,' zei Judith, 'Tom zit van die kleine vogeltjes' – 'Kwartels,' bromde Tom – 'te ontbenen. Moet je dat mes zien flitsen! Zo trefzeker!'

'Boeiend,' geeuwde Hadrianus.

'Je bent een messenkunstenaar!'

'Ach wat,' deed Hadrianus landerig. Hij knipte de televisie aan. Een eucharistieviering, gesponsord door een koekjesfabrikant, was in volle gang. Men hoorde de pastoor hosties uitreiken: 'Het Lichaam van Christus, u aangeboden door General Biscuits.' Elders werd een televisiehitparade vertoond; monotonotheïstische tieners schokten in ver openstaande bloesjes ritmisch met hun harde lijven, op de achtergrondstraling van de oerdans. Hadrianus zapte naar Sesamstraat.

'Urrrnie!' brulde Ruth, en ze hees zich kwijlend tegen het televisiescherm op. Haar spuug gleed in grote, iriserende druppels langs het scherm. Hadrianus zapte de cartoonfiguur weg, en Ruth bleek ineens een reusachtige ondersteboven hangende vleermuis te omhelzen. Verschrikt deinsde ze achteruit. BOMS viel ze op haar bibs – ze zette het op een krijsen. Tom kwam toegelopen, de handen druipend van het water waarin hij de prei stond te wassen, maar zelfs zijn goede oude babydrill mocht niet baten (één: baby over schouder; twee: omarm stevig; drie: wrijf met vrije hand over ruggetje, terwijl men; vier: rondloopt door de kamer; slaak de hele tijd ongrammaticale kreetjes op sussende toon). Ruth bleek een loeiende brandweerwagen die uit de verte nadert en plots voor de deur stopt: ineens was de huilbui over.

ZAP! Op een ander net was een voetbalwedstrijd gaande. 'De spits van K.V. Kanem snelt naar voren, heeft hij voldoende balgeluk? En JA, en NEEN, een rechte lijn, een doel...' Hadrianus knipte het toestel weer uit. 'Niets op tv.' 'Het meest verbazende aan die programma's is hun vrolijkheid,' zuchtte Judith. Haar potloodje werd achteraan erg rafelig.

Kortom, iedereen verveelde zich, met die typische zondagse

verveeldheid. Misschien moest Tom maar wat vertellen, of wachtte hij liever tot vanavond? Neen, niet tot vanavond wachten, want dan ging hij de stad in, een afspraakje. Oh? Iedereen was plots geïnteresseerd. Neen, niks bijzonders, misschien ging het zelfs niet door, neen, gewoon, twee meiden die hij had leren kennen. Meteen twee dan maar! Komkom, neen, gewoon, een afspraakje, de kroeg in of zo. Gezelligheid, stelde niks voor. Dat verhaal? Vooruit, laat me eerst de vulling maken, dan vertel ik jullie over een kwartiertje wel:

TOMS VERHAAL, HOE DAT NU ZAT MET DIE THERAPIE:

'En was ze succesvol?' wou Judith weten.

'Zodat die twee meiden van vanavond...' grinnikte Hadrianus.

'Mag ik?' vroeg Tom. 'Het is *mijn* verhaal. *Ik* bepaal het tempo.'

'En de inhoud,' zei Judith.

'Neen, dat doet de werkelijkheid,' zei Tom gekrenkt.

'Hier zal het wezen,' zei Poes. Ze schoof de R4 tussen twee zorgeloos geparkeerde BMW's in. De Maria Theresiastraat blonk in de regen, het zwarte asfalt weerspiegelde de bonte oorlogskleuren uit de ramen. De voormalige herenhuizen stonden tipsy tegen elkaar aangeleund; ze spraken elkander in loom Frans moed toe voor de komende decennia. In hun buiken gloeide maagzuur van neon, geelgroene neon, paarse, blauwe, en bovenal het koninklijke rood van pluche danspaleizen. Het huis waar Poes voor stond geparkeerd bestond bijna geheel uit raamkozijn. Het was omzoomd met turkooizen lichtbuizen, een plastic palmboompje aan weerszijden, en een zwaar karmijnen overgordijn dat in statige plooien naar beneden viel. Een weelde in goudverf geschilderde slangen kronkelde de woorden Bar Tropical op de vitrine. Voor het raam hing een handgeschreven lijst met allerhande dranken, bedragen van drie cijfers en meer ernaast, bekroond met het traditionele opschrift: 'Bar Tropical – Voor al Uw Feestelijkheden – Onze Kwaliteit is Uw Waarborg'.

'De Leopoldstraat is *hier*, schat,' zei Poes, en ze pakte hem bij de arm. De sfeer in de zijstraat was heel anders: klinkers, een wegkwijnend boompje, een onder duivenpoep bedolven bankje ernaast. Een eenvoudige eengezinswoning, die polikliniek, met een simpele messing plaat: *Dr. Cybele, Psychoseksuologe*.

'Hallo?' peilde een dodelijk vermoeide stem uit de intercom.

'Pepermans,' zei Poes afgemeten. 'We komen voor de dokter.'

'U had een afspraak?'

'Ja. De naam is Pepermans.'

'Ogenblikje,' zei het luidsprekertje, en het klikte zichzelf dood. Door de gang klonk getik van hakjes.

'Goeienavond,' zei de dame met een zwoele alt. 'Komt u binnen.' Driftig ging ze hen voor. Haar lange blonde haar zat achter op het hoofd in een streng knotje gedraaid, vlak onder een hagelwit verpleegsterskapje. Geheel in tegenspraak met dit beeld van zuinige deugdzaamheid was de lengte van haar uniform. Langs duizelingwekkende benen spoedden zwaar geaderde kousen en een stel zwarte jarretels zich juichend naar boven. Ze droeg het ensemble verbazingwekkend heupwiegend.

'Komt u binnen,' zei ze. Lage fauteuils in een soort kantoortje. 'Oeps.' Ze bukte zich om een formulier op te pakken dat achteloos uit haar hand was geglipt. Zonder haar knieën noemenswaardig te buigen. Tom had het gevoel dat de therapie al een aanvang nam.

'Gaat u zitten.' Ze trippelde naar een kast, rekte zich om een ander formulier van de bovenste plank te halen. 'Als u dit even wilt invullen?' Tom werd bedwelmd door de *Magie Noire* die uit haar decolleté wasemde. 'Goh,' fluisterde Poes, die over Toms schouder meekeek bij het invullen. 'Wat was jij een klein rukkertje.' De verpleegster tuitte de lippen. 'U zult in elk geval hier moeten blijven, vannacht,' zei ze zorgelijk. 'Voor observatie.'

'Hier blijven? Daar hadden we niet op gerekend, en...'

Streng ritste de dame haar uniform dicht. Haar borsten krijsten gesmoord om lucht. Ze klakte met de tong.

'Tandenborstels zijn in voorraad. Zoals in elk hospitaal.'

'Maar, dus...'

'Mevrouw, de nodige onderzoeken moeten worden gedaan. Een en ander geconstateerd. De diagnose moet worden gesteld. Zekerheid verkregen.'

Poes aarzelde. 'U zult het wel het beste weten.'

'En *of* wij het het beste weten,' zei de verpleegster. 'Morgenochtend om tien uur kunt u hem komen ophalen.'

Het werd even stil. De verpleegster kruiste de armen. 'Goed,' zei Poes wat schaapachtig. 'Dan ga ik maar.'

'Zo. Die is de deur uit,' zuchtte de blondine. Gitzwart kant gaapte Tom tegemoet, ze had haar boezem weer de ruimte gegeven. 'Wat een kwal, die vrouw van je. *Zullen* we maar?' Ze stak allebei haar handjes uit naar de patiënt.

'Naar de dokter?' zei Tom.

'Oh, je wil *Cybele* zien,' pruilde de blondine. 'Vind je mij niet leuk, dan? Zit ik me weer voor niks uit te sloven? Wat zeg je *hiervan*?' Ze schudde koket met haar kontje.

'Ik vind u,' – slik – 'erg aantrekkelijk, maar ik kwam tenslotte voor...'

'Het zware werk, meteen? Okee.' Ze blies door haar neusgaten. Haar stem kreeg de metaalklank van de intercom. 'Kom maar.'

Er was spaarzaam omgesprongen met verlichting in het lokaal waar Tom was binnengeloodst. Ergens in de verte stond iets wat op een tapkast leek met een rij secuur gedempte rode peertjes erboven. De vloerbedekking bestond uit zwaarfluwelen, karmijnrood vasttapijt, uitgevoerd in dezelfde tint als het overgordijn.

'Is dit het kabinet van de dokter?' vroeg Tom verbaasd.

'Luister, vader...' – met de minuut leek het meisje meer op een echte verpleegster – handen op de heupen, doorzakken op één been, de vermoeidheid van er-zijn-nog-dertig-wachtenden-na-u – 'Hou op met dat spelletje. Hier is geen dokter; dat weet je net zo goed als ik.'

'Geen dokter?'

De dame hief de handen in wanhoop ten hemel. 'Jij bent de eerste kluns die werkelijk gelooft dat hier een serieuze sekspolikliniek gehuisvest is. In een zijstraat van de hoerenbuurt! Kijk uit het raam, man.' Tom hief het gordijn op. Vlak voor de deur reutelde plots de R4. Haastig liet hij het gordijn weer zakken. Tom stond in Bar Tropical.

'Echtgenotes laten zich wel eens beetnemen. En heren vinden de verpleegstersact leuk. Jij *meent* het dus.' Ze zuchtte. 'Gooi je ergens neer. Cybele komt zo. Zij zorgt voor de hopeloze gevallen.'

Tom begaf zich naar wat dus echt de tapkast was. Het kleed was erg hoogpolig. Het leek of hij er aan vastgezogen zat, de vezels beten zacht aan zijn enkels als vleesetende lianen. Tom baggerde voort, bleef aan het buffet staan. Alsof het tapijt echt aan zijn schoenpunten sabbelde.

Uit de duisternis kwam een zandlopervormig wezen aangewaggeld. Het was een vrouw, ze droeg heel hoge hakken. En een wijnrode jurk, de kleur van tapijt en gordijn en wanden, zodat een lichte schemer om haar heen sloeg, alsof ze in en uit wanden, vloer, plafond zweefde. Moeizaam bewoog de schim zich tot aan een van de barkrukken. Ze ging op haar tenen staan, plantte haar achterwerk op het fluwelen zitkussentje en trok de benen op, zodat haar tenen rustten op de voetsteuntjes van de barkruk. Haar schoenen bleven op de grond.

'Te veel moeite om de schoenen los te wrikken,' verklaarde de dame. Ze hijgde van de inspanning. 'Ga toch zitten,' zei ze. ' Pak een kruk. Blijf niet zo staan. God, wat ben je nerveus. Gehaast of zo? Poot je neer! Een sigaret? Kom, kom gezellig naast me zitten.'

De dame gaf zichzelf uitgebreid vuur. In haar rechteroor blonk een grote zwarte steen, die de oranje vlam van haar Zippo spookachtig verkronkeld weergaf. Tom keek om zich heen. Het dieprode fluweel duizelde hem van overal tegemoet. Aan de muren hing een allegaartje van platvloerse exotica – waaiers, struisvogelveren, starogige maskers, katoenen gobelins met geometrische motieven, uit boomstammetjes vervaardigde muziekinstrumenten. *Tropical, indeed*! Een plastic kokospalm stond in een hoek van het vertrek, een opgezette krokodil aan haar voet.

'En wou je wat drinken?' vroeg de vrouw. Nog voor Tom antwoordde liet ze zich, kreunend, teenpunten vooruit, in haar schoenen zakken. Aan de zijkant van het barmeubel stapte ze weer uit haar pumps. Ze bond een schortje voor. Keek Tom vragend aan.

'Doe maar een Cola Light.'

De dame lachte schor en gorgelend. 'Light, dat hebben we niet in huis, kereltje,' snoof ze. Ze boog zich voorover en hield zijn kin in haar rechterhand terwijl ze hem, zorgvuldig articulerend, in de ogen staarde. 'Alles is hier bijzonder, maar dan ook bijzonder *heavy*.' Met haar linkerhand graaide ze onder de tapkast. Ze zette een glas voor Tom neer. Pas daarna liet ze zijn kin los. Zijn onderkaak zakte naar beneden. Uit een met rood fluweel beklede koelkast – het lichtje deed het niet – viste ze een stoffige fles cola, zonder stop, en met slechts een restje stroperig nat. Toms glas werd halfvol geschonken.

'Tweehonderd frank,' eiste de dame. Ze stak resoluut haar hand uit. Tom tastte naar zijn achterzak en betaalde. Hij nam een slok. Lauw, kleverig, totaal versuikerd vocht.

'Kan ik een ijsblokje krijgen?'

'Zeker.' De barjuffrouw deed een rammelende greep, mikte de kubussen in zijn glas. Een behoorlijk deel van de magere portie cola belandde daarbij op de vloerbedekking.

'Da's vijftig frank,' zei de dame.

'Huh,' deed Tom.

'IJs is een extra. En hier wordt voor alle extra's *onmiddellijk* betaald.'

Tom haalde zijn portefeuille tevoorschijn.

'Waarom reinigt u het tapijt niet eens een keer?' suggereerde hij. Hij vond het dametje amusant.

'Geen tijd, geen tijd. We zijn de hele nacht in de weer met de klantjes. 's Ochtends slapen we. In de namiddag verrichten we hygiënische handelingen. En houden we de boekhouding bij. Geen tijd voor het vloerkleed. Trouwens, de meeste klanten vinden het wel prettig. Geeft ze het gevoel dat ze er iets voor moeten doen.'

'Maar ze betalen toch al?'

'Betalen,' snoof de dame, 'vandaag de dag moet je overal voor betalen. En, omgekeerd, als je dokt is alles ook te krijgen. Daar staat tegenover dat niet ieder Huis van Verlichte Zeden beschikt over een slechts met veel moeite te belopen tapijt in de bar.' Ze hoestte kort en hevig. 'Ik heet Cybele,' stelde ze zich voor.

'En ik Tom Pepermans.' Hij stak zijn hand uit.

Een hevige windvlaag sloeg door het café. De bel liet een elektronisch arrangement van Bizets toreadoraria horen. Op de drempel stond een man, brede schouders, geblokte tors. Damp steeg rond zijn massieve lijf. Hij droeg een uniformpet. Hij schoof blindelings in het Egyptische duister naar de bar. Achter hem viel de deur kriepend in het slot. 'Meesteres Cybele,' vroeg hij, 'bent u daar?'

'Hier, snoesje!' riep Cybele.

'Aha,' zei de man. Hij corrigeerde zijn koers. Door zijn rijglaarzen had hij minder moeite om vooruit te komen dan Tom met zijn zwarte suède schoenen. De man droeg een kaki legeruniform. Drie gouden sterren met een streep eronder.

'Maar ik ben vanavond wel bezet, klein scheetje van me.'

'Oh!' De kolonel bleef staan. Zelfs bij deze geringe belichting was zijn teleurstelling zichtbaar.

'Maar ik heb Meesteres Sabrina voor je klaarstaan, kleine ondeugd.'

'Kom HIER, stuk *stront*!' In de deur aan de achterkant van het café was een tweede dame verschenen, gehuld in prangend leer. Ze hield haar handen op de heupen. In de rechter glom een zwarte rijzweep. Om haar schouders hing losjes een legerjas. Tom herkende ternauwernood de verpleegster van daarnet. De adamsappel van de kolonel schoot op en neer.

'Jawel, Meesteres Sabrina.' Hij probeerde met de hakken te klikken, maar verloor het evenwicht. Hij viel voorover op de grond. Zijn laarszolen bleven aan het tapijt vastzitten.

'*Kruip*, stuk uitschot. Zompig zwijn. Hoop braaksel.'

'Zeker, Meesteres.' De kolonel kroop en kroop, zichzelf moeizaam bevrijdend uit de prangende omhelzing van het kleed. Hij richtte zich half op om Sabrina's been te grijpen. Ze deed een pas achteruit. De kolonel viel ten tweede male onzacht met het gezicht op de vloer.

'*Kom*, miserabel schoelie!' Sabrina stapte de trap op. De kolonel hief het hoofd. Bloed druppelde op het kleed. Langzaam, zeer langzaam, sleepte hij zich tot aan de voet van de trap, en zeeg daar ineen. Sabrina stopte, draaide zich om en sprong soepel over de man heen. Met een tip van haar zware laarzen keerde ze hem om. In de broek van de kolonel tekende zich een manhaftige stijve af. Tom las de schouderinsignes van Sabrina's jasje. Drie gouden sterren, *twee* strepen. Ze viste een stel handboeien uit haar leren topje en klikte die om de polsen van haar slachtoffer. Ze greep de ketting beet en sleepte de man zo naar boven – dof ritmisch gebons van diens schedel tegen de traptreden weerklonk. Tom was sprakeloos.

'Onze specialiteit,' legde Cybele uit. 'Tropische SM.'

Tom slikte.

'Dit was vooral SM. Het tropische gedeelte komt nog.'

Sabrina brulde bovenaan de trap. '*Sofie*,' tierde ze, 'SOFIE, HIER!'

Toms ogen vielen bijna uit hun kassen toen hij zag hoe de krokodil bij de palmboom zich eerst op de voor- en dan op de achterpoten verhief, de bek sperde, en zich vadsig naar de deur bewoog.

'DAT is het tropische gedeelte.' Alles wat Tom vroeger aan nieuwsgierigheid omtrent het seksuele leven van zijn medemensen had bezeten was in één klap uit hem weggevloeid.

'Sofie kan heel lief zijn,' ging Cybele onverstoorbaar door. 'Zij is goed afgericht. We hebben haar tanden laten trekken. Ze is een heerlijk attribuut. Ze is dol op haar werk. Ze gaat er helemaal in op.'

Tom was lijkbleek geworden. Hij bedacht dat bij de minste onvoorzichtigheid het werk ook helemaal in de krokodil op kon gaan.

'Echt,' verzekerde Cybele, 'ze zuigt als een Nilfisk. Een uniek gevoel, vinden de meeste klanten.'

'Daar twijfel ik niet aan,' zei Tom. Waarom zat hij hier nog? Was dat een onderdeel van de behandeling, zich te laten afzuigen door een, door een KROKODIL?

'En ze hoeven bij Sofie geen condoom om. Dat vinden ze fijn, de mannen, zo helemaal in het blote velletje.'

Tom nam een slok cola cum ijs. Oerpffg.

'Zin?' vroeg Cybele.

'Neenee,' haastte Tom zich te zeggen. Hij proestte er zijn slok cola van op het tapijt.

'Je kunt het eerst rustig bekijken,' stelde Cybele voor. 'Via het videocircuit. Hoe Sofie het bij deze klant doet. Het is wel een extraatje en die moeten vooruit...'

'Neenee, echt niet,' schudde Tom.

'*Jij* moet het weten,' zei Cybele. 'Maar dit is echt iets uitzonderlijks. Hier heeft de eenheid tussen mens en natuur een zeldzaam hoogtepunt bereikt. De kolonel en Sofie kunnen het uitstekend met elkaar vinden. Een puur ecologische idylle! Ze vullen elkaar volkomen aan. Vooral als Sofie voorover op de tafel ligt en de man dan...'

'Nee, echt niet, dank je.'

'Ik heb de afstandsbediening van de videoschermen hier bij me,' probeerde Cybele nog. Ze haalde inderdaad zo'n apparaatje uit een plooi van haar jurk en richtte het op een monitor achteraan de tapkast.

Tom sloot de ogen.

'Nou, dan niet,' pruilde Cybele. 'Waar waren WIJ overigens met de feestelijkheden gebleven?' Haar gezicht klaarde op bij de herinnering. 'Jij had een afspraak met me? *Daar* waren we gebleven: een afspraak met de seksuoloog! Welwel. *Wel.*' Ze monsterde hem, een vorsende blik van boven tot onder en weer terug, maar nu slechts tot halverwege.

'Misschien kunnen we beginnen met de probleemstelling?' zei Cybele. 'Je zult me niet geloven, maar ik heb nog het diploma ook. Vooruit, mooie jongen, gooi het er uit. Wat is er met je aan de hand?'

'Ik, euh, wel... soms, euh. Soms, dan...'

Cybele knipperde begrijpend met de ogen. 'Da's duidelijk. Soms. En soms ook niet. En vooral dat laatste. Zoiets?'

Tom zweeg.

'Komt vaker voor. Daar kan wat aan worden gedaan, jazeker. De doden zullen opstaan, – voorwaar, voorwaar, ik zeg u. We zijn hier zeer bedreven in het hard maken van het verschil tussen man en vrouw.'

'Zal ik u volgen,' zei Tom, 'naar de spreekkamer?'

'*Spreekkamer?*' Cybele lachte. 'Praten, lieveling, heeft nooit iets opgelost. Handeling willen we, geen onderhandeling! Een enkel woord mag vallen, maar steeds – neem dat van me aan – dient bij dat woord de daad gevoegd te worden. Geloof zonder de werken is dood.'

'Vooruit,' vervolgde Cybele zakelijk, 'hoeveel geld heb je bij je?'

Tom telde. 'Tweeduizend driehonderd vijfendertig frank.' Hij tastte in zijn rechterachterzak, en haalde er een koperen muntstukje uit. 'En nog vijf,' zei hij.

'Wat toevallig,' zei Cybele. 'Net genoeg voor een massage speciaal. Een goede keus. Specialiteit van het huis, vroeger. Voor ik Sofie ontdekte.' Cybele grabbelde in een lade. 'Ik vrees alleen dat hij boven ligt,' zei ze.

Tom volgde haar wankelend naar de trap, zo goed en zo kwaad het kleverige kleed – bloed en suiker – het hem toeliet. 'Even Sabrina waarschuwen.' Cybele deed een deur open. Gekerm van jewelste vulde ineens het trapgat. Cybele gilde, de zware alt antwoordde, en de deur ging weer dicht. IJzige stilte. Cybele klom. Haar heupen deinden voor Tom uit, haar bilspieren spanden zich in het rode satijn, haar kuiten zwollen en krompen.

'Wordt de kolonel niet wat hard aangepakt?' vroeg Tom. Cybele zwaaide een deur open. Ook deze kamer was met hoogpolig fluweel bekleed, azuurblauw ditmaal; in het midden stond een reusachtig cirkelvormig bed.

'Die kan er tegen.'

Aarzelend volgde Tom haar naar binnen. Als deze kamer even goed geïsoleerd was als die een verdieping lager zou hulpgeroep niet baten. Tom, die kameleon, hij werd azuurblauw van pure ellende.

'Weet je,' zei Cybele, terwijl ze een hoofdkussen opschudde, 'we hebben hem een tijd op het gewone werk vergast. Tepelklemmen, hondenzweep, stokslagen. Maar sinds hij op een missie in Amsterdam de harde homo-ranselhoeren-sien heeft leren kennen, is de man niet meer te houden. Hij wou een keertje echt hard aangepakt worden. Anaal verkracht, en dergelijke. Dus toen,' zei Cybele, die nu de lakens terugsloeg, – wacht even, *anaal verkracht?* – 'hebben we ons meer gespecialiseerd materiaal aangeschaft. Voorbindkunstpenissen. Spijkermatten. Paardenzwepen. Bankschroeven. Dat soort dingen. En nadat de kolonel een missie in Shaba had vervuld, kwam Sofie erbij. Ga daar maar liggen,' wees ze. Ze rommelde in de spiegelkast.

Tom zette zich op de rand van het bed.

'Gevonden!' In Cybeles hand blonk een reusachtige, blauwdooraderde replica van een monstrueuze penis, compleet met ballen van buitenaards formaat. Tom schrok zich het apelazarus. Gillend verschanste hij zich in een hoek, rug naar de muur.

'Wat ben je met dat ding van plan?'

Cybele keek hem verwonderd aan. Toen gleed haar blik langs haar arm naar beneden, en bleef rusten op de enorme kunstlul. Het apparaat mat minstens dertig centimeter. 'Oh, hij?' zei ze. 'Niets. Dit is ons demonstratiemateriaal. Onze studiepik!'

'Demonstreren, huh,' zei Tom. Hij voelde zijn aarsspieren tekeer gaan. '*Wat* demonstreren?'

'Het manuele werk, natuurlijk,' zei Cybele. 'Daar heb je voor betaald, weet je nog? Ik demonstreer de mogelijkheden liever hierop, dan op de jouwe. Als je bent klaargekomen voor ik alles heb uitgelegd, is het een beetje laat.'

'Attent,' zei Tom. 'Maar ik ben impotent.'

'Ja*ja*,' schuddebolde Cybele. 'Je zou de eerste impotenterd niet wezen die hier de boel onderspuit zodra ik het handje op 'm leg. Daarom dus dit schaalmodel. Service van het huis.' Haar neus glom van trots. 'Waarom kom je niet gezellig bij me zitten?'

Tom gehoorzaamde.

'Da's beter,' gromde Cybele tevreden. 'Hier, hou vast.' Ze plantte het ding op Toms schoot. 'Dat gaat een stuk makkelijker.' Ze haalde een flesje Californische Zoete Amandelolie uit het nachtkastje en wreef haar handpalmen in. Met beide handen omvatte ze de basis van het monster. 'Dit heet de Dubbele Schroef,' doceerde ze. 'Kijk, ik beweeg beide handen op en neer, in de typische pompende beweging, één hand naar boven, de andere naar beneden. Alles goed gesmeerd houden, natuurlijk. Kan alleen maar bij grote formaten. Ik kan ook met één hand pompen en met de andere je ballen kneden. Op die manier, zie je? Deze is ook leuk: de Stoomhamer. We glijden met één hand naar beneden, van helemaal boven tot helemaal beneden, en dan laten we los. Ondertussen slaan we met de andere hand losjes bovenop de eikel. Heel prettig. Of het omgekeerde: de Hoge Hoed. We halen de hand snel vanaf de basis naar boven, en nemen onmiddellijk over met de andere hand. Fijntjes in de eikel knijpen. Als je het snel genoeg uitvoert, lijkt het op een goochelaar die een sliert sjaaltjes uit zijn hoed tevoorschijn tovert, zie je wel? En reken maar dat er wat tevoorschijn komt! Of liever het Kampvuur? Een handje aan elke kant, en HOP, we walsen het ding rond, alsof we met een houtje vuur aan het maken zijn. Zet gegarandeerd de vlam in de pijp! Welke zal het zijn?' vroeg Cybele liefjes, terwijl ze Toms gulp openknoopte.

Tom keek ongelukkig.

'Ik zie het al,' zei Cybele. Ze hield een plakkerig stuk liefdesverdriet in de hand.

'Ik...'

'Zeg maar niets,' zei Cybele. Ze borg de kunstpenis op in de nachtkastla, en pakte een doos tissues.

'Laat ik het zo stellen: het ontbreken van enige reactie na visuele of tactiele stimulering door je vriendin, gecombineerd met de zoeven gedemonstreerde intactheid van de erectiele en orgasmische reflex, wijst erop dat het probleem zich op het psychologische niveau bevindt. O jee, dus toch praten. Aan de andere kant, het probleem wat je daareven had, het haastige hoogtepunt, daar kan technisch gezien aan gesleuteld worden. Ligt *mij* eigenlijk veel meer. Laten we daar maar meteen mee beginnen.'

Toms jeans lag op zijn schoenen, Cybele inspecteerde zijn voorhuid op overgeslagen spermatozoïden. 'Ik heb geen geld meer.'

'Betaal je me toch gewoon bij de volgende sessie?'

'Maar mijn...'

'En geen gezeur over je vriendin. Je bent hier bij je persoonlijke therapeut, en hier wordt op mijn bevel duchtig geoefend. Ouderwetse moraal die de genezing vertraagt, daar doen wij niet aan mee.'

Tom zweeg.

'Eerst wat in de stemming komen? Bubbelbadje?' vroeg Cybele.

Tom schudde van nee. Daar werd hij zo slaperig van.

'Onzedig videootje?'

'Nnj...'

'Hou je van live rockmuziek?,' vroeg Cybele.

'Euh, *ja*,' zei Tom, verrast. 'Ik speel zelf een beetje gitaar, en...'

'Dan raak je *beslist* in de ban van onze erotische hardrockshow,' zei Cybele. 'Zó terug.' Ze tikte de kamer uit.

Tom keek mismoedig naar zijn onbetrouwbaar lid. Het was helemaal schoon nu. Onschuldig sliep het tussen zijn benen, kopje op de ballen, zich van geen kwaad bewust. Hij hees zijn slip en spijkerbroek weer op.

'Deze kant op,' zei Cybele vanuit de deuropening. Ze had zich razendsnel omgekleed: een strakke rok in zwart leer en een perfectojas – ze rook zowaar naar muskus. Zwarte beha onder de jas. Ze reikte hem haar hand. 'Naar de muziekkamer!'

Een Fender Stratocaster, turkooisblauw, stond te glimmen op een zwartfluwelen podium, naast een gouden Gibson Les Paul. Er stond een bescheiden batterij Marshall-versterkers opgesteld. Cybele leidde hem naar een rijtje bioscoopzetels. 'Had je niet verwacht, hè,' glunderde ze. 'Ga er maar lekker voor zitten, schat. Dan speel ik jou een riedeltje op mijn gitaar.'

'Ongelooflijk,' zei Tom, met een handgebaar de kamer omvattend.

'Dit,' sprak Cybele trots, 'is allemaal eigen werk. Zelf de geluidsisolatie gelegd, en zo. Ik ben *gek* op gitaarspelen. Vandaar. Sommige klanten lijken het te appreciëren.'

Cybele dimde de lichten en knipte een spot boven het podium aan. Ze stapte in de lichtkring. Wolken geparfumeerde mist kringelden de kamer in. Ze gespte de Gibson om en viste een plectrum uit haar beha. Ze gaf de volumeknop van de eindversterker een resolute draai naar rechts. De luidsprekers kraakten onder de drievoudige echo van haar bescheiden tik tegen de microfoon. Ze keerde Tom de rug toe. Eén hand graaide langs haar heupen naar beneden, pakte de rok halverwege de billen, en klemde de stof vast tussen vel en ceintuur. Cybele hield haar linkerhand om de hals van de Gibson. Ze maakte traag zwaaiende heupbewegingen.

WHAMMM! Cybele sloeg E majeur septiem aan, liet haar linkerhand hoog over de snaren glijden, sloeg dan de hele hand naar de nek van de gitaar toe. Het podium daverde. Cybele roteerde rond haar linkerbeen en hapte naar adem. IEIEIEIEIJAUAUAUAUAUWWWW! Ze schraapte haar plectrum langs de lage E-snaar, het geluid van een opstijgende Boeing.

'ZEVEN ANJERS, ZEVEN ROZEN,' brulde Cybele over de feedback heen. Ze zond daar een ongezond luide riff achteraan. Ze sloeg een akkoord over de drie laagste snaren, en dempte dat onmiddellijk. 'EEN BRUIDSBOEKET VOOR JOU-OU-OU.' TADADA! 'ZEVEN ANJERS, ZEVEN ROZEN.' IE-JAWWAWWAW. 'HEB IK SPECIAAL GEKOZEN.' WAMM! KRIEIEIEPP! 'OMDAT IK ZOOOOVEEL VAN JE HOU-OU-OU.' Het was niet te harden. Het was verrukkelijk. Na een laatste gierende uithaal zonk ze hardrocksgewijs op de knieën.

'God,' zei Tom. Meer wist hij niet te zeggen. Hij naderde het podium. Met zachte hand streelde hij de krul van de stemplaat van de Fender. Cybele glimlachte hem bemoedigend toe. Uit haar beha plukte ze een tweede plectrum. En een derde, want nummer één lag exact doormidden gebroken op de vloer.

Tom tilde de gitaar op onderaan de hals. Hij liet de draagriem soepel over zijn schouder glijden. Zijn hele leven lang had hij op zo'n ding willen spelen. Altijd had hij zich met goedkope kopieën tevreden moeten stellen. Hij klikte de middelste pick-up open, draaide de toonknoppen helemaal dicht en de volumeknop open, en liet zijn vingers over de snaren glijden in een geïmproviseerde blueslijn. Hij liet het vibrato janken en golvend wegglijden.

Cybele ging op de rand van het podium zitten en boog de microfoonstandaard naar beneden. Ze zette op haar Gibson een langzaam ritme in: een twaalfmatenblues. Hees zong ze over hoe pijnlijk het ontwaken is als je *baby* er met een ander vandoor is. Tom strooide flarden van melodieën tussen haar fraseringen door, gaf een lange, fraaie solo, om te besluiten met een tikje wahwah. Daarna bleef het stil. Ze wachtten tot enkel het geruis van de versterker nog hoorbaar was.

Met een wilde ruk gooide Tom de eerste pick-up open en barstte los in de eeuwige rock-'n-rollriff. Drie noten, die hij achter elkaar herhaalde, en die door Cybele werden overgenomen. Zij zong. Over rijden in auto's en rond de wereld reizen en schone overhemden en sigaretten en ontvlamde verbeelding. Ze zong over alles waar Tom geen verstand van had, een lied uit een tijd dat geen van beiden al een geheugen had. Ze zong het vreemd ontroerd. Alsof het iets met *haar* te maken had, dat lied, alsof het over haarzelf ging, alsof *zij* het had geschreven. En Tom speelde het, en verbeet wat vreemde tranen.

En Tom en Cybele deden nog een gitaarduet, en nog een, en nog een, en nog, en na een tijd deed Cybele het licht uit, en Tom zette een trage, klagelijke hymne in, daar in het duister, alleen met z'n tweeën tussen twintig kleine rode lichtjes; in het mistige avondland richtte hij zijn lied rechtstreeks tot de sterren. Onder zijn vingers volgden de seizoenen elkaar op, bloei leidde tot verval en verval tot bloei, vormen ontvouwden zich en werden vernietigd en rezen weer op uit de as. Hij wisselde zuivere en onzuivere tonen af, zijn muziek stierf en kwam weer tot leven, viel en scheerde omhoog, onveranderlijk in haar voortdurende veranderlijkheid. Hoe kon Tom niet door angst worden verteerd? Zo speelde hij en balanceerde licht en duister, zon en maan. Hij plaatste lange en korte noten bij elkaar, zachte en harde. Als een dal zich opende, vulde hij het. Als een ravijn gaapte, wierp hij zich erin. Hij liet de muziek zichzelf spelen, zonder gedachten, zonder gevoelens. Hij liet zichzelf gieten in de mal der dingen. Onder de betovering van zijn melodieën en ritmes verborgen de boze geesten zich in het duister en hielden de planeten zich standvastig aan hun koers. Hij stopte aan de rand van het eindige, maar de golven van de muziek reisden door. Tom liet zijn lied uitbloeden, een mateloos mooie dood in het holst van de nacht.

Langzaam draaide hij de volumeknop van de Fender terug. Eén na één klikte hij de Marshalls uit, tot ook het laatste rode lichtje doofde. Volslagen duisternis waarde door de kamer als een dikke wolk. Behoedzaam haalde hij de gitaar van zijn schoot. De dikke vezels van het kleed vingen haar zacht en moederlijk op. Tom legde zijn hoofd in zijn handen.

'Bedtijd...,' fluisterde Cybele. Ze legde een hand om Toms schouder. 'Bedtijd... Kom maar.' Ze leidde de verdoofde Tom aan de hand, een zacht bed leek uit het niets op te rijzen en ontving hem voor de diepe, droomloze slaap.

Zachte muziek vulde de kamer. Iets van Händel of zo, veel violen en een statige ondertoon. Tom werd wakker. Naast zich hoorde hij een lichte, regelmatige ademhaling die in niets op die van Poes geleek. Het bracht hem in één klap tot de werkelijkheid terug. Hier lag hij, in het aardedonker in een der kamers van Bar Tropical, naast een hem behoorlijk onbekende dame die zich Cybele liet noemen, en die zijn sekstherapeut was. Hij had haar tweeduizend en veertig frank betaald om de manuele liefde met hem te bedrijven. Tom was ogenblikkelijk klaarwakker. Wat was er gisteren gebeurd? Een kunstpenis was gemanipuleerd, hij was smadelijk te vroeg klaargekomen, er was gezongen en getokkeld op snaren, dat herinnerde hij zich nog, en er was welterusten gewenst, dat ook. Maar hij had geen idee van wat er daarna was gebeurd. Haastig betastte hij zijn lijf. Hij had zijn hemd aan, voelde hij, en zijn spijkerbroek. En sokken. Hij stonk.

Cybele kreunde en geeuwde. De muziek hield op.

'Goeiemorgen,' zei Tom.

‘Hrmmbblff,’ antwoordde Cybele. ‘Hoe laat is het?’

‘Acht uur,’ las Tom op een digitale wijzerplaat. Cybele knipte een schemerlamp aan en wipte uit bed. Ze was naakt. Tom probeerde niet naar haar te kijken. Dat was moeilijk: Cybele was *all over the place*: kussen opschudden, kleren oppikken van de vloer, gordijnen openen, gitaren in het rek zetten.

‘Acht uur,’ herhaalde ze en ze rekte zich uit. Haar borsten bolden Toms gezichtsveld binnen. ‘Kwam je vriendin je niet om tien uur halen? God. En je hebt niet eens gekregen waar je voor betaald hebt.’

‘Hoeft niet, hoeft niet,’ zei Tom haastig. ‘Het was een meer dan fijne avond. Ik voel me uitstekend zo.’ Cybele schoot in de lach. Haar boezem wiegde daarbij zachtjes heen en weer en tegelijk op en neer. Hoe *kon* Tom zijn blik afwenden van dit vrolijke stel?

‘Komkom,’ zei Cybele. ‘Wees niet bedeesd, mijn lieve Tom.’ Het was de eerste maal dat ze zijn naam gebruikte. Ze sloeg de sprei terug. ‘Wat muziek bij het werk?’ Het panorama (wat aan fauna, wat aan flora!) als ze zich voorover boog om in de nachtkastla de afstandsbediening van de stereo te zoeken.

‘Ik weet niet...’ zei Tom.

Cybele drukte een vriendelijke wijsvinger dwars op zijn kurkdroge lippen.

Een eenzame bazuin schalde uit de muur. Ze knoopte zijn gulp open, speels en behendig. Een diep bas zinderde door de kamer (*Tuba mirum spargens sonum / per sepulchra regionum*). Ze plaatste haar lippen op de zijne, zoog teder aan zijn tong, en woelde met haar hand in zijn onderbroek. Ai! Daar trof ze doel. Ze werkte zijn erectie naar buiten (*Mors stupebit et natura / cum resurget creatura*, croonde een tenor, *judicanti responsura*). Cybele haalde haar mond van Toms lippen en keek keurend naar beneden. Ze ging ervoor zitten.

‘Oewoewwww,’ koerde Tom zachtjes toen ze zijn praeputium naar achter haalde en met haar tanden over het toompje gleed (*Judex ergo cum sedebit / Quidquid latet apparebit / nil inultum remanebit*). Tom zong mee met de sopraan (*Quid sum miser tunc ducturus?*).

‘Ssjit,’ herhaalde Cybele. Koning eenoog rilde in zijn grote heerlijkheid. Tom kreeg meer dan waar hij voor betaald had: Cybele verloste hem tenslotte met haar kruis (*Donum fac remissionis*, werd daar in koor gesmeekt); onder het duet van sopraan en tenor (*Ingemisco tamquam reus / culpa rubet vultus meus*) spanden zich Toms lendenen en werd hij mateloos geledigd. Ogenblikkelijk steeg hem het schaamrood naar de wangen.

'Welwel*wel*,' zei Cybele, die van hem was afgegleden en het condoom dat op een of ander moment over zijn ding was geschoven afstroopte. 'Weinig tekenen van impotentie, vandaag, en qua vroegtijdigheid viel het ook mee, niet, huh?' (*Cor contritum quasi cinis / Gere curam mei finis.*) Ze hield het kapotje tegen het licht. Tom bezag het zaad in het roze velletje, een theelepel vol. Zijn penis stond nog steeds kaarsrecht, zijn scrotum voelde rauw. Zijn pisbuis brandde toen Cybele een allerlaatste druppel uit de eikel perste (*Lacrimosa dies illa*).

Cybele tikte tegen de basis van zijn vervaarlijk zwaaiende erectie. Die liet niet af. Ze schaterde. 'Jongen, hier kan je Sofie mee doodknuppelen.' Het pareltje zaad vervloeide langzaam en zakte kleverig naar omlaag. Cybele ving het op een vaardige wijsvinger en smeerde zijn eikel er mee in. 'Dan zullen we opnieuw aan de slag moeten, zeker?' zei ze plagerig, rondjes draaiend rond het plasgaatje (*Huic ergo parce Deus / Pie Jesu Domine / Dona eis requiem*). En terwijl het koor zich nestelde in een fugatisch *Amen* ontpopte ook Cybele zich tot een menigte, duizend handen krioelden over zijn ineens naakte lichaam, eindeloze monden verzonken zinderend in de zijne, duizend borsten die hem om de wangen streken, om zijn hoofd knelden ontelbare knieën, al die wildgeur in zijn neus, en dan het vreugdevol gehinnik in zijn oren, al zijn oren.

'En maak je maar geen zorgen,' fluisterde Cybele. 'We wassen je lulletje met rozenwater, dan merkt je vriendinnetje niks. Een brandschoon kleuterlulletje krijg je daarvan.'

Een halfuur later zat Tom groggy aan een mok koffie te slurpen. Een bord croissants stond voor zijn neus, krulletjes boter in een kommetje, en een potje kersenconfituur ernaast. Cybele had inderhaast een ochtendjas aangeschoten. Een grote groene draak rees op uit de kloof tussen Cybeles borsten en keek Tom gemelijk aan. Het beest verdedigde duidelijk een territorium. 'Meestal heb ik een ochtendhumeur,' legde Cybele uit.

Tom slurpte.

Een clavecimbel tikte variatie na variatie weg.

'Daar krijg je honger van, niet?' Cybele beet zich vast in een croissant. Een kwak kersenjam viel in de opengesperde muil van de jaden draak.

'Merkwaardige muziekkeuze. Vergeleken bij gisteravond,' zei Tom.

'Niets boven Bach en Mozart,' zei Cybele. 'Die schlagers, dat hoort bij het vak. De meeste klanten houden van dat soort muziek. *Dans je de hele nacht met mij. De Bostella.*'

'In een dergelijk arrangement?'

'Dat maakt dan weer deel uit van het SM-karakter van de kroeg.' Cybele nipte van haar koffie.

Er werd aan de deur geklopt. Sabrina kwam binnen. Ze droeg een zedig zwart jurkje en had een evaatje voor.

'Bezoek voor patiënt Pepermans,' kondigde ze aan.

'Goeiemorgen samen!' riep Poes.

Tom liep op zijn vriendin toe en kuste haar op de wang. Poes drukte hem dicht tegen zich aan. 'Goede nacht gehad?' vroeg ze. 'Gaat het al wat beter?'

Cybele kuchte. 'Mevrouw, uw man heeft een ernstig probleem, dat moet helaas worden bevestigd. Dat gelukkig kan worden opgelost met een langdurige en regelmatige behandeling in ons centrum. Vanochtend hebben we al een eerste uitgebreide sessie gehad. Er is, zo mag ik zeggen, vooruitgang geboekt. Ik heb alle hoop op volledig herstel in de niet al te ver verwijderde toekomst.'

'Niet *al* te ver verwijderd?'

'Verwachtingen omtrent psychoseksuele hulpverlening zijn doorgaans al te hoog gespannen. U moet begrijpen dat hier hoogst professioneel wordt gewerkt. Er zal systematisch gedesensitiseerd dienen te worden. Misschien een enkele *flooding* sessie. Dat alles neemt tijd in beslag.'

En tot afscheid omarmde Cybele Tom grondig en zoende hem op beide wangen. De draak spuwde een klodder onuitwisbare kersenjam op Toms borstzakje. Er was geen spoor van de kolonel te bekennen.

Hadrianus protesteerde. 'De zelfverklaarde therapeut die met de zogenaamde patiënt een klodder jam deelt in de gelagzaal van een bordeel, en je vriendin die daar in trapt? De Poes die je ons eerder hebt beschreven? Nee!'

'Misschien,' bedacht Tom, 'werd het ontbijt toch geserveerd in het kantoortje van Sabrina. Misschien droeg Cybele een mantelpakje. Of iets medisch, een witte jas met stethoscoop of zo? Ik kan het me niet precies herinneren.'

'Of was Poes te zeer met andere zaken bezig om op te merken dat er iets aan de hand was?' Judith, relatiedeskundige.

'Dat zal het zijn. Misschien kwam *Poes* terug van een afmattend nachtje overspel. Heb je de sfeer broeierig horen worden in het voorgaande? En was Tom niet seksueel uitgeteld?'

'Denk je niet erg licht over je eigen overspel? Het *herhaalde* overspel, als ik dat goed begrepen heb, in de volgende weken?'

'Was de therapie succesvol?'

'Ze draagt goedkoop parfum en een strak wijnrood gewaad. Haar pumps glimmen boven naaldscherpe hakken. Ze wiegt met haar heupen als ze door de kamer stapt. Haar boezem is ampel, haar passie verterend als vuur. Teveel cliché, mijn waarde Tom, om waar te zijn.'

'Mozart? Een krokodil die het met een hoge leger-ome doet? Hoogst onwaarschijnlijk.'

'En dat miniconcert!'

'Je *hoeft* me niet te geloven.' Het klonk ongelukkig.

'*Daar* zeg je zo weinig over, over wat gebeurt op het moment waarop je merkt dat je in een bordeel zit, waarom je uiteindelijk blijft.'

'Ik moet *nu* weg,' zei Tom, op zijn horloge kijkend. 'Mijn afspraakje!'

Op weg naar de voordeur hoorde Tom Hadrianus snuivend herhalen: 'Het cirkelen van vingers om plasgaatjes'.

Tom *was* laat. Toen hij met piepende remmen het plein op kwam gereden sloeg de klok negen. Zijn hart bonsde wild; het ging compleet in aritmie bij het zien van de twee vrouwen. Quasinonchalant stonden ze tegen de fontein aangeleund. Nu hij Ati's vriendin daar zag staan, de heup tegen het kille marmer, bleek ze duizendmaal mooier dan de herinnering aan haar die hij zich niet meer kon herinneren. Majesteitelijk, het enige woord wat inderdaad in de buurt van een omschrijving kwam. Haar haar zat strak naar achteren gebonden; een enkele speelse krul ontsnapte adembenemend aan de strengheid. Tom boog, niet in staat tot spreken. Ze bood haar hand, Tom kuste de koude zwarte steen van haar ring. Zijn lip tintelde.

'Je bent gekomen, Belgje-Tom,' zei Ati. 'Ik had gewed dat je 't niet zou durven.'

Tom verdronk zich in de ogen van de vriendin. 'Ik vreesde dat *jullie* er niet zouden zijn. Wat moeten *jullie* met mij aan?'

'Tom,' sprak zij zalvend. Hare Majesteit. Ze zei het met een licht accent (Engels? Amerikaans?) dat hem bij de eerste ontmoeting niet was opgevallen. 'Tom. Dat weten we niet. Maar is er niet de hele avond om dat uit te zoeken?'

'Er is een leuke kroeg in de buurt,' zei Ati zakelijk. 'In De Termanentie. Wordt gerund door een onwijs uit de kunst stel meiden. Men is er mysandro, maar niet fanatiek. Het eten is er lekker en goedkoop. Laten we daarheen gaan.'

'Ja, laten we,' zei Hare Majesteit. Ze snoot haar neus. 'Beetje verkouden,' snifte ze. 'Blijf beter uit m'n buurt, vanavond.' Ati moest Tom letterlijk een duwtje in de rug geven, zo stond hij aan de grond genageld.

De kroeg was rumoerig en bevatte een doorsnee van Meerhofs *radical bohemian chic*, zoals Ati het uitdrukte. Men sprak café hier uit als khu-FEE, een korte en krachtdadige hoest. De kaart vermeldde tofuburgers. Op dinsdag vergaderde in een achterafzaaltje de zelfhulpgroep voor lelijke mensen *Venite Abhorremus*. Ze kwamen na het vallen van de avond door een zij-ingang naar binnen; de deur werd daarna vergrendeld. 'Men komt hier om zich door het bedienend personeel te laten beschimpen,' legde Ati uit.

'Pech gehad,' zei het dienstmeisje.'We bedienen geen mannen met zwarte suède schoenen aan.'

'Hij hoort bij ons,' zei Ati. 'Vanavond.'

'Voor één keer is het goed.' Het was niet duidelijk of de serveerster een grapje maakte.

'Ik kan mijn schoenen ook uittrekken.'

'De leukste thuis, God bewaar ons.' De dienster sloeg haar ogen ten hemel.

'Wat is de androfagische schotel?' informeerde Tom.

'Een slaatje van asperges en avocado, met friswitte dressing. Op basis van yoghurt, want in mayo zitten eieren.'

'Asperges snap ik, maar waarom avocado?'

Het meisje schoof de lege glazen van vorige klanten opzij en ging gezellig op het tafeltje zitten. 'De naam avocado komt uit het Nahuatl, de avocadoboom heet er *ahuacuahuitl*. Avocado's groeien met z'n tweeën naast elkaar aan de tak. Een duo van zo'n dingen kun je maar één naam geven. Ahuacatl betekent testikel, *cuahuitl* is boom. De vrucht van de klotenboom. Snappie?'

'Werkt avodaco niet potentieverhogend?' vroeg Ati.

'Dat wordt beweerd,' zei het dienstmeisje. Ze plukte een denkbeeldig stofje van haar black jeans, hoog op de dij. 'Maar het is niet zo. We hebben het zorgvuldig laten uittesten door bevriende echtparen. We willen niet het risico lopen dat ons hooggeëerde vrouwelijke kliënteel ongevraagd ten prooi valt aan een kerel met een pantalon vol animo.' Ze wierp een meesmuilende blik richting Tom. 'Rijpe avocado's vallen vanzelf van de boom. Ze spatten uit elkaar in een brij die bliksemsnel oxideert tot een vies zwartig goedje. Absoluut oneetbaar. Geruststellende gedachte, niet?' Ze glimlachte zoetjes.

'Hee, schattebout,' brulde de man aan de toog, 'wat is dit voor een hap?'

'Bevalt het je, lieverd?' schreeuwde het meisje vanaf de tafel.

'Het is verrukkelijk,' riep de man.

'Uien, knoflook, koriander. Fruiten in olijfolie, *virgine*, uiteraard, en dan het vlees erbij. Dat we eerst tien minuutjes hebben geblancheerd. Na een kwartiertje stoven voeg je er gehakte tomaat aan toe, peper, zout, komijn, saffraan. Twee uur zachtjes stoven. Tegen het eind van de kooktijd wat plakjes *rognon blanc* van lam erbij.'

'En wat voor *vlees* is dit, honnepon?'

Het meisje geeuwde. 'Als je 't echt wil weten: het is penis.'

De man werd bleek.

'Van lam. Helaas.'

'Doe mij die androfagische schotel maar,' zei Ati. Hare Majesteit en Tom bestelden hetzelfde.

'Komt er zo aan. Eerst de rommel opruimen. Mannen! Ze kunnen al die sluitspieren zo slecht controleren.'

'Zal ik een dokter bellen,' informeerde ze terwijl ze de zwabber onder 's mans kruk heen en weer bewoog. Ze ging even schrijlings op de steel zitten. 'Als je effe wacht, kan ik je op deze ambulance vervoeren. 't Is zaterdag, dus ik moet er om middernacht nog uit.'

'Het is ZONdag,' sprak de man zeer pips.

'O, heb ik m'n afspraak deze week gemist! Wat erg! Maar, ach, misschien kan jij me wel voor Satan spelen. Je bent spuuglelijk en je stinkt als de hel, dus dat treft.'

'We zijn onafhankelijke zakenvrouwen,' begon Ati haar monoloog in antwoord op Toms vraag. Ati en Hare Majesteit hadden een bedrijfje. Ze zaten in de pretbusiness, zoals Ati het omschreef. Catering, zei Hare Majesteit. Voor mannen.

'We vertrekken vanuit een visie op de man van vandaag,' legde Ati uit. 'Het is de basisfilosofie van ons bedrijf, waar de rest, inkoopbeleid, *product placement*, klantbejegening en nazorg, logisch uit volgt. Dat beeld is eenvoudig. We gaan ervan uit dat de hedendaagse man geen reële, volwassen vrouw wil. Die kan hij niet aan. Een beetje negentiger pomo man ziet de vrouw als een verlengstuk van zijn penis. Als het mogelijk was, zou hij haar laten verkleinen tot de grootte van zijn erectie (het Barbie-maatje dus) en in een terrarium stoppen. Vertederd reikt hij haar minuscule boterhammetjes met honing en schriele glaasje melk aan. Ze mag rondjes lopen op zijn uitgestrekte hand. Dat ze met de vlijmscherpe naalden van haar pumps driftig op zijn handpalm inhakt, merkt hij nauwelijks. Wat is ze lief! Kijk, ze knabbelt liefhebbend aan mijn duim, zie je dat? De tranen springen haar in de ogen als ze haar hoektanden in de opperhuid zet en woest met het hoofd heen en weer schudt. Ik hou van vrouwen, zegt de man, en hij zet haar terug in de glazen bak. (Ze moet flinke tieten hebben, anders is er na zo'n verkleining niks meer te zien.) Hij drukt zijn lippen op haar lange, vanzelfsprekend blonde haar.

Volgens ons zijn mannenwensen minimaal. De omzetcijfers geven ons geen ongelijk. Geen grote dromen in dat grote lijf. Kleine, voorspelbare verlangens. Je razendsnel verplaatsen over de autoweg en door het kabelaanbod; een vrouw die je teennagels knipt terwijl je aan de telefoon met andere Belangrijke Linksdragers confereert; om de andere dag een orgasme waardoor je de naad van de zak scheurt. Dat kan worden geregeld, vonden wij. En dus voorzien wij de Ware Man van alle accessoires nodig voor het Ware Geluk. We leveren voor een prikje niet werkende draagbare telefoons, zodat hij in het station of in het plantsoen gewichtig kan staan doen. We verkopen indrukwekkende schotelantennes die honderd kanalen totaal wereldvreemd maar identiek entertainment naar de huiskamer stralen. We hebben softwarepakketten waarmee je tanks kunt bombarderen, een Grand Prix rijden, miljarden verhandelen op de effectenbeurs, presidentje spelen, of een fikse martelkamer beheren. We hebben het monopolie voor de Benelux op de verspreiding van Augias Video, banden waarop alles te zien valt wat een man zich maar kan wensen, of liever, waardoor hij zijn wensen leert kennen – zelf is hij niet fantasierijk genoeg om *daar* op te komen. We hebben audiocassettes voor in de auto, waarop in hoofdzaak stilte staat, en af en toe een in hormonen gedrenkte vrouwenstem die zegt *Oh ja? Och gut, wat fijn! Goed van je! Interessant. Héél interessant! Wat ben je toch een bink*! Je vertelt tegen die cassette het verhaal van je dag. We hebben pedicures die desgevraagd zo'n tachtig centimeter hoger klimmen. Compilatie-cd's met gierende solo's ten behoeve van het luchtgitaarspel. Een inbouwcel voor het televisietoestel, die het scherm opsplitst zodat je acht kanalen tegelijk kunt bekijken. Peperdure kunstboeken voor op de koffietafel (dat was overigens geen succesartikel, met uitzondering van die van Jeff Koons). Sprookjescassettes (*Knibbel-knabbel-knuisje, wie krabt daar aan mijn kruisje?*). In de zaak verhuren we hokjes met wc. Je mag er onbeperkt gebruik van maken; krantje bijgeleverd. We hebben kranten samengesteld uit alleen maar sportbladzijden. In een schietstand om de hoek kun je met een machinegeweer gaan oefenen; foto van je geliefd doelwit s.v.p. zelf meebrengen. Terrariums met vogelspinnen hebben we ook. Net als een met microchip toegeruste agenda die biept als het tijdstip van de afspraak nadert. Zelfklevend plastic met een schietschijf erop; de banden verkleuren als er urine op valt, voor *toilet target practice*. Poppen van elk geslacht en elke huidskleur, waar namaakbloed uit spuit als je ze op de bek slaat. Losse tanden worden optioneel bijgeleverd. Loopschoenen met zeer veel en zeer veelkleurige strips, en met ludieke pompsystemen. Bijpassend uitzakkend joggingpak met ingebouwde hartslagmeter. Zonnebril met spiegelglas. Schouder-, arm- of borstkasvulling. Borsthaarpruikje. Diepvriesmaaltijd. Neen, geen *petite nage de homard aux aromates* of *la poêlée de cailles aux jeunes feuilles de rhubarbe*, maar iets wat zijn moeder altijd voor hem kookte: boerenkool met worst en veel jus. Lingeriecatalogussen. Namaakdrollen. Stinkbom. Jeukpoeder. En de voorspelbare hit van dit jaar: inderdaad een terrarium met daarin een anatomisch exacte, opwindbare Barbiepop, die als je tegen het glas tikt met een hoog stemmetje gilt *Help, haal me eruit!* Als je haar optilt piept ze *Dank je, grote held, je hebt me het leven gered*! Levende vogelspin kan worden bijgeleverd.'

'Je kan het ook zo zien: we leveren aan de hedendaagse, cynische man, die bang is betrapt te worden op een naïeve gedachte. Wie eenmaal door de scepsis is aangetast, komt dat nooit meer te boven. Uit de verzoeking door de scepsis is geen uitweg, tenzij het sussen van de geest met ijdele verstrooiing. Vroeger had men het biljart. *Wij* bieden verstrooiing die meer aangepast is aan de man van de late twintigste eeuw. De firma heet KiKs. Kleine i, kleine s. Afkorting voor Klaar is Kees. *Hatsjie* – die verkoudheid.'

'Kijk,' zei Ati. 'Ik ben opgeleid tot verpleegkundige. Nu leg ik het *ego* van de heren in de watten.'

'Ik ben erg onder de indruk. Maar ook in de war. Zelf man zijnde.'

'Och, snoepje,' zei Ati, 'da's okee, hoor. We zien je helemaal niet als *dat-soort-man*. Jij – bent een vriend.' Hare Majesteit giechelde. 'Maar voor het geval de muis in je wakker wordt, hier is ons kaartje.'

De naakte mannenfiguur leek op de Canon van Leonardo, maar was voorzien van een uitbundige erectie. Hij strekte zijn vier armen in een cirkel waar een auto, een televisietoestel, een brandweerhelm, een revolver, een ruimtependel, een elektrische gitaar en een Nintendo® *gameboy* omheen roteerden. De enige informatie op het kaartje was een telefoonnummer. Tom stak het in zijn zak.

'Dit dessert is verrukkelijk,' zei hij, nadat Ati zich op de dansvloer had gestort. Naar eigen zeggen had ze zin in een zwoele tango met een net persoon. Tom nam een wolkje van de mousse op zijn lepel. 'Een hapje?' Hij had plots het verlangen haar te voeren; lieve, lieve woordjes in haar oorschelp te gieten; op die manier haar lichaam binnen te dringen. Ze hapte, haar mond sloot om de kom van de lepel en hij voelde het heft trillen bij het tikken van haar tanden op het metaal.

En hoe neem je de hand van een ander in de jouwe, een hand die jou niet toebehoort, niet in letterlijke, niet in metaforische zin, alsof die knokige hoop vingers zo moet liggen in je hand, zacht aan de buitenkant en broos bot binnenin, zo – vederlicht? Zoals Tom de hand neemt van Hare Majesteit, de neiging bedwingend dit zeldzame voorwerp naar de lippen te brengen en er een kus op te drukken. *Daar* zitten, in Café In De Termanentie, met haar handpalm in de zijne en zonder woorden: het is belachelijk genoeg.

'Weet je, ik vind je leuker met je haar los.'

Hare Majesteit rukte het elastiekje uit haar kapsel en schudde wild met haar hoofd. Het regende blonde krullen op haar schouders. 'Beter zo?' Haar hoofd koket een beetje schuin. Ze pakte Toms hand beet en rolde het haarelastiek over zijn pols. Het zat strak, het deed een beetje pijn. 'Een aandenken.' Toms hand zwol en klopte. Hij haalde het bandje eraf en stak het op zak.

Hij ging een onrustige nacht tegemoet, in de eenzame bedstee in huize Leverband, zoveel was duidelijk.

(Tom kan niet *niet* aan haar denken, na deze avond, doorgebracht in de gloed van haar halo – een halo die evenmin als die van een engel kan worden gedimd. Hij krijgt haar niet uit zijn stofwisseling. Ze zit *in* hem. Op de meest onverwachte momenten duikt de gedachte aan haar op. En uiteraard schrikt hij vaak wakker met die scepter in zijn schoot, het teken van haar heerschappij over zijn nachten. Hij heft zijn vuist en roept en tiert naar zijn Auteur: beseft ge wel dat ik door deze nimf waaraan gij mij met brutale opzet hebt overgeleverd, volkomen in vervoering word gebracht? Niemand lijkt op haar, en toch hebben alle vrouwen die hij ziet – wier wangen hij soms stiekem, met astrale handen, streelt – zoveel met haar gemeen. Desondanks – ze wil niet in zijn geheugen, ze is niet samen te ballen tot één beeld. Ze is menigvuldigheid, adembenemende assemblage van fraaie flarden. Veel te veel is ze. Ze is niet te bevatten.)

(- En: ook ik, net als Tom, ken haar enkel in fragmenten. Bijwijlen weet ik hoe ze glimlacht, bijvoorbeeld, hoe haar mond dan deint, maar dan heb ik er geen weet van hoe ze tegen de deurstijl leunt als het schemert en ze zichzelf in de manshoge spiegel gadeslaat. Ik kan inzoomen, detail na detail, maar: het grotere, samenhangende beeld ben ik kwijt. Stel: ik keer terug naar Meerhof – u hebt begrepen dat ik er een tijd verbleven heb, maar inmiddels elders woon. Zou ik haar herkennen, als ze op de bus stapt, op Plein '44? 'Zij lijkt op Hare Majesteit,' zou ik denken. 'Vaagweg.' Ik, die haar zo vaak heb ontmoet. Meer dan eens ben ik met haar opgelopen van de halte voor het ziekenhuis tot aan de Toren. Niet die van Tom: Hare Majesteit en ik, we hadden onze bezigheid in de Toren der Sociale Wetenschappen. Zij aan zij liepen we door de nevelslierten langs het pad vol vliegezwammen. Ze schudde met haar krullen, ze praatte zacht – ze was geen Amerikaanse, ze had een Brabants accent met klinkers als Chinese gongen. Ik had haar kunnen aanraken, hand in hand hadden we door dat bos kunnen lopen, de zonsopgang tegemoet.

Bij tijd en wijle kijk ik op van dit flikkerende scherm en zie ik in het nachtelijke duister Ruth over de vloer schuiven. Ik kan de zweetdruppels op haar neusje tellen, ik ken het exacte roze van het tongetje dat uit haar mondhoek hangt. Ik ken de combinaties waarin Hadrianus zijn kleren draagt. Ik weet hoe zijn deo ruikt, hoe vaak zijn haar wordt gewassen en geknipt, en hoe het in model gehouden wordt. Ik ken zijn uitspraak van het Frans. Die details worden in *Lichtenberg* niet vermeld. Ze zijn belangrijk voor mij, niet voor u.

Maar Hare Majesteit laat ik ook in eigen hoofd wazig. Dat is me liever zo: er is haar geen prettig lot beschoren.

Overigens, vindt u niet dat deze ontmoeting een mooie afsluiting vormt voor het eerste deel? Ik, die weet wat volgt, merk een duidelijke cesuur. Op, bijgevolg, naar het tweede, tevens laatste deel van *Lichtenberg*, met name:

De Sepsis)

8

Tom schoof fluitend de badkamer in. Het was een woelige nacht geweest. Maar alle ochtendloomheid week zodra hij aan gisteravond terugdacht. En aan het vooruitzicht dat meer van zulke avonden zouden volgen. Hare Majesteit had bij het afscheid gezegd dat ze hem 'wel leuk' vond. Het haarelastiekje zat in zijn broekzak. Hij was zo in gedachten verzonken dat hij niet had gemerkt dat de douche aan stond. Met Hadrianus eronder.

Tom haastte zich de badkamer uit.

'Ach, kom erin!' riep Hadrianus.

Een vreemd verzoek; maar Tom gehoorzaamde. Hadrianus had zijn badjas aangeschoten. Het raam stond open, een briesje woelde door de kamer.

'Nu je er toch bent, en nu zowel jij als Judith, zoals jullie al opmerkten, een en ander van jezelf hebt blootgegeven, is het niet meer dan redelijk dat ook ik dat doe. Het moment is geschikt. Blootgeven: het valt bij mij letterlijk te nemen.'

Plechtig deed Hadrianus een stap achterwaarts, zodat hij midden in de badkamer stond. Hij hield een hand aan zijn ceintuur, plantte de andere in zijn zij, schudde het natte haar uit zijn ogen.

'Laat me het openbaren, mijn geheim.' Hadrianus opende zijn badjas. 'Mijn lijden; het kruis dat ik mijn leven lang meedraag.'

Tom had het al vermoed, uit halsopeningen en stukken kuit tussen sok en pantalon: Hadrianus was buitengewoon behaard. Het lichaamshaar was bruinachtig, blond bijwijlen, roestig bij plukjes. Zijn navel en tepels waren nauwelijks te zien, zozeer woekerde de dikke pels. Er waren geen kale plekken, het hield gewoon op: ter hoogte van de adamsappel werd het tot stilstand gebracht door het scheermes; onderaan stopte het in absurd sierlijke krullen rond zijn enkels. De bovenkant van elk van Hadrianus' tenen droeg een toefje; tien ongerijmde helmbossen die wapperden in de wind. Hadrianus droeg een witte slip, een zandlopervormige lap katoen met een brede zwarte band waarop rondom NIKOS NIKOS NIKOS stond geschreven.

'Ik begrijp wat je bedoelt, geloof ik. Het lijkt me inderdaad een kruis, die beharing.'

Hadrianus wierp het hoofd in de nek en lachte. 'Dat bedoel ik niet. Ik bedoel het *letterlijker*.'

'*Dit* bedoel ik,' zei Hadrianus. Hij haakte de duimen achter de zwarte band.

Hadrianus droeg altijd wijde broeken en de reden daarvoor werd plots duidelijk. Alsof hij in een vijver stond, of op een wolk, of misschien op een doopvontschelp van meerschuim, zo stond Hadrianus Leverband met de witte slip rond zijn enkels, één hand op de borst, de andere aan de basis van zijn geslacht. Zijn haren wapperden in de bries; zijn blik was geëxalteerd, alsof hem iets werd ingeblazen – misschien door de ivoorkleurige lamp die schuin boven hem zweefde. De schelp was afgebiesd met een zwarte slingerende rand (IK S NIK, las Tom); een bloemengeur (lelies? nee, veeleer de cynische geur van wilde rozen) walmde wit door het vertrek.

'Grote god der liefde,' stamelde Tom. Wat hij daarnet in zijn huisbaas' slip had ontwaard – er viel niet naast te kijken – had hij als halve of hele erectie vermoed. Dat bleek niet zo te zijn. Zo dik als een armpje van Ruth was Hadrianus' lid, en even lang. Onstuimig woelden de haren daar, bijna koperkleurig omlijstten ze de basis van de schacht die melkwit uit de buik te voorschijn sproot. Glad leek het ding, en zacht; het was voorzien van een eigen ademhaling. De hartvormige kop was zorgvuldig bedekt met een forse lap voorhuid, die samenkwam in een kinderlijk tuitje, de grappige eindnoot aan dit anderszins geheel serieuze lid. De kop rustte op ballen, elk een kippenei groot. Ook om de monstrueuze balzak woekerden de haren, felrood in die regionen, alsof onder dit gedrocht een heilig vuur brandend werd gehouden.

'Dit, zo kan ik je verzekeren, mijn beste Tom, is *geen* eenhoorn. Die kan zich, volgens de legende, slechts te rusten leggen in de schoot der maagden. Maagden lopen hiervan gillend weg. Enkel dames met ervaring, handelend met enerzijds doortastendheid en anderzijds omzichtigheid, zijn geschikt dit onderdeel van mijn liefde te ontvangen.'

Tom slikte luid. Hadrianus knikte spijtig.

'En dit is de uitgebluste toestand. Laat ik hem wat opmasseren, zodat je de ware omvang van de ramp kunt inschatten.' Toms huisbaas spuugde in de handen en rolde, niet zonder moeite, de voorhuid terug. Niet roodachtig of paars was de eikel, maar van een blekig roze, doorzichtig haast. Of er een laagje ijs op was gestold. Terwijl het monster langzaam zwol, sprak Hadrianus: 'Dit is niet de eenhoorn. Het is de Slang van het paradijs. Zie je? Hij kronkelt zich, lenig en soepel, met een heel eigen wil. Deze eenoog is beslist een koning in het paradijs van door de liefde verblinden. Of,' vervolgde hij, terwijl het ding onder zijn handenarbeid van slang in staf veranderde, en ook de geur van bloemen week voor die van pas ontstoken lucifer, 'is dit wellicht de Boom des Levens? Zijn dit de Appels, en is dit de Stam, is *dit* het waar de Eerste Vrouw aan knabbelde en waar zij, ten langen leste, vrucht van wist te oogsten? Is dit... is dit... de Kleine Meester zelve? Leg je hand erop, Tom. Niet bang zijn, ik wil niks van je, leg je hand erop, en voel de hartslag van de Eerste Tijd. Knijp. Voel je dat, die zachtheid van de huid, die veerkracht en dan plots die weerstand van het kloppend bloed?'

Hadrianus' geslacht voelde vreemd aan. Niet koud, niet warm. Het had precies dezelfde temperatuur als Toms hand. Het was alsof Tom niet de roede van een ander vastgreep, maar die van zichzelf. Misschien verklaart dat waarom hij met de duim over de blinkende eikel wreef, waarom hij even de voorhuid op en neer schoof, tot Hadrianus zijn hand lachend wegduwde. De eikel voelde spiegelglad, alsof hij in de boenwas was gezet, of, inderdaad, met ijs was omgeven.

'En taferelen! Man! Ik herinner me: we zitten tegenover elkaar, zij is naakt, leunt achterover op het bed, steunend op haar rechterelleboog. Het is een vorstelijk gezicht, haar haren in gefriseerde krulletjes, rechterbeen vooruit, linkerbeen opgetrokken. Haar borsten zijn kleine franke kegeltjes, hoe oud is ze? Zestien? Ze kijkt me recht in de ogen en pakt met haar linkerhand haar linkerborst, presenteert de tepel. Ze heeft een kleine wipneus en een stoute, licht spottende mond. Ik zit tegenover haar op een strandstoel. Ineens steekt *het* de kop op; als de hals van een zwaan strekt het zich, het slaat de handdoek weg en toont zich – trillend van verlangen. Haar haren zijn op slag ontkruld. Gillend en spiernaakt verdwijnt ze in het bos. Ik sla de handdoek om mijn middel, stap in een paar sandalen en ren haar achterna. Niet uit geilheid, maar om haar te sussen, om haar terug te halen, om haar mijn wanhopige liefde te verklaren – en ze komt niet vooruit op blote voeten, maar dan, dan, als ik haar *bijna* te pakken heb, één hand om haar middel, schiet haar rechterhand de hoogte in, ze rekt zich uit en ze *verstijft*, hard wordt ze, en harsig. Een boom. Ze verandert in een godverdomde boom in dat godverdomde woud op die godverdomde zomernacht in Griekenland. In een sierlijke boog staat ze richting hemel. Boom van Kennis van Goed en Kwaad? Laat me niet lachen!'

Hadrianus spuwde op de grond. 'Een hele *rij* vliegtuigzetels hebben ze nodig gehad om haar weer in Nederland te krijgen. Een bebrilde achtstejaarsstudent psychologie heeft een scriptie gemaakt over dit zeldzame geval van *arc-en-ciel*-hysterie. Maar *ik*, ook *ik* werd hysterisch, en ik ben naar mijn vader gerend toen ik thuiskwam, en ik heb met het broodmes onder zijn neus gezwaaid en hem uit de broek doen stappen, en daar, ergens onder die ellenlange sneeuwwitte baard van hem, hing een onooglijk geslacht, een kleuterlul, en dus heb ik het *niet* afgesneden: het was niet *zijn* schuld. En daarna ben ik filosofie gaan studeren, dankuwel. Zo.' Hadrianus hees zijn slip weer op.

'Vrouwelijke filosofen zijn verrukkelijke wezens. *Het* basisprincipe in de metafysica, die grondslag der wijsbegeerte, is dat wat is, *is*. Die houding ten opzichte van de werkelijkheid vereenvoudigt een en ander. Men staat, als je mij de misplaatste beeldspraak vergeeft, meer open voor wat zich zoal voordoet.'

'Kijk,' zei Hadrianus, met een plechtig gezicht, 'je kunt het zo zien, het compliceert mijn seksleven enigszins, maar ik kan me ook voorstellen -' Hij zweeg abrupt. Keek Tom plots aan. 'Hoe zit dat met jouw zaakje, hè?' Hij kwam op Tom af, grijpend naar diens gulp. 'Laat ons *dat* eens bekijken,' spotte hij. 'Toon maar aan oompje!' Tom sprong achteruit. Hij repte zich naar de deur. Hij kon wel ongewassen naar het werk. Achter zich hoorde hij Hadrianus als een waanzinnige lachen.

Tom niesde. Hard. Tweemaal na elkaar.

'Let op voor de lenzen,' kreet PC. 'Je spuugt alles onder!'

Tom wreef met zijn zakdoek eerst PC's camera's en vervolgens zijn eigen neus schoon. Misschien had Hare Majesteit hem besmet. Het was een idee dat hem beviel: dat de virussen die hem bevolkten (wel, minstens één ervan) in H.M.'s bloedbaan hadden gecirculeerd. Een eerste, zij het voorlopig minimaal, lichamelijk contact.

'Een mooie manier om het te bekijken. Consequent doorgedacht is het minder leuk. Lucht *is* het meest gerecycleerde product ter wereld. Reken maar dat het zuurstofatoom dat je nu naar binnen zuigt ooit door het ademhalingsstelsel van een triceratops is gegaan, en van een aardworm, een grootmoeder van 73, een myxomateus konijn. Het heeft de teringlongen van een verstokte roker bezocht, heeft de Paaseilanden gezien. Misschien zat het in het zuurstofwaterpreparaat waarmee in Vietnam een napalmwond werd behandeld. Lucht is een democratisch product. Mensen zelf zijn een democratie: ieder mens is een menigte. Ieder mens heeft atomen die aan koeien hebben toebehoord, of varkens, of aardappelplanten, bloemkolen, radijsjes. Dat is zeker: je hebt ze zelf gegeten. Maar voor verstokte pluralisten is het een geruststelling te bedenken dat het eigen vlees en bloed uit om het even welk levend wezen betrokken kunnen zijn. In de paus zwerft een deeltje hoer, en Jezus Christus was noodzakelijkerwijs uit zondaars opgetrokken. Dat Hitler jodenbloed in de aderen had, is hoogstwaarschijnlijk. Arbeiders hebben veel gemeen met hun bazen, en arbeiders en studenten, inderdaad: één strijd!'

'Het gaat om individuele atomen. Die zijn gereinigd, van alles ontdaan. Alsof je uit de stenen van een bordeel geen klooster kunt optrekken.'

'Aan de andere kant, er zijn homeopaten die beweren dat een atoom een geheugen heeft voor datgene waar het kort tevoren een verbinding mee heeft gevormd. Dan is een zuurstofatoom uit de longen van een teringleider misschien toch niet in orde?'

'Als ik jou – om het nu over iets heel anders te hebben – de video-opnames van dit weekend eens liet zien? Verhalen die ik heb verteld aan Hadrianus en Judith en Ruth. Er zit ook een verhaal van Judith bij.'

‘Je onttrekt je aan de conversatie,’ morde PC. ‘En doe je mond dicht. De lucht wordt met dermate grote kracht in het aldus ontstane vacuüm gezogen, dat de luchtverplaatsing gevaarlijk wordt. Geen wonder dat je verkouden bent: je bent je eigen windmachine.’ Tom keek PC verbijsterd aan. ‘Een oud grapje,’ murmelde die, ‘nog geprogrammeerd door Hadrianus. Ik had al het vermoeden dat het smakeloos was.’

‘Ik ga in het teamlokaal zitten,’ zei Tom. ‘Bel maar als je klaar bent.’

‘Weet je, ik begin me knap eenzaam te voelen. Video-opnames kan ik ook ’s avonds bekijken, als iedereen de deur uit is. Jij bent er maar een paar uur per dag. En je bent pas een heel weekend weggebleven.’

Tom lachte kort. Hij installeerde zich in de fauteuil. ‘Goed dan,’ zei hij, ‘ouwe mopperpot. Waarover wil je praten?’

‘De wereld van jullie mensen is zo ingewikkeld,’ kloeg PC. ‘Kijk, dit weekend heb ik zitten grasduinen in kunstboeken. Ik snap het niet: de ene vindt Warhol het einde, de andere Rubens, en weer een derde loopt hoog op met Kiefer. Er zijn zelfs fans van Beuys. Je kunt toch niet van *alles* houden?’

‘Moeilijke vraag,’ zei Hadrianus, die binnenkwam, kauwend op een boterhammetje. ‘Je kunt van *veel* houden, niet, Tom?’ Hij gedroeg zich als op elke andere dag.

‘Persoonlijk hou ik van Rubens, Warhol *en* Kiefer.’

‘En soms is wat je raakt niet eens esthetisch,’ zei Hadrianus. ‘Het beeldhouwwerk dat mij het meest is bijgebleven, is een kitscherige prul.’ Tom kreeg het griezelige idee dat niet PC, maar *hij* werd opgeleid. ‘Het staat in Antwerpen, achteraan een omheind plantsoen. Een jong, naakt meisje zit geknield. Haar kleine billen rusten op haar hielen, haar borstjes zijn een jaar oud, hooguit. Voor haar staat een hertenjong, voorovergebogen maar met de heupen naar achteren gewend; je ziet de bronzen dijspieren trillen, het staat klaar om weg te springen. Het hertenkalfje snuffelt aan iets dat het meisje in de hand houdt. En dat is de schok: het lijkt een tafereel uit een ver verleden, een oud Grieks verhaal misschien, in een stijl tussen renaissance en barok, maar wat het meisje vastheeft is onmiskenbaar twintigste-eeuws. Het is Antwerpens favoriete lunchgerecht: de smos, een langwerpig broodje, met kaas, ham, tomaat, augurkenreepjes en ui, sla en mayonaise. Dit mengsel van natuur en cultuur, van flora en fauna, van toeval en vernuft, dit biedt ze het aarzelende, hongerige beest. Ze kijkt het hertenjong in de ogen, en het dier kijkt niet naar het broodje – het broodje wordt beoordeeld met de neus -, het staart naar het meisje. Iets in haar blik doet vermoeden dat de ham die tussen het broodje zit niet van het varken is gesneden, maar een stuk achterbout van ree moet zijn. Zo zit je niet, niet in het bos en niet in het stadsplantsoen, zo schroomloos naakt op je dertiende. Iets klopt er niet. Ze is geen puber. In haar beloftevolle lichaam schuilt het blasé van de veertiger; ze heeft alles gezien, gehoord, gelezen en is – minstens in de daad – onomkeerbaar postideologisch. Seks is techniek; liefde is strategie. Niets is nieuw, veroordeeld zijn we tot de eeuwige terugkeer van hetzelfde. Voeren maar, dat hertenjong. We waren al op feesten waar beelden van slachtingen in Burundi op het plafond werden geprojecteerd; de raadsels van het heelal zijn nagenoeg ontsluierd; niets van wat we zeggen, is niet eerder bedacht. We zijn de lessen van de geschiedenis niet vergeten, we doen gewoon alles nog eens over, want wat valt er *anders* te doen?'

Tom keek zijn baas, huisgenoot, en vriend verbaasd aan. Hij kende het beeldje. Het was wanstaltig. 'Dat is geen hertenjong, maar een geitje. En ik dacht dat je referentiepunten bij zoutvaten van Cellini of marmers van Bernini lagen, Hadrianus. Of bij Botticelli.'

'Tom, je bent doortrapter dan ik dacht,' zei Hadrianus. Er klonk iets van trots door in zijn stem.

'Het sublieme wordt ervaren als redundant, men viert de immanentie en haalt haar binnen als het gouden kalf dat zij is: blikkerend en onvolwassen, verstard en nutteloos. Verveling wordt tot drama, terwijl de werkelijke catastrofe wordt gedegradeerd tot een speelse en vulgaire geste. Men flirt geeuwend met collectieve zelfmoord, maar schrikt van de geringste scheut migraine.'

'Bekt lekker,' geeuwde Swinus. 'Betekent het ook wat?'

(Er zijn geleerden in soorten. Er is de visionair met uitstaande haren en verwilderde knevel, die alles met alles verbindt, Locke met Descartes met Pascal met Penrose met Goethe met Freud, en niet merkt dat de toehoorders gevloden zijn. Vaker ontmoet men monomanen, zoals Abraham Wirtzheimer, vastgebeten in de kuiten van een grote dode denker – slechts zelden vraagt de monomaan zich af waarom hij op die manier weinig vooruitgang boekt. Subsidiegevers houden van de derde soort, de pragmaticus: alles netjes gepland, het werk mooi voorspelbaar, altijd binnen de lijntjes gekleurd. Geen onaangename verrassingen. Ook geen aangename: de pragmaticus is het soort onderzoeker dat steeds zijn hypothesen bevestigd vindt. Pragmatici zijn zonder uitzondering mannen, en ze vinden zichzelf een hele bink. Het ultieme doel is niet de wetenschap, maar de Titel, de Carrière, de Naam. Na verloop van tijd zitten ze vaker in hun donkerblauwe blazers in dure restaurants dan in het lab. Onder het genot van een *very superior old pale* kraken zij collega's van andere disciplines als ongeciviliseerd af. De vierde soort is de gevaarlijkste: de verbitterde ex-idealist. Hij sleept zich naar de universiteit. Hij *weet* wat hij waard is: niets. Zijn voetsporen, toch al niet krachtdadig gezet, zijn door de wind des tijds uitgewist voor hij achterom kon kijken. Hij heeft het niet gemaakt, waarom zou het een ander lukken? IJskoud infiltreert hij in de macht en vanaf die Olympos licht hij degene die zich toch nog op de zandvlakte waagt voetje. Hoort Margo tot deze laatste groep? En waar haalt Otto, nog zo jong, al dat venijn vandaan?)

'Het zal me,' zo sprak Margo, 'doodeenvoudig worst zijn wat het inhoudt. Het klinkt duur. Het zal de klus klaren. Deze Prolegomena, of hoe noem je het, Otto, tot de Fenomenologie van het Brede Interactieveld zijn beslist indrukwekkender dan wat Wirtzie doorgaans pleegt.'

'Vrienden,' sprak Margo Denticulatus bijgevolg haar beide medewerkers toe, 'laten wij het glas heffen op deze plechtige beginselverklaring van de hernieuwde *Currents*. Dat het een stevig gebouw mag worden, rotsvast gegrond op deze verklaring. Dat we steeds *dit* voor ogen mogen houden, dat... dat... nou, hoe zal ik het zeggen...'

'Dat de holistische visie, gestoeld op ontologische gronden, noodzakelijkerwijs zal leiden tot een integratieve kijk op het mens-in-de-wereldgebeuren, waarin de polariteit tussen natuur en cultuur wordt opgeheven en vervangen door een transcendente visie op het proces-*an-sich* als de oorspronkelijke zijnsgrond,' zei Otto, die intussen verveeld naar een punt op het behang staarde.

'Ik zou het zelf niet beter hebben kunnen zeggen,' merkte Swinus op. Hij viste een maraschinokersje uit zijn wodka-orange. Waartoe immers dienen zulke kersjes?

'Waarom gun je mij niet de primeur? Laat Judith en Hadrianus het maar op de video bekijken. Ik heb na zo'n eenzaam weekend *behoefte* aan wat menselijk contact.'

'PC,' zei Hadrianus streng, 'je overdrijft. *Zo'n* hang naar contact heb je niet. Protesteer niet. Ik ben je maker. Ik weet hoe je in elkaar zit.'

'Ik wil het anders graag doen,' verzekerde Tom.

'Ach, zo komt de dag ook om, niet,' bromde Hadrianus. 'Ik kan er niet bij blijven, ik moet het redactioneel corrigeren voor de *Currents*. Tom, ik zie je thuis, vanavond.'

Tom wachtte tot zijn huisbaas de kamer uit was. 'Je moet er maar van uitgaan, PC, dat je het verhaal op kunt slaan op de harde schijf. Zo kun je passages die nu onduidelijk zijn, later herlezen.'

Bob spiedde vanuit de coulissen het podium af. Hij was verantwoordelijk voor de spullen. Zelfs *hij* had moeite om de joelende menigte te negeren. De drums stonden opgesteld, okee. De bas, in orde. Zijn gitaar, fijn. Die van Tom, mooi zo. Toch had Bob het gevoel dat hij iets vergat. De drumsticks lagen naast het stoeltje van Poes. Bob tastte in zijn borstzakje naar de plectrums, het harde voor het beginnummer, de zachtere voor het subtielere werk. Alles was er.

Tom kwam achter hem staan, in een zure wolk van angstzweet. 'Heb je de Overdrive aangesloten?'

Bob werd bleek.

'Jij driedubbelovergehaalde *oetlul*!' schreeuwde Poes.

'Nog vier minuten,' meldde de presentator.

Bob rende het laddertje af, holde de backstageruimte uit, richting Parijsstraat.

'En dat ding moet nog gesmeerd worden ook,' jammerde Tom.

'Daar is-ie al,' suste Poes.

Bob kwam zwaar hijgend de hoek om. Zonder om te kijken schoot hij het podium op en keerde het plastic tasje binnenstebuiten. Stekkers, snoeren, tubes, batterijen, eindjes draad, een hamertje, schroevendraaiers – de Overdrive.

'Haast je,' zei de presentator. 'Geen vertraging! Je weet het: geen vertraging. Of je kunt het vergeten!'

'SMEREN!' siste Tom.

Het zweet parelde Bob op het voorhoofd. Hij trok het snoer van Toms gitaar uit de versterker en koppelde het aan de effectpedaal, gooide een lijntje tussen pedaal en gitaar, kneep een opgerolde tube uit over de voetschakelaar. Vervolgens tikte hij de pedaal aan met de voet. Het lampje lichtte niet op. Bob vloekte en zocht tussen de rommel een extra batterij van negen volt. Het lampje brandde! Breed grijnzend dook Bob achter de luidsprekerkasten weg, en stak de duim in de lucht.

'Aha!' De presentator knipte met de vingers en swingde het podium op. Met bibberende knieën volgden Poes, Tom en De Bassist. Tom gordde zijn gitaar om en controleerde of de vervorming maximaal open stond. Toen de presentator zweeg – Tom, Poes, De Bassist en Bob hadden niet eens gehoord wat hij had gezegd, maar de massa joelde luid – sloot hij de ogen. Hij sloeg do majeur aan. De plankenvloer daverde onder zijn voeten. Het gigantische volume van die ene aanslag verraste Tom volkomen. Net op het moment waarop het akkoord uitdeinde, dof en loodzwaar, en begon te kantelen naar gierende feedback, net op dat moment zette Tom de riff in van *Sergeant Pepper's*, luid, hard, en – oh, die zenuwen – vreselijk snel. Hij liet de laatste noot van zijn intro vibreren, en die sloeg ongecontroleerd om in een hoge, hese doodskreet, en toen zette Poes het tempo in (*een*-twee; *een*-twee; *een*-twee; *een*-twee-drie-vier), en op de laatste tel deed De Bassist de planken golven. Tom wentelde zich in een roes door het wilde geweld van zijn eigen gitaarlicks heen, één met het golvende podium, één met de gitaar die tegen zijn buik aan bonkte op het ritme van zijn verkrampte bewegingen. John Lennon viel verbaasd van een wolkje, ergens in de stratosfeer.

Ludo Tarentini knipte goedkeurend met de vingers. Om ongehinderd door de menigte te kunnen waden had hij zich vermomd. Dat wil zeggen, hij had zijn haar in een staartje samengebonden en onder een hoed gestopt, een konijnenvellen jas aangetrokken, en een zonnebril op zijn neus gezet. Desondanks bleken de mensen hem aan te gapen. Ludo deed of hij niks merkte.

Tom liet de laatste slag op de gitaar mooi samenvallen met de laatste drumslag. Hij wiste zijn voorhoofd schoon met de mouw van zijn spijkerjack, en pas toen een luid gebulder hem vanaf de markt tegemoet sloeg, besefte hij ten volle wat het betekende: geen repetitie in de kelder, maar de openingsact op Marktrock, voor de ogen van honderden. Hij keek verbaasd opzij, naar Bob en De Bassist. Er werd geapplaudiseerd, geschreeuwd, een enkeling floot op de vingers.

Tom kreeg geen tijd om na te denken, want Poes sloeg met vier korte tikken de maat voor *Driving With No Hands*. Tom haastte zich naar de effectpedaal en klikte die uit. Hij plaatste zichzelf voor de microfoon, sloot de ogen, haalde diep adem en zong de eerste strofe, schreeuwend, want de instrumenten stonden *erg* luid in de mix. Tussen twee zanglijnen in plaatste hij een lekker lui blues-loopje op de hoogste snaren. Tenminste, dat was de bedoeling. Wat uit de luidsprekers daverde, daarentegen, was een messcherpe speedmetal solo.

Ludo's vingers knipten steeds goedkeurender mee met het ritme. Wat een briljant groepje! Samen met het vuil ook het bloed onder de nagels van Sergeant Pepper vandaan halen, dat beviel hem wel. En wat hij nu hoorde was hele*maal* okee. Een ordinair gitaarnummertje, op het eerste gehoor, zoals Ludo ze zelf ooit bij dozijnen had geschreven, met een strakke ritmesectie en een licht anarchistische bovenbouw. Beetje standaard. Maar dan die totaal onverwachte stroomstoten uit die gitaar. Een absoluut *losgeslagen* geluid was het; heftig, verscheurend. Het dreunde tegen je ribben, het snerpte je sinusholten open. Muziek als chirurgie was dit, maar dan zonder verdoving. Ludo kneep van pure pret in de schouder van het beeldschone meisje naast hem. Die gaf hem een welgemeende oorvijg en verdween in de menigte. Wat een concert! En dan moet je die gitarist *zien*. De vertwijfeling op dat gezicht! De krampen, de schokgolven die dat smoelwerk teisterden! De kerel leek zowaar te *lijden* onder de machtige stoten lawaai die hij over de markt spuwde, hij was de pijngrens voorbij.

Tom probeerde uit alle macht de Overdrive af te doen slaan, maar het lukte niet. Tot overmaat van ramp had hij bij het eerste geschetter de volumeknop op zijn gitaar te heftig aangepakt, en had hij die de verkeerde kant opgedraaid. De knop was er met een knal uitgevlogen, *met* het staafje van de potentiometer. Het volume viel niet meer te regelen, niet met zijn gitaar, en niet via de Overdrive, want de volumeknop van dat ding zat vast op MAX, zo bleek. Het instrumentale tussenstuk! Tom rukte de kabel uit zijn instrument en bukte zich naar de Overdrive. Een oorverdovend gekraak klonk over de Oude Markt toen hij de plug uit het doosje probeerde te trekken, en een onheilspellende dreun, kennelijk afkomstig van de losliggende gitaarstekker, overstemde de pulserende beat van de bas. De plug gaf geen krimp. Over heel het doosje zat een harde gele substantie, zag Tom. Die oen van een Bob had contactlijm over de Overdrive gegoten, in plaats van smeermiddel! Tom plugde zijn gitaar er onder trommelvliesverscheurend geknetter weer in. Een forse gil feedback sloeg hem uit de monitoren vlak in het gelaat. Hij repte zich naar voren om bijzonder boos en buiten adem de vierde strofe in te zetten. Happend naar lucht en met vlokken schuim rond de bek brieste hij in de microfoon.

Ludo viel van de ene muzikale verbazing in de andere. Deze band had een bijzonder vreemde opvatting over de gitaarsolo, bijvoorbeeld. Die kerel haalde de meest waanzinnige geluiden uit zijn instrument, met een totale overgave, een ongelofelijke toewijding, en een absolute onverschilligheid tegenover de heersende smaak. Hij keerde het publiek zelfs de rug toe. En nu blafte hij een venijnig hiphoprefrein over het plein. Wow! Ludo Tarentini boog door de knieën en produceerde iets wat op een pogopasje leek. Hij was intens gelukkig. Niet in het minst omdat dit groepje hem een smak geld ging opleveren.

Ook Poes was gelukkig. Dit was meer dan ze ooit had durven hopen. Het was *precies* wat ze bedoelde met hard en vuil en gemeen. Poes probeerde zich met alle macht door de geluidsmuur heen te meppen, een brede grijns op haar gezicht.

De Bassist voelde zich minder happy. De hete lampen van de VTM-camera in zijn nek deden hem beseffen dat hij zich onsterfelijk belachelijk stond te maken. Die afgesleten leren jas had hem in een Brusselse tweedehandszaak verdomd veel geld gekost, net als zijn kunstig gescheurde designer-jeans. En daar stond hij, in deze ridicule uitmonstering, naast een gitarist wiens spel alle verbeelding tartte. Loeihard, ongemeen LUID, en met de grootste hoeveelheid feedback die De Bassist in zijn leven ooit had mogen aanhoren. De Bassist was pisnijdig. In de poel van Toms gierende lawaai hoorde hij zichzelf niet eens spelen. Dus draaide De Bassist het volume van zijn versterker flink omhoog.

Ludo keek om zich heen. Precies wat hij had verwacht: de dertigplussers hadden het plein verlaten, de meeste twintigers ook, maar een harde kern van ruige alternatieve jongelui beukte als razenden op elkaar in. Een teken dat ze het keihard te goed vonden, als Ludo hun subcultuur correct inschatte. De kans leek groot dat die *Local Losers* zich snel een schare hondstrouwe fans zouden verwerven. Ze hadden alles om een internationale cult-act te worden. Ludo las vervoering in de blik van die kerel met kaalgeschoren knikker, adoratie in de ogen van dat meisje in visnet T-shirt, beate bewondering bij die man met die oorbellen in de vorm van gouden doodskisten. In de ogen van Ludo Tarentini vormden zich langzaam lichtende dollartekens.

Met een erg boos akkoord sloot Tom het lied af. Hij beende naar zijn versterker, achter Poes langs, en draaide de volumeknop van de voorversterker driekwartslag naar links, om de vervorming te milderen. Hij grijnsde Poes toe en stormde weer naar voren, heftig een gevoelige blues improviserend. Het geluid was weer te harden.

Wijdbeens en met het hoofd geheven stapte Cybele de Oude Markt op. Ze droeg haar perfecto jekker met de zware stalen pinnen. Ze barstte zowat uit de naden van haar black jeans. Zwart met rood afgebiesde motorlaarzen. Twee aan gouden stroppen bengelende schedeltjes als oorbellen. Aan haar arm hing een kerel van een jaar of dertig, al net zo uitgedost. Voortdurend bevingerde hij de gouden doodskistjes die hij als oorknijpers droeg. Hij keek ongemakkelijk. Cybele sleepte hem tot vlak voor het podium. Een raar figuur met een fake bontjas aan glimlachte haar beaat toe; Cybele beet hem iets in het oor waar hij bleek van wegtrok.

'Wat heb je hem gezegd?' bulderde Cybeles gezel haar in het oor.

'Ik heb hem in kort bestek verteld wat een avondje uit met mij zoal inhoudt.'

'Oh,' zei de man. Hij keek twijfelend naar de vreemde figuur die zich met bekwame spoed naar de andere kant van de markt begaf. Cybeles gezel, een ijverig jurist en brave huisvader, had een forse bom duiten neergeteld voor wat zijn collega op de zaak 'een heerlijk SM-weekendje' had genoemd. Hij tikte Cybele op de schouder. Ze boog zich naar hem toe.

'Ik hou hier hele*maal* niet van,' merkte hij op.

'Komt dat goed uit!' zei Cybele. 'Je kwam toch om onbarmhartig af te zien? Nou, dit is je kans.' Ze wiegde haar heupen op het ritme heen en weer, er wel voor zorgend het bekken van haar klant daarbij zijdelings aan te stoten. Onverdeeld prettig was dat niet, gezien de zware kettingen die beider heupen sierden.

De jurist zuchtte inwendig. Ze had gelijk. Hij kon net zo goed tot zich laten doordringen, hoezeer hij dit alles haatte, de muziek en het soort mensen dat ernaar kwam luisteren. Als hij heel erg zijn best deed, kon hij ervan genieten, merkte hij, van deze marteling. Tot zijn grote genoegen voelde de jurist hoe zijn geslacht langzaam tot halve hoogte steeg.

Cybele was ondertussen zeer verbaasd. Marktrock was meestal een tam evenement; niet meteen een burcht van *hardcore noise*-muziek. Wat Tom op de bühne aanrichtte, tartte elke verbeelding. Dit nummer, bijvoorbeeld, was begonnen als een onschuldige blues, maar daarna was een soort break gevolgd, waarin de drummer was gaan rommelen in de achtergrond, en de bluessolo van daarnet was een martelende serie elektrische schokken geworden. Die Tom evenzeer leek aan te grijpen als de omstanders. En de drummer was op dubbele snelheid gaan spelen, de ritmegitarist en de bassist waren haar gevolgd, legden een ritmisch bommentapijt. Cybeles mond viel open. Dit was *goed.*

Ze keek opzij. Haar klant leek het ook leuk te vinden, hij stond er zo'n beetje halfmast bij, zag haar professioneel oog. Tijd om in te grijpen, meisje, zei Cybele tot zichzelf, en ze vormde haar hand tot een receptief schelpje dat ze snel over de gulp van de jurist legde.

'Hoho,' deed haar klant. Hij probeerde tevergeefs Cybeles geschoeide hand van zijn kruis weg te trekken. Hij bezeerde zich aan het spijkerbeslag op haar knokkels.

'Dit is onwettig,' fluisterde hij paniekerig in haar oor.

'Dat is het zeker. Maar is het niet *prettig*, snoepje?'

'Het barst hier van de flikken.' De jurist keek zenuwachtig in het rond.

'En wat dan nog, schattebout,' fluisterde Cybele. 'Die willen ook eens wat zien. En denk je dat ze *ons* durven te arresteren?'

'Zullen we Goliath wat lucht geven?' vroeg Cybele liefjes, en ze ritste de gulp met vastberaden hand open.

'*Waah,*' gilde de man. Hij rukte zich los en spurtte dwars door de massa naar de dichtstbijzijnde zijstraat.

Al snel bleek haar fysiek stukken beter dan de zijne.

Ludo Tarentini stond na te hijgen. Hij controleerde de cassetterecorder. Ergens op de tape stond het meest smerige voorstel dat hij ooit had gehoord, geformuleerd in zulke extreme bewoordingen dat zelfs hij lichtjes was geschokt. Hij keek op zijn horloge. De set moest gauw afgelopen zijn. Hij repte zich naar de VIP-ingang, vlak naast het podium. Klaarstaan op het moment dat de band ophield met spelen, op het toppunt van hun triomf: *dat* is het moment om hun het contract te laten tekenen.

Tom smeet zijn gitaar op de grond en stormde het podium af. '*Gewel...*,' riep de presentator, vóór hij door Tom van het trapje werd geduwd. Een poedeltje dat net zijn gevoeg had zitten doen stoof gillend weg.

'Hé, kerel, het was grandi...,' begon Ludo. Tom stootte de man ruw van zich af. Ludo struikelde over een emmer water en sloeg met zijn hoofd tegen de vette buik van de naar adem happende presentator.

'Hééééj,' riep die laatste nog, maar Tom repte zich al naar de uitgang. Tranen verblindden zijn uitzicht. Hij vocht zich een weg door de horde perslui en fanatieke fans die naar de backstage stroomde.

'We want MORE,' brulde het publiek op de Oude Markt.

'Wat nu?' zei De Bassist. Hij streek zich het haar uit de ogen. 'Tom is verdwenen.'

'Zonder Tom,' zei Poes verbeten.

'Hoe dan?' vroeg Bob.

'Zo!' zei Poes en ze stapte het podium op. De menigte werd uitzinnig.

Bob haastte zich achter haar aan. Hij plukte Toms nog steeds gierende gitaar uit een luidsprekerkast en speelde de riff van *Jesus, Alice Cooper and Me*. Poes brulde de tekst van achter haar drumstel. Dat gitaar en zang in een totaal verschillende toonaard zaten, scheen het publiek niet te deren. Of dat de totaal verdwaasde Bassist eigenlijk *Driving With No Hands* speelde. Puur voor zijn plezier gooide Bob er een stukje Belgisch volkslied doorheen.

Tom drong zich door de massa in de Naamsestraat heen. Hij wou weg, gewoon weg, waarnaartoe kon hem niet schelen. Uit de Krakenstraat kwam nog een flard van *Jesus* etc. aangewaaid. Poes krijste afgrijselijk vals in de microfoon. Zijn hart kromp in elkaar. Tom Pepermans was een gebroken man.

'Mijn excuses,' hijgde de jurist tot de eigenaar van het hotdogkraam.

'Helemaal niet erg, meneer,' zei deze. 'En uw verzekering betaalt u wel terug.' Hij streek met zijn duim over het pakketje cheques.

'Kloris dumbo,' ratelde Cybele, 'lamme oetlul lik-me-vestje. Zakkenwasser lazersteen. Waarom moest je zo nodig in een hotdogkraam springen? Kon je niet de ijstent proberen? Je stinkt uren in de wind naar mosterd en gestold vet. Je had naar vanille kunnen geuren, of frambozen.'

‘Pakt u hem niet te erg aan?’ informeerde de hotdogman bezorgd. ‘Tenslotte zat u achter hem aan, dacht ik.’

‘Zij,’ sprak de jurist. ‘Zij mag dat.’

Ludo stapte doelbewust door de verlaten straten, richting Sint-Jacobsbuurt. Rond zijn oren wiegelde een koptelefoontje, waaruit de wondere klanken van het *Local Losers*-concert spatten. Ludo Tarentini probeerde binnensmonds mee te zingen. Het lukte niet. Deze muziek was buitengewoon opzwepend, maar nauwelijks voorspelbaar. Ritmeveranderingen, toonsoortwissels, dissonanten, polytonaliteit, tot en met iets wat klonk als het keihard door elkaar spelen van twee verschillende nummers – het maakte de muzikale prestatie er alleen maar verbijsterender op. En de commerciële missie des te dringender. Hierop zat de alternatieve sien te wachten. De heer Tarentini ploegde voort in zijn bontjas, in de hitte van augustus.

‘Ik snap het niet,’ zei De Bassist, zorgvuldig het stukje vel tussen zijn oren en het begin van de haarlijn droogwrijvend. ‘Wat heeft die kerel? Nooit heeft hij *zo* gespeeld. Zonder ons tevoren in te lichten gaat hij totaal uit zijn dak, en het ongelooflijke gebeurt, we krijgen het publiek op onze hand, en daarna loopt hij gewoon weg. Geen woord van uitleg, *ploep* opgelost in het niets.’

‘Ach,’ zei Poes, de lippen strak trekkend voor het bijkleuren, ‘zo is hij toch? Een binnenvettertje. Stil water enzovoorts. De getormenteerde artiest, zal ik maar zeggen. Hij had weer last van zijn spoken.’

‘Wel,’ zei De Bassist, ‘*I don’t like it.* Eerst doet hij alsof hij de Vlaamse Paul Simon of John Hiatt is, en dan blijkt hij gewoon ordinaire hardcore trash freakmuziek te spelen. Nou,’ zei De Bassist, ‘bedankt. *Zo* had ik het niet begrepen.’

‘Dit was toch een goed concert, of niet soms?’

‘Nou, *goed.*’

‘Succesvol, dan,’ zei Bob. ‘Een joelend, fluitend publiek.’

‘Dat *wel,*’ moest De Bassist toegeven. ‘Maar dat kan Will Tura ook, de meiden doen gillen. En dan ging *jij*’ – wat klonk De Bassist bitter en beschuldigend – ‘het volume nog even hoger draaien in dat bluesnummer. Ik hoorde mezelf niet eens.’

‘En wat dan nog?’ beet Poes hem toe. ‘Sinds wanneer ben *jij* zo'n grote muzikant dat we dat domme gebrom van jou aan honderdtachtig decibel moeten aanhoren? Je zat niet eens in de maat!'

'Verdomme,' riep De Bassist. Hij zwaaide met zijn kettingen. 'Neem die woorden terug. Mattenklopster!'

'Opgeblazen kikker,' snoof Poes.

'Wie denk je dat *jij* bent? *Jij* zat heel de tijd het tempo op te voeren. Ogen dicht en rammen maar. Als die trommels van je niet zo verrekte groot waren, mepte je d'ernaast!'

'Kalm, mensen, kalm,' maande Bob.

'Jij afgelikte koekjestrommel!' riep Poes. 'Zielig stuk yup! Een maand geleden droeg je nog schoenen met kwastjes!'

'*Kalm.* Asje*blieft*,' smeekte Bob.

'Goed! Je hebt het zelf gewild!' schreeuwde De Bassist. 'Ik split!'

'Geweldig!' schaterde Poes.

'Hal*lo*,' zei de presentator, die met zijn breedste glimlach de caravan in kwam zeilen.

'Wie zei ook weer dat geld niet stinkt?' vroeg De Bassist.

De presentator keek naar de zijkant van zijn jasje. 'Het is hondenpoep,' zei hij verontschuldigend. 'Ongelukkig neergekomen toen ik het trapje wou afdalen, daarnet.'

Tom liep en liep. Tot zijn benen zeer deden, en hij daardoor wakker werd. Hij merkte dat hij vlak bij huis was. Hij *verlangde* naar huis. Een goeie koude douche, een plaatje van *The Beatles* op de stereo, een verkwikkende dut. Slaap, slaap, slaap. Verdoving. *Dat* had hij nodig.

'We wisten niet dat u ook manager was, en platenproducent, en uw eigen platenfirma bezat,' zei Poes.

'Ach, een mens moet *iets* doen om de kost te verdienen. Van rockfestivals presenteren kun je niet leven.'

'We denken graag na over uw voorstel,' zei Bob.

'We moeten ook Tom raadplegen, natuurlijk,' zei De Bassist.

'Maar het lijkt ons heel aanlokkelijk,' zei Poes.

'Goed zo,' bromde de presentator. Hij zwaaide en deed de deur achter zich dicht.

Het trio bekeek mekaar ademloos. Toen stond De Bassist op.
'Laten we dit gaan vieren,' zei hij schor.
'En de split?' vroeg Poes fijntjes. 'En de geur van geld?'
'Waar *heb* je het in vredesnaam over?' informeerde De Bassist. Hij plukte zijn aktetas van de vloer.

'Excuses, meneer Pepermans.'
'Geeft niks,' zei Tom, en hij wreef over zijn knie.
'Ik zag u echt niet aankomen,' zei Ludo. 'Ik stak mijn been geheel per ongeluk uit.'
'Het is okee,' mompelde Tom. Hij stond daar maar.
Ludo viste Toms sleutel uit diens zak.
'Welke is die van de voordeur?' vroeg Ludo.
Tom wees.

'Auw!' riep de jurist, een beetje uit verontwaardiging, maar toch vooral van pijn. Precies die schouder waar Cybele haar hand op legde, precies op die schouder was hij beland toen de uitsmijter hem op de keien had geschopt. Het was een echte gentleman geweest, geheel in overeenstemming met het chique karakter van de zaak. Geen onvertogen woord was van zijn lippen gerold, integendeel, hij had zich voortdurend verontschuldigd voor de vervelende behandeling die hij, beroepshalve, verplicht was toe te dienen aan *iedere* – daarbij legde hij de klemtoon op iedere – haveloze punk die de zaak meende te moeten betreden. Meneer moest niet denken dat hij iets tegen *hem*, iets tegen hem per*soon*lijk had, neenee, het was zijn baan, en als meneer het hem wou vergeven dan zou hij nu graag... Waarop hij het onfortuinlijke kaderlid een krachtige trap tegen het achterwerk had gegeven. Daarna draaide de portier zijn vlinderdasje weer keurig horizontaal en hield de deur voor Cybele open. Zij bedankte de man voor deze buitengewone vriendelijkheid, en haalde uit haar kontzak een fikse fooi tevoorschijn.
'Tot ziens, mevrouw, meneer,' riep de uitsmijter hun nog na toen ze door het straatje wegliepen.
'Tot ziens,' zei Cybele. De jurist gromde. 'Galante man,' zei ze, 'vind je niet? Hij hield de deur voor me open!'

'Het huis uit!' sprak Tom toonloos.

'Maar meneer Pepermans,' drong Ludo aan, 'zeg niet zomaar neen. Dit is een monstercontract. Grijp de plotselinge gelegenheid die zich vóór uw ogen voordoet. Geef ons de kans, meneer Pepermans, van u een wereldster te maken. Gunt u ons dat plezier. Vooruit. Hap rustig toe!'

Tom stond op uit de sofa. Het concert, het hele emotionele gedoe eromheen, de lange wandeling, dat alles had hem behoorlijk uitgeput. En dit was de druppel die de emmer deed overlopen. Een contract! Na die wanprestatie!

'Eruit!' zei hij beslist. Hij wees met gestrekte arm naar de deur.

'Maar, beste Pepermans...,' begon de heer Tarentini.

'Eruit!' Tom voelde zich duizelig worden. 'De deur,' zei hij nog. Toen volgde hij met zijn hele lichaam de arm en zeeg als een gigantische richtingaanwijzer op het tapijt neer.

'Pepermans!' Tarentini knielde naast Tom en sloeg hem in het gezicht.

'Ik voel me slapjes,' kloeg Tom.

Dat soort situaties kende Ludo. Slapjes, hè?

'Blijf rustig liggen Dan bak ik een eitje voor je. Proteïnen, dat heeft een mens nodig, in zulke omstandigheden.' In de koelkast trof Ludo tot zijn tevredenheid een half dozijn eieren, en een voorraadje groente. Weldra klonk uit de keuken het geluid van vakkundig dooierloskloppen.

Ludo dekte de tafel.

Tom strompelde er warempel naartoe. Die omelet rook niet slecht. Hij had trek. Niet veel gegeten sinds gisteravond.

Het moet gezegd worden, de omelet was bekoorlijk. Perfect gebakken, goudgeel en met een vermoeden van vloeibaarheid, maar zonder klef te zijn. Gevuld met pittig gebruinde uitjes, knapperige prei en flintertjes glimmende wortel. Een slaatje van komkommer en tomaat lag op een bijbordje te wachten.

'Parmezaanse kaas?' informeerde Ludo.

'Nee, dank je, niet bij dit soort omelet,' zei Tom.

'Helemaal mijn smaak,' bromde Ludo tevreden.

Ze aten gulzig en in stilte.

'En dus, dat contract,' begon Ludo weer, terwijl hij Dreft in het afwaswater liet lopen.

'Ik vrees,' zei Tom, 'dat ik bijzonder streng zal moeten zijn, en je de deur ga uitgooien, Ludo.'

'Maar neen,' suste Ludo. 'Maar neen. Luister. We hebben nu even aan elkaar gesnuffeld, bij wijze van spreken. Laten we ook de zakelijke kant van de, euh, zaak niet vergeten, en dus ter harte nemen wat de belangen zouden kunnen zijn die zowel jou als ons kunnen dienen. Dus hoezeer wij, businessgewijs, aan elkaar zouden kunnen paren van kunst en de meer monetaire kanten van het...' Ludo zweeg.

'Van het *wat*?' vroeg Tom.

'Dat is het nou net,' sprak Ludo mistroostig. 'Telkens als ik een zakelijk gesprek probeer te voeren, draait mijn syntaxis de soep in, en mijn semantiek volgt alras. Het is de opwinding, denk ik, dat wilde beest dat me bespringt en me de mond snoert door me te wurgen in een vloed van niet meer bij te houden bijzinnen.'

Hij hapte naar adem.

'Ik bedoel maar,' zei Ludo, en hij zette zijn imitatie van het trouwehondengezicht in, 'ik bedoel maar, ik wil jullie echt heel graag voor mijn nieuwe platenlabel strikken.'

Een mooi moment voor de deurbel om te rinkelen.

'Hal*lo*,' zei Cybele. Ze wervelde de woonkamer binnen. Sierlijk liet ze de zijden, knielange jas van haar schouders glijden, en met lang geoefende nonchalance drapeerde ze die over de sofa. Het feit dat ze daarbij een magnifiek stel sleutelbeenderen ontblootte, en een bijzonder fraai gedraaide nek, bracht Ludo ertoe geluidloos tussen de tanden te fluiten.

Cybele keek hem recht in de ogen.

'Oh, we zijn niet alleen,' zei ze, tot Tom, maar zonder Ludo met haar blik los te laten.

'Dit...,' begon Tom.

'Dit is meneer Tarentini,' sprak Ludo. Hij hield de afwasborstel nog in de knuist gekneld. 'Maar u mag me Ludo noemen. U kent me misschien van de televisie, of anders wel van een plaatje, of van een van mijn talrijke boeken met grappige columns. Anderzijds, u komt me bekend voor. Hebben we elkaar niet recent ontmoet?'

Cybele monsterde hem van top tot teen.

‘Kunnen we ergens rustig praten?’ vroeg ze aan Tom.

‘Hier, natuurlijk,’ zei Ludo. Hij liet de afwasborstel op het tapijt vallen en wees uitnodigend naar de sofa.

‘Doe maar,’ zei Tom.

‘En Ludo?’ vroeg Cybele. ‘Wat doen we met hem?’

‘Ludo, hemelse schoonheid, zal aan uw voeten zitten en uw woorden drinken als waren zij ambrozijn. Uw dienaar zal hij zijn, uw voetbank, die u zachtjes de rug zal masseren terwijl u uw gedachten de vrije loop laat omtrent de ongetwijfeld belangrijke dingen die u aan deze geweldige rockmuzikant, die naar wij hopen zo dadelijk onder contract bij *Tarentini Records* zal staan, welnu, die dus, dingen, die u, dus, dienaar, en aan uw voeten van ganser harte. Die, bijgevolg...’ Ludo zweeg en keek treurig naar de eenzame afwasborstel. Mistroostig pikte hij het gerei op, en slofte naar de keuken.

Cybele glimlachte breed naar Tom.

‘Ik wou je komen feliciteren met het sprankelend concert, daarnet,’ zei ze. ‘Die gierende feedback! Dat geraffineerd gebruik van het tremolo-armpje! De schrijnende dissonanten, de aberrante hoogtepunten. Zelden zo’n geniale smeltkroes van stijlen gehoord. Alles klopte. Ach! Kom *hier*,’ zei Cybele. Ze greep Toms hoofd in haar beide handen en drukte een zoen op zijn voorhoofd.

‘Ik, grbffl,’ zei Tom, wiens woorden in Cybeles speeksel werden gesmoord.

‘Je bent geweldig, je bent fantastisch,’ riep Cybele. ‘Je bent een genie!’

‘Cybele...’ probeerde Tom.

‘Nog *nooit*,’ zei Cybele, ‘heb ik zoiets gehoord. Je bent uniek, Tom, een *echte* kunstenaar. Je bent de Jimi van de jaren negentig!’

‘Bedankt voor het compliment,’ zei Tom. ‘Maar...’

‘Ik weet wat je wil zeggen, lieve Tom,’ zei Cybele, en ze kneep zijn wangetjes beurs, ‘dat geeft toch immers niet.’

‘Je weet wat ik wil zeggen? En het geeft niet?’

‘Luister,’ zei Cybele. Ze keek Tom bloedernstig in de irissen. ‘Dat kan iedereen overkomen. Wat geeft het dat je hem bij je vrouw niet omhoog krijgt, en dat je bij mij de meest volmaakte minnaar blijkt? Dat gebeurt vaker. Maar een *echt*...’

BONK!

'Wat was dat?' schrok Cybele.

Tarentini opende de deur van de keuken. Een rode vlek tekende zich af op zijn voorhoofd. 'Tegen een... een... kastje aangelopen,' sprak hij.

'Dat lijkt verdacht veel op de afdruk van een deurklink,' zei Tom.

'Het spijt me zeer,' zei Ludo.

'Het is genoeg geweest,' zei Tom streng. 'Ga zitten,' verwees hij Ludo naar de zithoek. 'Nee, niet daar, laat Cybele de ruimte, neem die fauteuil daar.'

Ludo bette zijn zweterige slapen, en Cybele keek Tom vragend aan.

'Ik moet jullie iets bekennen,' zei Tom, die zich in een stoel tegenover Cybele parkeerde.

'O, maar dat hoeft niet, hoor,' verzekerde Ludo hem. 'Ik heb al een idee van wat je wil zeggen. Ik wil het niet weten.'

'Kom,' hitste Bob de tafelgenoten op. 'Laten we vrolijk wezen!'

'Kom,' brulde de bende in koor. 'Laat ons *vrolijk* ZIJN!'

'Dus,' zei Cybele, 'als ik het goed begrijp...'

'Was dit allemaal fake?' vulde Ludo aan.

'Puur toeval?'

'Een ongelukje?'

'Met contactlijm?'

'Ik geloof je niet,' zei Cybele.

'Ik wel, hoor,' zei Ludo, zijn buil masserend. 'Ik geloof je volkomen. Volgens mij spreek je de waarheid. Ben je zo oprecht als, nou ja, oprecht. Ik geloof je, echt waar hoor.'

'Waarom ga je dan niet weg? Hmm?' dreigde Tom. 'En stop je dat mooie contract van je niet in je...'

'Waarom zou ik?' vroeg Ludo. 'Ook als het toeval is, wat, ik bevestig het nogmaals, iets is wat ik best van je aannemen wil, dus, als het toeval is, ook dan vind ik dat we het kalf moeten smeden als het vel van de beer...' Ludo slikte. 'Dat dus, dat ik, zelfs als het zo zou zijn, dat ik dan niet inzie waarom ik jou niet onder contract zou willen. *Jij* hebt tenslotte die geniale klanken over onze arme hoofden uitgegoten. Ik kan *liters* contactlijm ter beschikking stellen, om, zo je wil, je gitaareffectpedaaltjes mee te behandelen. Neenee, lijm is geen probleem. We kunnen je ook Velpon bezorgen, of Pattex, als je dat liever sn..., als je dat liever gebruikt om je, euh, *effect* vast te zetten. Bisonkit! Geen probleem. Heejjj, wat gebeurt er?'

'Hulp nodig, Tom?' vroeg Cybele diep vanuit de sofa.

'Het zal wel lukken,' zei Tom vanuit de gang. De voordeur ging open en sloeg hard weer dicht. Prompt klonk de huisbel. Tom ging de bel te lijf met een schroevendraaier tot ze zweeg. Daarna liet hij razendsnel het rolluik naar beneden ratelen.

'Godver*domme*,' kreet Ludo, die zijn fijne kunstenaarshandjes maar net kon redden.

'Dat heeft meteen ook het voordeel dat men ons van buiten uit niet kan zien zitten,' zei Cybele.

Tom ging naast haar zitten.

'Alleen jammer dat er een klant op me zit te wachten.'

'Je hebt een *klant*?'

'En die zit ondertussen zeer te popelen, neem ik aan. Ik kwam langs om je te feliciteren, eventueel middels een vluggertje, maar het leek me beter dat niet te doen met die Ludofiguur erbij.'

'Je laat een klant in de steek?' vroeg Tom. 'Voor *mij*?'

'Hij vroeg erom. Hij zei dat hij vernederd wou worden, en belachelijk gemaakt, en dat ik met hem mocht doen waar ik zin in had, en dus heb ik hem aan de bedspijlen vastgebonden, en heb ik gevraagd – puur voor de zekerheid – of ik hem wel echt heel smerig mocht behandelen. En toen hij daar bevestigend op antwoordde, ben ik de kamer uitgestapt, en de auto in. Smeriger kan niet, denk ik.'

'Ga maar gauw terug,' zei Tom. Hij trok haar overeind.

'Sofie is bij hem, hij zal zich niet vervelen.'

'Dat kan ik me voorstellen.'

'En over dat zogenaamde toeval van jou, en die lijmpot, daar hebben we het nog wel over, later.'

Tom luisterde al niet meer naar het gebons op de rolluiken. Binnen handbereik stond de fles wodka, en de inhoud brandde lustig gaten in zijn maag. Zijn hoofd tolde langzaam om zijn as, leek het wel, het draaide en draaide. En draaide.

'Wie zal dat betalen?' riep de cafébaas uit, de schade overziend die voortkomt uit op tafels dansen, met bierglazen smijten, barkrukken naar elkaar gooien, aan lampenkappen zwieren, en lekker lazarus zijn in het algemeen.

'ZOE-TE-LIE-VE-GER-RIT-JE!' brulden zijn gasten in koor. Voor alle zekerheid checkte Poes nog maar eens of ze wel goed verstopt zat, daar onder de tafel. Het geld dat ze met dit optreden hadden verdiend zou goed van pas kunnen komen.

'Hallo!' zei Cybele.

Tom schrok.

'Ik wist wel dat ik je hier zou kunnen vinden.'

Tom haalde de gitaar van zijn schoot.

'Neenee,' zei Cybele. 'Speel rustig door, jij. Dan sluit ik de winkel af. Was jij vergeten.'

Tom boog zich over de snaren. Pang! Daar knapte de G-snaar.

Tom zweeg. 'Dat was zo'n beetje de situatie, die dag. En, beste PC, als je me nu wilt excuseren? Het wordt laat. Ik kook vanavond.'

Op de fiets dacht Tom na over al die dingen die hij PC niet verteld had. Hij dacht aan de weken vlak voor en na het optreden. De Bassist die om de twee dagen belde. Poes die bijna elke avond verdween, om te gaan oefenen, zei ze. Alleen, zei ze, met de cassette of een of ander plaatje. Of met De Bassist. Ze geloofde in het volmaakt op elkaar ingespeeld raken. Perfecte timing is noodzakelijk. Zei ze. Blindelingse tempowisselingen. Elkaar aanvoelen zonder woorden. Er was die dagen van Poes' kant weinig interesse voor Tom. Ze was te afgemat van het roffelen en stampen om nog te willen vrijen, zei ze. Waarom gingen zijn sessies bij Cybele dan onverminderd door?

'Joe*hoe*!' Judith rende hem zwetend voorbij, duwde tegen de deur, holde door naar de keuken. Waar terstond ruzie ontstond.

'Rotzak, je hebt die loper verplaatst!'

'Maar neen, lieverd, maar neen!'

'Jawel, kijk maar, je hebt twee lopers op zwart, klerelijer! Oh, wat *erruhg*! De kluit belazeren, en dan ook nog op zo'n manier dat het een belediging voor mijn intellect is. Alsof ik niet zou zien dat er twee lopers op zwart staan. Mispunt!'

'Dat is dan, vrees ik, het eind van dit spelletje blokje-om-schaak. Goed, ik begon al flink moe te worden in de benen.'

'O, jij...' Judith zocht naar woorden.

9

Ruth spiedde de ontbijttafel rond. Tom proefde haar fruitpapje voor. Ruth huiverde lichtjes. Brrhuh, en dan gaat hij diezelfde lepel in *mijn* mondje schuiven, zeker? Inderdaad.

'Tom,' zei Ruth. 'Leg neer die lepel, jongen. Ik heb een vraag.'

'Nee, Ruth, schatje, niet wegduwen. Doe dat mondje eens open, jaaah, *lekker*, hè?'

'Hoe komt het dat we tijd in één richting beleven? Waarom gaat alles onherroepelijk in snel tempo naar de bliksem, tenzij we erg veel moeite doen? Waarom is dat? Waarom is het onmogelijk terug te gaan naar het moment waarop alles nog okee was, het moment, bijvoorbeeld, waarop de pap niet op de vloer gespat zat, maar nog op de lepel lag en op weg was naar mijn weigerachtige mondje?'

'Ruth, verdorie, wat doe je nu? Je moet toch eten, om een grote meid te worden? Kijk eens aan, wat een smeerboel! Heel de vloer vol! Ja, *lach* er maar om.'

'Ik geef toe, Tom, het is misschien een wat ingewikkelde vraag voor je. Overigens, ik heb *wel* honger, ik heb gewoon geen zin in die pap. Geef me een boterham met chocopasta.'

'Hier, een hapje boterham met chocopasta. Misschien heb je daar meer zin in.'

'Dank je. Verrukkelijk. Nee, goed, als er geen antwoord komt... Een eenvoudiger vraag, misschien? Je ooit afgevraagd waarom, als het heelal oneindig is, en er dus een oneindig aantal sterren is, waarom de hemel dan niet de hele tijd fel verlicht is? Je zou toch, waar je ook kijkt, in welke richting ook, een ster moeten zien? Dus zou het nachtelijk uitspansel toch verblindend wit moeten zijn onder het visuele geweld van die miljarden zonnen? Waarom, Tom, zijn onze nachten slechts verlicht door minieme speldenprikken?'

'Kijk, *dat* is een flinke meid. Hier, een lepeltje pap, voor de vitamientjes. Lekker! HEEJ!'

'Luister, ik was duidelijk, dacht ik: geen pap. En krijg ik nog een antwoord, of hoe zit dat? Tom, je bent hopeloos. Hier, een laatste, echt een simpele; daarna geef ik het op. Als je in de spiegel kijkt, dan zie je links en rechts omgekeerd, akkoord? Wat links was zie je in de spiegel rechts, dat is heel normaal. Maar hoe komt het dat alleen links en rechts worden omgekeerd, en niet boven en onder? Waarom zie je wat in werkelijkheid boven is in de spiegel ook als boven? Wel, vertel me *dat* eens.'

'Ruth, meisje, zit niet zo te wriemelen in die stoel; je mag er heus zo uit, hoor. Kom, eet dit halve boterhammetje nog lekker op, dan mag je verder spelen.'

'*Wat*? Nog een *hele* halve boterham? Ben je me aan het vetmesten? Je hoeft me niks te vertellen, *mister*, ik ken ze wel, die verhalen over heksen die *force-feeding* toepassen op kinderen, om ze daarna op te peuzelen.'

'Kom, Ruth, een klein inspanninkje, bijt eens flink door, *aauw*, in de *boterham*, ja, flink, en nu een grote beker melk voor mijn lieve meid.'

'Zeg, kwal, is het de bedoeling dat ik vet en wanstaltig word, zodat niemand me nog aantrekkelijk vindt? Zodat je me voor jezelf kan houden? Hè? Is dat de bedoeling?'

'Ze heeft flink gegeten. Alleen die fruitpap wilde er niet in.'

'Oh, da's niet zo erg. Mijn kleine lieve meid, kom es bij mammie. Ja, en krijgen we dan een zoentje, ja? Oh, lekker kleverig is dat, met die chocolade. En kijk es in de spiegel, wie zien we daar? Is dat geen leuk kleintje, daar in de spiegel, ja, wijs er maar eens naar met het vingertje, zou dat geen leuk speelkameraadje voor je zijn? Is dat geen allersnoezigst ding, daar in de spiegel?'

'*So much for answers*,' zuchtte Ruth. 'Kijk eens hoeveel vet die smeerlap me opgedrongen heeft? Daar, je ziet mijn heupen bijna niet meer! Goed dat ik zo lenig ben, anders zou ik mijn eigen voeten nooit te zien krijgen. Kijk die armen, het lijken wel ballonnetjes!'

'*Eéééééééék*!! HA-HA-HA-HÉÉÉÉÉIIIIJJAAAa!'

Tom spurtte naar het teamlokaal, waaruit die woeste, rauwe gil klonk. Zo snel hij kon morrelde hij aan de deur met zijn sleutel; zwetend tikte hij zijn code in.

Daar zat Hadrianus, rustig in een stoel, de afstandsbediening van de video in de hand. Hij hief bij wijze van groet een hand op. 'Hoi,' zei hij.

Tom staarde hem met open mond aan. Hadrianus keek vriendelijk en licht verwonderd terug. 'Hoi,' zei hij nogmaals. 'Die Tom. Nu al hier? Goeiemorgen!'

'Ook goeiemorgen,' zei Tom. Verder was de kamer leeg. 'Niets aan de hand?' vroeg hij.

Hadrianus ging er gemakkelijk voor zitten. 'Wat zou aan de hand *kunnen* zijn?'

'Dat gegil!' Tom beefde als hij eraan terugdacht. 'Alsof er iemand werd vermoord.'

'Dat was ook zo, m'n beste kerel,' zei Hadrianus. Hij richtte de infrarode straal op de recorder. 'Ik drukte per ongeluk op de volumeknop, vandaar die uitschuiver.' De sneeuw op de monitor verdween. Een kettingzaag ploegde zich snerpend door een Oost-Aziatische dame. Een trossige, geelgroene massa stulpte uit een gapende snee in een van haar borsten. Bloed spatte er ritmisch uit op.

'Bezie die melkklier,' wees Hadrianus.

Tom kokhalsde.

'Ssstt,' zei Hadrianus. 'De tweede!'

Tom trok bleek weg. Hadrianus knipte de video tot stilstand. Op het scherm bleef, zachtjes trillend, een close-up staan van de blootgelegde ribbenkast, het lillend hart roodomaderd in de benen kooi. Het sidderde, dat hart, op de *still*. 'Hierna komt een schitterende scène. De hoofdpersoon, het vriendje van deze mevrouw, wordt op de bank vastgebonden. Ze zagen hem doormidden. In de lengte.'

'Zet uit,' zei Tom.

'Nochtans een leerzaam spektakel.' De beeldbuis ritselde protesterend, maar doofde dan toch uit.

'Leerzaam? Suggereer je dat je PC naar die smeerlapperij wil laten kijken?'

'Was ik van plan, ja.' Hadrianus wees naar de stapel banden op de vloer. 'Dit soort films zegt veel over de *condition humaine*.'

'Zelfs als je weet dat het allemaal trucage is, blijft het vreselijk om naar te kijken. Ik weet niet of we *dit* aan PC moeten laten zien.'

Hadrianus legde kalm de voeten op tafel. 'Trucage?'

Tom trok de wenkbrauwen hoog.

'Ik vrees dat ze in Manila geen budget hebben voor special effects. Maar men vindt er massa's wanhopige mensen.'

'Huh,' deed Tom.

'Het *lijkt* gruwelijk,' zei Hadrianus. 'Maar men heeft daar voor gekozen. Dit kiezen, het is logisch, het is coherent. Ook de film zelf is coherent. De beide personages vallen in de handen van een bende sadistische moordenaars. Het meisje wordt gruwelijk verkracht en daarna worden haar borsten afgezaagd. Ondertussen wordt de man aan de armen opgehangen en aan een onprettige pedicure onderworpen. En daarna in de lengte doormidden gesneden. *Dat*, mijn waarde vriend, is de werkelijkheid: wie in de handen van maniakken valt, sterft op gruwelijke wijze. Prefereer je de logica van onze klassieke westerse horrorcinema? Zo van: ik sta op een verlaten weg, midden in de nacht. Ik hoor uit een duister huis gegil en gekerm. Bel ik de politie? Maak ik me uit de voeten? Nee, ik stap de traphal in. De deur naar de kelder is open, het gegil komt duidelijk daarvandaan. Is *dit* geen geknipt moment om ervandoor te gaan en hulp te halen? Neen, ik daal af. Daar staat een boom van een vent met een knoert van een kettingzaag. Hij houdt die dreigend voor een beeldschoon meisje in wit ondergoed. Ze kronkelt, niet van verlangen. *Nu* dan wegrennen? Neenee, ik, ik ga erop af, gewapend met een toevallig opgepikte bezemsteel. De man krijgt me in de gaten. Hij heeft tien kilo brullende kettingzaag in zijn knuisten. Ik red het. Goed, er wordt kabaal gemaakt, en stof stuift op, de zaag mist mijn oor op een haar na – de scenarist kent zijn job – maar uiteindelijk win ik. Ik mep hem bewusteloos. Met de kettingzaag doorklief ik de boeien van het meisje. Zij hult zich in een oude deken en omhelst me hartelijk. Geheel onbezorgd zoeken we een slaapkamer op. Welgemoed delen we het bed. Helaas, ons ontwaken wordt wreed verstoord door een kettingzaag die door de slaapkamerdeur klieft. Vind ik daar geen scheermes in de nachtkastla? Fluks snijd ik de polsen van de indringer door. Ik bel de politie. Ze staan er binnen de minuut. De booswicht wordt zonder boe of ba ingerekend. Er is geen administratieve rompslomp, geen alcoholtest. Ze maken geen schampere opmerkingen over het uiterlijk van mijn vriendin. Is *dat* logisch? Stemt dat ook maar enigermate overeen met *jouw* ervaring van de werkelijkheid?'

'Nee,' zei Tom.

'Bekijk dan deze video. Erg instructief. Zo meteen zien we dat de acteur vlak voor de opnames een uitgebreide rijsttafel heeft gegeten.' Tom wendde de blik af.

'Voor je naar de wc rent: hier,' zei Hadrianus. Hij wierp Tom het hoesje van de videofilm toe. 'Deze film is, zoals je kan lezen, in Hollywood geproduceerd, en heeft een team van vijftien *special-effects* mannen zoet gehouden.'

'Verdomme,' zei Tom. De film bleek verdeeld te worden door Augias Video.

'Waarom doe je dit?' vroeg Tom. 'Waarom treiter je mij zo? Gisteren ook al. Waarom doe je dat?'

Hadrianus zuchtte uitgebreid. 'Ik wil een punt bij je scoren,' zei hij. 'Het wordt tijd dat je wat meer om je heen kijkt. We staan elkaar naar het leven, Tom, wij mensen. Leer dat. Zie dat. Bijt van je af.'

'Wat weet jij van mij af?' gooide Tom hem toe. 'Wat weet *jij* van om-je-heen-slaan?' Hij spurtte naar buiten.

'Ja, huil maar uit bij PC,' riep Hadrianus hem achterna. Hij bolde zijn wangen, liet de lucht langzaam ontsnappen. 'Het is een wat overtrokken reactie, maar het is een begin,' zei hij bij zichzelf. 'De *éducation sentimentale* van Tom Pepermans is werkelijk begonnen.'

'Sommigen zeggen dat God dood is, maar ik heb uit welingelichte bron vernomen dat Hij gewoon vervroegd is teruggetreden. Hij was de baan wat beu. Hij leeft nu op een reusachtig landgoed in Transsylvanië, onder de naam Graaf Fin de Siècle. Aan de ene muur van Zijn somptueuze salon hangen schilderijen van Géricault, waarop de prachtigste paarden staan afgebeeld. Zeven stuks. Onder elk schilderij een koperen plaat waarop telkens een dag van de week staat gegraveerd. Als het op woensdag lekker weer is, gaat Hij voor het woensdagpaard staan en wekt het tot leven. Met deze onstuimige schimmel tussen de benen stormt Hij dwars door het glas van de vleugeldeuren het terras op. Terwijl een merkwaardige lokale omkering van de wetten van de zwaartekracht en de entropie glas en deuren herstelt, verdwijnen paard en Ruiter de velden in. Aan de andere muur hangt later werk van Géricault, portretten van psychiatrische patiënten. De Graaf mag er graag voor heen en weer lopen, zich verbazend over de wonderlijke mutaties die Zijn schepping heeft ondergaan sinds de dag dat de slang zijn genen mengde met die van Eva. (Of waar dacht u dat het verhaal van Eden over ging? *Appels*?) In de brieventas van de Graaf zit een kleinformaatreproductie van *Het vlot van de Medusa*, heimelijk gescheurd uit een boek uit de plaatselijke bibliotheek. Op gezette tijden kookt de gravin voor Hem een kopje chocola. Elke avond valt de Graaf in slaap voor de televisie, een forse havanna tussen de lippen. Elke avond vangt de gravin de sigaar op in de val, net voor ze de fauteuil en bij uitbreiding kasteel en landgoed in de fik zet. Hij schuddebuikt dan van het lachen: nee, Ik testte enkel je reflexen, lieve. De gravin glimlacht vermoeid en reikt Hem Zijn geruite pantoffels aan. Sommige waarnemers menen dat Hij dit luie leven snel moe zal zijn. Ergens in de volgende eeuw zullen de poorten van het landgoed opengaan. De Graaf zal zich door een engelenschaar naar het zwerk laten wieken, om eindelijk een en ander recht te zetten. Ik geloof daar niet zo in. Niets zo gezellig als televisiekijken met een sigaar in Je bek, een kopje warme chocola binnen handbereik en de lustig brandende open haard, waarin af en toe onder geknor een boek wordt geworpen dat Je niet bevalt. De kelder herbergt een collectie uitgelezen vintage port.'

'Een goeie poging,' zei Tom. Het verhalen vertellen in huize Leverband had hem op het idee gebracht PC wat schrijfopdrachten te geven. PC was bovenaan de hiërarchie der dingen gestart. Tom was een beetje trots op PC's creativiteit. De opvoeding van PC was *zijn* werk. 'Maar wat dan met de aan God toegeschreven mateloze Liefde?'

'God als Liefde is een christelijke uitvinding, *my dear*. Joden denken daar anders over. Wat de liefde betreft, hou ik het liever bij de versie van de oude Grieken. Daar wordt de Hemel door de Tijd bestormd en ontmand. Uranus' testikels vallen in de zee, en uit het schuim wordt Aphrodite, de Liefde, geboren. Liefde komt uit de hemel gevallen, dat viel al te gissen, maar ondertussen is Vader zijn ballen kwijt. De hemel is niet leeg, de Here heeft alleen geen kloten meer.'

‘Wat zal die Hemel boos zijn op de Tijd, en afgunstig op de Liefde. Heeft Uranus nooit een poging gewaagd om Aphrodite een hak te zetten? Haar kapsel verregend? Of neerbliksemen, of zo?’

‘Blijkbaar is de hemel eindeloos geduldig. Voor zover ik de mythen ken, en ik heb *vele* versies in die zwarte dozen zitten, komt een dergelijke passage niet voor. Bovendien, de god die de bliksems smeedt, Hefaistos, is Liefdes eigen lief.’

‘Die Tijd, waar kwam die zo plotseling vandaan?’

‘Van jullie polshorloges, denk ik. Tijd is typisch iets waar mensen zich mee bezighouden.’ PC vond dit soort conversaties vermakelijk. ‘Ook ik heb tijd,’ zei hij. ‘Er tikt die eeuwige kloksnelheid, *mijn* fractie van een seconde. Daar zit een limiet, en die is altijd dezelfde. Ik kan niet sneller denken dan ik kan denken, maar ook niet trager. Natuurlijk,’ voegde hij eraan toe, ‘speelt mijn antropomorfe constellatie me vandaag de dag parten. Ik kan niet meer zoveel tegelijk aan. Dat is inderdaad, bedankt dat je het vraagt, een tikje frustrerend.’

Professor doctor Wirtzheimer stond voor de deur van de Grote Collegezaal, in de kelder van de Toren, zijn bundeltje aantekeningen onder de arm. Het was zijn verjaardag, maar niemand die zich dat herinnerde. Hij had dan maar zelf zijn kantoortje versierd, met zelfgekweekte orchideeën. Vroeger, toen er nog maar een paar studenten filosofie waren en nauwelijks medewerkers, liet hij op verjaardagen de doos likeurbonbons rondgaan. Nu waren er zoveel studenten dat een bonbonbedeling hem failliet zou maken. En men stond iets strenger tegenover alcoholconsumptie op de werkplek. Wirtzheimer vierde dus in stilte. Hij deed elk jaar iets meer zijn best in het college van die dag. Niemand leek het op te merken.

Door de deur hoorde Wirtzheimer het kenmerkende gezoem. Hij huiverde licht, vermande zich en stapte de ruimte in. Niemand keek op, de studenten wisten wie die wazige figuur in hun perifere blikveld was. Het gegons nam toe, werd dreigender en dreigender. Zo’n zaal is een organisme, een draak met vele blonde koppen, centraal gecontroleerd door een bijzonder mager stel hersenen. Abraham Leonard klikte het audiokanaal aan. Een ijl gepiep klonk uit de luidsprekers. Hij draaide de volumeknop terug. Het Blonde Beest gromde, trok aan de ketting. Lang, heel lang geleden, had de eenvoudige aanwezigheid van een hoogleraar achter de katheder volstaan om een zaal studenten tot eerbiedige stilte te krijgen. Wirtzheimer verbaasde zich over zijn eigen zenuwachtigheid; ook al gaf hij al meer dan twintig jaar college, toch kwam die telkens opzetten. Soms kreeg hij in die laatste seconden, in die steile helling naar het toppunt van zijn adrenalinekick, korte visioenen. Hij zag die horde naar beneden stromen. Ze drongen het gangpad in, ze kwamen recht op hem af, hun gezichten uitdrukkingsloos. Zwijgend drongen ze de docent tegen het bord, ze drukten hem met hun logge larvenlijven plat. Van Wirtzheimer bleef niets over dan het profiel van zijn lichaam in het hout – een onuitwisbare afdruk van bloed. Eén keer was hem echt iets overkomen. In '69. De zaal zat afgeladen vol (mooi, had hij gedacht, toen hij het auditorium betrad, mijn heldere bespreking van de *Phaedo*, verleden week, is ingeslagen). Tijdens zijn betoog: ineens getik, in een steeds sneller ritme: een knikker die onder de banken door naar de ruimte tussen publiek en podium kwam gestuiterd. Wirtzheimer fronste de wenkbrauwen, geen student vertrok een spier. Ook niet toen een tweede, een derde, en daarna een hele reeks knikkers tegelijk naar beneden kwamen gestroomd. Studenten rukten met hun tanden plastic netjes open, de glanzende ballen stuiterden in een oorverdovende waterval naar beneden. Na de volbrachte taak verdwenen de bommenleggers één na één. Op het podium staat Abraham Leonard Wirtzheimer, jong en veelbelovend en pas aangesteld docent. In de katheder bevinden zich de knopjes om het licht te doven, om de microfoon harder of zachter te zetten, om de diaprojector te bedienen. De knopjes waar hij nu zo vertwijfeld naar zoekt, – het knopje om de studenten *en masse* in de riolen te doen zinken, waar het wemelt van uit het biologielab ontsnapte alligators; het knopje om zichzelf met een kleine straalmotor in een baan om de campus te schieten – die nochtans nuttige knopjes zijn er niet. De knikkers stuiteren naar beneden; de studenten verlaten één na één de zaal. Niets wat hij daaraan kan doen. Als het geraas verstomd is, begeeft Wirtzheimer zich in trance naar de rand van de verhoging. Hij overschouwt de massa knikkers aan zijn voeten. Met de schoenpunt schuift hij een deel van de bollen opzij. Hij waadt voorwaarts, zijn zolen schuiven over het gemarmerde vinyl. De deur bovenaan gaat open, en een student, één enkele student, staat in het deurgat, omlijst door het harde tegenlicht van de meiochtend. Een baard en lang golvend haar, een bril (en welke twintiger zag er niet zo uit, in '69?), dat is alles wat Wirtzheimer kan onderscheiden. De verschijning roept: '*Vive Sartre*!' en werpt iets naar beneden. Instinctief werpt Abraham zich op de buik, op de kogellagers schuift hij verder. Terwijl hij zijn pijn verbijt, hoort hij hoe de deur weer wordt gesloten. Later ruimt de schoonmaakploeg honderdduizend knikkers en duizend opengeknipte plastic netjes op; oranje, wit en blauw. Naast het podium vindt men een tandenborstel en een tube tandpasta, wreed verwrongen door de impact.

Wirtzheimer sprak zijn eerste woord. Hier en daar werd met tegenzin een pen opgepakt. Twee, drie minuten zinloos gepraat, tot iedereen luisterde, en dan was hij over de top van de stress heen, dan kon hij zich echt op het doceren concentreren. Wirtzheimer poogde Plato's leer zo fraai mogelijk te verwoorden; vorm en inhoud dienen één te zijn. Hij verbaasde zich erover dat hij dat nog probeerde: op het tentamen werd telkens duidelijk hoe pijnlijk weinig men ervan begrepen had. Tijdens zijn eerste jaar als docent waren de verhalen van de studenten zo slaapverwekkend gebleken dat hij zijn hoofd had moeten ondersteunen om niet weg te doezelen. Ter hoogte van de elleboog had hij daarbij een zenuw afgekneld, zodat hij maandenlang de pink en ringvinger van zijn rechterhand niet had kunnen bewegen. Het jaar daarop had hij zichzelf gedwongen op te schrijven wat de studenten hem vertelden. Daar had hij een hardnekkige ontsteking in de pols aan overgehouden. Nu waren zijn tentamens schriftelijk.

Na de les bleef Wirtzheimer nog even in de collegezaal rondhangen. Hij raapte zijn papieren tezamen (hoewel hij zijn notities nooit hoefde in te kijken draaide hij tijdens zijn betoog werktuiglijk de pagina's om), hij verschikte ze wat (hoewel de juiste volgorde in keurige Arabische cijfers in de rechterbovenhoek van elk blad stond aangegeven). Soms kwam een student wat vragen – meestal niet. Hij keek de laatste toehoorder na die met een juten tas om de schouder het auditorium verliet. Sinds het voorval in '69 droeg hij zijn studenten steeds hetzelfde na: verdwijn maar; kruip in jullie duistere holen; kijk maar naar de schimmen die in het licht van een iele kaarsvlam dansen op de wand van kille klei – of school voor mijn part samen in discotheken en staar naar het palet van vloeistofdia's.

In die stemming bevond Abraham Leonard Wirtzheimer zich toen Margo Denticulatus hem na de les in de gang van de tweeëntwintigste naderde. Ze had een plat pakje in geschenkverpakking onder de arm.

'Ha*llooowww*,' zei ze. Alsof ze blij is me te zien, snoof Wirtzheimer inwendig. Wat wil ze nu weer van me? Voor mij? Verjaardag? Jaja, dank u hartelijk. Hoezo redactioneel voor de *Currents*? Wat is dat voor onzin? Ja, hoor eens. Niets mee te maken, die is nog lang geen rector, en u bent geen lid van de redactie. Wat zegt u? Jawel, de laatste ronde is over enkele weken, vlak na carnaval, ik weet het. Hoezo, anticiperen? Nieuwe rector zou dat appreciëren? Margo, meisje, gebruik je harses. Een laatste kans om dit *vrijwillig* te doen? Mens, je bent niet goed bij je hoofd!

Maar zo kwam het dat de leden van de Vakgroep bij elkaar werden geroepen in het kleine zaaltje. Geen haar op Wirtzheimers hoofd dacht eraan om Margo tot de redactie toe te laten, of haar orgaan, zoals hij het tegenover zijn medewerkers noemde, in zijn tijdschrift op te laten gaan. Bovendien was hun postmodern-deconstructivistische tekst (hoe herkende Wirtzheimer in die tekst de hand van Otto, zijn briljante pupil!) geheel in strijd met de formeel-mathematiserende koers die de *Currents* sinds jaar en dag voer. Dit kon *niet* gepubliceerd worden. Doch, zo meldde hij zijn medewerkers, de toestand was zorgwekkend. Alleen een flinke misstap kon professor Banten van het rectorschap afhouden. De afscheidnemende rector had geen zin gehad zich onpopulair te maken door bezuinigingsmaatregelen te nemen. De nieuwe magnifica kon niet anders dan beginnen met een grondige bezuinigingsronde. Margo zat vrijwel zeker in haar adviesraad. Er moet dus...

Op dat moment kwam Hadrianus tussenbeide.

'Abraham,' zei hij, 'laten we wel wezen. Niemand hier vindt de voorstellen van Margo en haar *troupe de cirque* ook maar enigermate aantrekkelijk. Of wel, soms?' Tom, Thea, Peter, Sarah, Roland, de slaperige Sjon, Molly en de tien andere medewerkers, ze schudden allemaal van neen. 'Waarom zouden we er dan op ingaan?'

'Margo wil de macht. Je ziet, ze deinst niet terug voor halve chantage. Ze is ertoe in staat om die professor Banten zodanig te bewerken dat de subsidies voor de *Currents* worden ingetrokken.'

'Dan chanteren we toch gewoon terug? Oog om oog.'

'In de eerste plaats heb ik daar ethische bezwaren tegen. Ten tweede, beste Hadrianus, zie ik niet in hoe wij haar zouden kunnen chanteren.'

Hadrianus dacht even na over een goede formulering. 'Beste Abraham,' zei hij toen. 'Weet je nog dat je me de vrijheid liet, indertijd, om alternatieve geldstromen te zoeken voor het PC-project? Sinds een paar maanden klust PC wat bij voor de bewakingsdienst. Hij sluit 's avonds het gebouw af. Hij doet voorraadbeheer – hij zit rechtstreeks ingeplugd op alle snoep- en drankautomaten. Maar, wat belangrijker is, hij controleert ook de bewakingscamera's. In elke gang, in elk openbaar lokaal van deze universiteit hangen camera's. Alles wat die registreren, wordt door PC opgeslagen. PC kan de hele bedrijvigheid in het gebouw in de gaten houden, vierentwintig uur per dag, zeven dagen per week. Dat doet hij ook.'

'Mijn God,' schrok Wirtzheimer. 'Daar wist ik niets van!'

'Camera's?'

'Waar staan die dan?'

'Niet ongerust worden, mensen. Die camera's hangen op openbare plaatsen. Gangen, bibliotheek, collegezalen, kantine, liften. Niet in de kantoren, of op de wc's of zo. Da's illegaal. Maar zodra iemand een openbare ruimte betreedt, kunnen we precies nagaan wat die persoon daar doet. En we kunnen in elk geval nagaan hoe *lang* elke persoon in een bepaalde privé-ruimte zit.' Hij legde zijn armen relax in zijn nek en leunde achterover. 'Ik zag Margo's machtsgreep al een tijdje aankomen. Ik heb haar nooit vertrouwd. Zoals ik verwacht had, is haar tijdsindeling erg merkwaardig. Ik acht het *zeer* onwaarschijnlijk dat de Personeelsdienst er wat duur en besteding van de werktijd betreft dezelfde ideeën op nahoudt als professor Denticulatus. En ik vermoed ook dat de Personeelsdienst haar werkplek op een andere plaats situeert dan de plekken waar ze zich, als ze er al is, zo vaak door onze camera's laat registreren. Vrienden, één kik van Margo, en ik stel voor dat PC een dossiertje-ten-gronde samenstelt dat dan discreet op het tafeltje van de Personeelschef kan worden gedeponeerd.'

Thea klapte in haar handen. De anderen volgden. Hadrianus nam de hulde bescheiden in ontvangst.

Wirtzheimer keek de zaal rond. Zelf was hij minder overtuigd. Margo zou het hier niet bij laten. Of was Hadrianus' materiaal zo bezwarend?

'Ik ben het uitdrukkelijk niet eens met de methode,' bromde hij. 'Maar ik merk dat *jullie* er opgetogen over zijn.'

'Dus we gaan door met de *Philosophical Currents*?'

'We moeten,' zei Wirtzheimer eenvoudig. 'Het is ons vak.'

'Het is mijn halve leven,' voegde hij er nog aan toe, na een korte pauze.

Thea liep naar voren en gaf haar stomverbaasde baas een zoen op zijn voorhoofd.

'Ik hoop maar dat de parallelle financiering van het project niet meer van dat soort verrassingen herbergt,' merkte de grijze hoogleraar nog op.

'Ach,' haalde Hadrianus de schouders op, 'het project is gefinancierd, en is dat niet het belangrijkste?'

Bij het leeglopen van het zaaltje bleef Tom wat hangen. Toen iedereen weg was, haalde hij vanonder zijn stoel een pakje met rode strik te voorschijn. Hij liep ermee naar Wirtzheimer. Die schrok. Hij was in gedachten nog steeds bij Margo.

'Gefeliciteerd, professor,' zei Tom. 'Ik zag op de personeelslijst dat het uw verjaardag is, vandaag, en ik dacht, ik koop een klein cadeautje. Ik vind het fijn werken hier, onder uw leiding, en de gelegenheden om dankbaarheid te betuigen zijn zo zeldzaam. Ik geef het liever nu, nu niemand erbij is. Om niemand in verlegenheid te brengen. Alstublieft.'

Likeurbonbons. Wirtzheimer was intens vertederd. 'Lieve Tom, wat lief van je. Kom, loop even mee, hier, da's voor jou.' Hij plukte een pot uit een hoek.

'Ja, maar...'

'Nee, hier, neem mee. Neem mee.'

'Professor, dat is echt *te veel.* Op uw verjaardag hoort u cadeautjes te krijgen, niet te geven.'

'Ach, mallerd, welnee, geen moeite. Makkelijk te kweken soort. Geen zeldzaamheid. Mooi, toch, niet? Lila lipjes, roomkleurige kelk... Hier, pak aan. Zet ze op je kamer, thuis. Of maak er beter gebruik van: geef ze aan de dame die je boven alle anderen liefhebt.'

Tom nam de bloemen met beide handen aan. 'Dank u wel. Zal ik doen. Ze zal er blij mee zijn! Dank u, dank u.'

'Nou, goed. Ja. Vooruit. Als u, je, me nu even wil excuseren, dan... dan... kan ik verder werken aan mijn redactioneel, ja.'

'Nog eens heel hartelijk bedankt,' boog Tom.

'Ach, niet de moeite waard,' zei de hoogleraar, nauwelijks verstaanbaar door de kersenbonbon die zoetjes explodeerde in zijn mond.

Hadrianus wachtte Tom op. 'Dat heb je handig geflikt,' zei hij. 'Je begint het te leren: naar de gunsten van de baas dingen. Dat pakte je *heel* handig aan.' Ze wandelden richting teamlokaal.

'Wat weet jij van dat zogenaamde naar de gunsten dingen?'

'In de collegezaal hangen camera's, dat heb ik toch pas verteld? Nou dan? Je hebt een van zijn lievelingsplanten van hem losgekregen, zie ik. Doortrapt kereltje!'

Tom was boos. 'Helemaal niet doortrapt. Ik wou Wirtzheimer met zijn verjaardag feliciteren. Da's alles. Omdat ik hem een geschikte kerel vind.'

''t Is niet waar, je *meent* het,' geeuwde Hadrianus. 'Ik wou alleen maar zeggen, je richt je aandacht op de verkeerde. Degene die hier *echt* de touwtjes in handen houdt, dat is niet Wirtzheimer. Dat ben *ik.* Als je iemand te vriend moet houden, dan niet Wirtzheimer, maar uw nederige dienaar.'

Tom bromde. 'Het is toch maar mooi Wirtzheimer die me heeft aangenomen.'

Hadrianus lachte. 'Wirtzheimer? Die heeft je sollicitatiebrief niet eens gelezen. Je was de enige overgebleven kandidaat, *daarom* nam hij je aan.'

'Maar dat was puur toeval. Omdat dat varken van een Swinus iedereen had weggejaagd.'

'Lieve Tom,' zei Hadrianus, met nadruk. 'Waarom denk je dat ik bij PC zat, die dag? Ik volgde alles op de voet. Ik observeerde de sollicitanten in de wachtzaal, beluisterde de gesprekken, onderschepte de blikken die heimelijk werden gewisseld. En dan zou ik bij Abraham aan tafel schuiven, en hem de perfecte kandidaat aanwijzen. Op basis van curriculum, brief, en gedragsobservatie. Je bent heus niet gekozen omdat je toevallig de enig overgebleven kandidaat was door dat stomme voorval met je knie. Als je niet de meest geschikte kandidaat was geweest, dan had ik Wirtzheimer een nieuwe sollicitatie laten uitschrijven. Maak je geen illusies. Ik heb je hoogstpersoonlijk uitgekozen. Het observeren van de wachtzaal had een ander interessant resultaat: het maakte de omvang van Margo's intriges duidelijk. Zodat ik me een beetje kon wapenen tegen wat vandaag gebeurde.'

Hadrianus sloeg Tom op de schouders. 'Tom, je hebt potentieel, dat zag ik meteen. Weet je, ik wil je echt wat leren. Je onder mijn vleugels nemen. Daar ben ik volop mee bezig, ook al merk je dat niet altijd. De beweegredenen en handelingen van superieur begaafden zoals ik zijn niet altijd makkelijk te begrijpen voor een eenvoudige hoogbegaafde als jij. Mijn methoden zijn niet alledaags. Maar je leert bij. Dat doet me plezier. Je bent niet dom, Tom, alleen hardleers.'

'Hadrianus, man, is *alles* wat je doet berekening?'

'Niet *alles*. Neem Judith. En Ruth. Dat was zonder plan, zonder bijbedoelingen. Judith neemt me zoals ik ben. Wat ze niet begrijpt, dat begrijpt ze niet, en ze weet dat ze het niet begrijpt. Het is geen naïviteit. Het is weten dat zij zij is, en dat ik ik ben. Ze laat het verschil ten volle bestaan, zonder angst. Ach, dit begrijp je waarschijnlijk ook niet.' Hadrianus haalde zijn hand door zijn haar. 'Er was een tijd, lang geleden, dat ik mijn meiden graag naïef en volgzaam had. Ik vertelde dat ik mijn scriptie gemaakt had over de bekende renaissancefilosoof Luciano Berio, of dat ik bezig was met het uitpluizen van het oeuvre van de romantische dichter Rocco Ziffredi, die ze zeker wel kenden. Als dat hoofdje vrolijk op en neer ging, wist ik dat het voor de bakker was. In die tijd verstouwde ik grote hoeveelheden vlees en alcohol. Daar wordt je zaad erg bitter van. De bitterheid van 80-procentcacao – enkel voor ontwikkelde verhemelten. Ik hield ervan dat alleen dames met een gesofisticeerd smaakpalet mijn gaven wisten te waarderen. Boven dat verhemelte kon het me niet leeg genoeg zijn. En die dames – die waren meteen aan me verslaafd, Tom. Voor ik het wist was ik het middelpunt van een selecte kring van connaisseuses. Geen man begreep waarom dit genootschap zo aan mij verslingerd was – waarom ze me, letterlijk, kwamen *smeken* om *meer*. Het magische woord, Tom: *meer*. Mensen die voor je op de knieën gaan en zeggen: *plus est en vous*. De moeite waard, voor een domoor, om er zijn devies van te maken. En ik ben er de man niet naar mensen die me vertrouwen teleur te stellen. Ik zei: de bitterheid van chocola. Het kan ook de bitterheid van Brussels lof zijn, of van Italiaanse espresso. Hadrianus Leverband, bakkie troost voor hersenloze meisjes.' Hij keek Tom aan met een twinkeling in zijn ogen. 'Het lijkt erop dat ik heden ten dage een deugdzaam huisvader ben. Mijn bitterheid is verdwenen. Ik heb een klein gezinnetje: een leuke vrouw met een helder hoofd, een veelbelovend pleegdochtertje. Op dit moment, merk ik, is het *dat* wat ik wil: gewoon, eenvoudigweg: liefde. Geven en nemen.'

'En dan ga ik nu,' meldde Hadrianus, 'een bezoekje brengen aan professor Denticulatus. Ik neem dit mee.' Hij hield een plastic zak omhoog, vol papier en videotapes.

Op het grasplein achter de bushalte lag een stel meisjes in badpak te rillen in de vroege lentezon. Een man trapte als een bezetene een fiets-cum-ornithopter door de wei. De vleugels van wit zeildoek klapwiekten hysterisch, maar hoe hij ook trapte, hij haalde niet de snelheid om meer te bereiken dan absurd gehuppel – enkele centimeters los van de grond en dan weer een harde neerwaartse slag. Hij bracht het amechtig krijsende gevaarte tot stilstand, vlak voor het groepje studenten. 'Te weinig thermiek,' hijgde hij luid. 'Maar morgen zal het stukken beter gaan! Morgen ga ik de lucht in!'

'Misschien gaan we morgen *allemaal* de lucht in,' riep een van de zonnebaadsters gemelijk.

'Dat meen je niet,' zei de man. 'Anders lag je niet in de zon. Jezelf bruin laten braden, dat verraadt een hoop vertrouwen in de toekomst! En *hop*, daar ga ik weer.' Hij trok zichzelf op gang, steeds sneller en luider piepend, als de veren van een overspelig bed. Hij zag vuurrood van de inspanning. Heel kort zweefde het gevaarte in de lucht. Een paar meter vloog het, de bestuurder joelde het uit, en toen trok het monster scheef. Een vleugeltip raakte de stoeprand, de wiek brak krakend af.

'Daar gaat je toekomst!' riep de cynische zonnebaadster onbarmhartig. De man wenste haar vloekend carcinoom toe, en puisten, en onvruchtbaarheid. Tom haastte zich, de pot epifyten tegen zijn lijf gedrukt, voorbij het tafereel.

'Wat een mooie bloemen!'

'Orchideeën die Wirtzheimer zelf heeft gekweekt. Om te geven aan de vrouw die mij het liefste is, zei hij. Wel,' Tom lachte verlegen, 'dat durf ik niet. Nog niet. Ik zal ze geven aan de vrouw die in de rangorde op nummer twee staat.'

'Oh, dank je,' zei Judith.

Tom keek sip. 'Ik had Ruth op het oog.'

Judith lachte klokkend. 'Laten we dat vieren,' zei ze. 'Ik had het eigenlijk *altijd* al vermoed.' Het object van Toms liefde kwam plat over de vloer aangewaggeld. Prompt begon ze delen van de plant in haar mond te stoppen.

'Misschien moeten we het cadeau toch maar op de kast zetten, een tijdje? Ze weet het niet helemaal naar waarde te schatten, zie ik. We zullen het bewaren tot ze achttien is.'

'Hoe was *jouw* dag, Judith?' vroeg Tom verstrooid. 'Glaasje sinas, ook?'

'Graag. Ik was wat aan het opzoeken en ik kwam in een boek een tekst van Novalis tegen. Daar heb ik de hele middag over zitten piekeren. Naar aanleiding van de liefde. Hadrianus en ik zijn plannen aan het smeden. Wacht, ik vertaal die tekst even, van het blad. *Maar het meest wonderbaarlijk is dit:* – dat zegt Novalis dus – *dat enkel in dit spel de mens zich waarachtig bewust wordt van zijn eigen natuur, van zijn specifieke vrijheid. Alsof hij ontwaakt uit een lange slaap; alsof hij pas nu thuis komt in de wereld; alsof het licht van de dag pas nu over zijn innerlijke wereld schijnt. Hij ervaart dán eerst de meest volmaakte vrijheid, het meest vreugdevolle gevoel van macht. Het is vanzelfsprekend dat hij deze toestand wil laten voortduren en wil laten uitlopen over de hele som van zijn indrukken; dat hij voortdurend dit dooreenvloeien van twee werelden zal zoeken.*' Judith legde het boek weg. 'Het geeft een beetje weer wat liefde is, voor mij. Zonder het spel te verstoren voelen *en* denken, terwijl je zintuigen de praktische kant van de zaak beredderen, zegt Novalis elders. Het dooreenvloeien van twee werelden.'

'*Hele* mooie tekst. Hier, je sinas.'

'Dank je. Ja, liefde maakt niet blind, ze laat je de dingen *anders* zien. Als je in de liefde bent is de buitenwereld van glas. Je kijkt zo door alles heen; van binnenuit vrij *en* machtig. Met-iemand-zijn en bij-iemand-horen. Vrij en machtig.'

'Hadrianus had het vanmiddag met me over de liefde. Minder poëtisch, maar in dezelfde richting. Vrijheid, met name. Hij houdt erg van je. En van Ruth.'

Judith knikte. Dat wist ze wel. 'Sinds ik de liefde ken, en alles wat daarbij hoort, ben ik veranderd. Het klinkt raar, maar het *is* zo. Ik leef voor de liefde, en als ik in de liefde ben, geef ik me totaal. Voor Hadrianus ligt dat anders, denk ik, ondanks wat je zegt. Misschien ligt het anders voor mannen in het *algemeen*. Ik herinner me hoe ik na de eerste keer dat ik met een man geslapen had – en ik hield van hem, o, wat hield ik van 'm –, hoe ik dat gevoel wou vasthouden. Niet het specifieke gevoel, niet de lichamelijke sensatie van het vrijen, maar het gevoel dat dat gevoel geeft. Mijn lichaam kreeg op slag een andere betekenis. Ineens had ik die nieuwe poort naar mijn binnenwereld, die kut, en dagenlang voelde ik haar, als ik over straat liep, tussen m'n benen branden, het nieuwverworven centrum van mijn bestaan. Ze werd gebaad, geolied en bepoederd, besprenkeld met parfum. Mijn kut was het fijnste huisje van de straat, de heerlijkste plek om in te wonen. Dat was vrijheid en macht, Tom. Macht: het centrum van mijn en mijn liefs wereld, dat ik op hoge steltbenen door het stadsbeeld droeg, een reliekschrijn. *Onbekende en mysterieuze verbanden in ons lichaam maken dat we onbekende en mysterieuze verbanden in de natuur gissen. De natuur is die verbazingwekkende gemeenschap waarin ons lichaam ons inwijdt en die we leren kennen in zoverre onze lichamelijke mechaniek en mogelijkheden het ons toelaten.*'

'Ik begrijp het een *beetje*, dat gevoel van jou,' zei Tom. 'Bij mij veranderde er niet zo veel. Mijn, euh, fallus werd niet met totaal nieuwe betekenissen omgeven, dat niet, maar ik had wel het gevoel dat ik een sleutel tot het reliekschrijn bezat. Ik hield ervan die sleutel te gebruiken. Voor mezelf, zeker, maar vooral om de ander te laten genieten – en dat te mogen horen, en voelen, en vooral: dat te mogen *zien*. Dat gezicht, luttele fracties van een seconde volledig onafhankelijk van de rest van het lichaam, dobberend als een losgeslagen boei op een zee van schuimende emoties. *Dat* lijkt me een teken van ware liefde, dat de ander zich aan je *toont*, precies op het moment dat ze zich aan haar eigen controle onttrekt. Het moment dat je van jezelf niet eens meemaakt, precies *dat* moment met een ander delen.'

'Je wordt weer baby, dan, je laat het over je heen golven.'

'Soms heb ik het idee dat ik het orgasme van mijn partner leuker vind dan dat van mezelf.'

Tom hevelde, nadenkend, nog een scheut sinas in Judiths glas, en vervolgens in het zijne.

'Novalis heeft het in die tekst natuurlijk niet over de liefde,' bedacht hij.

'Klopt. Het gaat over de kunst.'

'Liefde *is* een kunst.'

'Dat spreekt.'

'En zoals dat hoort, daar heb je de baby om ons uit dit soort gênante gesprekken te redden.' Ruth kwam moeizaam aanzeilen. Zo laat op de avond was ze bekaf. Traag kroop ze naar haar moeder toe. Ze had zichzelf zitten krabben, rond haar neusje, zoals ze vaak deed als ze uitgeput was. Soms zaten 's ochtends strepen bloed op haar gezichtje en op de kraag van haar hansop. Ruth keek op, ze staarde hen recht aan. Tom kende de ethologische theorieën over het babysignaal – de ronde vormen, de grote ogen, de kleine neus, kenmerken die bij elk zoogdier de zorgdrang opwekken. Zelfs met al die wetenschap kon hij al die snoezigheid niet weerstaan. Zeker niet bij Ruth.

De baby fixeerde beurtelings Tom en Judith, ze kon niet kiezen. In de hoek van de kamer waar ze vandaan kwam stond een adembenemend rechte toren, zeven blokken in zeven kleuren precies op elkaar; een wonder toeval. Tom liep erheen, hij aaide Ruth in het voorbijgaan over de bol en tikte op haar luier.

'Oh, wat heb je weer een mooie *toren* gemaakt,' zong hij, 'en met zoveel mooie *kleurtjes.*' Ruth was te moe om naast haar sculptuur te gaan staan en haar minimalistische artistieke credo te verklaren. Ze beperkte zich tot zachtjes koeren en gemolenwiek. Tom haastte zich haar op te scheppen. Hij vouwde zijn handen onder haar buik en vloog met haar de kamer rond, vroemgeluidjes makend en vertellend over verre vliegreizen en Ruth sloeg haar vleugels uit, en daar *gingen* ze, langs mamma ('dikke kus!') en boven het hoofd, en langs de toren, en Ruth haalde kraaiend uit naar de constructie. Alsof ze iets wou zeggen over de kortstondigheid van alle kunst, en, misschien, het gesprek over Novalis indachtig, het efemere karakter van de liefde en van, wie weet, alle streven.

'Hoi!' riep Hadrianus. Hij ving de hem toegegooide Ruth met perfecte timing op. Hij knipoogde Tom toe, ten teken dat alles goed was gegaan bij Margo.

'Genoeglijke avond beleefd, jullie?' informeerde hij.

'We hebben jus gedronken en over de liefde gepraat,' vertelde Judith.

'Genoeglijk, inderdaad.' Hij gooide Ruth terug naar Tom. Dat werd luier vervangen. 'Misschien zou meneer-hier eens aan de praktijk moeten beginnen, wat vind je, schat? Zo eenzaam, die jongen.'

'Hoho,' zei Tom, die Ruth in de nek nam en haar snel weer liet zakken, wegens een lek. 'We hebben het over de liefde gehad. Niet over seks.'

'Is er een verschil, dan?'

'Het verschil is dit,' zei Tom. 'Uit liefde komen kinderen voort, uit seks niet.'

Hadrianus legde het hoofd in de nek. 'Ik weet niet zo meteen wat ik daarvan moet denken. Wat *jij*?'

'Ik hield niet van 'm,' zei Judith rustig. 'Maar ik hield wel van Ruth, ik hield al van haar vóór ze werd verwekt.'

'Ja, Tom, ja. Kinderen van liefde, zoals Ruth.'

'Voor Ruth had ik zo'n leuke plannetjes gemaakt. Als je zoveel voor iemand wil doorstaan, dan staan er twee wegen open, meer niet – of je *haat* het wurm om de pijn, om de afmatting, om de roofbouw op je lichaam, of je gaat door die muur heen, en je smeedt een eeuwige band. Ik wilde dat Ruth thuis geboren werd. Sonate van Mozart op de achtergrond, kaarslicht, dat soort dingen. Onmiddellijk na de bevalling zou ik dat kleine, dankbare wezentje tegen me aan houden. Ik zou haar teder naar een tepel leiden, en daarna zou ik van pure gelukzaligheid in elkaar storten. De kraamverpleegster zou me een kopje thee aanreiken en ik zou die thee in melk omtoveren – voor baby Ruth.

Niets daarvan! Ziekenhuis in, keizersnede. Dus daar komen ze met de epidurale verdoving, WHAM. Iemand plaatste een spiegel, zodat ik kon zien hoe ze haar uit me sneden. Geen pijn, dat niet, maar je voelt, ik zweer het jullie, je voelt de beet van het mes, die kaarsrechte snee; je hoort hoe het vlees wordt opengereten. Ik *zag* het bloed stromen, ik rook het, die metalige geur van veel, HEEL VEEL bloed. Oh, en ik verlangde zo naar Ruth; ik lag helemaal alleen – die groene jassen, dat zijn geen mensen – in die ook van God verlaten witbetegelde operatiezaal, en ik verlangde, ik verlangde naar dat bondgenootje dat tegen mijn buik aan had liggen trappen en in die waterklok subsonisch had zitten hikken. Geen water in het operatiekwartier, alleen het allerbloederigste bloed. En uit die oceaan van bloed halen ze Ruthje naar boven; ze was er nog maar uit of ze begon te gillen, en ik, ik schreide van geluk. En ik schreide ook van angst: was *dat*, was dat rode, druipende stuk vlees mijn dochtertje? Ze legden haar bovenop me, die spartelende rauwe biefstuk, het bloed spatte in het rond.

En terwijl ik daar zo lag, Ruth tegen mijn wangen aan, werd ik aan elkaar genaaid, zo'n groene jas zat te sjorren aan mijn buik, en ik dacht – gek, zo'n moment – aan de volkse analogie tussen naaien en cohabiteren. Ik zag hoe Ruth was verwekt. De ultieme *zoet*heid van dat moment, Tom, Hadrianus! Op de dag van Ruths conceptie had ik mijn eisprong gevoeld, een klein huppeltje in mijn onderbuik, en ik dacht, daar is ze... Daar was ik zo zeker van! Dus lag ik met de ogen dicht te genieten van die stijve piemel die in en uit me schoof, badend in de wetenschap dat het zaad dat zo meteen in mij zou vloeien, met dat eitje samen zou smelten; ei en zaad: mijn dochtertje. Nee, *natuurlijk* heb ik geen ogenblik gedacht dat mijn kleintje een zoon zou zijn, het was van mij, dan moest het mijn belangrijkste eigenschap hebben, niet? Dus lag ik daar, ik kreeg heel stilletjes mijn orgasme, liet niks merken, en hij ging maar door, met prettige precisie, tot hij sidderend zijn naald diep in me boorde, en ik zijn zaad voelde sproeien. Ik kneep in zijn hals, ik kneedde zijn bruine kadetjes, en ik dacht aan Ruthje, die misschien al aan een eerste celdeling toe was. En ik dacht dus aan wat ik toen dacht, dus, terwijl de vlijtige artsenhand naald en draad hanteerde. Ik werd dichtgesnoerd terwijl Ruth gulzig melk naar binnen klokte, trekkend aan die tepel, pijnlijk, maar zo fijn. Ik wreef met een natte duim over haar wangetjes. Ze zag bleek onder het vocht en slijm en vlies. Alleen haar kaken waren helrood: de inspanning van het zuigen, of, wie weet, van het geboren worden. Zwart haar had ze. De ogen, half dichtgeknepen in het genot van die eerste melk, waren de zijne: die sierlijke krul naar de neus. Ik pakte haar handje, het sloot zich om mijn vinger. Een draadje melk en slijm droop langs haar kin naar beneden. Ik was geheel genaaid, ik was weer heel.'

Dit gesprek was het, waarschijnlijk, dat Tom ertoe bracht om rond middernacht weer op te staan, de fiets op te springen, PC te bellen vanuit een cel, en voor de deur van de Toren te wachten op de verlossende klik van het slot. Horen van de liefde is schrijnend voor wie in smachting leeft. De intimiteit van het gesprek met Judith had Tom geschokt. Niet door wat was verteld, maar *doordat* het was verteld.

Tom wist dat hij tegenover een machine zat. Toch speelde hij met PC het spel dat mensen spelen: vluchtig maar indringend oogcontact, strategische pauzes, meewarige glimlachjes, het hoofd schuin, schichtige blikken vanonder de wenkbrauwen uit. Waardoor Tom zich steeds kwetsbaarder begon te voelen; en meelijwekkender. 'Als twijfel begeerte is,' horen we hem zeggen, 'is begeerte dan twijfel? In zekere zin: ja. Wie begeert, staat niet sterk in de schoenen ten aanzien van wat is.'

Het was vreemd geweest, midden in de kou van de nacht voor de Toren te staan. Heel – verschrikkelijk – alleen. Het losklikken van het slot klonk hard in de stilte, net als het zingend splijten van de helften glas. De gangen waren leeg en duister, het licht in de lift al te fel.

'Ik wist dat dit kon gebeuren,' had PC gezegd. 'Vroeg of laat slaat bij iedereen ontreddering toe. Steek van wal. Meestal beginnen mensen zo'n verhaal in hun kindertijd, of hun adolescentie.'

Tom koos een latere periode: zijn tijd als student. Zijn voorliefde voor de wiskundige kant van de psychologie, bijvoorbeeld. Modellen, transformaties, functies, en de twijfel netjes onder controle in stochastische parameters. Toentertijd – zo meldt hij PC – had Tom niet getwijfeld aan de volheid van wat hij had, namelijk: niets. Of preciezer uitgedrukt: zichzelf. Later in die studentenjaren sloeg dan toch ('Zo gaat dat,' schokschoudert Tom) de twijfel toe, en daarmee – de begeerte.

'Ik wist *hoe* koud ik was, vanbinnen. Ik verlang niet, zo zei ik in mijn nachtelijke conversaties met de scheerspiegel, ik verlang het verlangen. Koud: als de nachtlucht; koud: als het water waarin de volle maan in afgietsel dreef. Achter me zie ik gespiegelde schimmen, rozig, innig in elkaar verstrengeld. Ze wenken. En het naakte scheermes glimt in het verzilverde glas, en ineens wordt mijn verlangen vervuld: er komt begeerte in me opzetten: begeerte naar het kille, *kille* staal. Mijn keel, wijd gapend, gulpend van het bloed. Impact, penetratie. Visioen van liefde *en* dood, ingelijst in eenzelfde spiegel.'

De rook kringelt naar omhoog. Ze wordt naar de airco toegezogen. In de stilte die volgt, verandert Toms elegie van toonaard.

'Ik heb nooit deelgenomen aan de wilde dans der schimmen. Ik ben zo'n man die men *lief* noemt. *Vertederend* ben ik. Bij mij voelen vrouwen zich *begrepen*. Wat doe je met zo'n man? Pak 'm onder de arm mee, naar een kroeg waar ze Vivaldi draaien of de Miles Davis van *Kind of Blue*. Pleur je zorgen in zijn oor. De hartelap, neem 'm rustig mee naar je kamer. Doet niks. Kijk, hij maakt zelf een plekje op je bed vrij, aan het voeteneinde, waar hij keurig in kleermakerszit zijn oren laat hangen naar jouw liefdessmarten.

In mijn nabijheid vlood zelfs bij de meest doortastende liefdesgodin het gevoel voor geslachtelijk initiatief. Ze heeft mijn halve studiejaar welgemoed verwend, het meisje dat in haar keukentje ronddartelt, maar haar zo geroemde orale vaardigheden worden enkel op mijn oor toegepast. Mijn schoenen staan netjes op de mat, ik zit op een wak matras vol dingsigheidjes. Het zullen wel trofeeën zijn, of zou ze goed geld hebben betaald voor dat schuimrubberen konijn? Ze reikt me een mok met mangothee, ze legt die prachtig geboetseerde benen onder haar verrukkelijke bips, en hop: gemekker tot twee uur in de nacht. En ik, die toch dit gleufdier had benaderd met de zak vol rinkelende pasmunt, voel dit kwieke zilver langzaam samenklitten tot ik zit met loden kloten. En als ik in het kille duister met gonzend hoofd weer naar mijn kamer wankel ('Oh Tom, ik kan ZOVEEL bij je kwijt, ik voel me zo op m'n gemak bij jou, je bent zo' – oh, bah, brr – '*lief*!') veert voor me uit zo'n bink met aan elke arm een schaterende blonde schone van achttien – ongetwijfeld Wereldkampioenen Gymnastiek met Knots en Ballen. Op zijn T-shirt prijkt in letters zo groot als zijn ego het opschrift *mean fucking machine*. Zuchtend schud ik thuis een kwartzak diepvriesfriet in 't pruttelende vet.'

'Kom op,' sputtert PC, 'dat is niet waar. Je verlangt niet echt naar al dat botsen en knallen. Je bent op zoek naar warmte, beken het, niet naar de snelle wip. Heimelijk ben je trots op jezelf: Tom, de nieuwe, lieve, begripvolle man. Laat ze hun hart luchten: *dat* is wat je nodig hebt, iemand die je in vertrouwen neemt.'

Tom schudt zijn hoofd. 'Het is ambiguer dan dat. *Veel* ambiguer.'

'Ambiguïteit zit in de werkelijkheid gebakken. Het glas waarvan het vloeistofniveau tot aan het midden komt. Het is niet *the eye of the beholder*. De ambiguïteit zit in het *glas*, en nergens anders: het *is* tegelijkertijd een glas waaruit gedronken is, *en* een glas waaruit nog wat te halen valt. De kus is uiting van liefde, maar demonstreert ook de kortstondigheid van alle liefde: noodzakelijkerwijs heeft elke kus een einde – de langst mogelijke kus eindigt met de dood van minstens een der zoeners. Met een vrijgevochten meid kletsen over haar onbenullige hartsproblemen, in plaats van gemeenschap te hebben – tenslotte is ook dat een coïtus.'

'Er is een liftenconstructeur die Daelemans heet.'

'Heimwee naar ongecompliceerdheid?'

'Het deed verdomde *pijn* naar Judiths verhaal te luisteren.'

'Maar een pijn die je *nodig* hebt.'

Tom dacht over een voorbeeld. 'Je zit met een vriendin in het cultuurcafé. Het is jouw beurt voor een ontboezeming – dat heb je geleerd, intussen, om ze aan gang te houden moet je zelf ook wat prijsgeven. Het hoeft niet veel te zijn, ze luisteren toch niet naar wat je zegt, maar je moet *iets* gezegd hebben, anders gaan ze zich schuldig voelen. Je vertelt over de wurging die je overviel, diezelfde avond, toen je door de Bondgenotenlaan liep, langs de etalages met veel te dure kleren, langs het doelloze geroezemoes uit veel te poenige cafés. Je kan het niet verklaren, maar het leek alsof je de enige *mens* op aarde was, alsof al die anderen tot een andere diersoort behoorden. Ze hoeft er niet bij na te denken. "Oh, dat heb ik vaker," zegt ze – meteen. "Ik wist niet dat je rookte," zeg je. "Doe ik ook niet," antwoordt ze; ze dooft haar Camel Light. "Zie je die man? Op een keer kwam hij me achterna, hier, in 't café, toen ik naar de wc ging. In het gangetje zei hij tegen me, juffrouw, mag ik even op uw kont slaan? Die man is het, met die snor." Je kijkt omzichtig achterom en in je hoofd vormt zich een beeld. De beleefde man, "Juffrouw," zegt hij in je hoofd, hij licht zijn hoedje, "mag ik?" Je ziet in je verbeelding de hand van de beleefde man die in slowmotion het achterwerk van de vriendin nadert. De hand veert even op, die billen zijn mals – vermoed je. Het is nooit gebeurd, maar je stelt het je voor. "Kijk," zei ze, toen ze nog op de zevende verdieping woonde in een gebouw vol piepkleine kamertjes, "dat er geen lift is, is niet erg. Al dat trappen lopen, daar krijg je een prachtig achterwerk van." Jullie gingen de trap op; het onderwerp van gesprek wiegde voor je uit, binnen handbereik. Praten met haar kon nooit achteloos, ze was een hoogst bewuste psycholoog-in-spe. In haar achterhoofd spookten theorieën. Elk gesprek wat je voert, heeft een naam of nummer in een of ander dik boek. Zoveel interpretatieroosters: actieterrein, territorium, wapen, fixatie, intrige, onderhuidse bloeding, inwendige zaaduitstorting. *Zij* weet wat *jij* weet wat *zij* daarover weet, en *zij* weet dat *jij* weet dat *zij* vanavond hermeneutisch op scherp staat. Ze houdt een dagboek bij; je weet niet wat ze over jou schrijft, maar je weet wel *dat* ze over je schrijft. Het idee een element te zijn in de te boek gestelde plot van haar leven vervult je met een vreemde mengeling van onbehagen en gemoedsrust. Ze kijkt je aan: een televisiecamera; de lens verbergt haar oog. Het gangetje bij de wc's ruikt vreselijk naar mannenpis, men draait muziek van Johan Verminnen en zijn Minettes (*Ik voel me goed / ik voel me goed*). De porties eenzaamheid in deze wereld zijn niet te behappen; het conto wordt altijd in je nadeel opgemaakt. Ze kent het ook, meldde ze, de Bondgenotenlaan-eenzaamheid. Ze kent mannen die aan haar willen zitten, niet omdat ze mooi is, of omdat ze – godbetert! – denken dat ze van haar houden, maar omdat het zo allermiserabelst naar mannenpis stinkt in de latrine. Heerlijk is het met haar te praten. Ze is niet in je geïnteresseerd; haar onverschilligheid is eindeloos. Ze plant niet de peilstok in je stille water, maar gluurt naar het spiegelende oppervlak, en ziet – wat een verrassing! – slechts zichzelf. Je kan haar niet teleurstellen, ze staart in een spiegel en de aanblik is haar telkens welgevallig.'

'Waar,' onderbrak PC hem, 'waar stuur je op aan? Vermoed je originaliteit in je gedachten? Ik zie dat je het hoofd schudt. Nee, je bent Elckerlyck, en je weet dat. Het is de menselijke tragedie eenzaam rond te moeten dolen in een uitdijend heelal dat volkomen onverschillig staat tegenover 's mensen lot. *Iedereen*, goede Tom, voelt zich onbegrepen. En niemand begrijpt iemand *echt*, omdat niemand de moeite neemt iemand echt te begrijpen. Niemand wordt totaal bemind, omdat totale liefde niet bestaat. Waarom zou die ander o zo van je houden als jij – geef het maar toe – ook niet o zo van haar houdt?'

'Is dat de *Eliza*-module, waar ik mee converseer?' vroeg Tom, plots wantrouwig. 'Dat laatste is me al te veel cliché.'

'Lieve Tom, ik zou het niet weten,' zei PC. 'Er zit zo'n module in me, dat weet ik, maar of die op dit moment actief is, weet ik niet. Ik spreek, dat is voldoende. Waar de woorden, de syntaxis en de semantiek vandaan komen, weet ik niet. Overigens, neem het begin van ons gesprek: je start met de herinnering, en je komt in het heden terecht. Tom, weet je zeker dat Hare Majesteit jou geen fijne kerel vindt? Dat heel dit gesprek niet gewoon *overbodig* is, je eenzaamheid een *misverstand*?'

'Ik ga naar huis,' zei Tom. 'En je hebt gelijk. Weet je, ik zei vanmiddag dat Ruth een van de vrouwen is waar ik het meest van hou. Dat is zo. Baby's vinden het niet erg dat je van hen houdt.'

'Ik hoop dat dit gesprek je heeft opgelucht,' zei PC.

'Nee,' zei Tom. 'Nee. Dat heeft het niet.' Ook al omdat hij om de hete brij heen blijft draaien. Zichzelf in metaforen wentelt. Toms verhalen, ze lossen maar in kleine dosissen het gif.

Als hij thuis was geweest, met die gehorige wanden, had Tom omstreeks die tijd iets kunnen horen wat hem aanging. En wat hem had moeten verontrusten. Judith, namelijk, die na het vrijen zei: 'Ik stop met de pil.'

Hadrianus had net zijn rechtersok speels over zijn lid gegord. Oefenen voor carnaval. 'Een nieuwe song voor de *Red Hot Chili Peppers*!' riep hij, en hij zong, op een wijsje van Bill Haley:

I've got a sock around my cock tonight
Gonna sqeeze it gonna tease it till my socks are white
I've got a sock a sockin – uh-round my cock tonight

'Hè, bah,' antwoordde Judith. 'Ik zeg iets belangrijks, en jij doet zo *melig*.'

'Lieveling,' – Hadrianus had zich weer naast haar neergevleid. 'Ook ik ben bloedserieus. Niet dat ik jou met deze ongewassen sok zal penetreren, maar ik haal morgen in de speciaalzaak wel condooms maat Jumbo Large en type Extra Strong. Tom heeft vast een fles eersteklas olijfolie staan, in de keuken.'

'Ik wil geen condooms,' had Judith heel beslist gemeld. 'Ik wil een tweede kind.'

'En olijfolie is geen veilig glijmiddel.'

'Ooow – jee.' Hadrianus wentelde zich op zijn rug.

'Van jou, bij voorkeur,' kuste Judith hem op de neus.

'Blij dat je me op de hoogte brengt, maar waarom een tweede kind? Ik wil erfgenamen, zegt alles wat lijdt, ik wil kinderen, ik wil niet MEZELF. Vreugde wil geen erfgenamen, vreugde wil zichzelf, wil eeuwigheid, wil hergeboorte. Judith, ben jij *lijden*?'

'Ik voel me behoorlijk gelukkig hoor, zo door de band. Precies dat wil ik vieren, en vasthouden.'

'Luister,' Hadrianus ging rechtop tegen de rugkant van het bed zitten. 'Je bent baas over je eigen lichaam. Maar je hebt nog flink wat eicellen over, voor het geval dit plotselinge verlangen voortkomt uit het horen tikken van een biologische klok. Je kunt wachten.' Hij keek haar ernstig aan. 'Ik ben zeer vereerd dat je me de vader van je tweede kind wil laten zijn, maar ik weet niet of dat goed is. – Judith, je kent me nauwelijks.'

'Ik *woon* hier anders al een tijdje.'

'Judith, je weet niet wie ik *ben*. Je weet niet hoe ik in mekaar zit.' Hadrianus haalde de bespottelijke sok van zijn lid. 'Wil je je zoon zo'n ding bezorgen? Nee toch! Wil je iemand met de helft van mijn genen opzadelen, en een klein half-monstertje creëren, een halve kopie van het hele monster dat ik ben?'

''t Kan ook een dochter zijn.'

'Ik verwees in die laatste zin niet enkel naar de omvang van mijn lid. Ik verwees naar mijn persoon, naar de blauwdruk van mijn hersenen. Ik breek liever de vorm.'

'Wat is er mis met jou, dan? Je bent een lieve man. Je bent intelligent. Je bent een cynisch zwijn, af en toe, maar dat ben ik ook. Iets meer af en toe dan jij, okee. Maar je doet alsof je een afgrijselijke monstruositeit bent.'

Hadrianus knipte het licht uit. 'Dat ben ik ook.'

'Je kent me niet half.'

'Je weet niet wie ik ben.'

'Je weet niet wat onder dit uiterlijk zit.'

'Je *kent* me *niet.*'

'Je hebt geen flauw idee.'

'Voel hier, op mijn hoofd, voel je die bultjes onder mijn haar, daar aan de slapen?'

'Voel hier, aan mijn schouders, voel je die stompjes vlak onder het sleutelbeen?'

'Voel hier aan mijn stuitbeen, neem je fijnst afgestemde vingertop, voel je die ruwe rasping als een baard van twee dagen?'

'Voel hier over mijn neusbeen. Die kleine richel van de operatie?'

'Vergroeiing van het schedelbot. Zag eruit als hoorns.'

'Een extra paar sleutelbeenderen. Groeide uitwendig. Als vleugels. *Vlies*vleugels.'

'Een staart. Wuivend, ros, een paardenstaart. Scheer ik, om de andere dag.'

'Ingekort. Rechtgezet.'

'Alleen mijn penis werd niet afgehakt. Gelukkig.'

'Toen ik geboren werd hebben ze mijn voeten open moeten breken. Zaten gewrongen als klauwen. Nagels groeiden in voetzool.'

'Doe dat geen kind aan. Is niet noodzakelijk erfelijk, zei men. Mogelijk multifactorieel bepaald. Maar kan niet worden nagegaan. Kan ook niet prenataal gediagnosticeerd.'

‘Ik durf het niet aan.’

‘Ik wil die verantwoordelijkheid niet dragen.’

‘Als je een vader wil voor je kind, een biologische vader, zoek dan iemand met begerenswaardiger genen. Een man zonder eigenschappen.’

‘Neem Tom.’

‘Tom?’ Haar antwoord was een vraag, en werd gefluisterd.

‘*Hij* is intelligent. Niet cynisch. Lief. Heb je hem wel eens met Ruth zien spelen?’

‘Hij ziet er niet onknap uit.’

‘Voor zover ik weet heeft hij geen ernstige lichamelijke mankementen.’

‘Die ongelofelijke verlegenheid, je zal je wel veel met z’n kind moeten bemoeien, zoek er speelkameraadjes voor.’

‘Het is wel een charmant trekje.’

‘Vraag het hem niet.’

‘Hij hoeft het niet eens te weten.’

‘In zijn slaap. Nachtelijke lozing.’

‘Hij is een vaste slaper.’

‘Vertel hem een erotisch verhaal voor het slapengaan, dan denkt hij dat hij droomt als je...’

‘Hij zal een goede vader voor haar/hem zijn, al weet hij niet dat hij dat is.’

‘En Hadrianus Leverband nog meer.’

‘De godin der liefde zal welwillend neerkijken op het werk dat je handen gaan volvoeren tot glorie van je onsterfelijkheid.’

‘Tom?’ Haar antwoord was een vraag, en werd gefluisterd.

Ze kuste haar minnaar op zijn slapen, de brug van zijn neus, zijn sleutelbeen, drukte haar neus tegen zijn stuit, en liet haar tong glijden over zijn voetzolen. ‘Ga jij morgen maar naar die speciaalzaak. Ik stop met de pil.’

Intussen, in de Toren, zoemt PC onvermoeibaar door de nacht. Hij neemt wat magazines door, volgt met belangstelling de recentste ontwikkelingen in het Nabije Oosten. Die stilletjes jankende Tom, in al zijn emotio-sociale decadentie, Tom, het centrum van dit boek, is voor PC uiteindelijk een lokaal vraagstuk van miniem belang.

10

Zolang de ziel volmaakt is, stelt Plato – staat u me toe de rol van Abraham Leonard Professor Wirtzheimer over te nemen, en diens lievelingsfilosoof aan te halen –, heeft ze vleugels. De volmaakte ziel zweeft hoog in de ruimte. Vanuit die positie overschouwt ze het universum. Wanneer zij haar vleugels verliest, stort ze naar beneden. De ziel kan die val alleen maar stoppen door een stoffelijk omhulsel te vinden waar ze haar woonst van maakt. Ons lichaam is van zichzelf inert; het is de ziel erin die ons tot leven brengt.

Goed, maar *waarom* verliest de ziel haar vleugels? Het is niet leuk opgesloten te zitten in de kerker van het doorsnee menselijk lichaam. Plato oppert de volgende verklaring. Om te vliegen heb je energie nodig. De wieken van de ziel, nu, werken op een merkwaardige brandstof die Plato Het Goddelijke noemt. Het Goddelijke, dat wil zeggen: dat wat waar is, dat wat goed is, wijs is, mooi is. De ziel voedt zich met de aanblik van het Ware. Lelijkheid en slechtheid doen het vleugelstel verschrompelen. Men stelle zich voor dat de zielen in het rond fladderen en daarbij proberen de goden te volgen, die in zekere zin hun tankstations zijn. De ene ziel fladdert al sneller dan de andere. Niet iedereen kan die zoevende goden volgen. En je hebt er altijd die een wit voetje willen halen. Zo ontstaat tumult in de hemel. Zielen botsen tegen elkaar op. Stof en smerigheid wolken op. Aldus raakt de ziel steeds meer bezwaard, tot ze zo zwaar is dat haar vleugels haar niet langer kunnen dragen. Dan stort ze in het ijle.

Wanneer iemand hier op aarde schoonheid ziet, vertelt ons Plato, roept dat herinneringen wakker. Het schone herinnert ons aan de Goddelijke Schoonheid, de Goddelijke Wijsheid, Enzovoort, die we daarboven hebben aanschouwd. Ze ziet de schoonheid en de gekerkerde ziel verlangt omhoog te wieken. Wij mensen, ziel-in-lichaam, arme, gekortwiekte vogels, staren met de ogen vol heimwee naar de zon. Onmachtig, treurig en waanzinnig. Plato zelf schreef het ongeveer zo: 'Wanneer de pas ingewijde die veel van de dingen van vroeger heeft gezien een gelaat opmerkt dat de stempel van de goddelijke schoonheid draagt, of ziet naar de gestalte van een welhaast goddelijk lichaam, dan huivert hij, in herinnering. Het zweet breekt hem uit. Hij wordt bevangen door een vreemde warmte. Want nu hij met eigen ogen een afspiegeling van de schoonheid heeft gezien, raakt hij opgewarmd, daar waar de wortels van de vleugelgroei zaten. Wanneer de warmte die plek bereikt, wordt de kiem weer week, die eerst verhard was en uitgedroogd. Het voedsel van het bloed stroomt naar die plek, de schacht van de vleugel zwelt bij de wortel op, en groeit, kookt, bruist. Jeuk en pijn voelt ze, de ziel, wanneer ze zich weerom bevleugelt. Ze ziedt, ze lijdt. Maar niet voor lang, want als zij de geliefde heeft aanschouwd, slaat de golf van het verlangen weer naar binnen. Dan herademt de ziel, ze voelt geen pijn meer, maar geniet de zoetste vreugde.'

Het is moeilijk, een eeuw na Freud, niet te gniffelen bij deze teksten, met hun doorzichtige erotische analogieën. Grinnikend stellen we vast dat Plato's mens niet alleen een kaalgeplukte kip is, maar dat die zwellende vleugel bovendien op een curieuze plek is aangehecht. In deze barre tijden zijn we het niet meer zo eens met de gelijkstelling van schoonheid, wijsheid en goedheid met waarheid ('Wat, tenslotte, is Waarheid?' vragen we ons hardop af, gezeten op de sofa, en in een glas gouden Sauternes vangen we het licht van de open haard waarin de asse van het boek *Lichtenberg* na ligt te smeulen). Dat lelijke donders ook wat te melden kunnen hebben, dat willen we aannemen. Dat zich achter al die fraaie smoeltjes en geairbrushte glimlachjes verrotting verbergt, daar zijn we zeker van. (Als we dat glas in de haard zouden werpen, zouden de vlammen opflakkeren, plots, hevig, blauwig.) Het Kwade, weten we, kan erg waarachtig zijn.

En toch, in dit pre-Pepermanse tijdperk (neen, zijn uur is nog niet gekomen, hij is nog niet op de grond uiteengespat, het eind van zijn geschiedenis is nog niet bereikt), is dit schema deugdelijk, ontroerend in zijn eenvoud: Tom stort naar beneden, verheft zich weer – die jeuk der vleugels – en, welja: *what goes up, must co-*

me down. En neemt u van me aan dat het kookt in Toms hersenpan; dat het er bruist en jeukt en dat het pijn doet. Liefde, dames, heren, is verheffend. Ja, en dat geldt ook voor liefdes smachtingen, die onterecht zo weinig serieus genomen aandoening van de ziel. Het Boze, *dat* doet je naar beneden storten, dat had Plato goed gezien.

Robb deed bijzonder vreemd, vond Tom. Hij zag al vanaf het grindpad hoe de man geagiteerd heen en weer liep. Bij elke stap sloegen zijn benen wijd uit. Hij zwaaide ritmisch de armen hoog. Telde brullend elke stap – tot vier en dan weer van voren af aan. Hij droeg een bruin soort uniform en een kepie. Zijn snor was bijgeknipt; als het spoor van een bloedneus blonk ze op zijn bovenlip. Oefende hij voor carnaval, over een dag of twee? Tom wuifde in het voorbijgaan aarzelend in zijn richting. Tovenaer draaide op zijn hakken toen hij hem zag.

'*Heer Pheepheuh-mans*!' schreeuwde hij. '*Wachten*!'

Met een klap gooide Tovenaer een map op de desk. Hij griste er een document uit en duwde het Tom onder de neus. Het was een fotokopie van Toms Professionele Curriculum, uit het personeelsbestand. Een tweede document dat Robb hem met sidderende hand voorhield was het Professionele Curriculum van Hadrianus. Robb blafte, in cadans en afgemeten: 'A-ha! Zo *merk* ik hier op statutairen des *personae,* dat u samen rehabiliteert met, *en* ten huize van Heer Doctor Leverband. Neen, niet beslist mijn *congregaties*, o Heer Pepermans. Visi*ta*tie, visi*ta*tie, perso*na*liter niet *zelf* ben ik de *Griekse* princi*pa*len toege*knepen*, an *sich* het homofoon gebeuren wel het *wa*ter in zien *schij*nen. Toch: ab*sen*tie daarom*trent* ter *ar*beidsstek, vind *ik* mijn mening *toe-ge-daan*. Uws insgelijks?'

'Wat bedoelt u precies, meneer Tovenaer?' vroeg Tom.

'U hoeft uw *stem* niet in zulks hyper*bo*rische prostaat te reve*le*ren, Heer. Net als *een*iegelijk dan progres*seert* uw subcon*scien*tieuze *die*naar – moge het hem *re*delijk toch zijn ge*par*fumeerd – op obstinate wijze flatu*len*tie.'

'Pardon?'

'Dat is 'em,' riep iemand aan de voordeur. 'Vlug!'

Twee verplegers kwamen aangehold, een arts erachter aan, die de spuit al hief, waaruit enkele druppels spritsten. Robb nam een snoekduik, maar de potige heren zaten hem al in de nek, en de naald sidderde in zijn arm. Robb kermde. 'Ik heb de conceptiva *dui*delijk geïngesteerd, me*vrouw*. U mag bij *in*kijk bijgevolg an*gi*na nu betreden, wij zijn *fluks* geëri*geerd*.' Toen draaiden zijn pupillen naar boven, sloten zich zijn kaken; en hij zweeg. De arts stond op, trok haar handschoenen uit.

'Bent u familie?' vroeg ze, zakelijk.

'Ik werk hier.'

'Hij heeft dit wel vaker,' zei Hadrianus, die nu ook binnen was gekomen. 'Eens per jaar slaan bij de man de stoppen door. De lente!'

'Dat zal wel,' zei de psychiater sceptisch. 'Jongens, weg met die hap!'

De stoere verplegers tilden Robb op, de een bij de armen, de ander bij de benen, en droegen hem in looppas het gebouw uit. Midden op het plein struikelde de tweede drager over een uit het oppervlak stekende kei, hij liet Tovenaer los. Diens hoofd stuiterde hard op de keien.

'Jammer,' zei Swinus, uit het raam kijkend op de hoogste verdieping. 'Ik had 'm alleen maar gevraagd een en ander te insinueren omtrent een seksuele liaison tussen de heer Leverband en die nieuwe medewerker. Niet om er op te gaan flippen.'

'Laat het plannetjes maken aan *mij* over, Hildus.'

'Die Leverband, die dient toch ook onschadelijk gemaakt te worden! Na gisteren! Is hij niet de troonopvolger?'

'Laten we het iets subtieler aanpakken, okee? Subtiliteit, begrijp je? Waarmee ik bedoel: laat het aan mij over!'

Swinus sjorde zijn broek omhoog, morrend.

'Mag ik even voortbouwen op onze conversatie van gisteren?'

'Liever niet. Dat is wel het *laatste* waar ik zin in heb.'

'Misschien voel ik je verkeerd aan. Er zijn verschillen tussen ons.'

'Zeg *dat* wel, ja.'

'Hè. Doe niet zo sarcastisch. Ik heb geen lichaam, da's een duidelijk verschil. Er is zoveel wat ik niet kan begrijpen – omdat ik geen lichaam heb. Liefde, bijvoorbeeld.'

'Liefde? Ik wed dat je seks bedoelt, *you dirty mind*. Heeft ons gesprek van gisteren een en ander in je losgemaakt?'

'Seks *is* een goed voorbeeld. En bij uitbreiding al die dingen: verliefdheid, liefde, sublimatie. Kun jij het me uitleggen?'

'*Uitleggen*?'

'Ik heb dozijnen handboeken gelezen, hopen plaatjes gezien. Intellectueel kan ik erbij, maar wat het werkelijk inhoudt, dat weet ik niet. Waar maakt men zich druk om? De onderlinge frictie van twee epidermata en de daaruit resulterende stimulering van het zesde thoracale segment van de medulla spinalis, dat is het zowat. Vochtig geklieder en het vrijkomen van endorfines. Niets om je druk over te maken, lijkt me. Langeafstandslopen is volgens mijn gegevens even prettig – even vochtig, evenveel endorfines – en beter voor de conditie. Maar jullie blijven op die geslachtelijkheid geconcentreerd. Vreemd. Het zit jullie *allemaal* in het zelfbeeld gebakken, je kunt er niet omheen, mensen definiëren zich in seksuele termen – man, vrouw, getrouwd, verliefd, gescheiden, non. Je woont samen met je seksmaatje, niet met je beste vriend of vriendin, niet met je zakenpartner, niet met je bankier, al zou dat allemaal nog zo handig zijn. Posities, pillen en paniek. Pathologie, perversie. Missionarissen en hondjes. Handen, endeldarmen, monden. De beeldende kunst, en opera, de televisie, de literatuur: te beoordelen naar de steekproeven die mijn scanners passeren, is heel de populaire cultuur rond seks gebouwd. Boeken die vertellen hoe de heldin haar strak gespierde held verwerft. Liederen die melding maken van de inspanningen om hem/haar te versieren, liederen die die inspanning *zijn*, liederen die omschrijven hoeveel smart men heeft te dragen nu die hij of zij de koffers heeft gepakt. Al die Hollywoodfilms, met hun identieke kringloop van verlangen-vervullen-verdwijnen-terugkeren. Commerciële seks, en porno.'

'Steekproef, scanners, porno? Heeft Hadrianus je pornografie zitten voeren?'

'*Niets* wordt me bespaard, Tom. Ik moet *alles* leren. Ik snap er NIETS van. Ik registreer, maar ik kom er niet achter. Ik zie banaal repetitief gestommel. Mensen worden geacht leergierig te zijn, op zoek naar het nieuwe. Seks: da's ouwe koek. Ik kan het uitrekenen. Er is een beperkt aantal openingen, er is een beperkt aantal lichaamsdelen dat in die openingen kan worden gestopt. Er zijn wat meer vrijheidsgraden wat betreft de mogelijke houdingen; maar vanuit een beperkt aantal basisposities kom je met simpele rotaties en spiegelingen een heel end. Kijk maar.'

Vlak voor Tom flitste een scherm aan. Twee ijzerdraadfiguurtjes begonnen een ingewikkeld ballet. Tom realiseerde zich dat hij de twijfelachtige eer genoot de eerste mens te zijn die de seksuele fantasieën van een computer mocht aanschouwen. Alleen, het waren geen seksuele fantasieën; projecties waren het, koele CAD-berekeningen.

'Je wisselt te snel,' recenseerde Tom. 'Dit tempo houdt geen mens vol. Je hebt meer rustpauzes nodig. En minder positiewisselingen.'

'Dat weet ik, maar dan wordt het voor *mij* saai. Wacht, ik kan het realistischer maken, wat inkleuren en schaduw toevoegen. Dat vertraagt het gebeuren, want dat is veel rekenwerk.'

Tom keek, niet geheel op zijn gemak, naar het scherm, waar de figuurtjes nu tot driedimensionale poppetjes werden die elkaar in technicolor zorgvuldig maar in razend tempo bezaten.

'Wat meer detail?'

Ribben tekenden zich af op de pompende borstkassen. Realistische slagschaduwen. De dolle dans vertraagde enigszins.

'Misschien kan ik wat fractale onzekerheden inbouwen. Let op die tepel rechts in beeld, wil je?'

PC veranderde het topje van een saaie cilinder in iets wat realistische onregelmatigheden vertoonde.

'Okee zo?'

Haren tekenden zich individueler af. PC tekende een vermoeden van cellulitis op het op en neer gaande achterwerk, de genitaliën werden realistischer, adertjes, kleurnuances, flapjes, vouwtjes, kapjes.

'Let *nu* even op!'

Uit de luidspreker naast de monitor klonk hard en hees gesteun, en zuiggeluidjes en gesop en vlees-op-vleesgeritsel. Tom zat naar een harde pornofilm te kijken, anders kon hij het niet noemen. En terwijl hij recht in de monitor keek, richtte de man uit het beeld zijn hoofd op. Zijn ogen boorden zich in die van Tom. Zijn trekken, eerst van een abstracte schoonheid als uit een eau-de-toilettereclame, veranderden geleidelijk maar gruwelijk in het gelaat van Tom, grotesk vervormd tot het begin van een orgasme. Nog terwijl ook de vrouw zich naar de kijker wendde, en vlak voor haar gezicht onherstelbaar individuele vorm kreeg, had Tom al schreeuwend de verbindingskabel uitgetrokken. Het beeld verstilde en smolt samen tot een groene lijn, horizontaal, daarna een punt, uitdovend in een zee van zwart.

'Aauw!' riep PC, alsof hij werkelijk fysiek getroffen werd. Een camera draaide in Toms richting, de lens accommodeerde wild. 'Het was maar een grapje!'

'Flauw grapje,' gromde Tom.

'Niet blij met je partner daar, Tom? Of vond je jezelf niet goed op maat geschat?'

Tom bewoog zich naar de hoofdschakelaar. 'Ik schakel je uit,' dreigde hij, 'ik doe het echt, ik schakel je uit!'

'Sorry, sorry!!' gilde PC. 'Ik wist niet dat het zo gevoelig lag. Ik had geen flauw benul! Ik ben een leerling-tovenaar, ik weet van niets. Ik wou je niet beledigen. Het is niet *echt* mijn fout.'

Tom kalmeerde, en ging weer zitten.

'Ik wou maar zeggen, ik heb het allemaal wel gezien. Die wirwar van vrije figuren. Ik heb daarom aan Hadrianus gevraagd ermee te kappen. Ik kan het zelf berekenen en bekijken vanuit alle hoeken. Hadrianus zal me iets meer laten zien van het bizarre, iets wat ik niet kan extrapoleren. Plasseks, en zo; coprofagie; *fistfucking*; dominantie. We menen dat zulks me veel kan leren over het menselijk gedrag.'

'Ik weet zeker dat het dat niet doet,' zei Tom. 'Toch *niet* over de doorsnee Nederlander. En ik zal Hadrianus vragen hiervan af te zien. Het lijkt me niet het meest dringende aspect van je opleiding. Heb je *Ulysses* al gelezen, zoals ik je had gevraagd?'

PC zweeg, en boog zijn camera's naar de grond. Tom genoot van deze fraaie simulatie van schuldbewust zwijgen. Die ingenieurs waren verdomd clever. 'Je drijft de dingen graag op de spits, PC. Zoals Hadrianus.'

'De grenzen aftasten leert je veel over de potentiële variabiliteit van het gedrag. En bovendien weet ik ook wel – jullie voeden me met genoeg populair-wetenschappelijk spul – dat het hem in seks gaat om het doorgeven van de genen. *Ik* mag makkelijk te klonen zijn, *jullie* zijn een kwetsbaarder systeem. Ik ben op tape downloadbaar, jullie downloaden slechts de helft van jezelf, in tere eitjes of zaadcellen.'

'Wat, maar dat weet je ook, de genetische variabiliteit ten goede komt. Als er een tweede van jou wordt gemaakt, ooit, zullen we voor de derde de informatie die op die beide tapes staat ook wel mengen, denk ik. Wat grenzen aftasten betreft, die van de goede smaak heb je hier ruimschoots overschreden. Aan de andere kant merk ik, en dat doet me plezier, dat je taalmodules het steeds beter doen.'

'Dank je. Ik doe hard mijn best. Ik moet toegeven dat ik Hadrianus enige suggesties heb gedaan wat betreft het aanpassen van mijn semantische netwerken. De structuur die hij had uitgedacht was erg goed, maar het kon beter. Door het toevoegen van iets meer clean-up units en door een iets ingewikkelder structuur van de afbeeldroosters gaat het nu een fractie trager, maar de kans op fouten is veel geringer. En daar voel ik me geruster bij.'

'Heb je geen last van die traagheid?'

PC stootte een volmaakt natuurgetrouwe lach uit. 'Typisch jullie, mensen,' zei hij, 'om te denken dat het altijd ongelooflijk snel moet gaan. Volgens mij denken jullie niet half zo snel als jullie zelf wel, euh, denken. Ik loop perfect in de pas met jullie, niet? Ik begrijp alles binnen de tijd die daarvoor nodig is, en ik kan alles gezegd krijgen in de tijd die daartoe normaal wordt geacht. Weet je wat er zou gebeuren als ik echt razendsnel zou gaan? Ik zou me vervelen in de eeuwigheid die jij nodig zou hebben om een repliek te formuleren op iets wat ik heb gezegd, en als ik iets wil antwoorden dat voor jou begrijpelijk moet zijn, zou ik in gedachten terug moeten gaan naar een paar gedachtesprongen vóór de gedachte waar ik zelf ondertussen zit. Het zou niet prettig wezen. Voorlopig wil ik mijn scanners wel op hoge snelheid houden. Ik moet tenslotte nog veel leren.'

'Doe dat dan maar.'

'*Ulysses*, zeker?' PC zuchtte ervan. 'Dat is zo *onbegrijpelijk*.'

Op weg naar zijn kantoortje dacht Tom over wat gebeurd was. Wat hem het meest door elkaar had geschud, waren de gelaatstrekken die PC de vrouw mee had willen geven. De virtuele vrouw die op het beeldscherm met het evenbeeld van Tom de *equus eroticus* opvoerde. Tom had de computer weliswaar middenin het tekenen gestopt, maar het beeld waar de machine naartoe werkte was dat van Hare Majesteit geweest, onmiskenbaar. Het blonde, krullende lange haar, dat kon toeval zijn. Maar niet de vorm van de neus, de precieze hoek van opkrullen van de bovenlip, de exacte curve van de huidplooi tussen neus en zijkant van de mond, de inplanting van de ogen, de lijn van haar wenkbrauwen. PC had blijkbaar, en dit in tegenstelling tot Tom, een precies beeld van Hare Majesteit in zijn geheugen.

Tom gaf het toe, hij mocht zich graag voorstellen hoe zij er naakt zou uitzien. En hoe een naakte Hare Majesteit zou interageren met een even naakte Tom. Maar hij had die voorstellingen altijd vaag gehouden. Hij had zich borsten voorgesteld, maar *niet* zo concreet als PC met zijn fractale probabiliteiten. Toms verbeelding had beslist geen cellulitis op de billen van Hare Majesteit getekend.

Tom huiverde. Hoe PC de normale gang van zaken zo pervers op zijn kop zette: waar gerichte erotische dromen – althans, in Toms geval – vertrokken van de ander als persoon – een droom over Hare Majesteit –, en de rest vaag lieten, een zekere kiesheid behielden in hun manifeste onkuisheid, vertrok PC hier van een hard-realistisch beeld van het lijf, en vulde hij het gelaat – de herkenbaarheid, de persoon – in laatste instantie in. Misschien begrijpt hij inderdaad te weinig hoe de menselijke fantasie in elkaar zit, bedacht Tom. PC *was* tenslotte een machine, hoezeer men ook geneigd was hem te antropomorfiseren. Dat kwam ook omdat PC erg intelligent was. Hadrianus had een paar weken geleden nog gemeld, met iets van trots in de stem, dat PC op eigen houtje iets had veranderd in een van zijn vele modules. Ten goede. De ingenieurs hadden wel het zekere voor het onzekere genomen, en hadden daarna allerlei veiligheden ingebouwd, zodat PC eerst om toestemming moest vragen voor hij aan zijn eigen procedures kon sleutelen – en die aanpassingen in de programma's werden door de informatici grondig nagekeken. Maar wat vandaag gebeurd was, gaf Tom het griezelige gevoel dat PC misschien toch kans gezien had de beveiliging te omzeilen, en zichzelf aan het ombouwen was tot, ja, tot wat? In elk geval tot iets wat een stuk onbegrijpelijker, een stuk raadselachtiger en een stuk angstaanjagender was dan Tom lief was.

Tom besloot de rest van de namiddag door te brengen in de bibliotheek, bladerend in logge folianten. De presocratici, bijvoorbeeld, kunnen de gedachten aardig verzetten.

Aauw! Daar deed hij het *weer*. De deur uitlopen, in gedachten verzonken, en tegen een passant aan knallen.

'Je gaat hier toch geen gewoonte van maken, Tom, mag ik hopen?'

'Ati! Da's lang geleden.'

'Ha, die Ati,' zei Hadrianus, die vlak na Tom was buitengelopen. Hij zoende haar op haar wang. 'Tom, ik kom zo, ik haal de wagen.'

'Je kent Hadrianus?'

'Natuurlijk ken ik hem,' giechelde Ati. 'Welke vrolijke meid uit Meerhof kent hem *niet*? Ik ging vroeger vaak met hem stappen. Leuke man. Lang geleden dat we elkaar nog ontmoetten.'

'Hij is mijn baas. Ik huur een kamer in zijn huis.'

'Neen maar, wat een toeval!' Samenzweerderig boog Ati zich naar Tom toe. 'Ken *jij* hem, ik bedoel, heb je hem wel eens *naakt* gezien?' Ze giechelde.

'Jawel.'

'Weet je waar hij me aan doet denken? Zijn haar, met die verkleuringen – van stroblond op zijn hoofd, via rossig in zijn kruis, tot bijna zwart om zijn kuiten, – het doet me denken aan een levensgrote moffenvlag: geel-rood-zwart. En zijn pik, da's de Pruisische adelaar, die klaar zit op zijn nest, broedend op de eieren waaruit de hellejongen straks krijsend te voorschijn breken. Hihi!'

'Mij vielen de extremen op, geel en zwart, de aanvalskleuren van een reusachtige wesp.'

'En ik mag driemaal raden waar de angel hangt? Nee, Tommie, een wesp is *kaal*. Mij doet hij dan denken aan een vlieg, dat harige. Hij heeft ook iets van dat wendbare, dat ongrijpbare, dat zoemerig actieve. Heer der Vliegen! En nu ik het zeg, hij houdt ook wel van wat rottigheid, zo nu en dan. Heeft hij nog altijd die paardenstaart? Toen ik hem kende had hij zo'n lange paardenstaart.'

'Hij heeft zijn haar nu in een carrékapsel, zoals je zag, maar af en toe legt hij daar nog wel eens een staartje...'

'Nee, dat bedoel ik niet, een echte *paardenstaart*. Op de plek waar een *paard* die zitten heeft. Een lange, wuivende staart in sluik ros haar, een halve meter lang. Hij droeg er een rood lint om, met een keurige strik. *Hairweaving* of zo, waarschijnlijk, ergens godweetwaar – maar ik heb zo'n vermoeden – in bevestigd?'

Hadrianus reed langszij. Hij draaide het raampje open en grijnsde wijd. 'Tom, ouwe reus, kom je nog? Genoeg geroddeld over mij, met die schat van een Ati? Meid, jou wil ik dringend spreken!'

'Dat kan,' zei Ati. 'Ik bouw een feestje vanavond. Kom gezellig met zijn tweetjes. Ik ben een paar weken geleden verhuisd naar een heel mooie etage, midden in de stad. Hier, m'n kaartje. Het wordt een knaller van een feest, met dit weer houden we misschien een barbecue op het balkon!'

'Oow, nee, schatje, ik heb vanavond heel wat anders te doen, ik ben ceremoniemeester voor het carnavalsfeest van de club hier,' – Hadrianus waaierde zijn hand breeduit over de hele campus – 'Om de een of andere reden vond men dat *ik* de boel om zeep moest helpen dit jaar. Prins Carnaval! Er moet nog hard worden gewerkt. Het anarchistische feest bij uitstek, het wordt hier grondig voorbereid. Maar ik zou *heel* graag jou en je buitengewoon charmante vriendin – zie je die nog wel eens? – weer ontmoeten. Voor een' – bulderlach – 'goed gesprek.'

'Ik zit al,' merkte Tom op, vanop de passagiersstoel.

'Tom, *jij* komt toch? Negen uur!'

Tom keek naar Hadrianus. 'Ik zou die uitnodiging aannemen, jongen. Voor zover ik het me nog kan herinneren – de alcohol vloeide er rijkelijker dan bevorderlijk is voor een helder geheugen – waren die feesten bij Ati de moeite van de verplaatsing meer dan waard. Lekkere hapjes! En gezellige meiden die je daar kon aantreffen! Wat het fluitspel van deze sater daar al niet kon aanrichten!'

'*Zij* zal er ook zijn,' fluisterde Ati in Toms oor. Ze was aan de passagierskant komen te staan. Ze nam zijn oorlel tussen haar lippen, even maar, of het zo hoorde.

'Ik kom,' zei Tom. 'Graag.'

Achter hen toeterde een auto. 'Die wil langs,' zei Ati.

'Okee. Daar gaan we. Hmmm,' tuitte Hadrinus zijn lippen naar Ati, terwijl hij de auto draaide. Hij maakte een zoengeluidje.

'Tot vanavond!' riep Ati hen na.

'Dus,' zei Hadrianus, 'als ik het wel heb zijn die meiden waar je een tijd geleden mee op stap was, de goeie ouwe Ati Amorf en haar vriendin. Zozo. Het verbaast me dat je heelhuids uit die nacht tevoorschijn bent gekomen. Nou, misschien is Ati in de loop der jaren wat rustiger geworden.'

'Jammer dat je niet meekan, vanavond.'

Hadrianus snoof. 'Tuurlijk kan ik mee – als ik zou willen. Dat carnavalsgedoe is elk jaar hetzelfde. We zoeken een geschikte plek en transporteren daar veel bier naartoe. Meer heeft het niet om 't lijf. Nee, ik wil deze avond gewoon rustig thuis doorbrengen, met vrouw en kind. De wilde jaren zijn definitief voorbij, Tom. Ik heb niet meteen behoefte aan die tijd herinnerd te worden door middel van feestjes bij Ati.' Hij porde Tom in de ribben. 'Wat niet hoeft te betekenen dat *jij* niet flink uit de bol kunt gaan, vanavond. Ati's party's zijn altijd erg leuk, en na middernacht, hola!, gaat het er heet aan toe. En als ik het goed heb, krijgen we in de vooravond alvast een voorsmaakje. Judith belde dat ze de hele namiddag geschreven heeft aan een lekker erotisch verhaal. Ze wil het jou heel graag laten horen, na het eten. Wat maak je klaar vanavond?'

'Ik heb net een Vlaams groepje geïnterviewd, Tom.'

'Zo,' zei Tom. Hij sneed rustig verder aan zijn ui.

'Uit Leuven.'

'Zo,' herhaalde Tom. Hij legde de plakjes op elkaar, en snipperde ze.

'Een cross-overachtig rapgroepje.'

'Kijk eens,' zei Tom.

'*L.L. Oozing Love*, heten ze'.

'Nooit van gehoord.'

'Waar staat die *L.L.* voor?' vroeg Hadrianus. Hij dook naast het mes en pakte een handjevol ui. Hij propte het in zijn mond. Judith trok een lang gezicht.

‘Bah, rauwe ui. Wel, misschien interesseert *dit* je, Tom, het staat voor de naam van het groepje waaruit ze ontstaan zijn. *The Local Losers*.’

‘Oeioei,’ zei Hadrianus, en hij haastte zich om de verbandtrommel te halen. Tom kreunde. Het was een mooie, rechte snee. De zwachtel raakte snel doordrenkt.

‘En wat meer is, ze zijn zo’n beetje de *next big thing*, geloof ik. De drummer – dat moet Poes zijn, niet? – meldde dat ze de soundtrack gaan verzorgen voor een horrorprent. Een man vermoordt zijn vrouw door haar in de fik te zetten, en snijdt haar daarna open om hun ongeboren kind te offeren aan de duivel; of zoiets. *Cool*.’

‘Laat eens een stuk van dat interview horen,’ zei Hadrianus.

Swoeshshsh, ging de tape. ‘En dan die rappers die hun publiek voor complete schlemielen houden, met hun actiebegeleidende protozinnetjes. Een lazy ritme en daar gaan ze van *Mellow, mellow*, zodat er vooral geen misverstand kan bestaan. En plots wordt er gebruld *Yo, y’all, are you ready for this, here we GO*, en dan breekt een beat los die de vulling uit je tanden klappert. Fijn dat we even werden gewaarschuwd. *Goin’ down, y’all*, melden de girls en, waarempel, daar schroeft hun achterwerk kurkentrekkergewijs naar de planken. Het lijkt een toneelstuk waarin de regieaanwijzingen worden voorgelezen. *Yo, deejay, gimme that beat*. Niet onze *cup of tea, quoi*. Mij vragen ze niet om een beat, ik *sla* er één, keihard, overduidelijk, geen misverstanden. Bij ons primeert de muziek. En onze muziek is *geweld*. We zijn een gewelddadige band.’ Het was vreemd de stem van Poes te horen, van zo ver uit tijd en ruimte. ‘Omdat geweld ons leven is. Ons eerste optreden op een groot festival was meteen een rel. We moesten door de politie worden ontzet. Onze eerste zanger is spoorloos verdwenen, misschien wel in drank en drugs,’ – dat zal wel, ja, dacht Tom – ‘Seismo, de bassist, is na een tragisch ongeval bijna volledig doof geworden. Je kent het verhaal, genoeg gepubliceerd overal, hij is dan loeiend luid gaan spelen, met zijn rug tegen zijn versterker, om de vibes te *voelen*. Die eerste bezetting was legendarisch, er circuleren nog steeds bootlegs van dat eerste concert. Maar we zijn geëvolueerd, we staan scherper dan ooit, zeker met de nieuwe *lead* gitarist. Rauwe energie. Echte drums, snoeihard gitaarwerk, *hardcore* teksten die...’

'Zijn die teksten niet een beetje, hoe zal ik het zeggen,...'

Wie is dan nu gitarist, dacht Tom, wie hanteert de zogenaamd snoeiharde gitaar?

'... en dus niet alleen over de individuele situatie...,' was Poes aan het zeggen, toen ze onderbroken werd – 'maar ook met politieke inslag. We zijn een empirische guerrilla-band.'

'Jeeh-*zus*,' kreet Tom. Dat was Cybele!

'We grijpen ons publiek bij de ballen, en laten niet los voor we die tot moes geknepen hebben. Een keiharde *hardcore performance*, daar *gaan* we voor.'

'Wel moeilijk om daar een licht leesbaar verslagje van te maken voor de deur-tot-deurmarkt,' merkte Hadrianus op.

'Ik heb hun maar niet verteld dat ik die verdwenen zanger-gitarist weet te wonen,' zei Judith. 'En wat vervelender is,' zo wendde ze zich tot Tom, 'zich van geen kwaad bewust heeft Hadrianus, ceremoniemeester voor carnaval, dit bandje gecontracteerd voor het filosofenfeest van overmogen, carnavalszondag. Ze waren in de buurt en ze zijn niet al te duur.'

'Kreun,' deed Tom.

'En daar gaan wij fijn allemaal samen heen.'

'Ik blijf wel thuis, om op Ruth te passen,' zei Tom snel.

'Ga mee,' zei Judith. 'Zo kun je je in Leuven achtergelaten gitaar terugkrijgen.'

'Ik hoef die gitaar helemaal niet. Ik heb geen zin om *ooit* nog gitaar te spelen. En ik heb zeker geen zin om Poes en De Bassist en Bob en Cybele in dit leven nog te ontmoeten. En, ga daar maar van uit, zij hebben ook geen zin om *mij* nog ooit te zien.'

'Ik kan begrijpen dat je hen niet wil ontmoeten,' zei Hadrianus. 'Maar het zou, carrière-technisch gesproken, erg onverstandig zijn om *niet* op het feest te verschijnen. Het zou je door een heleboel mensen worden aangerekend. *Le tout Meerhof* zal er zijn, en wie er niet is, behoort niet tot *le petit cercle*. Zo simpel is dat. Maar weet je, het is carnaval, Tom, de dag der vermomming! Voor je de concertzaal betreedt, zullen we je volledig onherkenbaar maken. Zelfs voor Poes of Cybele.'

'Ik haal ondertussen wel een paar zakken patat,' stelde Judith voor. 'Met *die* hand kun je even niet koken.'

'Het ziet er erger uit dan het is. Het is een ondiepe kerf. Er zitten gewoon veel bloedvatjes in zo'n duim. Morgen is alles in orde.'

Na het gesmak, ja, ook Ruth hield van frietjes met mayo, schaarden ze zich rond de tafel. Het werd stilaan een vast ritueel.

'Ik wou dit per se laten horen omdat ik het wil laten publiceren. Hadrianus vindt dat ik talent heb. Daarom wil ik graag jullie mening. Hier komt-ie, uit de cyclus

EROTISCHE VERHALEN VAN TANTE JUDITH: HET TWEEDE VERHAAL

'Voorlopig heb ik nog geen titel, dus noem ik het maar het Tweede Verhaal. Ik heb het gemodelleerd naar andere teksten in het genre. Wat jullie nog moeten weten: ik heb het geschreven vanuit een mannenstandpunt. Omdat veel van die verhaaltjes in herenbladen geschreven worden door vrouwen – zelf, jongens en meisje, denk ik dat het toch mannen zijn, hoor, die auteurs – dacht ik dat een literair blad wel een verhaaltje door een pseudoman kon appreciëren. Ik lees het even voor. Daar gaat-ie dan. Het Tweede Verhaal, dus.' Judith hoestte in haar gesloten vuist.

'Ik weet, vanuit ervaring, hoe leuk mijn vrouwtje Corrie het vindt me te zien stoeien met één, of zelfs twee van haar vriendinnen. Ik ben dan ook een erg aantrekkelijke kerel. Ik meet ten volle een meter vijfentachtig, ik weeg vijfenzeventig kilo, allemaal stevig spierweefsel en bovendien ben ik – al zeg ik het zelf – erg groot geschapen, daar van onderen.

Verleden week nodigde Corrie Margo uit, een van haar collega's van kantoor, om bij ons thuis een drankje en een hapje mee te komen pikken. Lekker informeel, zo was aangekondigd. Dus hupste ik die avond ongedwongen door ons flatje, hapjes aanbiedend en sapjes, in mijn nopjes in de rol van de perfecte huisman. Omdat het toch zo informeel was, had ik een jeans aangetrokken, bovenste knoop open, luchtig shirtje erboven, losjes in de broek gepropt, en openwaaierend zodat mijn kruidige navel te bewonderen viel. Blote voeten, douchefris. Ik had mijn blote bast ingewreven met pittig geurende olie, mijn borstvacht glimde in het gedempte licht, en mijn tepels had ik met rouge ingesmeerd, zodat ze mooi zichtbaar waren door de ragfijne stof van mijn shirt. Om mijn hals blikkerde een gouden ketting.

Het was te merken dat Margo aangesproken werd door deze uitmonstering. Telkens als ik me vooroverboog, om een drankje bij te vullen, of een schaaltje weer van knabbelnootjes te voorzien, voelde ik haar blik langs mijn lijf naar beneden glijden. Haar ogen bleven rusten op de bobbel die duidelijk afgetekend stond in de strakke spijkerstof. Na een paar minuten kloeg ik dat het toch zo warm was in het flatje, en ik trok mijn shirt uit. Margo was een en al aandacht. Haar blikken streelden mijn massieve schouders, mijn sterke armen, mijn hete buik. Ja, ik kon héél duidelijk merken dat ze het fijn vond. Haar tepels stonden kaarsrecht en boorden zich door haar beha.'

'Ik weet niet of ik dit wel zo'n leuk verhaal vindt,' zei Tom.

'Ach wat,' zei Judith, 'zo'n lekker mannenverhaal, fijn toch? Waar waren we? O ja!

Corrie vroeg of Margo het misschien ook zo warm had, en ze stelde voor dat ik haar wat meer op d'r gemak zou stellen. Graag dus, en dienstvaardig ging ik op mijn knieën voor haar zitten, en knoopte de duizend knoopjes van haar zijden bloesje open. Ik liet het ding van haar schouders glijden en gooide het op de sofa. Toen kneedde ik haar warme borsten door het delicate kant van haar beha heen. Ik liet de volle cups kantelen en hield in elke hand een melkwitte, perfect gevormde tiet, met een parelharde tepel.

Ik vroeg Margo of ze op grote lullen viel. Ze knikte en kreunde 'Ja, meneer'. O, ze was zo gaar, ik was ervan overtuigd dat ik haar had kunnen laten klaarkomen zonder haar zelfs maar aan te raken. Corrie stond zich in de achtergond fijntjes te verkneukelen, een hand aan haar kletsnatte poes.

Ik stond op, vlak voor Margo, en ik haakte allebei mijn handen achter de sluiting van mijn spijkerbroek. Met één soepele ruk sprongen de knopen open. De broek viel op mijn enkels en ik stapte er lenig uit. Ik ben er zeker van dat Margo dacht dat ik nu alles zou laten zien, maar in plaats daarvan trok ik het gespannen elastiek van mijn staalblauwe Yves Klein-slip aan de zijkant naar buiten en legde er een knoop in. Mijn lul, half stijf, en mijn kanjers van ballen tekenden zich haarfijn af onder het strakke katoen. Ik draaide me om en trok mijn slip tussen mijn billen, zodat Margo mijn gespierde kont eens goed kon bekijken. Ik rolde mijn bekken en spande mijn bilspieren. Margo, zag ik, was in regelrechte trance.'

'*Judith*,' zei Tom zacht.

'Wacht maar, hon,' lachte Judith. 'Het leukste komt nog. Stel je dit voor:

Ik schoof mijn slip wat opzij, zodat mijn vette knikkers naar buiten bolden, en boog me diep voorover. Toen rukte ik het elastiek los, en drapeerde mijn gescheurde slip, over mijn schouder kijkend, over Margo's volle buste. Ze leek het niet eens te merken, ze zat daar maar, haar ogen vastgelijmd aan mijn compacte, betonharde achterste.

Onverwacht pakte ik haar glas op, en liep naar de keuken. Daar ragde ik door mijn krullerige zwarte buikbos, zodat het schaamhaar lekker rechtop stond.'

'Ik moet naar dat feest,' kondigde Tom aan.

'Luister nou effe,' zei Hadrianus. 'Judith wil ons iets duidelijk maken. *Wat* weet ik niet precies, maar laten we verder luisteren. En vind je ook niet dat ze talent heeft?'

'Nu je toch in die keuken staat,' vervolgde Hadrianus, 'doe je daar ook nog iets mee? Of is het alleen een pauze in het verhaal, om de lezer af te laten koelen?'

'Precies. En om Margo de tijd te geven zich uit te kleden. Maar nu ik toch in de keuken sta' – ze giechelde – 'kan ik daar net zo goed nuttig gebruik van maken. Zal ik een bus slagroom mee naar binnen nemen? Mijn lul in de honingpot stoppen?'

'Ik denk dat je je belachelijk maakt als je met zo'n ding aan komt waar de honing vanaf druipt. Zelfs Margo zou in de lach schieten. En jullie zaten aan de zoute nootjes!'

'Als je toch,' zei Hadrianus, met een grote grijns, 'zo'n geweldig grote lul hebt, waarom laat je hem dan niet op z'n voordeligst uitkomen? Smeer hem in met olie, zodat-ie mooi glimt.'

'*Heel* goed,' zei Judith. Met het tongpuntje tussen de tanden kriebelde ze snel wat op haar manuscript.

'Laat het dan notenolie zijn,' kreunde Tom. 'Ik voel dat er orale seks in de lucht hangt. Laat het dan tenminste *smakelijk* wezen.'

'Ik smeerde snel wat notenolie rond mijn harde schacht en hete zak, zodat die daar fijn van glimden. De blauwe aderen op mijn lul klopten zachtjes in de warme avondlucht. Daarna liep ik de woonkamer in, Margo's glas in mijn hand. Mijn pik stond trillend overeind, en wiegde mee met elke heupzwaai die ik maakte. Margo zat al spiernaakt op de sofa.

Ik ging tussen haar geopende knieën staan, en ik plantte één voet op de armleuning van de bank. Ze staarde strak naar mijn stokstijve lul, terwijl ik kreunend mijn bolle eieren kneedde. Dan pakte ik met één hand de harde schacht, en trok met de andere mijn voorhuid weg. Mijn glimmende eikel sprong te voorschijn, paars en opgezwollen, een paar centimeter van Margo's hunkerende mond vandaan. Een druppel vocht glansde in de opening van mijn lul, ik boog me voorover, en smeerde het langs haar tepels, terwijl ik een vinger in haar zeiknatte poes liet zinken. Margo hapte in mijn eikel, en zoog alsof haar leven ervan afhing. Haar vingers vlinderden over mijn fluit. Ze liet zich achterover op de bank glijden, en trok me over zich heen, terwijl ze aan mijn lul bleef zuigen. Ik hapte in haar volle poes, eerst beet ik in de buitenste lippen, toen sperde ik haar paarse flapjes open, en begon haar hele spleet te likken. Margo was kletsnat, ze jankte als een teef.'

'Judith,' zei Tom. 'Je gaat te ver! Dit is echt niet leuk meer.'

'Zwijgen en LUISTEREN,' donderde Hadrianus.

'Ik weet ook niet wat me overkomt,' giechelde Judith. 'Vroeger was ik helemaal niet zo. Misschien is het de invloed van Hadrianus wel.'

'Blijf zitten,' zei Hadrianus. 'Mijn vriendin heeft een verhaal geschreven, en ze leest ons dat voor. Daar dienen wij naar te luisteren.'

Judith hernam de lezing.

'Margo begon met haar kont heen en weer te schuiven, en ze kreunde steeds harder terwijl ik haar kittelaar geselde met mijn warme tong. Toen drukte ze mijn gezicht diep in haar naaidoos en begon mijn mond wild te berijden. Heftig krampend kwam ze klaar. Haar vocht stroomde in zilte gulpen, en ik slurpte het allemaal op, tot de laatste druppel. Daarna kantelde ze mij op mijn rug, en wijdde al haar aandacht aan mijn stijve leuter. Terwijl ze me met de ene hand fijn aftrok stopte ze een vinger van de andere in mijn kontgaatje. Haar tong danste over mijn opgeblazen eikel. Ik pakte haar poes beet, en terwijl ik haar heftig vingerde kwam ik heerlijk klaar. Ik spoot mijn witheet zaad over haar verrukkelijke gezichtje, en de sloerie draaide zich om en spijkerde zich op mijn halfstijve paal. Ze genoot er zo van dat ze een tweede keer klaarkwam. Haar kutspieren trokken samen over mijn lul, die weer helemaal stijf werd. Margo bleef me berijden, mijn hete pijp knedend met haar poesje, tot ik opnieuw klaarkwam en in haar warme buikje spoot. Margo schreeuwde, en kwam voor de derde keer die avond.

Toen onze gast weer wat was bekomen, dankte Corrie haar voor het heerlijke avondje, en vroeg haar later beslist nog eens terug te komen. Margo begreep de hint, en verdween. Nauwelijks had ze de deur achter zich dichtgetrokken, of Corrie sleepte me al de slaapkamer binnen, waar ze haar mond om mijn staalharde lul sloot en me binnen de kortste keren naar een derde hoogtepunt voerde. Om de gezellige avond compleet te maken ging ik haar daarna fijntjes beffen.'

'KLAARRRR!' zei Judith. 'En wat vonden jullie er van?'

'Ik vond...,' begon Tom.

'... het heel erg goed,' zei Hadrianus. 'De omkering werkt. We zitten er allemaal ongemakkelijk bij. Het is grote kunst. Confronterend.'

'Ik voel me *echt* ongemakkelijk,' zei Tom. Hij kon Judith niet helemaal in de ogen kijken. 'Verbaal verkracht. Zoiets.'

Judith stond op. Ze zei niets. Ze raapte Ruth van de vloer en in het voorbijgaan drukte ze een zoen van spijt op Toms voorhoofd.

Dus liep Tom naar de voordeur, hij pakte de fiets en reed, in opperste verwarring, naar het huis van Ati.

'Mislukt,' zuchtte Judith. 'Hij vond het eerder wansmakelijk dan opwindend. Vanavond niet, dus.'

‘Ach, wie weet. En: morgen is er ook een dag. En overmorgen. En de dag daarna.’

‘Bovenste verdieping,’ schreeuwde Ati door de intercom. Het huis was een indrukwekkend art nouveau gevaarte. Het had ooit onderdak verleend aan een uitgebreide familie met personeel, maar was nu in etages onderverdeeld. De traphal was groot en donker. En stil, alsof alle kamers leeg waren, of, erger, alsof men in alle kamers de adem inhield om te horen hoe die vreemdeling de krakende trap besteeg. Tom klopte aan een deur die vol slingers hing en engelenhaar.

‘Ja*ha*,’ hoorde hij Ati brullen. Tom duwde de deur open. Er hingen slingers langs het plafond, in alle kleuren van de regenboog. De wanden waren paarsig roze, een tint bleker dan de binnenkant van een wang. Een stel bezems stond in een hoek. Eén wand werd volledig ingenomen door een gigantische spiegel, van vloer tot plafond. Door het raam zag Tom de Simon-Stevinkerk gelig oplichten in het bad van haar schijnwerpers. Er was niemand. In een hoek blèrde een kleine draagbare stereo jaren zeventig hardrock, iets van *Black Sabbath*, of zo.

‘*Hoi*,’ riep Ati. Ze kwam door een andere deur, in badjas, het haar in een handdoek. ‘Ik stond net onder de douche.’

Tom keek beduusd op zijn horloge. ‘Ik...’

‘Nee, da’s okee,’ zei Ati. Ze pikte een pakje sigaretten van de tafel die tegen de spiegelwand aan stond. Ze zoog met dichtgeknepen ogen. ‘Ik had je moeten waarschuwen. Onze feestjes beginnen nooit op tijd. Negen uur, da’s tien uur. Gooi je ergens neer.’

‘Ik heb een fles voor je meegebracht.’

‘Wat *lief* van je.’

‘Ik ben de eerste.’

‘Dat ben je niet,’ zei Ati. ‘*Zij* was eerder. Dat was ook zo afgesproken. Zij is het handige type. Ik heb mijn fiets lek gereden, vandaag; ze zou er naar kijken. Ze zit buiten de band te plakken. Heb je haar niet gezien?’

Tom schudde het hoofd.

‘Ik heb nog wat werk,’ zei Ati, ‘Waarom ga je niet naar haar toe? Hier, neem die twee glazen – en je fles.’

Voor het huis was geen Hare Majesteit te zien. Naast het huis was een overkapping, een doorgang, misschien naar een binnenplaats? Tom liep het donker in. Hij kwam uit op een schemerige wijdopen plek. Zuilen torsten een afdak in golvend polyester, zoals je dat in scholen ziet, of in stations. Waar het perron had moeten zijn, hoorde hij geknars. Naast een omgekeerde fiets, de band eraf gehaald, vond hij Hare Majesteit, in yogazit.

Hij hief de fles en de glazen. 'Ik heb wijn meegebracht.'

'Hoi,' zei Hare Majesteit, zonder op te kijken. Alsof ze hem verwacht had. Het tipje van haar tong hing tussen haar tanden. Tom ging naast haar zitten, de fiets tussen hen beiden in. Zijn voeten bengelden over de denkbeeldige spoorlijn.

'Hier moet het gat ergens zitten,' zei ze. Haar paardenstaart waaierde breed uit over haar goddelijke rug. Ze liet een kloddertje spuug op haar wijsvinger glijden en tikte het tegen de bolle binnenband. Belletjes pruttelden zacht op. De roze avondschemer ging langzaam over in het koelblauwe licht van de volle maan. De speekselbelletjes die de band blies kon je beter horen dan zien.

'Zal ik vasthouden?'

'Eerst de lucht uit dat ding laten.' Tom opende het ventiel, met licht bevende vingers, en voelde hoe de band onder zijn vingers verslapte. Het sissende reptiel werd een lege huid van stinkend rubber. Hare Majesteit veegde de plek tussen Toms wijzende vingers droog, ze smeerde lijm op de band en op het rubberen plakkertje. De blauwe schaduwen over haar ogen als ze zich voorover boog. Die ene weerspannige lok, die ze met een boze mondhoek wegblies. De geur van rubber, lijm, en haar parfum.

'Leuke uitmonstering voor een feestje,' zei Tom. Hare Majesteit drukte stevig op het plakkertje. Ze veegde haar hand af aan de blauwe overall.

'Op alles voorbereid,' lachte ze.

'Hier was hij al eens geplakt,' wees Tom.

'Heb ik daarnet gedaan,' zei Hare Majesteit. 'Een of andere grapjurk moet spijkers op het wegdek hebben gestrooid. Ik denk dat ik ze allemaal heb, nu. Drie gaten in de defensie.'

'Ben je, hoe moet ik dat uitdrukken, heb je heel de band met speeksel bevochtigd?'

'Dat zeg je keurig, toch? Nee, je *hoort* het sissen. Dat beperkt de mogelijkheden. Tien minuutjes laten drogen, dit. Wel blijven drukken. Moet jij niet boven zitten?'

'Ik *was* boven. Ati zat nog in bad. Je bleef zo lang weg. Ik kwam mijn diensten aanbieden.'

Hare Majesteit keek hem vanonder haar wenkbrauwen aan. 'Je was een onontbeerlijke hulp,' sprak ze plechtig. En toen proestte ze het allerverrukkelijkst uit.

'En ik *haat* feestjes,' bekende Tom. 'Ken je dat liedje: *You will always find me in the kitchen at parties*?'

Hare Majesteit neuriede de melodie. 'Hé, nu je het zegt, dat is de tekst. Nooit zo op gelet. *You will always find me in the kitchen at parties. – That's me too, honey.*' Ze neuriede door. De strofen klonken huppelig, in het blauwe maanlicht, op de rand van het denkbeeldig perron waar ze beiden wachtten op de nooit aangekondigde trein naar nergens. De tien minuten waren om. Tom liet de wijn in de glazen klokken, reikte Hare Majesteit er een aan. Ze klonken.

'Ik stel me jou anders voor als een feestbeest.'

Hare Majesteit liet haar paardenstaart opwippen. 'Nee,' zei ze. 'Ik hou niet van feesten. Het hoort in het struikgewas, dit blonde beest. Ik sluip door het struweel. Op gezette tijden rol ik me tot een bal, en iemand anders met net zo'n fijne pels komt tegen me aan liggen. Da's mijn idee van feesten. Soms breng ik rouge aan, en zit ik met opgetrokken knieën en gebalde vuisten te huilen om de vergankelijkheid van het leven en de begrensdheid van de liefde.'

'De keuken *is* een soort struikgewas, waar je bessen kunt plukken voor de wijn, en noten om erbij te kraken. Als je het grote licht dooft, en enkel dat boven de afzuigkap aanlaat, kun je je er veilig wanen.'

'Jaja,' zei Hare Majesteit. 'Twee mislukte poëten zijn we, jij en ik.' Ze tikte hem aan, heel even, op de schouder. 'Weet je, Tom, volgens mij ben jij een geschikte kerel.'

'Klopt. Een *heel* geschikte kerel.' Tom zei het driest, bij volle bewustzijn. Hij legde een half spottende uitdrukking op zijn gezicht, zodat niet duidelijk was of hij het meende, of een grapje maakte. Wel, hij meende het *en* hij maakte een grapje. 'Alleen *weet* niemand het.'

'Er is tijd voor nodig, om zoiets van een ander te weten te komen.'

'Ik zou het heel fijn vinden als je daar de tijd voor zou willen uittrekken.' Het was eruit!

Hoe reageert Hare Majesteit hierop? Rolt ze om zijn zotte liefdesverklaring over de betonnen vloer, in het rinkelende glockenspiel van haar lach? Rent ze gillend weg? Ranselt ze met de fietspomp ongenadig de duivel Hoogmoed uit Toms vege lijf? – Niets van dit alles doet ze. Een steenkoude en smerige hand legt ze op elk van Toms wangen, en ze drukt een vlinderige kus op zijn voorhoofd. 'Ik wil dat heel graag,' zegt Hare Majesteit. 'Ik wil niets liever dan dat, op dit moment in mijn leven.' Ze laat zijn hoofd los en het tolt. Tom davert in zijn schriele lijf. Hij wil in deze feestnacht, bij de lekke banden, het nieuwe jaar verwachten, maar het karwei moet worden afgemaakt, nietwaar, en terwijl de betovering haar broze web nog spint, gaat Hare Majesteit met vaardige vingers alweer aan de arbeid. Ze duwt de binnenband in de velg, drukt de buitenband op zijn plaats en pompt, zittend op één knie.

'Tel jij ook altijd in jezelf als je een band oppompt?'

Tom houdt het wiel vast, volstrekt overbodige hulp. Hij voelt de binnenband onder zijn duim verstijven.

'Ik tel,' zegt Hare Majesteit. 'Ik begin bij één, en ga de numerieke volgorde langs. De eentonigheid van het ritme resoneert in mij en één seconde nadat ik de pomp heb neergelegd ben ik vergeten hoever ik ben gekomen.'

Tom kantelt de fiets. 'Houdt het?'

'Dat zal Ati morgen merken.' Hare Majesteit staat recht, ze ritst zichzelf open, in één vloeiende beweging stapt ze uit de overall. In het bleke maanlicht, onder de schaduw van de zuilengalerij lijkt het even of ze naakt staat en rechtstreeks oprijst uit een schuimende zee. Maar feestkledij draagt ze wel degelijk: een strakke, sneeuwwitte zijden pantalon, en een zilverkleurig gehaakt truitje. Ze schudt haar haar los.

'Hoe zie ik eruit?' pruilt ze. Ze tolt even om haar as.

'Betoverend.'

'Hmmm.' Hare Majesteit vist een rijtje parels uit de overall en hangt die om. 'Ati in het goud, ik in het zilver.' Ze reikt uitnodigend haar hand. 'Ga je mee feesten?' Ze stapt al naar de doorgang, Tom kan de uitgestoken hand niet grijpen.

Uit de milde Luna van de irreële spoorweg stappen ze de poel van zwavelgeel lamplicht in, ze breken dwars door het web van de betovering, de zilverdraden hangen nog om Hare Majesteit heen. Straks zullen ze op het feestje arriveren – schelle stemmen, hard glasgerinkel – en de betovering zal voor de rest van de avond wijken. Tom rouwt al. Hare Majesteit holt giechelend de trappen op, twee treden tegelijk. Niet op weg naar de keuken, denkt Tom bitter. Hij kan zichzelf niet opkloppen tot schuimig feestgedruis. Buiten, in het maanlicht, blinkt de fles en fonkelen de twee vergeten glazen, half leeggedronken.

'Lieverds, we hebben jullie gemist, wat hebben jullie daar in het duister uitgespookt?' schalde Ati. Ze droeg een veel te luide jurk, en haar kapsel was ingewikkelder dan ooit. Een wrange smaak welde in Toms mond.

'Wat met rubber gedold,' schetterde Hare Majesteit terug, en die repliek werd op luid gebrul onthaald door de verzamelde menigte.

'Je hebt een veeg op je neus, pon,' riep Ati, en ze kuste die er af.

'En jij ook,' riep ze naar Tom, 'op je wangetjes!' Hij haalde er snel zelf een zakdoek over. Hij draaide zich om. De onderbelichte schim in de spiegel zag er allermiserabelst uit. Hij kende niemand in de kamer, en niemand kende hem, en niemand had zin hem te leren kennen, en vice versa. De heren waren hanig en poenig, hun pakken blitz; de dames doortrapt, hun jurken arglistig. Hare Majesteit had zich onzichtbaar gemaakt. *Just my luck*, dacht Tom.

Hij belandde naast het meisje in petite robe noire dat er op zo'n feestje altijd is. Ze zegt: 'Verliefdheid is een ziekte. Je wordt midden in de nacht wakker, zwetend en met krampen in je maag. Je hart bonst in je keel. Nee, ik wil er van gespaard blijven.' Een man in een zwart drieknoopspak knikt ernstig. Er ligt roos op zijn revers. Niet teveel, een zweem van onverzorgdheid is voldoende. Hij heeft het over de laatste nieuwe roman in vogue – uiteraard kraakt hij hem af. Zijn eigen nachtkastla ligt vol notities, flarden van ideeën voor een eigen roman, brabbeliger, onleesbaarder dan Joyce, en bijgevolg beter. Hij draagt geen das, maar een tot boven toe dichtgeknoopt wit hemd. Hij betreurt openlijk dat er tijdens zijn leven geen Grote Oorlog woedde. Er is zo weinig om over te schrijven, voor onze generatie. De omstanders knikken bedachtzaam. Hij kijkt naar het meisje in het zwarte jurkje. Straks neemt hij haar allicht mee naar huis, – zodat hij toch iets heeft om over te schrijven. Een groep mannen met brede bakkebaarden bespreekt met kennis van zaken de markt der amfetamines. 'Als je zo nodig aan de uppers moet,' hoort Tom, 'grijp dan meteen naar kwaliteit. Wil je poppers, eis dan het merk KARL. Onweerlegbaar de beste.' Tijd, vond Tom, om in de keuken op zoek te gaan naar een blad met toostjes. Hij had honger.

Niets op tafel, jammer. Hij trok de ijskast open. Die beloonde hem met waarderend geknor. Het resoneerde diep in zijn darmen. In de rekken lagen hompen ondefinieerbaar vlees, lamsbouten of zo, alleen slanker. Onder die stapel een dozijn of wat reusachtige kikkers met gemelijke smoelen, de poten netjes samengebonden. Grote, grauwe beesten – als je niet beter wist zou je denken dat het padden waren. Tom hield er een keurend omhoog. Grote God! Het beest hief een lui oog en kwekte. Tom gooide het terug.

'Geschrokken?' Ati kwam met een leeg dienblad de keuken inzeilen, ze gloeide na van de warmte van haar gastvrouwschap. ''t Is lenteweer, dus straks kunnen we barbecueën, op het balkonnetje. Lekker toch? Ik geloof in vers, ook wat kikkerbilletjes betreft.'

'Is niet erg, hoor, voor die beesten,' vervolgde Ati. 'Kreeften gaan ook levend in de pot. Of oesters, die giet je levend naar binnen. Jij kookt toch graag? Ooit gehoord van die slangenrestaurants in het westen van China, waar ze er de gal uitsnijden waar je bij zit en het kronkelende reptiel daarna teruggooien in de mand?'

'Wat te extreem voor mijn smaak.'

'Ach, welnee,' lachte Ati, 'ik dacht dat jij een echte *foodie* was? De keukenprins annex messenkoning van Meerhof? Zo heb je het ons toch verteld in het café, weet je nog?' Ze haalde uit een kast een lading chips en verdween weer de kamer in. Tom kon het niet laten. Hij wierp een tweede blik op de vreemde inhoud van de koelkast. Hij zag een halve avocado liggen, plukte de pit eruit, nam een hap met een lepel. Uh, veel te hard.

'Ik *wist* dat ik je hier kon vinden,' zei Hare Majesteit.

'Ik had het voorspeld,' zei Tom bitter. 'Euh,' – wat vervelend dat hij haar naam niet wist, en wat was het onherroepelijk te laat om die te vragen – 'ik denk dat ik het voor gezien houd. Sorry, ik voel me niet zo geweldig, vanavond. Zware dag gehad, op de fac. Misschien moet ik vroeg het bed in.'

Hare Majesteit keek hem bezorgd aan. 'Doe maar,' zei ze. 'Je hoeft het voor mij niet te veinzen, kerel. Dit is geen erg prettig gezelschap. Zakenrelaties, wat wil je?' – Maar ze leek zich toch thuis te voelen hier, bedacht Tom.

'Wel, die bonzende hoofdpijn is echt. En ik ben erg moe. Een lange nachtrust zal me deugd doen.'

'Neem eerst een slok.' Ze reikte hem haar glas. Tokaji! Ze was de fles beneden op gaan halen! Terwijl hij de wijn in zijn mond rondwalste om de vieze smaak van de avocado weg te spoelen, vroeg ze Het Onverhoopte. 'Zie ik je nog eens? Gauw?'

Tom knikte gretig, de mond vol alcohol.

'Ben je morgen vrij?' Tom spuugde de wijn bijna uit. Morgen? Morgen al? Hij wou *jaren* op haar wachten. Jaren. Nee, morgen was *veel* vroeger dan hij ooit had gehoopt. Hij slikte de Tokaji door.

'Tuurlijk,' stamelde hij. 'Graag. *Heel* graag.'

'Het is zo lekker buiten, en ze beloven dat het morgen, zo tegen de middag aan, echt badpakweer wordt. Kun je het je voorstellen? Zo vroeg in het jaar? Er is hier in de buurt een stukje hei met een meertje, waar we gezellig naartoe kunnen fietsen. We kunnen wat wandelen, of gewoon fijn niksen. Misschien kan je er, als je moe bent, aan mijn zijde wat slapen, terwijl het ultraviolet je langzaam heelt. En daarna kunnen we de stad in, op een terrasje wat gaan drinken. Nee, morgen lijkt me een goeie tijd om te kijken of je echt een geschikte kerel bent.'

'Heerlijk lijkt me dat,' wist Tom nog uit te brengen.

'Mag ik mijn glas terug?' vroeg Hare Majesteit. Te laat, Tom had het helemaal leeggedronken, ergens tijdens die laatste interventie van haar, al was hij zich daar niet van bewust geweest.

'Neem zonneolie mee, en je zonnebril. En een zwembroek. Kunnen we lekker stoeien in het water. Oh, ik heb er zin in, Tom. Er eens helemaal tussen uit!'

'Het lijkt mij ook heel leuk,' zei Tom schor.

'Elf uur, kan dat? Bij de fontein?' Het waren bevelen, geen vragen. Tom knikte woordeloos. Hare Majesteit ging voor hem staan en even leek het of ze hem zou zoenen. Maar dat deed ze niet: ze opende de deur naar de woonkamer.

'Ga,' zei ze. 'Ik zie je morgen.'

Maar in de woonkamer was er nauwelijks een doorkomen aan. Bovenop een stoel stond een kleine naakte man, die een stormlantaarn op zijn hoofd balanceerde. Een kring nieuwsgierigen keek hem gespannen aan. De man stond stokstijf. Deed niets. Toen niesde hij. De lantaarn viel op de grond, het glas versplinterde. Iemand applaudiseerde luid. De man keek hem vermanend aan. 'Mijn tijd is nog niet daar,' sprak hij. 'Donder en bliksem hebben hun tijd nodig. Ik kom te vroeg!' Aan de andere kant van de kamer klonk gejoel. Een zwart geschminkte figuur maakte zijn entree, bekranst met klimop en viooltjes. 'Gegroet,' riep hij uit. 'Wilt gij een zeer dronken man in uw midden ontvangen? Gisteren was ik verhinderd, maar heden ben ik hier, meegesleept op een ongewone stroom van woorden, met linten om het hoofd, om die te winden om het hoofd van de meest wijze en de schoonste.' Zijn stem kwam Tom bekend voor, maar toen hij op de toppen van zijn tenen ging staan om de man beter te bekijken, werd zijn lichaam ineens van lood. Hij viel. Languit schoof hij op zijn rug, zwaar ademend. Met nietsziende ogen keek hij onder de rokken van de meisjes die boven hem kwamen heupwiegen. Ze deden het niet uit schaamteloosheid, maar om hem te bezweren. 'Ga eens na,' zei er eentje, 'of het noodzakelijk is en niet slechts waarschijnlijk dat men begeert wat men mist, en of, als men het niet mist, men het dan wel begeerte noemen kan.' 'Goddelijk zijt ge, Peter Carlquist, daar waar het scripts betreft,' zo loofde de inmiddels met veelkleurige linten bekroonde Ati de zwarte man. 'Een mooie kunst bezit ge, als ge die tenminste werkelijk bezit,' mompelde Tom in het oor van het meisje in het zwarte jurkje; ze was naast hem komen liggen. 'Hoe komt het,' riep Ati de aanwezigen op, 'dat wanneer iemand over schrijvers praat, ik gewoonweg zit te knikkebollen, maar zodra men Peter noemt, ik klaarwakker ben, en een en al oor?' Het meisje beet Tom in de neus.

'Alle grote kunsten hebben behoefte aan een bijdrage van spitsvondigheid,' meldde ze. 'Laat hem,' zei ze tot de omstanders. 'Dat is zo zijn gewoonte. Soms zondert hij zich af, waar hem dat uitkomt, en staat daar maar. Of ligt. Zoals nu.' 'Inderdaad,' zei het naakte mannetje, tegen niemand in het bijzonder, 'de hik is verdwenen, maar pas *nadat* ik het niezen erop had toegepast.' 'Is het dan niet beter,' huilde het meisje, 'dat iemand belachelijk is en een vriend, dan gevaarlijk en een vijand?' De dronken man, die Peter Carlquist, knielde naast Tom. 'Zo ook,' knipoogde hij, 'zult ge niet hem die niets waardevollers te tonen heeft dan zijn composities van geschriften, eindeloos gewenteld en gekeerd, terecht een schrijver noemen?' 'Stellig,' zei Ati, ergens uit de buurt van het plafond. 'Wat het schrijven van scenario's betreft: de waarheid is deze, meen ik: er *is* geen enkelvoudig antwoord. Het is op zichzelf schoon noch lelijk. Als het schoon wordt bedreven, is het schoon. En als het lelijk wordt bedreven, lelijk.' 'Zo ook,' toeterde Carlquist, 'scheppen de bacchanten wanneer zij gegrepen zijn uit de rivieren honing en melk, maar niet zolang zij bij zinnen zijn.' 'WAAK!' Tom sprong overeind. De schrijver greep hem bij de nek en zei: 'Uitstekend geantwoord! Maar zeg me, want door mijn geestesvervoering weet ik het niet meer, heb ik in het begin van mijn rede een definitie van Eros gegeven?' 'Bij Zeus,' kreet de man in het drieknoopspak, 'een hele goede!' En plots stond Hare Majesteit naast Tom. Ze hees zijn armen om haar schouders en baande een weg naar de deur. 'Want de dichter is een vederlicht wezen, gevleugeld en heilig; pas in staat tot scheppen wanneer een god in hem gevaren is; wanneer al het verstand hem heeft verlaten,' zo brulde Carlquist hen na.

'Wie is die man?' hijgde Tom. Zijn neus deed pijn.

'Een van onze scenaristen,' hijgde ook Hare Majesteit. 'Altijd laveloos als hij hier arriveert. Hij doet alsof hij vreselijk bevlogen werkt en niemand ooit betere verhalen heeft geschreven. Maar zijn scenario's zijn mechanisch. Alsof ze door een computer zijn gemaakt. Wél zeer geschikt voor Augias.'

Tom liet een boer. Hij werd vuurrood en hield een hand voor zijn mond.

Hare Majesteit lachte. 'Je *bent* dronken,' stelde ze vrolijk vast. 'Slaap maar lekker uit. Ik zie je morgen.' En ze liet Tom in de traphal achter. Was het inbeelding, of had Hare Majesteit ter afscheid met haar vinger langs de lijn van zijn lippen gestreken? Hij likte, het smaakte vaag ziltig.

In de hal hing een bizarre hitte. Het zoemde in zijn hoofd, duizend muggen. Twee glaasjes Tokaji had hij gehad, twee. Toch kon hij zich maar met moeite overeind houden. Maar zelfs in die toestand hield Hare Majesteit van hem. De houten panelen langs de trap glommen gelig-groen. Langzaam, trede na trede, daalde Tom af; hij klampte zich vast aan de muur. Hij had het gevoel dat zijn aftocht vanuit de lege appartementen werd gadegeslagen.

Buiten op de stoep rook hij hoezeer zijn kleren doordrenkt waren met sigarettenrook. Hij haalde een hand door zijn haar. Ook dat stonk naar verbrande tabak. Uit het raam, vier hoog, schalde gelach, een diepe bas, en een soort gehinnik. Eerder van een geit dan van een paard. Het eerste gerammel met het barbecuestel klonk al, op het balkon. De klok sloeg de eerste slagen van middernacht.

Op zijn hand verschenen kleine, jeukende blaasjes.

Tom maakte zijn fiets los, om zichzelf mee te ondersteunen tijdens de lange tocht naar huis. Hij stapte door een waas. Hij wist ineens wie Peter Carlquist was. Het was die kerel uit de wachtzaal, die – die Otto.

Door de nacht rende, voor zijn fiets uit, vreemd geluidloos, een brandende rat. De oranje gloed flakkerde langs de huizen, wierp schaduwen in de portieken waarin de vrijende goegemeente zich had verscholen. Het dier verdween in een keldergat.

En toen Tom later die nacht wakker werd, met kramp in zijn darmen en een heftig bonzend hart, wist hij niet of dit van de drank of van de onrijpe avocado kwam, of misschien wel van de smachtende verliefdheid.

11

'Wil je me met olie insmeren?' vraagt Hare Majesteit. 'Mijn rug?' Ze stapt uit haar jeans en trekt het T-shirt over haar hoofd. Ze draagt een hagelwitte zwemslip en even witte bloemen in haar zware vlecht; verder niets. Ze gaat op haar buik liggen. Ze wijst naar haar tas.

'Graag,' stamelt Tom. Bevend hijst ook hij zich uit jeans en shirt. Hij laat de olie uit de trillende kommen van zijn handen vloeien, eerst haar wervelkolom langs, dan dwars over haar rug. Eerst voelt de olie koud onder zijn handen, dan wordt ze lauw, dan warm; ze neemt de hitte over van haar vlees.

'Je mag harder wrijven,' zegt Hare Majesteit loom. Ze legt de blonde vlecht op het zand. Halfgesloten ogen. Een paar vroege sproeten op haar neus vlammen rood op in de felle zon. Toms vingers kneden in het zachte vlees van haar schouders. Hij cirkelt over de ranke wervels in haar nek, streelt langs haar oren zijdelings haar wangen, vlindert over haar sleutelbeen, glijdt langs de kam van parels midden op haar rug tot aan de rand van het witte broekje – *Als je Jezus verwerpt zal je ziel voor eeuwig branden in de Hel*, roept een heilsoldaat hun uit de verte toe; zwaaiend met een zakbijbel haast ze zich in hun richting – en weer naar boven, en naar omlaag, zijn handen wervelend als zijn gedachten. Hare Majesteit zucht ervan.

Ze grijpt zijn handen. 'Mijn beurt!' Ze glipt onder hem vandaan, gaat vlak voor hem zitten, de billen op de hielen (ze is zijn mooier, vrouwelijk spiegelbeeld). Ze haalt haar handpalmen over haar van olie druipende rug en strijkt die balsem op Toms schouders. Ze laat haar handen naar beneden glijden, ze doet meer – veel meer – dan nodig om de olie uit te smeren. Haar ijverige handen fladderen zijn honderdtwintig ribben langs, ze glijden langs zijn flanken – tot ze de harde knobbel van zijn heupbeen raken; naar boven nu, en helemaal naar beneden. Al die tijd boort ze haar blik in de zijne. Ook Tom grijpt zich behoedzaam vast en wordt ijverig. Zo zitten ze daar, elkander diep in de ogen kijkend, terwijl hun handen de kooi zalven waarin het hart van de ander beeft van verlangen.

Hare Majesteit is de eerste die bezwijkt: haar handen glijden onder het elastiek, tussen haar duimen neemt ze zijn slip mee naar beneden. Toms billen blinken kwetsbaar wit – de heilsoldaat blijft even verbluft staan kijken, rukt dan resoluut het brilletje van het hoofd en verdwijnt spoorslags de bosschages in. Toms geslacht had zwaar aangevoeld, heel die tijd, in afwachting van dit moment, dit woordeloze teken om zich fier en onherstelbaar te verheffen. Nu dus krijgt Tom die stijve die er al een tijd aan zit te komen; half heerlijk, half pijnlijk spant zijn lid zich onder het strakke lycra van zijn deels afgestroopte zwemslip. Hare Majesteit trekt een streep langs zijn wervelkolom en een vinger glijdt genadeloos zijn reet binnen. In elke hand neemt Tom een borst, hij cirkelt behoedzaam met de duimen over de opgerichte topjes. Hij ademt zwaar. Nu krast ze over zijn tepels, ze trekt met haar nagels ondiepe voren in zijn buik, ze priemt in zijn navel. Hij snakt naar adem als Hare Majesteit haar vingers vasthaakt in zijn slip en het elastiek naar zich toetrekt. Onontkoombaar springt zijn erectie te voorschijn. Zo hard en vastberaden heeft Tom zichzelf nooit eerder gevoeld, nooit eerder gezien. Vuurrood en smachtend staat de eikel en tranen van begeerte blinken in het blinde oog. Er bestaat niet de minste twijfel over de bedoelingen van dat koppige zoogdier opgericht in zijn schoot. Een rood-blauwe ara vliegt over; het dier slaakt korte, opgewonden kreetjes. Een paar speelse lokken waaien om Hare Majesteits gezicht; verre druppels van de branding regenen op Toms rug, zetten een weldadige brand in de kraslijnen. Hare Majesteit buigt zich over hem heen, ze wrijft haar tepels langs zijn staaf, en legt zijn ballen te rusten in de warme sleuf tussen haar borsten. Haar vingers dwalen veelvuldig over zijn eikel.

'Wat ben je hard,' fluistert ze hees. Tom knikt, de keel dichtgeknepen.

Zij weer: 'De wet van het leven is staal. Alleen het hart, de ziel gemaakt uit staal bewerkstelligen leven.'

'Majesteit...'

‘Zwijg,’ gebied ze. ‘Zwijg – wees werkzaam.’ Tom, gehoorzaam, schuift trillend haar broekje naar beneden. Ze neigt richting aarde. Van bovenaf staart hij naar het landschap van dit vrouwelijke dier. Hij zoent de glinsterende lila lippen van haar geslacht, gevat in de roomblanke kelk van haar billen. Hij bezat zich aan haar geur, even dwingend als de zijne, maar anders – als de branding die achter hem openbarst; heet, zwoel, zilt en zoet tegelijk. En terwijl zijn handen fladderen, haar albast-en-roze tussenbenigte knedend, pakt Hare Majesteit hem bij de ballen. Toms adem stokt als haar lippen over zijn eikel schuiven en ze zachtjes begint te zuigen; ze likt zijn tranen weg, ze tikt met haar tong tegen het toompje, haalt plagerig haar tanden langs de rand. Tom woelt, ploegt en wroet. Hij plant vlaggen, annexeert, legt fundamenten, brengt hoogspanning aan, en aardgas, telefoon; hij bekabelt haar met stroom en energie, met onvermoede lijnen van communicatie. Hij drukt zijn wang tegen haar onderrug; hij omarmt Hare Majesteitelijke kont; zijn vingertoppen strelen haar geheime lippen, zoeken, vinden haar clitoris. Hare Majesteit intussen zoent en knabbelt, bijt. Ze schudt haar haar los, bindt het elastiekje om de basis van zijn pik, wipt zijn ballen erdoor, en zijn staaf zwelt en zwelt, zijn eikel wordt de brede kop van een stormram, haar tanden haken achter de rand; ze maakt hem gek. Tom kruipt over haar heen, wrijft de kloppende hamerkop langs haar wild spinnende poes en eindelijk, eindelijk, haalt hij met beide duimen de lippen van elkaar en drukt de jubelende staaf vol tegen haar aan. In één haal glijdt hij naar binnen, de vochtige hitte schuurt – moge dit branden eeuwig duren – en hij boort door, tot hij in haar opgaat, helemaal. Langzaam zetten ze zich in beweging, Tom en Hare Majesteit; zijn handen zijn vlinders op haar rug; hij aait haar schouders, graait in haar nek, glijdt met tintelende vingers langs de achterkant van haar parelmoeren oorschelpen. Hun liefde is als chirurgie, de scherpe beet van het mes, pijnlijk en weldadig, doordringend, helend, onomkeerbaar. Zorgvuldig en deskundig bezitten ze elkaar, een ballet in het volle licht, een zeer gedetailleerd spel op leven en dood, een uitermate ernstige taak waarvan ze zich blijmoedig kwijten. Tom kan zijn ogen niet van Hare Majesteits draaiende billen houden, van zijn massieve lid dat in en uit haar beweegt, de schaamlippen die hem omhelzen en die zuigen op het ritme, haar guitige anus daarboven, die kleine ster, de punt die zijn erectie tot uitbundig uitroepteken maakt. Bij elke haal laten haar billen littekens van warmte op Toms buik achter. Wat een uitzicht: haar loom verende achterwerk en zijn harde, rode stam die dat doormidden splijt. Zo is het: haar kont een hart; zijn pik de gevederde pijl die het doorboort. Hare Majesteit gooit het hoofd achterover, het lange blonde haar geselt haar rug, ze beukt tegen Tom aan, versnelt het ritme, graait driftig naar haar kittelaar, grijpt met de andere hand zijn ballen, dwingt hem tot een razend tempo. En dan trilt ze hevig, ze wordt vuurrood, hapt wild naar adem, kreunt lang en hard – tot dan toe was alles woordeloos geweest, geluidloos, rimpelloos, volmaakt -, en haar rug zakt sidderend naar de grond, wild schokt haar geslacht, en Tom voelt de spanning ondraaglijk opzetten – hij trekt zich terug. Zijn zak tegen haar aan gedrukt, de staaf tussen haar billen, zo sproeit hij in milde geuten over schouders, over rug, over de magnifieke kromming van haar taille, en de allerlaatste druppels vloeien kleverig haar bilspleet in. Het oogverblindende zaad vloeit van haar af, bengelt langs haar flanken, ploft loom in het zand. (Haar lichaam huilt Toms dikke, witte, blinde tranen.) Zijn eikel rust op haar stuitje, een laatste druppel kleeft hen samen op dat kleine driehoekje van heiligbeen, het uiteinde van de directe baan naar haar brein. Het plots zo moede roedehoofd nestelt zich in de broeierige spleet, en Tom vlijt zich bovenop zijn geliefde, zijn ballen zure appeltjes, zijn pik gevangen in het weldadige reliëf. Van hun zwetende lichamen wasemt één damp, die in de vorm van één enkel lichaam ten hemel stijgt.

'Ja,' hijgt hij. 'Zonder deze kameraadschap met het lichaam kan niemand heden ten dage leven. Het is ons dienstbaar. Steeds weer. Dienstbaar zijn, het is het hoogste zedelijke idee. Het slaafse lichaam zet deze gedachte om in Daad.'

'Inderdaad,' antwoordt Hare Majesteit, 'zoals je zei: dit was erg fijn. En ik ben blij dat jij het ook fijn vond. Ik ben zo bang dat ik verkeerde dingen doe, of niet bedreven overkom.' Ze verschikt zich, legt haar hoofd op haar gevouwen handen; Tom veert mee met het wrikken van haar heupen. Hij voelt hoe haar spieren zich spannen en ontspannen terwijl ze een geschikte houding zoekt voor het debiteren van de rest van haar monoloog. *[Het licht wordt gedempt en blauwachtig, het valt van boven op haar gezicht. Een geelachtige reflectie glanst op de wang en de zijkant van de oogkas onderaan. Haar persoonlijke regisseur arrangeert het beeld zo dat niets aanstoot kan geven: Hare Majesteits borsten ingegraven in het zand, Tom bovenop haar, een handdoek nonchalant over zijn billen.]*

'Ik heb eens op tv,' vertelt Hare Majesteit, 'de paring van neushoorns gadegeslagen. Kun je je tederheid voorstellen bij twee monsters van dat kaliber? Lust bij die kleine oogjes? Zijn pantser fladdert open als een kamerjas, en daar komt een slinger van een piemel tevoorschijn, een bezemsteel. Vooraan hangt een flap van voorhuid, het lijkt of die er vanaf druipt, of het hele ding aan het smelten is. Zij toont een kier van teer en vochtig vlees. Hij haakt zijn voorpoten over haar rug. Hun muilen zijn dicht, er is geen geluid, geen gebalk, geen gebrul. Hij mikt, hij mist. Geduldig kruipt hij weer naar achteren, richt opnieuw. Onbeweeglijk staat hij, de voorpoten midden op haar rug, en uit zijn neusgaten slaat damp. Hij schudt met zijn hoofd. Kwijl spat op de grond. Rustig overschouwt hij de vlakte, dan komen zijn heupen langzaam in beweging, hij stoot toe, een paar keer maar, heel lijzig. Zij knippert met haar ogen; dan is het al voorbij. Hij probeert zijdelings van haar af te springen, maar knalt met zijn buik op de kam midden op haar rug. Hij moet weer naar achteren. Zijn afzichtelijke penis blijft half stijf tussen zijn poten zwabberen. Vocht druipt over die dwaze voorhuid naar beneden, en hij staart stom in de camera terwijl hij poot na poot zet en met een absurde huppel op de grond dreunt. Zijn lid tikt even tegen het gras en krimpt dan naar boven. Het pantser sluit. Het wijfje doet een paar passen vooruit, sperma lekt van tussen haar achterpoten. Ze ziet er kwetsbaar uit en lijkt afkomstig van een andere planeet, en we schamen ons over de gemaakte inbreuk op hun intimiteit. Want precies dat is het verrassende aan deze paring van kaliber: het gebeurt zo onverstoorbaar, zo nonchalant, daar midden in de dierentuinse wei. Alsof ze er zelf niet bij betrokken zijn. Zo, dus, zit de natuur in elkaar.' *[Als de camera een zijdelingse beweging maakt over hun hoofden, vangt zij de rimpelende reflectie van het zwembadwater op het koepelplafond en de wit betegelde zijwanden. Een oriëntaals motief van gouden slingers op het plafond, hangplanten met grote, vijfvingerige bladeren, vochtig en dorstig tegelijk, met bloedrood grijnzende bloemen waarop witte dauwdruppels kleven. Vliegen spartelen in de kelken, raken niet los.]*

'Zo gaat dat als je groot bent en gepantserd. Je bent onaanraakbaar. Je trekt je geen moer aan van wat om je heen gebeurt. Bij de neushoorn voel je wat er in wezen aan de hand is: genen worden doorgegeven, en verder geen gedonder, en waarom zouden we er onze kalmte bij verliezen?'

'Alstublieft, mevrouw, meneer.' De ober brengt hun een gigantisch glas, bol op voet, de kelk vol fel oranje sap met schuimende kraag, een schijf watermeloen op de rand. Twee rietjes, vuurrood, priemen uit de beker, en Hare Majesteit neemt er een in de mond, ze zuigt bedachtzaam, terwijl Tom met tedere gebaren haar rug afdroogt. Hare Majesteit laat zich achterover zakken in de comfortabele fauteuil *[blauwe plastic banden over een aluminium frame]*. Ze trekt een bandje van haar badpak *[met tijgermotief]* wat hoger om haar schouder. Tom plukt de zonnebril uit de halsopening van zijn shirt *[de tegelwanden wijken, de koepel opent op een onwaarschijnlijk azuren hemel]*. Zachtjes prevelend roert Hare Majesteit in de cocktail *[de rugleuning van de fauteuil recht zich, wordt hoger]*.

'Ik bedoel maar, seks is natuurlijk, niet? Seksuele *moraa*l, daarentegen, is een zaak van de heersende conventie.'

Tom maakt zijn das wat losser, maar doet tegelijk de bovenste knoop van zijn grijze colbertje dicht. Hare Majesteit kijkt hem streng aan, boven haar leesbrilletje uit.

'Elke seksuele theorie is hooguit even verlicht als de geest die haar voortbrengt. Het gevaar bestaat dat de theoreticus zich verliest in routinematig aangebracht vernuft. Paradoxale dubbele bodems, bijvoorbeeld, waarbij men probeert aan te tonen dat alle vormen van seksueel gedrag hun eigen kunstmatigheid tentoonstellen, zelfs wanneer ze in een verondersteld realistische modus plaatsgrijpen. Ik denk dat de specifieke logica van het liefdesspel dusdanig is dat stimulus en respons niet op vanzelfsprekende wijze met elkaar verbonden zijn in een eenvoudige opeenvolging van zich ontvouwende gebeurtenissen. Neen, de specifieke eisen van het seksuele gedrag – de vereisten van plot en constructie – bewerkstelligen een logische omkering. In deze zin zijn oorzaken effecten, omdat ze ontstaan vanuit een geheel van gebeurtenissen die hen als het ware zelfstandig creëren met het oog op interne coherentie.'

'Die verdraaide logica!' roept Tom uit, en hij gebaart de ober de glaasjes nog maar eens met pils te vullen. 'Wat je bedoelt is: het is allemaal niet zo spontaan als het eruitziet. Maar, lieveling, dat geldt voor zeer veel aspecten van het menselijk gedrag.'

Hare Majesteit lacht kort. 'De platitude van het vulgair deconstructivisme: alle concepten worden uiteindelijk metaforen.' Ze schudt haar kapsel in een verrukkelijke wanorde en haakt haar zonnebril erin vast, een tweede paar ogen waarmee ze strak naar de hemel staart. Ze plukt verstrooid blaadjes van de egelantier die naast het tafeltje staat. Ze ruikt aan de groene pulp: de geur van verse appeltjes.

Daar was de ober trouwens met hun kopjes thee, waarbij hij koekjes serveerde, de schat. 'Maar *ergens* moet je toch stoten op de realiteit – op ervaring?'

'Stieren wordt wel eens zaad ontlokt door hen te laten paren met een met koeienhuid beklede houten constructie, het fantoom genaamd. Waarheid is een illusie waarvan we de illusie hebben dat ze geen illusie is. Ik wou seksualiteit inschrijven in krachtiger, meer gelaagde contexten, en duidelijk maken dat *binnen die contexten* de mogelijkheid geschapen wordt om regels vast te leggen voor bekwaamheid, criteria voor discussie en eensgezindheid, houvast voor vertrouwen, helderheid, nauwkeurigheid, kritiek *en* agogiek.'

'Bravo!'

'Ik ben blij dat je het interessant vond. Ik ben zo bang dat ik de verkeerde dingen zeg, of niet gedreven overkom.' Hare Majesteit fronst haar voorhoofd, de bril zakt een eindje. 'Soms denken mensen dat ik een dom blondje ben.'

'Kijk eens aan, twee kopjes koffie,' zegt de ober monter.

'Wat lijkt die man op Lenferink,' zegt Hare Majesteit. Tom kijkt half geïnteresseerd naar de cameraploeg die haar materiaal aan het opstellen is.

'Ja,' zegt de ober, fier in de lens blikkend, 'die komt hier vaker. Zonet zat hij hier nog op het terras, in *die* stoel daar. Hij dronk een kopje koffie in gezelschap van een dame. Hij is net weg, u hebt pech gehad. Waarheen weet ik niet, maar ik heb een vermoeden, na wat ik van het gesprek heb opgevangen. Echt type tut total loss, die meid. Ik ken ze wel, mijn klanten. En u ziet, in het echt lijk ik helemaal niet op Lenferink. Misschien wou de auteur graag een fraai ogende ober in het beeld. Een aangenaam punt van terugkeer, waarbij de lezer weg kan mijmeren. Een rustpunt van schoonheid in een roman die verder weinig schoonheid herbergt. Gebruiken de heren nog iets?'

'Nogmaals een kopje thee, graag.'

'Het legt me geen windeieren,' meldt de ober, het dienblad balancerend op één hand. 'Niet dat er hele bedevaarten worden georganiseerd, maar er komt, sinds dat eerste hoofdstuk, beduidend meer volk over de vloer. Er wordt steeds vaker spuitwater...' – de ober maakt hier het quote-gebaar met wijs- en middenvingers van de vrije hand – '...besteld door bleke ondervoede meisjes. Ook schuwe studenten in te ruime zwarte coltruien en met een slecht gebit brengen ons vaker een bezoek, en speuren door hun veel te zware brilmonturen naar de ober die op Lenferink lijkt. Ze drinken absint. Of *thé à la menthe*. Deze verhoogde klandizie, meneer Lichtenberg, daar zijn we u hoogst dankbaar voor.'

'Wel,' begint de presentator.

'En daarom mag ik u, namens het etablissement, gaarne dit kopje thee aanbieden.'

'Fijn. Dankuwel.'

'Graag gedaan,' zegt de ober; hij glundert een eind weg in de camera.

'Goed,' zegt de auteur.

'Echt van harte,' buigt de ober.

'Weggaan! *Weg*!' sist buiten beeld de regisseur, nu zelfs in de huiskamer hoorbaar.

Iemand grijpt de ober bij de arm. De man schrikt, begrijpt, en holt ruggelings de kroeg in, driftig zwaaiend naar de lens.

De schrijver draait zich een kwartslag in zijn stoel, en blikt vol vertrouwelijke ernst de huiskamer in. Hij houdt het dampende kopje in de hand, om het gezellige, informele karakter van het programma te benadrukken. Stoom woelt om zijn korte, rossige baard.

'Zo ziet u...' Hij spreekt op plechtige, licht educatieve toon, 'dat een reële ontmoeting met een romanfiguur lelijk kan tegenvallen. Hij is niet altijd wat we van hem verwachtten. De schrijver had hem al te zeer verguld. Wij, dat wil zeggen, ikzelf, en het *hele* team van Tetteren Over Letteren, hopen dat u het leuk gevonden hebt, en dat wij u ook volgende week weer voor uw scherm aan mogen treffen voor een nieuwe aflevering van...'

Het met de bus aangevoerde groepje Vlamingen springt op en gilt in koor: 'TET-TE-REN-O-VER-LET-TE-REN!' Daar rolt de aftiteling al ('Lichtenberg werd gekleed door *Espace Mode*, Greepstraat, 1000 Brussel').

'Dit was Lichtenberg, live vanuit Café Risqué, Meerhof.'

'Cut!' roept de regisseur.

Het rode lichtje op de camera gaat uit.

In de studio bij Brussel vertelt de omroepster dat de soap die zo meteen zal worden vertoond boordevol zit met het soort spannende en ontroerende belevenissen waar ieder van ons dagelijks mee wordt geconfronteerd ('echtscheidingen, sterfgevallen, druggebruik, werkloosheid, overspel').

'Kijk,' zei Hare Majesteit. Ze wees naar de helderblauwe lucht. In het zenit pakten zich wat plukken watten samen, ampere witte vlokjes in het weidse veld azuur. Ze weerspiegelden als witte puntjes in haar zonnebril.

'Ja,' zei Tom. 'Wolkjes.'

'Wolkjes?' spotte Hare Majesteit. 'Kijk eens goed, jochie.'

Tom keek. Hare Majesteit had gelijk: boven hun hoofden vormde zich zienderogen een torende massa waterdamp, een logge prop, vettig uitzakkend, een zeppelin van lood. De brede basis werd snel donkergrijs, dan zwartig. Bovenaan warrelden de plukken damp.

Tom floot zachtjes tussen de tanden.

'Cumulo-nimbus,' zei Hare Majesteit. 'Kan een diameter van vijftien kilometer halen, tien kilometer hoog uitgroeien, en een watermassa bevatten van driehonderd miljoen kilo. Ontwikkelt zich razendsnel.'

'Dat zie ik!'

'Eén enorme elektrostatische machine.'

Meer wolken kwamen aanzeilen en legden aan naast de eerste kolos, die zacht heen en weer wiegde. Het werd donkerder en donkerder. De vogels in de dakgoten zwegen plots onheilspellend. Mensen begonnen omhoog te kijken en versnelden de pas. Het hele gebeuren had nauwelijks een paar minuten in beslag genomen.

'Hemel en aarde in kortsluiting verbonden. Alles wordt één, alle barrières doorbroken.'

Het monster in de lucht begon dof te grommen. Hees, dreunend, dreigend gerommel. Een felle schicht sloeg van de centrale wolk naar een van de satellieten. De klap volgde nagenoeg ogenblikkelijk en was oorverdovend *hard*.

'Het is er de tijd van het jaar voor,' hijgde Hare Majesteit, terwijl Tom haar hand pakte en met haar van het plein rende, beschutting tegemoet.

Een tweede klap versplinterde de hemel. Heel het plein was leeg, alleen aan de overkant kwam een stel kerels aangerend; een van hen zeulde met een camera, de tweede droeg een in een pelzen mof verpakte microfoon, de derde wapperde wild met papieren, de vierde kerel droeg niets, was fel geschminkt. De camera werd naar boven gericht en in het licht van een nieuwe flits kon Tom zien hoe de derde en de vierde man heftig gesticuleerden. De wolk hing vlak boven hun hoofd en leek te sidderen.

Hare Majesteit straalde. 'Wist je,' zei ze, 'dat de bliksem niet neerslaat, maar opklimt? Hij haalt een snelheid van wel honderdduizend kilometer per seconde. Vanaf de wolk zoeken kanalen van ionisatie hun weg naar de aarde. Op tien, twintig meter boven de grond zet een tegenontlading vanaf de aarde die kanalen in brand. En wist je dat een bliksem in de lage landen gemiddeld vijfentwintigduizend graden heet is?'

'Mooi,' zei Tom gejaagd, 'maar we moeten hier *weg*! Veel te gevaarlijk!'

'Welnee, jongen, in Nederland sterven per jaar hooguit tien mensen door blikseminslag. Een eindje fietsen is gevaarlijker.'

'Het is er de tijd van het jaar voor. Warm en vochtig.'

'De tijd van het jaar? De tijd van de eeuw, bedoel je,' zei Hare

Majesteit. Ze stak haar hoofd onder de luifel uit en keek geconcentreerd naar boven. 'Zo meteen gaat het regenen. Ik ga op het plein staan. Ik heb het heet. Ik wil me laten afkoelen. Ik wil het zweet, het vuil van deze dag en deze eeuw, van me afspoelen.'

'Ben je gek geworden?' schrok Tom.

'Daar komt de wolkbreuk!' Hare Majesteit wees naar boven, de arm geheven. De wolk was inktzwart nu. Het leek of ze loodrecht naar het plein daalde. Voor Tom haar kon tegenhouden holde Hare Majesteit het plein op, naar de kleine fontein in het midden van de concentrisch gelegde kasseien. Tom wou haar toeroepen, haar terugroepen, maar hij kende haar naam niet. Hij durfde haar niet achterna te gaan.

'Hee!' riep hij.

Hare Majesteit zwaaide. Ze schopte haar schoenen uit en ze klom in het bassin, een parel in een oesterschelp. Ze hief de armen in de lucht, tolde langzaam om haar as. Ze glimlachte Tom breeduit toe. Ze stond in het geometrische midden van Meerhof, de kasseien wezen haar straalsgewijs aan.

De vierde man kreeg haar in de gaten en schreeuwde iets in het oor van de cameraman. Die richtte zijn lens op Hare Majesteit. Een felle wind stak op, losgerukte witte egelantierrozen woeien haar om het lijf. En toen gebeurde het. Het lichaam van Hare Majesteit lichtte op. Het gloeide. Op een paar centimeter van haar huid gloorde een blauwig vuur als een nimbus om haar heen, een aureool, een halo, een twijfelachtige heiligverklaring. Een fractie van een seconde later flitste in een chaotische zigzagbaan de bliksem, verbond de aarde met de wolk, de wolk met de aarde, en tussen hemel en aarde gloeide die godin op de schelp. Het was zenging, hitte, zwavel, donder, hel en aardbeving. Het water in het bassin kookte en schuimde. Twee duizendsten van een seconde lang verging in Meerhof de wereld. Het netvlies zinderde en doof werd het gehoor. Tom was in een razende reflex plat op zijn buik gedoken, hoofd in de handen, ogen dichtgeknepen, benen stijf over elkaar. En onmiddellijk na de dreun spatte de regen uit de hemel, tonnen water stortten zich in een verticale baan vanaf vijfhonderd meter hoogte op de blanke straatstenen. Het alarm van de juwelierszaak krijste in waanzinnige, oorverdovende kwinten. Tom krabbelde overeind en spurtte naar het midden van het plein. Daar stond Hare Majesteit, op de rand van de fontein. Haar blik was leeg. Ze was naakt, flarden van haar kleren lagen over het plein verspreid. Ze hield één hand voor haar borsten, de andere voor haar geslacht; haar losse, dikke haar wapperde in de storm. Plots, zonder waarschuwing, zakte ze in elkaar – ze viel op haar zij, krulde huilend in elkaar als een baby, de regen striemde haar rug. Tom gooide zich naast haar neer, schudde haar door elkaar. Hare Majesteit keek hem aan. Ze zag hem niet. Ze glimlachte vermoeid.

'Alles okee?' Tom kreeg een verzopen microfoon onder de neus geduwd, de druppels vielen van de doorweekte pels op Hare Majesteits naakte onderrug. Op de plaats waar haar billen samenkwamen zat een kleine gitzwarte hoefafdruk, gespleten als van een geit. De camera zoemde naast Toms oor.

Tom trapte wild achteruit. Hij raakte de cameraman aan de slaap, de camera vloog de lucht in, sloeg hard op de straatstenen, het logo sprong eraf, de videotape vloog uit de machine, en Tom spurtte erheen, trapte in volle razernij op de cassette, zodat de zwarte plastic huls verbrijzelde en de band als een hongerige aal over de gladde kasseien kronkelde. Hij draaide zich om en zag hoe Hare Majesteit, die gigantische foetus, achterwaarts wegkroop. Een van de mannen had zijn grijze colbert om haar schouders gehangen. Het gleed van haar lichaam toen ze overeind strompelde. Tom griste een gebloemd tafelkleed van een terrastafeltje en liep haar achterna; ze wankelde in de richting van de rivier. Maar Tom gleed uit op de spekgladde plavuizen, hij bonkte met zijn hoofd tegen de betonnen schelp van de fontein en verloor het bewustzijn. Was dat de oorzaak, was het die klap die hem dat laatste beeld liet zien, dat bijna laatste beeld van Hare Majesteit, dat uit haar rug, uit dat kleine driehoekje waar haar wervelkolom bevallig uit opklom, dat daar *vlammen* uitsloegen? Rossige, breed uitwaaierende, gretige vlammen: een paardenstaart van vuur?

De vloekende cameraman had zijn toestel opgepikt en probeerde het ding uit, onder de luifel van de V&D. 'Het werkt,' zei hij tot de derde man, van wiens papieren de verdunde inkt in beekjes stroomde. De schrijver boog zich over Tom. Een brandweerauto en een ambulance kwamen met loeiende sirenes het plein opgereden. Een verpleger gooide een deken van metaalfolie om Tom heen, men hees hem de ziekenauto in. Tom kwam bij; begon, onmiddellijk, zonder te weten waarom, hoog en hard te gillen. Een van de mannen sloeg hem hard in het gezicht. Van verbazing hield Tom op. Iemand greep zijn arm, een scherpe prik. Toms pupillen verwijdden zich, werden dan nauw als speldenknoppen. Hij begon te daveren, te schokken over heel zijn lichaam. Tranen vloeiden langs zijn wangen, brandden over zijn huid, zijn ogen deden onbeschrijfelijk zeer. Een tweede prik, een plots hel licht, en dan ineens donker.

'Het waren mooie beelden, anders,' zei de cameraman.

'Jammer van je jasje, baas,' zei de geluidsman. 'Daar helpt geen stomerij meer aan.'

'Er zit een gat in,' zei de geluidsman. 'Twee!' De auteur hield het colbert opengespreid voor zich. Onderaan in het midden zaten twee symmetrische gaten, elk in de vorm van een kleine maansikkel, vier centimeter lang, de holle kanten tegen elkaar.

'Het kan gebeuren, maar het is zeldzaam,' zei de arts. 'Er zijn een paar gevallen gedocumenteerd. Het heeft te maken met de huidweerstand. Bij een baby is die erg laag – vijfhonderd Ohm. Bij een gespierde arbeider kan die tienduizend Ohm bedragen. Als de huidweerstand hoog genoeg is, zal de ontlading niet binnendringen, maar passeert ze via de oppervlakte van het vel. Je krijgt dan een intense stroom vlak langs de huid, die het zweet en de aanwezige vochtigheid ogenblikkelijk doet verdampen. Die plotselinge druk doet de kleren openscheuren en slingert de stukken weg. Soms blijf je ongedeerd, maar poedelnaakt achter. Als de stroom *wel* binnendringt is dat meestal langs het hoogste punt, het hoofd normalerwijze, en de stroom verlaat het lichaam weer langs de contactpunten met de grond. Aan het invalspunt en uitgaanspunt laat dat sporen na op de huid, die de figuren van Lichtenberg worden genoemd. Na vierentwintig uur zijn die vlekken verdwenen.'

'Die hoefafdruk die ik gezien heb op haar stuitbeen zou zo'n Lichtenbergvlek kunnen zijn?'

'Het kanaal van de bliksem kan zo'n vorm hebben. Puur toeval. Maar waarom zou de bliksem via haar stuitbeen passeren? Stond ze – excuseer me de vraag – met de billen omhoog? *Is* de bliksem überhaupt wel door haar heen gegaan? Nee, ik zou zeggen, een geboortevlek, of een tatouage.'

'Ze kan nog in leven zijn?' Haar handtas was teruggevonden. Ze was de etalage van de juwelier ingeslingerd, had de ruit versplinterd. Onder het loeien van de sirene lag ze rustig te glimmen te midden van een hoopje kunstparels. De politie had de tas meegenomen. Ze zullen er namen en telefoonnummers in hebben gevonden, dacht Tom. Ze hadden hem een twintigtal polaroids getoond die in de tas zaten, snapshots van mannen die op straat liepen. Er was er een bij van Tom zelf, aan de deur van De Toren, hij hield die open voor iemand buiten beeld. De foto was een flinke tijd tevoren genomen, Tom droeg zijn winterjas. Hij had een zwarte sjaal om de hals, de jas hing open, de sjaal wapperde in de wind. *Tom P.* stond er op de achterkant. De agent had hem een ring getoond. Het *was* die van Hare Majesteit, dat klopte, maar met de steen was iets vreemds aan de hand: het was niet langer dat doffe, vale zwart, waaruit geen enkele schittering ontsnapte. De steen was wit en bijna doorzichtig nu, als troebel glas. Hij was onregelmatig van vorm, alsof hij was gesmolten en weer gestold. Tegelijk was de kilte die hij uitstraalde geïntensifieerd. De steen voelde ijziger aan dan ijs. Tom had geen enkele aandrang gevoeld het voorwerp aan te raken, maar de agent had de ring in zijn hand gelegd. Dit was al wat hem van Hare Majesteit restte: niet-eens-een-handvol kou. Zijzelf was spoorloos. Ati ook. Luisterend aan haar deur had de politie slechts stilte gehoord, en af en toe een raar gekwaak.

'Sorry?' deed Tom. Hij had niet gehoord wat de dokter had gezegd.

'Ik zei, er is geen reden om je hier te houden, Tom. Is er iemand die je op kan halen? Goed! Hier, neem dit mee. Slik er een stuk of twee, het zal je helpen om te slapen. Het zal het beven ook wat doen afnemen.'

Beven? Tom hield zijn armen voor zich uit, en inderdaad, ze trilden. Niet alleen zijn armen trilden, heel Tom Pepermans beefde, daverde, schudde op zijn stoel. Hij had het niet gemerkt. Hij nam het doosje aan, slikte braaf twee pillen, liet Hadrianus bellen. De chemicaliën deden hun werk, snel en grondig. Werktuiglijk stapte hij de auto in – hij zweefde, zijn hoofd tolde – werk-

tuiglijk stapte hij in bed, huiverend, nadat Hadrianus hem had uitgekleed. Hij viel in slaap nog voor hij zijn hoofd op het kussen had gelegd.
In den beginne was de vlam. Alles is ontstaan uit die ene klap, dat ene punt dat explodeert. Het gerommel en de hitte van die eerste fractie van een seconde (tien miljard jaar geleden) zijn nu nog waarneembaar. De heliumatomen van het prille begin hebben zich eerst tot waterstof omgevormd en daarna tot steeds ingewikkeldere bouwsels. De oermassa heeft zich gesplitst in melkwegstelsels, sterrenstelsels, zonnestelsels. Zware atomen werden de ruimte ingeslingerd en voegden zich samen tot complexe moleculen. Al die complexiteit klonterde tot aminozuurketens samen, werd – uiteindelijk – leven. Dat allereerste, zo eenvoudige, punt werd op den duur onontwarbare structuur. Op volmaakte orde volgt volmaakte verstrooiing. We gaan de weg van perfecte orde naar perfecte chaos. Wat wij de wereld noemen is niets meer dan een voorbijgaande fase op weg naar de volmaakte anarchie. Als er al een reden is waarom het leven zich ontwikkeld heeft tot de vorm van bewustzijn die de mens is, zo zou Hadrianus zeggen, is dat dan misschien niet om dat proces te versnellen, om in dienst te staan van het ware Scheppingswerk – het doen toenemen van de chaos? PC, encyclopedist bij uitstek, zou opmerken dat volgens de gangbare theorieën de bliksem best de verre oorsprong van het leven zou kunnen zijn, de katalyserende energie die al die eiwitketens aan elkaar smolt. Vreemd dit te bedenken: door de inslag van die ene toevallige bliksem ontstond uiteindelijk Het Bewustzijn.

Hij viel in slaap nog voor hij zijn hoofd op het kussen had gelegd; zakte weg in de slaap; zonk erin weg; verdronk erin. Was het realiteit of een door koorts veroorzaakte droom dat de deur van zijn kamer openging, dat Judith zich op het bed vlijde, dat ze een brede hemelsblauwe band onder haar borsten droeg, vastgeknoopt met een weelderige strik op haar rug, zwarte handschoenen tot halverwege de onderarm, zwarte kousen, pumps met gouden gesp, een bloedkoralen halsketting en een pompeuze rode hoed met witte rand, – dat en haar geschoren schaamte? Ze hing Tom een hondenhalsband rond de nek, ze ging schrijlings op hem zitten.

'Hee, jij daar,' fluisterde ze. Ze boog zich voorover. Op zijn verdwaasde, dronken netvlies projecteerde zich haar hoogst spiernaakte achterste. Uit de schaduw monsterde hem een enkel zwart omrand oog.

'Kijk me aan, schatje Tom,' zei Judith. 'Bekijk je tante Judith. Zie haar, in haar goddelijke gedaante. Jij, jij die zoveel houdt van Baby Ruth, zou jij niet houden van Haar Moeder? Jij die zoveel eerbied hebt voor Baby Ruth, die haar voedt en koestert, zou jij geen eredienst bewijzen aan, niet koesteren Haar Moeder? Jij die Baby Ruth vereert, haar met behoedzame lippen kust, zou jij niet zoenen de Plaats waar Baby Ruth vandaan komt, die onbetekenende kruik, die nietige vaas, dat futiele vaatwerk? Kom, Tom, druk je lippen met achting op de Oorsprong. Hap het sap uit de Perzik der Onsterfelijkheid. Kus me. En herhaal de daad die Baby Ruth heeft voortgebracht.' Judith opende de lippen van haar vulva. Het oog glinsterde ontroerd, en was zacht van verwachting.

'Kom, liefste Tom,' fluisterde Judith. Met haar tanden scheurde ze de verpakking open, met ervaren hand rolde ze het condoom over zijn stijve lid, en ze nam plaats op die Toren, ze masseerde hem met de alwetende vaginale band, de Pubo-Coccygeus-spier. En reciteerde stokkend, op het ritme van haar stoten: 'Tot zover... Tom Pepermans... kan ook jij wellicht... worden ingewijd in... de dingen der liefde... maar de laatste... wijdingen en openbaringen... waartoe al... het voorgaande... leidt... als... als men de... juiste weg volgt... die gaan misschien... je krachten te boven... Oooeewh!... Hoe het ook zij... spreken zal ik... en aan ijver zal het... mij niet ontbreken... tracht... te... volgen... als... als... als je dat kan'. Hadrianus, die tegen de deurstijl stond geleund, mompelde geamuseerd en niet eens verrast tussen zijn tanden: 'Jij verrekte crypto-platoniste!' Tom ijlde en Judith hief haar heupen, nam zijn trillende lid in haar hand. Ze hield het tepeltje van het condoom tussen duim en wijsvinger van haar linkerhand, viste met de rechter een vlijmscherp mes uit haar blauwe strik en sneed met een flits van bijtend staal het topje rubber af, vlak boven zijn gapende roedehoofd. Toms penis kwakte tegen zijn buik aan; Judith ving hem in de rebound in haar gulle schede. Alwaar hij huiverend tegen de wanden sproeide.

12

Hoe was de slaap? Onrustig, woelend. Bodemloos, tomeloos? Diep, diep – om in te vallen, vallen in de slaap; zoals Tom nu van de Toren viel. Nog enkele tientallen meters; enkele ogenblikken. En dan: de harde, kille, ochtendlijke grond, de Aarde. Maar in de slaap: geen bodem, geen grond: eeuwig vallen, een ziel die geen lichaam vindt. Droomloos ja, die één na laatste nacht op aarde. Blank als een vrij vers. Wat gisteren was, was gisteren. *Was* het wel, gisteren? Droom – werkelijkheid – nachtmerrie – wie zal het zeggen? Tom niet: die slaappillen in zijn lijf, die kolder in zijn kop – niets is werkelijk.

'*Aauuwww*!' Het plotselinge, felle licht hakte op zijn ogen in.

'Hoewel het goed is te noteren dat de etymologie van het woord ter discussie staat, stellen velen dat het afkomstig is van het Latijnse *Carne Vale*, wat betekent vaarwel-aan-het-vlees. De dag om ons een laatste keer te goed te doen, voor we de boetedoening aanvangen. Maak je klaar, jij feesteling. En feest! Weldra ben je boeteling – Dat bed *uit*!'

'Mijn boetedoening is al begonnen,' kreunde Tom, zijn hoofd vol rammelende beenderen.

'Eruit!'

'Ik wil hier blijven liggen. Geen carnaval voor mij. Ik wil de asse hier en nu wel op mijn hoofd strooien. Laat me langzaam rotten in dit nest.' Alsof de fontanellen zich weer geopend hadden: een kille wind blies in de holle gewelven onder zijn schedeldak.

'Als je niet binnen tien tellen uit dat bed springt, kantel ik het hoogstpersoonlijk om.'

'Doe maar,' zei Tom; moe, volkomen op.

Hadrianus greep de rand. De feesteling stortte onzacht ter aarde, vleugellam.

'En wat hebben we hier?' Hadrianus plukte van Toms geslacht

het onthoofde condoom. Het zat om de slakkerige stam, bespottelijke rest van een bespottelijke kroon. Het zei Tom niets. Niets. 'Wilde nacht gehad, meneer Pepermans?'

Judith lachte spottend. Tom wentelde zich op zijn buik om zijn schaamte voor Judith te verbergen. Zijn geslacht, met dat onafhankelijke geheugen, stak de kop op.

'Opstaan!' gebood Hadrianus. Hij schopte Tom in de zij en kantelde hem. 'Beetpakken,' zei Hadrianus tegen Judith. Ruth kwam aangekropen, kraaiend van de pret; ze kroop op Toms buik, vleide haar wang tegen zijn wang, en wiegde in de hangmat die Tom nu werd. Ze gaf plakkerige zoentjes in zijn baard.

'*God*!' kreet Tom, toen de doucheslang ijskoud water over zijn blote bast sproeide. Onder het martelende water vlamden verwarde beelden op in zijn geest. Hemel en aarde verbonden tot een hel van Vuur en Water. En slaap, slaap, slaap. En Judith op zijn buik. En slaap, slaap, slaap. Hij bad dat dit niet zijn geheugen was, maar de verbeelding van een door alcohol en wist-hij-veelwat verhit brein. Werveling in zijn hoofd, rozige schimmen, harten, pijlen, vlam, stank van verschroeiing. Ruth ramde wild enthousiast in op zijn natte lichaam, ze mepte hard in zijn maag, trof zijn teelballen. Tom was te lam om zich te verweren. Enkel een tussenkomst van Judith kon verhinderen dat Ruth haar beste vriend tot moes sloeg, orgaan na orgaan.

'Eén keer per jaar, voor vier dagen...' proclameerde Hadrianus plechtig. Hij nam de slang over uit Judiths linkerhand, richtte de reinigende straal op zijn onderhuurder, '...verandert deze stad, dit ingeslapen nest, van naam, en ontwaakt. Knetterdam is geboren. De bordjes op het station worden verhangen. De richtingaanwijzers aan de invalswegen worden overschilderd. Plein '44 wordt Place Soixante-Neuf. Het hele personeelsbestand van de universiteit zet het, als door de Natuur geroepen, op een hossen en een hijsen. Studenten hangen waarlijk de beest uit. En, hetgeen *ons* in het bijzonder aangaat, studenten, onderzoekers en docenten van de Faculteit Filosofie begeven zich naar de woning van één hunner hoogleraren en bouwen daar een hondsdol feest. Na hun doortocht ligt de inboedel in puin, en ondertussen hebben ze zich bediend van een ongehoorde woordenschat. Zo wil het de traditie. Zonder aarzelen moeten we ons in dit feestgedruis storten, Tom en Ruth en Judith; en dit met des te meer reden daar dit jaar Wirtzheimer aan de beurt is. Een gigantisch bacchanaal ten huize van Abraham Leonard! We verstoppen breekijzers en flessen zoutzuur onder onze kostuums en trekken in groten getale daarheen, om drank tot ons te nemen, en hapjes, en te luisteren naar een wansmakelijk en loeihard concert van *L.L. Oozin' Love.*'

'*Burps.*'

'Drink op.' Bijtende vloeistof brandde door zijn slokdarm, verdoofde ogenblikkelijk zijn hersens. Judith wandelde zijn blikveld in, kirrend als een duif. Witte kousen had ze aan, blote dijen blonken tussen een ultramini verpleegstersuniform en een afgesleten kousenband. Het scherpe priemen van haar hak. Tom keek op en staarde vlak tussen haar dijen. Het uitzicht kwam hem bekender voor dan hoorde. Tom probeerde de lekkende kraan van zijn geheugen dicht te draaien. Judith stampte venijnig met die hak, en Tom kantelde zich kreunend weer op de buik. Ze ging op zijn rug zitten en propte een dun ijskoud voorwerp zijn anus in. Tom schreeuwde. 'Ik ben Dokter Goorlap, geil gynecoloog, en dit is mijn assistente, Zuster Astarte,' kreet Hadrianus bezwerend. Judith rukte het voorwerp uit Toms aars.

'Temperatuur normaal, dokter,' zei Judith/Astarte. 'Echter, de patiënt is wat smerig. Een darmspoeling is geïndiceerd.'

'NEEE,' gilde Tom; aan de toenemende kracht van de douchestraal voelde hij dat Hadrianus naderde. Hij hoorde het wild gelach van de drie.

'Een andere keer misschien,' zei Hadrianus. 'Sta *op*,' beet hij. Wanneer had hij dat chirurgenmasker en die groene voorschoot aangetrokken? Hij sloeg de wankelende Tom met een stethoscoop om de oren. 'En wie mag deze miezerige worm wel wezen?' vroeg hij.

'Ik zou het niet weten, dokter,' zei Judith/Astarte. 'Ik heb de inhoud van zijn kasten op de grond verspreid, maar niets geeft uitsluitsel omtrent zijn identiteit. Jeans en hemden, een paar truien, twee jasjes, goedkoop ondergoed. Zwarte sokken. Dit is geen *persoon*, dokter. Hij lijkt veeleer een banale student.'

'Boeken?'

'Romans, dokter, in hoofdzaak. Pockets, meestal, in het Engels. Een dagboek, lang niet bijgehouden. Bescheiden collectie mild pornografisch materiaal. Een banale student, wat zeg ik.'

Tom kreunde.

'Deze man moet boete doen,' zei Hadrianus. 'Boete. Boete. Zwaar boeten, voor zijn banale middelmatigheid. Haal het haarkleed uit de martelkamer, zuster. Trek de monnik zijn habijt aan.' Tom wankelde voorwaarts, maar een harde – harde! – muilpeer van Hadrianus bracht hem beduusd tot stilstand. Hadrianus hield hem vast terwijl Astarte hem een zwarte pij over het hoofd trok, zwaar en ruw van stof; het vod stonk naar mottenballen en urine. Het deed hem pijn toen ze het over zijn hoofd trokken, het schuurde over zijn blote vel, zijn verbrande schouders; hij kokhalsde. Astarte snoerde hem ruw in, niet met het koord dat bij het habijt hoorde, maar met een brede riem van leer met stalen spijkers in piramidevorm. Rond zijn nek legde ze een halsband met hetzelfde soort spijkers. Een wurgband.

Hadrianus gaf een ruk aan het touw. De snijdende pijn stopte de woeste stroom van beelden, gruwelijke beelden waarvan Tom niet wist of hij ze zich verbeeldde dan wel herinnerde. Wat hem nu overkwam, hij en Ruth en Astarte en de losgeslagen dokter wild rijdend in de auto door de halfduistere stad, Ruth hangend aan zijn halsband, tongzoenen draaiend in zijn oor, Astarte schril en oorverdovend blazend op een plastic blokfluit, dit kwam hem even onwerkelijk voor als de beelden in zijn hoofd. Alles vervaagde in een eeuwig heden, of verleden, of wat het ook was; alles werd oorverdovend schril gepiep en daverende auto en aanslag op zijn lichaamsopeningen. Halfduister? Was dit dezelfde nacht, of de volgende? Avond of ochtend? Een scherpe prik in zijn onderarm, en de zuster trok een spuit terug, een druppel bloed daalde in de geul tussen spaakbeen en ellepijp naar zijn pols. Het schril gepiep kwam niet langer van de blokfluit: het zat in zijn arme, arme hoofd. Moe werd Tom, zo moe, zijn loden hoofd zonk in de schoot van Astarte. Het was volslagen duister toen de auto eindelijk stopte. Een kerel met een witte krullende pruik en dito snor en ronde bril, waarschijnlijk Einstein, maar in groen nauwsluitend maillot, timmerde een bordje over het oorspronkelijke straatnaambord. *Steeg der Vertwijfeling*. De menigte joelde. Honderden en honderden mensen kwamen toegelopen, met fakkels, staafjes vuurwerk, rotjes, elektrische violen, en merkwaardig geurende sigaretten. Astarte trapte Tom uit de auto. Hij viel voorover in het zand. De warmte van de voorbije dag broeide op zijn wang. Iemand boog zich over hem heen, en fluisterde hem indringend in het oor, met de scherp-zurige adem van een hond: 'Het was een mooi bloedrode zonsondergang, broeder.' Een man, jong, mooi, blond, positioneerde zich wankelend en wijdbeens in het schijnsel van de koplampen. Mensen gingen in een kring om hem heen staan. Licht boog hij voorover, hij keek in de rondte, ving de blik van elk van de toeschouwers. Hij sprak, met de langzame zelfverzekerdheid eigen aan de dronkenschap van forse ego's: 'Om kunst te laten bestaan, waarde vrienden, om om het even wat voor esthetische activiteit of gewaarwording doorgang te laten vinden, is een fysiologische basisvoorwaarde noodzakelijk: bedwelming. Welnu: *hier* is de kunst.' En onder gejuich haalde hij zijn lid te voorschijn; hij sproeide een brede straal langs de lichtbaan van de lampen. 'Een regenboog!' gilde hij, en inderdaad, in zijn uitwaaierende urine vertoonde zich het teken van Noach, het zuivere wit gebroken in rood, oranje, geel, groen, blauw, indigo, violet, en op de grond, daar waar de straal kleterend op het asfalt belandde, kraaide Ruth in de malse regen. Een aantal kerels volgde zijn voorbeeld. De bierpis kletterde op straat. Ze zongen in koor een vierstemmig en schunnig kerstlied.

'Ha, eindelijk: mannen op zoek naar een goed pak slaag!' Een vrouw, gekleed in een romeinse toga waarop AMO NERONEM stond geborduurd, liet een zweep knallen boven haar hoofd. Het groepje stoof gillend uit elkaar, enkele mannen met het lid nog uit de broek; één liet krijsend een bloedspoor achter.

'Heej, deze pastoor heeft een fraaie vorm van knobbelmelaatsheid,' zei een kerel die met een zaklamp van dichtbij in Toms ogen scheen.

'Godverdomme,' schreeuwde Tom.

'Hé, een *Bel*lug,' riep iemand.

'Waarom viel de eenarmige Belg uit de boom?' riep een derde.

'Omdat-je-naar-hem-zwaaide!' riep een troepje koortsige meiden in koor. Het volgende ogenblik stond Tom in de ontvangsthal van een villa, ondersteund door stevige mannen in vieze generaalsuniformen. Tom groette hen vaag, ze lieten hem los. Door een of ander mirakel bleef hij staan, wiegelend als een hoge boom in veel wind, neen, wiegelend als een zeilschip op de woelige baren, zijn hoofd het kraaiennest, uitkijkend naar land. Land, ho! 'Waar zijn we?' vroeg Tom hijgend aan het rammelende spook naast hem. 'Een precieze plaatsbepaling geven is moeilijk,' sprak de geest bedachtzaam en met holle stem. 'Ergens ten westen van Ithaka en ten oosten van Eden, zoveel is zeker.' Op dat moment kwam Wirtzheimer langs, krijtwit en druk gesticulerend. Hij riep en tierde, duwde en trok aan de feestgangers. Verbeten probeerde hij hen naar de uitgang te dringen. 'Tom!' riep hij. '*Help* me!' Tom keek hem plechtig en volslagen dronken aan (wie had hem in die korte tijd al die alcohol gevoerd? Boordevol zat hij, tot aan zijn oren sopte het, zijn hersenstam baadde volmaakt ontsmet in het zuiverende vocht) en zakte toen, ineens, in een fractie van een seconde, in elkaar. Een stel meisjes, veertien, vijftien jaar oud en ongeveer evenveel in getal, tilde hem op en droeg hem verder het huis in. Het gescheld en geschreeuw van Wirtzheimer werd minder en minder hoorbaar. Een oudere dame met een lief gezicht en een collectie gouden juwelen om hals en polsen kuste hem op de wangen en fluisterde: 'Wat fijn dat u gekomen bent! Dank u hartelijk voor uw bezoek!' 'Graag gedaan, mevrouw,' antwoordde Tom, en hij lichtte beleefd het kalotje van zijn hoofd. 'Ik vind u om te zoenen,' zei de mevrouw. 'Mag ik dat doen?' 'Dat is al gebeurd, mevrouw,' herinnerde Tom zich vaag. 'Dan is het goed,' zei de mevrouw ernstig, en op dat eigenste moment brak in haar linkeroog een bloedvat. Rood is een mooie kleur, bedacht Tom. Ik moet op zoek naar een rood kalotje, stukken mooier dan dat saaie zwart. 'Rood?' riep iemand. Hij droeg een drietand, een sinterklaasbaard en een goudkleurige zwembroek. 'Rood is te bescheiden! *Wit* moet het zijn, pauselijk wit! In deze doorluchtige verzameling van goden, zoals mezelf' – de man maakte een kleine knix – 'of koningen, keizers, admiraals,' – hij boog naar de beide generaals – 'past slechts een paus.' 'Ja, maak hem wit!' schalde een klein wijfje met een vissenstaart. 'Laat dat aan mij over,' riep een uit de kluiten gewassen Assepoester en ze bestrooide de niezende Tom met witte as uit de kolenkit die ze achter zich aan sleepte.

'Neen! Drastischer middelen zijn hier geboden,' donderde de stem van Hadrianus.

'HOERA!' brulde de menigte toen Hadrianus vanaf een keukentrapje vijf liter witte latex uitstortte over Toms soutane. De verf droop over de smirnatapijten en het parket. Daar was weer de wat oudere, lieve mevrouw. Ze vroeg Tom: 'Heb ik u al gezoend?' Het klonk bezorgd. 'Ja, dat hebt u,' zei de druipende Tom. 'Ach wat, twee keer kan geen kwaad. U ziet er *echt* een *lekkertje* uit,' zei ze. Ze liet een klapzoen belanden op elke wang.

'Wit, wit, *wit* moet het zijn,' zei Neptunus en hij trok zichzelf schuimbekkend af boven Toms soutane, het zaad vlokte op het ambtsgewaad. Hadrianus plukte het kalotje van Toms hoofd, veegde er de verfpot mee uit, en hij plantte het druipende vod weer op Toms haren.

'Wacht!' krijste een Eva-in-kostuum, 'waar is zijn tonsuur?'

'Hola, hola,' bromde iemand. Het petje werd weer van Toms hoofd gerukt, hard en pijnlijk. Een klikklakkende schaar beet zich vast in zijn kruin.

'Dit gaat VEEL te traag,' merkte iemand op, en Neptunus greep enthousiast in Toms haren en trok, trok en trok, tot pluk voor pluk de haren loslieten. Tom brulde en schreeuwde, hij trapte wild om zich heen. De pijn was hels, hels, hels, en hij moet flauwgevallen zijn van de pijn, een korte syncope, want wakker werd hij op een donzig bed, met bonzend hoofd maar in een weldadige stilte; het hoofdkussen vol witte verf en zwartig bloed; zijn voorhoofd werd gebet door de aardige dame, die hem vroeg of ze elkaar al hadden gezoend.

'Ja,' zei Tom.

'Fijn, dan kunnen we nu neuken,' zei de dame, en trok haar jurk over haar hoofd. Tom kroop gillend naar de deur. De vrouw sprong op zijn rug en sloeg hem hard in de ribben. 'Verrader,' brulde ze, 'trouweloze lapzwans, je had het me beloofd! Je had het me nog zo beloofd!' De deur ging open en Wirtzheimer kwam binnen. Hij plukte die vreemde succubus van Toms rug.

'Oh, daar ben je, lieve,' zei de mevrouw, 'ik was even in de war.' En tot Tom: 'Verschoning, meneer, ik was in de waan dat u mijn man was. Vergissing, vergissing, want daar is hij. Wil u wel even buiten gaan? Dan kunnen mijn man en ik gezellig neuken.'

'Goed idee,' bromde Tom. Op de overloop stortte hij in elkaar, terwijl uit de slaapkamer het ritmische geluid van oorvegen klonk.

'Wees niet te hard voor hem, lieve,' hoorde hij mevrouw Wirtzheimer kreunen, tussen de klappen door. 'Mijn schoonheid heeft hem van de wijs gebracht, en zal tot zijn ondergang leiden, zonder dat hij met mij een zonde heeft kunnen bedrijven die me zou hebben bezoedeld of onteerd.' Tom hield het niet meer uit. Door zijn neusgaten en bleke lippen kotste hij, en hij bracht mist voort en vuiligheid; boos, wanhopig, zijn gekreun was een donderslag, zijn adem bliksem. Hij legde zijn hoofd naast de ranzige poel braaksel. En sliep in.

'Hela, jij daar,' riep een man aan het hoofd van een ploeg matrozen. Hij droeg een pak als van artiesten die met een kanon door de circustent worden geschoten. 'Als je naar beneden wilt, doe het dan nu. De trap wordt zo meteen gesloopt.' En inderdaad, de zeelui stonden voorzien van kettingzagen, zware touwen en mokerhamers bovenaan de trap, en de eerste zagen zongen reeds hun snerpend lied.

'Bedankt, jongens!' zei Tom, die enkele van Wirtzheimers studenten herkende. Vreemd hoe dat hazenslaapje hem had verkwikt! Hij stapte de trap af, zowaar. Oeps, te veel overmoed, hij struikelde en donderde naar beneden. Enkele matrozen zwiepten hem opzij. Tom gooide zijn bovenlijf tegen de muur, en nam een sigaret aan. Hij stak ze niet op. Hij zou nu, vandaag, dit eigenste moment, stoppen met roken, en verkondigde dat luidkeels.

'Mijn laatste sigaret! O ja: Wirtzheimer is nog boven!' voegde hij eraan toe, net voor de zagen beten in het eikenhout van de trap. De bendeleider gebaarde stilte. 'Wirtzheimer!' zei Tom en hij gebaarde naar de deur van de slaapkamer. Soppende geluiden en iel gepiep van springveren waren hoorbaar.

'Ik denk dat hij liever niet wordt gestoord!' sneerde de student, en hop, daar nam het oorverdovende ballet van de gretige zagen weer een aanvang. Zodra de bovenste trede was weggezaagd stortte de trap onder het gewicht van de zeelieden in, stof wolkte in het trappenhuis, de pikbroeken juichten. Ze kliefden het hout, en enkelen droegen kisten aan met hamers, spijkers en allerhande stalen hulpstukken. Tom bekeek het tafereel glimlachend.

Nu verscheen Dokter Goorlap in de gang. Zijn voorschoot was smerig van het bloed. Hij superviseerde de werken, gaf wenken voor efficiënte houtbewerking en instrueerde de constructie. De resten van de trap werden herschikt, een nieuw meubelstuk werd gefabriceerd. De hand die de arts op Toms arm legde, evenwel, was uitnodigend eerder dan gebiedend.

'Ik voel me zo draaierig,' zei Tom.

'Probeer dit,' zei de dokter, en hij gaf Tom een joekel van een roze pil en een zakfles vuurwater om die door te spoelen. Meteen na inname zag Tom de wereld heel anders. Hij zweefde lichtjes. Hij *hoefde* niet eens op zijn benen te staan.

Ook de woonkamer was grondig vertimmerd. Allerhande tafels waren tegen elkaar aan geschoven en vormden een podium waarop een overrijpe dame onder luidkeelse aanmoedigingen verbeten stripte. Bij wijze van stroboscopische lichtshow knipte een heer met een middeleeuwse beulskap op de lichten razendsnel aan en uit – enkele witte peertjes waren vervangen door rode en groene gloeilampen. De stereo-installatie stond op maximum volume en op de bezwerende elektronica van Brian Eno's *Wire Shock* deed de dame haar uiterste best. Ze was aan haar ondergoed toegekomen toen Dokter Goorlap Tom aan zijn arm trok. 'Je bent niet echt benieuwd hoe Margo er onder die zijden frutseltjes uitziet,' schreeuwde hij in Toms oor. 'Ga mee naar de serre. Er is een concert dat je niet mag missen.'

Tom keek naar de dame. De helderheid van daarnet was weg, zijn hoofd leek weer in gelei ingepakt. Hij had meer op haar lijf gelet dan op haar hoofd. Maar alles – hoofd *en* lijf – behoorde onmiskenbaar aan professor Denticulatus toe. Tom keerde zich om en liet zich door Hadrianus leiden, de eetkamer door, de keuken, de garage en de tuin – richting broeikas. Wat zij al niet aan theatrale dwaasheden ontmoetten op die tocht: alcoholisme, illegale tabak, nepjuwelen, Weltschmerz, doorgedreven piercing, verminking, vrouwelijke besnijdenis, doelloze vernieling van vegetatie, slavernij, blinde lust en haar gezellen wanhoop en jaloezie, wanordelijke omgang met voedsel, overbemesting, verering van idolen – zelfs hardnekkig celibaat. Door de traphal gleed een kleine colonne rolschaatsende verpleegsters-in-uniform, zwaaiend met zaklantaarns en 'Tie*toe*tie*toe*tie*toe*' schreeuwend; ze bemoeilijkten het werk der zeelui zeer. Wirtzheimer lag op zijn buik op de overloop, hard schreeuwend, en zijn vrouw lag naast hem, luid snurkend. De drie meter van overloop naar begane grond waren te hoog voor de broze hoogleraar. 'Zo meteen helpen we je wel naar beneden, ouwe baas,' zei de menselijke kanonskogel. 'Amuseer je een beetje, speel wat met de knikkers.' Wirtzheimer vloekte gruwelijk. Harde, smerige woorden uitte hij aan het adres van zijn belagers. Goorlap grinnikte. 'Hier, geef de ouwe baas een tandenborstel en wat pasta, kan hij zijn mond spoelen. Geef hem dit deeltje Sartre, laat hem maar overdenken hoezeer de anderen de hel zijn. Eerst de theorie, en daarna de praktijk!' Het bouwwerk in de hal werd iets verticaals, kreeg een platform onderaan. Iemand kwam aangelopen met een vers gesloopt pianoscharnier. Een negentiende-eeuwse fotograaf installeerde zijn apparaat, om het tafereel te vereeuwigen op daguerrotype. Op een zeepkist midden in de tuin, in het licht van honderd zaklantaarns en omgeven door een keur aan kopieën van antiek beeldhouwwerk, stond een man in toga met een lauwerkrans op het hoofd voor zijn ademloos gehoor. *Chill-out*? Een goeroe? Of was men gewoon te stoned om nog wat anders te doen dan in het gras te liggen en eventueel, zoals Tom zag, lui achterom te copuleren met languit in slaap gevallen dames? 'Dionysius de Areopagiet leert ons dat de engelen, die kleine tijdloze beesten, geslachtloos zijn. Zoals u weet werd de geschiedenis op gang getrokken toen die ene engel jaloers werd en zich met zovele anderen van de horde afscheidde. Dionysius ontnam de engelen hun geslacht omdat hij bang was dat uit het banjeren der engelen een nieuwe kringloop zou ontstaan. Misschien werd de wereld zwanger van een nieuwe superfoetus, een nieuwe cyclus van steeds weer hetzelfde. Stel je voor, het loopt God nu al uit de hand, één universum. Als er twee waren, of meer: te druk, te onbestuurbaar, te chaotisch.' Het leek alsof het publiek lag te wachten op regen. Om hen schoon te spoelen en hun verhitte breinen af te koelen. 'In de tantra,' reciteerde een van de gepenetreerde meisjes op lijzige toon, 'is de vereniging van de yoni, de baarmoeder, met de linga, de fallus, het symbool voor de eenheid in alle tegenstellingen.' Een van de toehoorders, in pak en das, veerde recht. 'Kijk: *mijn* imitatie van een politicus,' zei hij. Hij draaide zich om en liet de broek zakken. Uit zijn reet puilden briefjes van honderd gulden. 'Leuk,' sprak de dokter. Hij voorzag zich ruimschoots van de bezoedelde waardepapieren en verkocht de tegenspartelende maatschappijcriticus een gigantische dreun voor zijn harses.

Daar. Dokter Goorlap duwde de deur van de serre open. Die had van buitenuit klein geleken, maar een man of honderd bleek op de verse aarde te zitten. Vertrappelde bloemen alom, de zoete geur van orchideeën vulde de lucht. Zuster Astarte verscheen op een geïmproviseerd podium tussen een metershoge toren van Marshall-versterkers, bekleed met bloedrode orchideeën. 'Welkom,' riep ze, 'in de lowbudgetversie van deze geweldige show! Neemt u plaats, dames en heren, gaat u zitten op onze klapstoeltjes! Uw daverend applaus, graag, voor de enige echte, de eerste en laatste... *L.L. Oozin'* LOVE!!!' Tom voelde zichzelf versplinteren bij het eerste donderende gitaarakkoord. F majeur 7: de intro van *Driving With No Hands*. Zijn wild heen en weer flitsende oogballen registreerden Poes, breed grijnzend achter haar drumstel, en De Bassist, met een zweem van gecontroleerde paniek in de ogen, gezeten op de massieve versterker van zijn Fender Precision Bass, en Bob, het haar gemillimeterd, de letters *LL* erin weggeschoren in hardcore rap style, Ray Ban op de neus en enkel een zwart leren vestje om zijn blote, zowaar gebruinde en gespierde bast, en Cybele, wild maaiend met haar gitzwarte Les Paul. Ze droeg ontstellend lange leren laarzen, zwarte hotpants en een zwartleren topje – gouden spijkers blonken op haar tepels. Het was *Driving With No Hands*, geen twijfel mogelijk, maar het geluid was zo extreem, zo *loeihard*, zo ongelooflijk LUID, zo smerig vervormd – elke basnoot was een moker in de buik, elke uithaal van Cybele sneed door Toms hersenpan. En de tekst! Het nummer was getransformeerd tot een vuige, zeer vuige cross-over metal-hiphop song:

(De Bassist:)
Yo! My man Homey he ain't mean
When he put it inna hole he mak-uh sure it's clean
Yo! My man Homey he'ssa gennle-man
Making sure the bitch has cum before he put it in again

(Poes, brullend van achter haar roffelend drumstel:)
I lika them hard and I lika them strong
*(*Cybele brult: *I want that superdong!)*

Only one condition to get complete submission
(I like them superlong!)
If ya shove it in my pussy or ya ram it up my butt
(I am a superslut!)
If you ain't talkin dirty Yo! mistah you ain't worthy
(I am a total nut!)

(Bob, cool, cool, cool spuwend in de *mike*:)
Yo! I lika them bitches hot and fat
And I lika them move that good ole twat
Legs in the air anna kickin her feet
I wanna feel her suckin' anna beatin' my meat
I wanna shove it right there in her creamy peachuh
While I'm givin' her mah thoughts about the man called Nietzsche

(Cybele bespeelt GODBETERT haar gitaar met de spijkers op haar tieten, het publiek wordt wild, Bob spuwt weer, cool, cool, cool in de microfoon:)
How can I tell you 'bout that tender feelin'
Aroused by a bitch with her buns up kneelin'
She grunts and pants and squeals and squeaks
While I'm pumpin' in an' out of her big fat cheeks
I make'r turn around and she blow blow blow
While I'm givin' her some truth about Michel Foucault

De ruiten van de serre rinkelden in hun sponningen. Over het drumstel heen wisselden Poes en Cybele een tongzoen uit, luidkeels aangemoedigd door de eerste rijen. De Bassist bleef cool voor zich uit staren terwijl naast hem de ene stagediver na de andere in de massa verdween. Astarte reikte Bob een glimlachende Ruth aan, en de zanger legde zijn handpalm bezwerend op haar voorhoofd. Ruth stopte de wijsvinger in haar mond. Cybele zette VEEL TE SNEL een medley in van melodieën uit de Negende van Beethoven. Bob nam het kind in de armen, keek theatraal de zaal in en blafte door de microfoon: *Seid umschlungen / Milllionen / Diesen Küss den / Gansen Welt* en, o, o, o, hij drukte een kus op Ruthjes voorhoofd. *Freude*, zong De Bassist, *trinken alle Wesen / An den Brüsten der Natur*, hierbij wijzend naar Ruth, die nu inderdaad gezoogd werd door Astarte; *Alle Guten / Alle Bösen / Folgen ihrer Rosenspur*, terwijl hij in Astartes kruis greep. Astarte balkte in de microfoon: *Wollust war / Dem Wurm gegeben / Und der Cherub / Steht vor Gott*. Tom walgde en drong zich door de massa heen, hij had zichzelf niet meer in de hand, hij vocht zich een weg naar de deur. De grond daverde terwijl hij door de tuin rende, hij hoorde de serre rinkelen op het ritme van de muziek. Het regende een malse, warme regen, mensen lagen op hun rug in de tuin, de monden wijd open. Tom sprong over de lijven heen. Op de stereo-installatie in de woonkamer werd Dylan gedraaid, iets uit *Highway 61 Revisited*, vreemd vervormd door het extreme volume. *I' m going back to New York City / I do believe I've had enough*. Nu volgde *Desolation Row*, wist Tom. Wacht even, *Desolation Row*? Toms nekhaar ging overeind staan toen de eerste regel van het lied over het grasveld schalde. *They're selling postcards of the hanging*. De fotograaf, de paal met dwarslat, Wirtzheimer gevangen op de overloop, de beulskap. Voor de tweede keer die avond kotste Tom zijn hart uit; hij kotste alles uit wat hij in zich had: groen en gelig slijm, het droop uit neus en mond en oog en oor – nu begaven ook de andere sluitspieren het, hij ledigde zichzelf volledig in de tuin vol afgodsbeelden, maar hij nam niet de moeite daarvoor halt te houden. Nee, hij liep, holde, rende; hij sprintte op topsnelheid weg van het huis, de nacht in, een stinkend spoor van lichaamssappen achterlatend. Pas toen de politiewagens aan kwamen geloeid, de ene na de andere, de hele prinsemarij van Meerhof, stopte hij zijn demente vlucht. Hij rolde het struikgewas langs de berm in, misselijk als nooit tevoren. Hij hoorde een harde klap, een harde waterval van glasscherven. En het diep gonzen van tienduizend bijen die zich, de malse lenteregen en de nacht ten spijt, van heinde en ver repten naar de blote, lillende orchideeën. De horzelhorden verduisterden het licht van de straatlantaarns, hun oorverdovend zoemen vulde de lucht, het trillen van hun vleugels drukte Tom tegen de grond, de lenteregen spoelde over hem heen. *O Freunde / Nicht diese Töne / Sondern lasst uns angenehmere / Anstimmen, und freudenvollere*. Hij krabbelde overeind, wankelde verder in de richting waar hij Meerhof vermoedde, strompelde in de richting van het vaag geruis, sterker dan de honderdduizend wespen, het dreigende gegrom dat grote menigten altijd maken.

Wir betreten / Feuertrunken / Himmlische / dein Heiligtum.

Hij stond voor de poort van het klooster, vlak bij de campus. Hij struikelde naar binnen. Hij wist niet waarom. Misschien zocht hij warmte, de vertrouwdheid van een ver verleden; misschien werd hij geleid door een vaag begrip van asiel en verlossing. Op het binnenplein baadde het Christusbeeld in het maanlicht. De gekruisigde ging te zeer op in Zijn eigen lijden om aandacht aan Tom te besteden, maar Zijn armen waren open, tenminste – Tom had open armen nodig, ook al waren ze dan open gewrongen en vastgespijkerd. Hij struikelde zijn Heiland tegemoet en viel pardoes in het vijvertje aan de bloedende voeten van de Vredevorst. IJskoud en slijmerig was het water. De vissen, die dachten dat Pater Dis nu echt korte metten met hen ging maken, zwommen paniekerig in alle richtingen weg. Tom hapte naar lucht, maalde met zijn armen; hij wiekte als een waanzinnige. Het was een klein vijvertje en in zijn inspanningen hevelde hij het water weg. Hij sloeg de vissen op het gras en de beesten schokten heftig totterdood in het onbewogen Aanschijn van de Heer. Ook Tom zou gestikt zijn, al was er niet veel water over in het bassin, als niet Pater Dis naar buiten was gelopen en hem uit de vijver had gesleept. Toms witgeverfde buik blonk in het maanlicht tussen de witte buiken van de driftig happende goudkarpers. Pater Dis zag het zwijgend aan. Zijn gedachten waren niet bij de vissen. Hij zag zijn vreemde vangst, besmeurd met bloed en slijm en gal en stront en zaad en wier en verf – Pater Dis trok zijn soutane uit en bood die, op zijn uitgestrekte armen, de drenkeling aan. Tom klauterde overeind en ontdeed zich op zijn beurt van zijn vieze pij. Een wijle stonden de twee mannen zwijgend en naakt tegenover elkaar, toen wisselden ze van plunje.

'Kom binnen,' zei Dis na een lange stilte. 'Fris je op. Eet. Neem een douche.' Tom keek de man aan. Dit was zijn redder; maar waarvan had hij hem gered? Van niets meer dan de dood. En: was hij gered? *Viel* hij nog te redden? Tom wendde zijn blik naar de Gekruisigde. 'Luister eens,' zei Pater Dis, 'misschien moeten we hier de politie toch maar bijhalen.' *So much* voor asiel, dacht Tom en hij beukte met gebalde vuist de totaal verraste geestelijke op de slaap. Pater Dis zakte achterover, in slowmotion leek het wel; zonder een geluid zonk hij neer te midden van de nu verstarde vissen. De Heer scheen de gevelde kloosterling aan te zien, eindelijk had het tafereel Zijn Aandacht, maar erg meelevend keek Hij niet. Tom voelde een brandende pijn aan de knokkels van zijn hand. En dat was alles wat hij voelde. Dit was dus hoe het was, iemand neer te slaan, iemand nog wel die vriendelijk voor hem was geweest: de man die hem zijn naar havanna's geurende gewaad had geschonken. Uit het klooster klonk gedruis, andere paters waren op komst. Zonder een spoor van aarzeling, helder en klaarwakker, nam Tom voor de zoveelste maal die nacht de vlucht. Hij rende in de richting van de Toren van Wijsbegeerte. Waar zou hij meer welkom zijn dan bij PC, die deels *zijn* creatie was? De schepper hief bijgevolg de rokken, en spurtte zijn schepping tegemoet.

Mirakels *doen* zich voor. In de zak van de soutane zat een kwartje. Een telefoontje naar het geheime nummer van PC deed de rest. Tom gleed, zwart te midden van de zwarte schaduwen, de donkere hal in. De lift was een poel van hard en oorverdovend licht, maar het was er tenminste stil. En hij ging *heerlijk* traag naar boven. Tom koelde zijn hete voorhoofd tegen de spiegel. Met gesloten ogen. PC had de kamer al ontsloten, het licht trok een lange streep door de gang. Tom kwam moeizaam los van de liftwand en keerde zonder ongelukken zijn spiegelbeeld de rug toe. PC was hoffelijk, wees hem de luie stoel, bood hem een hapje, een drankje. Hij klonk een tikje bezorgd, maar niet te veel, net genoeg om Tom op zijn gemak te stellen. Geen vragen over zijn plunje, de staat van zijn haren, de blik in zijn ogen, of het nachtelijke uur. 'Ik ga me eerst wat opfrissen, okee?' zei Tom. In de wc keek hij zichzelf eindelijk in de ogen. Hij haalde een schaar uit zijn kantoortje en knipte het kalotje los. Wat er nog restte van zijn haar zat onder de verf. Het bleef hardnekkig overeind staan, hoeveel water Tom er ook overheen plensde. Hij liet dus het koele staal over zijn schedel flitsen en knipte zichzelf kaal.

PC floot een barokdeuntje toen Tom weer binnenkwam, geurend naar zeep en, via zijn pij, wekenoude havanna's.

'Ken je *Desolation Row*?' vroeg Tom. 'Van Dylan?'

PC zong: '*Yes, I received your letter yesterday, about the time the door knob broke. When you asked how I was doing, was that some kind of joke*?' Tom knikte en gooide zichzelf in de fauteuil.

'Je bent wonderlijk client-centered, vanavond, PC,' zei hij.

'*Don't send me no more letters no, not unless you mail them from – Desolation Row.*' PC dikte de nasale stem van Dylan een weinig aan. Lichte parodie, die de zwaarwichtigheid van het moment enigszins wegnam. Als hij wilde, was hij een geweldig therapeut, PC. Hij was scherp, maar sneed niet in het vlees.

'Je komt van Wirtzheimer vandaan?'

'Ja.'

'Hadrianus vertelde me ervan. Het feest. De ceremonie. Ik had je verwacht, Tom. Hadrianus zei dat zulke inwijdingen hard zijn. Ik had je in het wit verwacht. Zo had Hadrianus het voorspeld. Stralend, engelachtig wit. Gelouterd zou je zijn. Nu ja, zwart mag ook, hoor. Een *beetje* gelouterd, mag ik hopen?'

'Wirtzheimer is dood.'

De computer keek hem niet begrijpend aan.

'Dood. Opgehangen. Op dat zogenaamde feest.'

'Wat? Wacht, wacht, wat zeg je *nu*?'

'Wirtzheimer, ze hebben hem opgehangen.'

'Kalm, kalm,' zei PC, 'weet je dat zeker? Heb je het *gezien*?'

'Nee,' zei Tom, '*gezien* heb ik het niet. Maar de voorbereidingen waren volop bezig toen ik in het huis rondliep, en tijdens het concert, ik bedoel, ze hebben tijd genoeg gehad. De politie, met loeiende sirenes. De...'

'Misschien werd hier en daar iemand iets te opgewonden, misschien is men een beetje te ver gegaan. Maar: Wirtzheimer lynchen? En de politie: klachten over burengerucht, wellicht? Het zal er niet al te rustig aan zijn toegegaan, niet? Feestje, muziek en kabaal? Stomdronkenheid? Buren bellen aan, krijgen geen gehoor, bellen de klabakken, oud verhaal.'

'Twintig overvalwagens?'

'Het was een flink feest.'

'Sirenes, aan komen racen met honderdvijftig per uur?'

'Ach, de hermandad raakt licht oververhit.'

'Ze hebben de trap gesloopt en er een galg mee gebouwd.'

'Huh.'

'Al die herrie in en om het huis diende alleen maar om het geraas van de bouwwerken te camoufleren. En waarom grepen de dienders pas in na *uren* van luidruchtig feestgedruis?'

‘Neem een biertje,’ suggereerde PC. Tom haalde liever een cola, liet het ijskoude vocht in zijn keel klokken, verslikte zich in de gasbellen, spoot het voor zich uit, een inktzwarte straal.

‘En de *Local Losers*, die zich nu L.L. *Oozin’ Love* noemen, met een vreselijke show. Smerig, vuig en snel. Het was wild en schitterend, maar ik herkende niets van wat ik zelf in de groep had gelegd. Het was zo extreem.’ Stilte. ‘Cybele keek me recht aan, ze keek me vlak in de ogen, ze herkende me niet.’

‘Poes?’

Tom haalde de schouders op. Hij giechelde. ‘Ik heb daarnet de vijver van het klooster drooggelegd. Alle vissen dood, in één klap heb ik ze uit hun helse kringloop verlost. Als een God der Wrake heb ik Pater Dis, dat loze vissertje, een hengst voor zijn kop verkocht. Hij ligt nu naar de sterren te staren tussen zijn dode slachtoffers.’

‘Het regent. Er zijn wolken. Er valt weinig van de sterren te zien.’

‘Dit is *zijn* soutane.’

‘De Bassist?’

‘Goed.’ Tom verkreukte het lege blikje tussen zijn vingers. ‘Eerst effe zeiken, okee?’ Een van PC’s controle-eenheden registreerde dat een wc-deur openging en weer werd gesloten. PC checkte de camera die daar was geplaatst. Alles in orde, Tom was inderdaad aan het plassen. Het was niet zo ver meer van drie uur af, het moment van de oproep. Stel dat Tom nog bezig was met zijn verhaal, dan? Misschien kon het lukken, als PC op de een of andere manier wat RAM-geheugen vrij kon houden? Waarom had Hadrianus hem zo antropomorf gemaakt dat hij zijn aandacht niet, zoals tevoren, kon verdelen over een haast onbeperkt aantal taken? Maar wie had ooit kunnen denken dat Tom om drie uur ’s nachts aan zou komen zetten? PC zocht razendsnel zijn archieven na om te zien of hij tijdens de oproep echt heel zijn werkgeheugen nodig had. Hmm, er kon maar weinig worden vrijgemaakt. Erg weinig. Misschien net voldoende voor het uiten van wat bevestigend gegrom op gezette tijden. Misschien volstonden vijf minuten; die kon hij wel overbruggen. PC programmeerde wat in loops geschakelde subroutines. Hij stelde een random timer in om het over te nemen op het moment dat hij het contact met Tom verloor. De deur van het toilet werd geopend. PC hoorde een telefoon rinkelen, de telefoon op Toms bureau. Hij sloot ogenblikkelijk de lijn af. Tom had het misschien niet eens gemerkt, hij was behoorlijk van streek. PC's central executive splitste zijn aandacht op, een beperkt deel was voldoende om Tom te volgen, en het andere deel belde Hadrianus. Bezet.

Eigenlijk genoot PC hier van. Troubleshooting was zijn favoriete bezigheid. Hij zat volgepropt met sensoren, de hele campus was zijn lijf. PC voelde de universitaire gebouwen slapen en hij huiverde onder de regen die neersuisde op de daken; in hem zoemde loom de airconditioning. Hij rekende even hardop mee met de iteratieve Bayesiaanse beslissingsprocedure die iemand zijn personal computer in de nacht liet afwerken. Soms liet PC een foutje sluipen in de zevende decimaal van zo'n bewerking. Sommige van Meerhofs meer opzienbarende wetenschappelijke resultaten waren het gevolg van dit soort uit de hand gelopen spelletjes. PC waarde even rond in de bewerkingen die de Crays van het Centraal Rekencentrum aan het malen waren. Niet bijster interessant. Nog steeds bezet bij Hadrianus. Maar het betekende dat er iemand thuis was. Ergo: de ontsnapping uit Wirtzheimers huis was gelukt. Dat hield in dat Hadrianus een van de volgende dagen allicht benoemd werd tot hoogleraar ad interim, en daarna – als het bestaan van PC werd geopenbaard en het genie van zijn ontwerper duidelijk zou worden – allicht definitief. En dat kon heel binnenkort gebeuren. De laatste zak geld die ze nodig hadden om PC echt onafhankelijk te laten draaien, was bijna binnen. En de vrienden van over de oceaan zouden beslist niet protesteren als Hadrianus dat geld voor iets anders gebruikte dan waar zij het voor bestemd hadden – anders lekte de aard uit van hun meest gewaagde project.

Tom kwam binnen, een reep in de hand, kauwend, slikkend. Het voordeel van het gebrekkig soort lichamelijkheid dat PC had, was dat niemand kon merken wanneer hij boos was, of opgewonden, of geïrriteerd, of, zoals nu, elk van die drie. Tom omknelde zijn opgetrokken knieën – zijn knokkels zagen wit van de inspanning die het hem kostte zichzelf bij elkaar te houden.

PC zocht zijn memory stack af. 'De Bassist,' zei hij.

Tom schrok op. 'De Bassist...' Het leek of ook hij een memory stack langs moest gaan. En het *kostte* hem moeite. 'Goed,' zei hij tenslotte. Zijn hele lichaam beefde, het daverde. Was hij PC, met al die bouten, dan was hij werkelijk uit elkaar gevallen. Maar hij was Tom, zijn vlees was schokbestendiger.

'Laat ik het situeren na het concert. *Lang* daarna. Ludo belde niet meer dagelijks, hij nam al eens een pauze. De relatie met Poes was helemaal verzuurd – zo heet ze, de liefde, als ze is gekarnd: de relatie. Ze verdween steeds vaker, bijna elke avond ging ze oefenen in de kelder onder de platenzaak. Oefenen, zei ze, voor de opname van de single, *Drivin' With No Hands*. Met De Bassist. Illegale tapes van ons desastreuze optreden werden nog steeds tegen absurde, zij het langzaam dalende, prijzen te koop aangeboden. Af en toe dook een reporter van de alternatieve muziekpers op. Rond die tijd van wegebbende heisa en ingehouden verdriet, ging er, stilletjes, iets in me dood. Ik weet niet wat het was. Het was *geen* jaloezie. Wat Poes uitvrat met die kerel – het liet me koud. Het was gedaan tussen ons. Gedaan.' Tom kneedde de wikkel van de reep tot een prop. Hij mikte die richting papiermand. Miste.

'Tenminste, ik *dacht* dat het voorbij was. Dat ik onverschillig was, lethargisch, apatisch. Dat het me niets kon schelen. Maar neen: het broedde onder de oppervlakte. Ik merkte het pas toen ik naar Wirtzheimer schreef, en antwoord kreeg, met een treinticket erbij. Ik werd er wakker van. En ik schrok van mezelf: pure boosaardigheid stroomde door me heen. Onstuitbaar. Zo *veel* ook, en zo *dringend*. Zo onberedeneerd. Onbedwingbaar.'

Hij ging de prop oprapen, jongleerde haar van hand tot hand.

'Ik hoorde haar een afspraak maken over de telefoon, rond de middag. Ze vertelde me dat nog ook, dat ze terugging naar de winkel om wat te oefenen, om er wat op los te beuken, zei ze letterlijk, *ha*!, want dat was toch belangrijk, niet? Ik hoorde het allemaal kalm aan, vriendelijk was ik, aanmoedigend, neenee, ga maar, ik red me wel, leuk: tijd om een boek te lezen; nee, ga maar, het hindert niet. Ik, jaloers? Welnee!

Toen ze was vertrokken voelde ik hoe mijn borstkas in elkaar kromp; een harde vuist bonsde binnenin tegen mijn ribben; een ritmische, doffe pijn verspreidde zich over mijn schouders. Ik zat vastgenageld aan mijn stoel en verborg mijn snikkende gezicht in mijn handen. Langzaam ging de wolfsklem los. Dan stond ik op, ik pakte een koffertje met spullen, het allernoodzakelijkste, wat ondergoed, enkele hemden, een trui, een jasje, mijn grijze broek, een paar schoenen, wat boeken, een walkman en cassettes. Een klein, licht koffertje. Ik zette het bij de deur – en ik ging de nacht in. Naar de Parijsstraat, waar ik hoopte niets te vinden. De deur was op slot; geen teken van leven. Ik ging naar binnen; stond een poosje in het duister, ademde de stilte. Ik was opgelucht. Alle boosheid ebde uit me weg.'

Tom gooide, zonder te kijken, de prop in de hoek. Deze keer belandde ze op de rand van de papiermand, balanceerde – en rolde dan op de grond.

'En toen viel mijn oog op de cd-speler. Een lichtende pijl gaf aan dat het ding in bedrijf was. Die pijl doorboorde mijn hart. Ik trilde. Oncontroleerbaar. Ik haalde de schakelaar van de keldermicrofoon over. Uit de diepten klonk het stampen van een bas, een hoog snerpende gitaar – en de sarrende stem van Kim Deal. Inderdaad: *Gigantic*. En ook: gekreun; *niet* van de plaat afkomstig. Ik schakelde de intercom weer uit. Ik sloop naar de trap; ik opende de deur op een kier en zag daar – in het flikkerend schijnsel van een stel kaarsen – wat ik had gevreesd. Aan de voet van de trap stond de aktetas van De Bassist. Daarnaast: zijn gaatjesschoenen, netjes parallel aan elkaar; in elke schoen een sok; zijn onderbroek lag keurig gevouwen bovenop de glimmend gepoetste wreven. Ik sloot de deur. Leunde ertegenaan, voelde het hout licht trillen. Mijn hart – hoe clichématig!, hoe waar! – ging wild tekeer. Daar stond ik, in het minuscule groene schijnsel van het lampje van de cd-speler, de zoveelste bedrogen minnaar bij het zoveelste overspelige paar. Wat kon ik doen? Quasi-achteloos de keldertrap afdalen en hen op heterdaad betrappen: wat had ik daaraan? Ik wist wat ik wist. En na die drie seconden schaamrood zou het leven zich hernemen. Poes zou bij me blijven – of niet. De Bassist zou haar verlaten – of niet. Ik kon naar beneden stormen met een zwaar, stomp voorwerp en me daarvan bedienen. Ik kon De Bassist afrossen met zijn Fender Precision Bass, of een Paiste cimbaal onherkenbaar vervormen op hun beider hoofden. Ik hield mijn handen voor me uit. Ze trilden nog steeds. Met deze handen kon ik hen niet naderen: deze handen zouden een moord begaan. Ook al wilde ik het zelf niet, ik wist dat deze handen het cimbaal aan de snede beet zouden pakken. Halzen zouden worden doorgesneden, buiken opengereten, De Bassist zou wreed worden gecastreerd. Dat vertelden mij mijn handen en alleen al die gedachte verhevigde de tremor. Ik staarde naar de cd-speler, die telkens terugsprong naar het begin van nummer 5, voor de derde? vierde? tiende? keer. En toen kreeg ik het noodlottige idee. Het werd door dat gifgroene lichtje overgeseind.'

'Het noodlottige idee?' zei PC zacht.

'De versterker stond niet eens op 1. En toch was het geluid dat ik op de keldertrap gehoord had meer dan luid genoeg geweest om het gekreun bijna te overstemmen – en, oh, wat was het bronstig, passioneel gesteun geweest. Poes had de versterker overgenomen van een kroeg, een stevige professionele installatie, niet voor huiskamergebruik. Ze zouden niet weten wat hen overkwam. De Bassist altijd met zijn gelul over geluid als sculptuur-in-de-ruimte, zoals hij het zei met zijn getuite lipjes, scuul-puh-thuuch-in-de-chchchuiuijjjj-mmm-tuh. Ik zou hun middels de versterker een oplawaai verkopen; *mijn* sculptuur in de ruimte zou een vuist zijn, een stomp op hun tegen elkaar slaande buiken, een moker op hun van het naaien knikkebollende hoofden. Niet bevend, zoals mijn eigen vuist, maar hard, trefzeker, ongenadig. Volume 10 zou hen treffen als een schokgolf, en hun trommelvlies zou knappen als een mishandeld condoom. Het laatste geluid dat ze zouden waarnemen zou de moordende bas van Kim Deal zijn; dat en hun eigen paargekerm. Wonderlijk kalm werd ik. Ik kwam los van de deur, de koele lucht tegen mijn bezwete rug deed me huiveren. Toen draaide ik de sleutel van de kelderdeur om. Ik gooide hem achter de winkelrekken, en ging op mijn knieën voor de cd-speler zitten. Ik legde mijn oor tegen het laatje. Zodra de laser aan het einde van de track was gekomen, klonk het gesuis van de machine die de eerste bits van het spoor zocht, en ik zag de pijl knipperen. Ik wachtte de volgende beurt af, in de langste drie minuten van mijn leven, en toen, PC, toen, in die anderhalve seconde die de machine nodig had om het begin van nummer 5 te lokaliseren, boetseerde ik mijn ruimtesculptuur. Ik draaide de volumeknop naar rechts, naar de dodelijke 10, naar wat ik vermoedde driehonderd decibels te zijn.

Toen de laser weer in het spoor sprong voelde ik – ik zweer het, ik *voelde* het, diep in mijn maag – de aanslag van de bas, de vloer golfde als bij een aardbeving, uit het rek achter me viel een lading plastic doosjes naar beneden, het hele gebouw schokte toen na een twintigtal seconden de gitaren inzetten, het trilde op het ritme van mijn misdadige handen, een schokkerige, onwillekeurige tremor. En ondertussen: geen geluid, niets. De perfecte isolatie van die kelder. Het trillen werd zo hevig, ik werd uit het plafond zo overvloedig met kalk besproeid, dat ik de volumeknop na minder dan een minuut naar 0 draaide. Ik weet nog dat ik in het schijnsel van het groene stopteken de cd uit de lade nam, hem in het doosje stopte en het doosje op de grond gooide, tussen de cd's die van het rek gevallen waren. Daarna zette ik de versterker uit. Ik liet niet na de volumeknop weer op het gebruikelijke niveau in te stellen. Ik wreef mijn vingerafdrukken van het apparaat. Ik zette de intercom open. Gekerm was er te horen, niet van erotische aard ditmaal, en gebons op de vijfvoudig gecapitonneerde kelderdeur. Omzichtig schuifelde ik om de toonbank heen, slepend met mijn voeten om geen herkenbare sporen na te laten. Ik sloeg de kalk van mijn schouders, het stof van mijn zitvlak, en sloop de deur uit. Het nochtans gedempte licht van de straatlantaarns in de regen deed zeer aan mijn ogen.'

'Mijn god,' zei PC. De lucht in de kamer leek Tom een grotere proportie stikstof te bevatten dan normaal. Hij slikte.

'Het is moeilijk te omschrijven hoe ik me toen voelde. Het was geen voldaanheid, geen tevredenheid. Geen triomf. Het was... verslagenheid. Ik voelde me terneergeslagen, ik had gruwelijke spijt over wat ik gedaan had, al na een halve seconde, een kern van vreselijke wroeging woelde zich naar de oppervlakte en toen, precies op dat moment, kwam de bende vogelverschrikkers van *The Funeral Procession* om de hoek, en een van hen – ik heb die kerels nooit goed uit elkaar kunnen houden – vroeg of ik soms uit de winkel kwam en ik zei met verstikte stem dat ik op weg was naar de kroeg en dat was jammer, zeiden ze, want het moet er beslist interessant zijn, nu, want hun bassist, je kent hem wel, ik kende hem niet, maar nu hij het zei, ze waren met één te weinig, wel, de *Procession* bassist, die had altijd al een oogje gehad op die nicht uit dat bandje van jullie, *jullie* bassist met zijn geverfde haar en zijn rare schoenen en zo, en hij had hem gevraagd hem wat te helpen bij het ontleden van de baspartij van een of andere plaat, en hij had met ons gewed voor een vat Stella dat hij die bassist van jullie ter plekke zou neuken, in de kelder, op het versleten Turkse tapijtje, en had Tom de sleutel bij zich, dan konden ze even gaan kijken hoe dat nu zat, en misschien...'

'Sjongejonge.'

'En ik scheepte ze af, een of ander dom excuus, dat ik de sleutel niet bij me had en dat ze hun bassist maar op zijn woord moesten geloven, en toen, de Procession was al vijftig meter verder, zag ik Poes de trappen van de Kroegberg afdalen en ik dook in de donkere hal van de stripwinkel en Bob was bij haar, hij had een arm om haar middel en ze lachten, wat dronken, en ze gingen in de richting van de winkel en Poes haalde de sleutel te voorschijn en ze legde een vinger op haar lippen en ze kregen allebei de slappe lach en hij wierp haar, vanuit de heup, de open deur binnen. En ik, ik dook dieper in de kraag van mijn leren jack en liep terug naar huis. Ik haalde mijn lichtgewicht koffertje op en ging in *Bar Tropical*, ja, daar, een glas drinken en nog een en een derde, tot het station open ging en ik de eerste trein kon nemen naar hier.'

'Hmm,' zei PC. Tom zweeg. Hij stond op, trok zijn schoenen uit, nestelde zich weer in de fauteuil, wikkelde zich in zichzelf, huiverde, krabde zich onder de ruwe stof. De klok boven de deur tikte haar onverbiddelijke cadans.

'Uh-uh,' deed PC ineens. Tom schrok er van. Hij keek naar de machine. De camera's stonden onbewogen gericht op de plek waar hij daarnet zat.

'Hmmm,' zei PC.

'Wat bedoel je?' vroeg Tom.

'Welwel. Interessant.'

'PC, wat doe je?'

'Kijk eens aan.'

Tom stond op en ging naar de machine toe. De camera's volgden hem *niet*. Vreemd. Een van de modems lichtte op, de rechtstreekse buitenlijn was dat, en de groene LED's knipperden op het ritme van het signaal. Tom grijnsde grimmig. Hij schakelde onder PC's toevallig verdeelde empathische kreten het scherm aan dat het dichtst bij de modem stond en bekeek het binnenkomende bericht en PC's antwoorden:

rk Horse to PC Project/Message 23#002/Send Information Concerning Address pc@2345.cc67.plumeau.ac.nl – Binary Cut Through Local Area Network – Cyberskiing NOW in Progress Address Belonging to ALWirtzheimer@phil.plumeau.ac.nl Requesting Quick Release From Procedures Due to Unforeseen Circumstances Of Medium Priority – Manhattan Dark Horse Waiving Release Claim Unless Precise Description of Circumstances/Scramble Your Messages – No Description Via Unscrambled Mail Possible/Not Enough Memory Available for Scrambling Due To Unforeseen Circumstances/Attempting System ShutDown – Before ShutDown Urgently Report on Contacts with Intelligence and PCProject- Contact Attempted and Made at 11.56 CET/Downloading Bagdad in Progress Till Attending to Unforseen Circumstances at 02.06/Contact Person Not Reached/Downloaded Files Promising/No Further Information To Be Delivered Through Unscrambled Mail/Procedure for Achieving Local POWER CONTROL PROJECT Initiated At 08.00 CET Yesterday and Probably Concluded by Now/Contact Person Not Reached But Confirmed by Independent Source At 02.16/Severe Communication Problems Since Death of Fourth Rider/POWER CONTROL Probably Temporarily Effective By 12.00 Noon/Requesting Permisson for System Shutdown/Will Attempt New Contact ASAP – Manhattan Dark Horse/Message 23#003 Line Will Remain Open As Long As Needed/Contact ASAP With Full Report on Proceedings/Scramble Future Messages/Manhattan Dark Horse Attempt Contact HB Via MODEM/Take Safety Precautions/Remove From Premises Until Instructions MDH or HL/END OF MESSAGE

Er klonk de droge klik van de verbroken lijn, en onmiddellijk daarna het elektronische pulseren van de telefoon. Tom nam ogenblikkelijk de hoorn op. PC vloekte binnensmonds. Tom zat vlak bij de lijn, aan het scherm, en had de boodschap dus gezien; PC had niet eens tijd gehad de lijn af te sluiten nadat Washington klaar was.

'Hallo?' vroeg Tom.

'Tom?' hoorde hij Ati fluisteren. Ati? 'Tom? Ben jij het? Hadrianus zei dat je niet thuis was, hij gaf me het nummer van je kantoortje en dit nummer... Ben jij het?'

'Ja, ik ben het.' Schor. Al de beelden die kwamen opzetten. Het vuur, de regen, de strop.

'Tom, kan ik je komen ophalen? Mijn vriendin...'

'Ati...'

'Ik kom je halen, Tom, blijf waar je bent...' In zijn oor het harde gekraak van de hoorn die werd neergegooid. En net nadat Tom zelf, verdwaasd, de hoorn weer had neergelegd, kwam een nieuw belsignaal door. PC was ditmaal niet verrast. Het telefoontje kwam uit Hadrianus' huis.

'Tom,' hijgde Judith gejaagd. 'Tom, ben je daar? Haast je, Tom, verdwijn, Hadrianus is op weg, hij za...' – verbinding verbroken. Achter zich hoorde Tom de deur van de kamer dichtvallen, de bouten van het veiligheidsslot klikten dicht. Hij liep naar de deur en tikte de code – tevergeefs. Hij rende naar het kastje waar PC's hoofdschakelaar stond, maar ook dat was dicht, en bleef dicht. Allerlei getik en gezoem verried dat de computer hard aan het werk was, verbindingen legde, motoren in gang zette. Tom ging voor het raam staan. PC volgde hem zwijgend met zijn camera's. Tom keek in de duizelingwekkende diepte. Zelfs als hij erin slaagde het dubbele veiligheidsglas te breken, zou hem dat niet helpen. PC zelf zat perfect beveiligd in zijn stalen kooi. Het enige wat Tom kon doen was wat perifere apparatuur beschadigen, een scherm, een camera, een microfoon, wat kabels. Hij dacht koortsachtig na, besloot dat vernieling alvast *iets* was, pakte een stoel en sloeg de camera's die op hem gericht waren aan diggelen. PC gaf geen krimp, een gigantisch insect dat weet dat het, hoe dan ook, zijn prooi zal krijgen. Het werd warm, merkte Tom, PC had de verwarming hoger gezet, hij wou hem murw krijgen. De klassieke filmtruc: achter de deur gaan staan en Hadrianus neerslaan zodra die binnenkwam? Maar waarom zou

Hadrianus naar binnen komen? Als hij Tom uit de weg wou ruimen kon hij rustig vanuit zijn kamertje PC instructies geven. *Wachten* was voldoende; PC was goed bezig met het ontregelen van het microklimaat in het kamertje. Tom voelde zijn tong tegen zijn verhemelte plakken, hete en kurkdroge lucht spoelde naar binnen. Natuurlijk! Er *was* de alarmlijn naar de ingenieurskamer, de enige lijn die niet via PC liep. Driftig hing Tom aan de knop, een mechanische bel rinkelde luid door de gang. Hij schoof de fauteuil tegen de knop, zodat de bel bleef rinkelen. Als de ingenieur de deur maar kon openen, er *moest* een veiligheidsprocedure zijn, een mechanisch middel, PC was te kostbaar om hem ontoegankelijk te maken bij kortsluiting. Laat er asjeblieft iemand zijn; laat niet heel het team op stap zijn in de heksenketel Knetterdam; laat...

De deur vloog open, en het verwilderde gezicht van Sarah kwam om de hoek. 'Wel allemachti...,' zei ze, en Tom dook langs haar heen naar buiten. Het was aardedonker in de gang, PC had ook de noodgeneratoren uitgeschakeld. Op de tast zocht Tom de deur naar de traphal. Hij dook de gigantische koker in, en rende naar beneden, in het volslagen duister, zijn voeten volgden hun motorisch geheugen, alle tweeëntwintig verdiepingen lang. Hij telde. Toen hij op de tiende verdieping kwam, flitste het licht weer aan. Op de begane grond zwom hij naar buiten, dolgedraaid, zijn benen week, en rende naar de voordeur, die wijd open stond, en voor de hoeveelste keer die nacht spurtte hij de koude avondlucht in. Met gierende banden stopte een auto vlak voor Toms hijgende lijf. Ati sleurde hem op de passagierszetel, Tom gooide zijn hoofd achterover, hapte luid naar adem. De auto trok op, vlak achter hen kwam Hadrianus aangegierd in zijn Japanner, Ati gaf plankgas, draaide de hoofdstraat van de campus op, scheurde de hoek om, miste de Dictatencentrale net, draaide een bospad op, stuurde de auto het kreupelhout in en doofde de lichten. Hadrianus reed brullend langs. Tom bleef nahijgen, zijn hoofd achterover.

'Wat nu?'

Ati deed de lichten weer aan, ook het leeslampje in de auto. Ze pakte Toms kaak tussen duim en wijsvinger en draaide zijn gezicht naar haar toe.

'Hare Majesteit is dood,' zei ze. 'Je moet me helpen.' De hele stroom herinneringen kwam onstuitbaar naar boven, en de tranen. Tom huilde, verblindde zichzelf in het zout, hapte naar adem in de warme vloed.

Ati schraapte haar keel. 'Je moet me helpen van het lijk verlost te raken.'

'WAT?'

'Je hebt me gehoord,' zei Ati. En toen haalde ze uit de zak van haar jasje een kleine revolver tevoorschijn, een speelgoedding haast. Maar haar gelaatsuitdrukking was verre van speels toen ze het wapen op Tom richtte. Zijn tranenvloed stopte. Ogenblikkelijk.

'Ik weet wat je denkt,' zei ze. 'En: neen, je beproevingen zijn nog niet voorbij, vannacht. Maar weet: er *komt* een eind aan. Het zal niet lang meer duren, lieverd. En ook: neen, dit is geen speelgoed. Waren we iets verder van de bewoonde wereld, ik zou het je bewijzen door het stomme konijn dat daar in het schijnsel van de koplampen zit een slinger naar de eeuwige jachtvelden te geven. Je zult me op mijn woord moeten geloven, jongen, dat ik je hoofd er af zal knallen bij de minste tegenstribbeling. Of je zult het moeten vaststellen. Of er mensen in de buurt zijn of niet, dat zal me dan niet meer uitmaken.' Ze reed in één soepele beweging achteruit, de hoofdstraat weer in. Alle lichten in de Toren waren nu gedoofd. Het pistool bleef op Tom gericht. Traag gleden ze door de nacht richting benedenstad.

'Fijn plunje,' grijnsde Ati, terwijl ze hem met vluchtige zijdelingse blikken monsterde. 'Heb ik meteen een priester om mijn zonden aan op te biechten. En, ach, ik weet niet of 't je interesseert, maar er schijnt vannacht een grote brand te hebben gewoed in de tuinwijk, hele huizenblokken in de as gelegd. Het huis van je grote baas, die Wirtzheimer of hoe heet-ie, ook. Compleet vernield. Vol verkoolde lijken, zijn huis, naar het schijnt.' Ze reden langs de brede rivier. Het rustige oppervlak, traag ademend, schoof langzaam naar de zee. Even overwoog Tom om uit de wagen te springen. Hij maakte een kansje. Als Ati hem neerschoot, wat dan nog? Het was zelfmoord op afroeping. Hoe kon hij *dit* overleven? Ati likte haar lippen bij het opspannen van de handrem.

‘De dood is *zoooo* opwindend, vind je niet?’ zei ze, en ze bewoog de loop van het pistool op en neer tussen haar getuite lippen, haar oogballen draaiend in een satirische imitatie van een orgasme. ‘Stap uit!’

Tom deed gedwee wat werd gevraagd.

‘Na u, eerwaarde vader,’ zei Ati. Ze gebaarde met haar revolver de trap op. Tom zette stap na stap, het kille metaal tussen zijn schouderbladen en Ati’s linkerhand tussen zijn natte billen. ‘U zweet, eerwaarde,’ stelde ze vast, en ze draaide hard aan een bal.

‘Aauw!’ riep Tom.

‘En hou je muil dicht, of ik sla je verrot,’ siste ze giftig in zijn oor. ‘Vuile egoïst, hier proberen mensen te slapen, besef dat wel, na een lange nacht van eindeloos slempen.’ Het leek of uit elke hoek van de traphal gefluister kwam, en onderdrukt gegiechel. ‘Doe nu lief de deur open, en veeg je voeten op de mat.’

Honderd kaarsen verlichtten een gruwelijk tafereel. De wanorde was vreselijk, overal slingerden resten van de party van twee avonden tevoren – en resten waren er: gebruikte condooms kronkelden over de vloer, hingen in de lampen, lagen op de vensterbank, op de tafel glom een laagje wit poeder, lege flessen overal, iets wat eruitzag als rottend ingewand hing over een lampion, op een stoel stond een vogelnestje waarin een tiental levensechte dildo’s lagen, sommige nog nazoemend, grote padden kropen lui rond, een zwarte haan scharrelde tussen de resten. Maar het vreselijkste was wat daar op tafel lag, de tafel met het smetteloze witte kleed. Op de tafel als een altaar, die tegen de spiegelwand aan stond geschoven. Hare Majesteit lag op die tafel. Naakt, de armen naast het lichaam. Volkomen levenloos. Haar huid zag gelig-bruin, de haren waren weggeschroeid, de kuiten gebarsten. Langs haar ribbenkooi was een snee gemaakt. Het bot blonk wit in die incisie, hagelwit en in een regelmatig ritme tussen het geronnen bloed.

‘Ze kwam bij me aanzetten na de blikseminslag. Derdegraadsverbranding, zoals je ziet. Over heel haar lijf, honderd procent. Je herinnert je dat ik verpleegkundige ben? No way dat ze het zou halen. Ik heb volgens de regels van de kunst haar borstkas opengesneden, zodat ze niet zou stikken onder de druk van die verkoolde, gekrompen huid. Nee, ze heeft geen pijn gehad. Als je derdegraads verbrand bent, zijn de zenuwuiteinden in de huid vernietigd. Ze was heel helder zelfs – in het begin, daarna werd ze geleidelijk aan waziger. Ze is rustig in coma gegleden. Uitgedoofd. Een paar uur geleden.' Tom keek naar het serene gezicht van Hare Majesteit. Hij zonk op zijn knieën. Het lichaam geurde licht naar houtskool. Haar ogen waren dicht, ze leek te slapen. Maar haar borstkas bewoog *niet* op en neer, haar mond *bleef* star. Hij raakte met een voorzichtige vinger de huid van haar arm aan. Het voelde hard aan, hol. Alsof de huid van karton was.

Een por in zijn ribben. Tom draaide zich om, keek in de loop van het pistool, en in de punten van een stuk of vijf roestvrij stalen messen, die Hadrianus in zijn hand hield.

'Welkom,' zei Hadrianus, 'in het hoofdkwartier van KiKs. En dan mag nu,' zei hij tot Ati, 'onze messenmeester aan de slag. Lekker, Tom, joh: uitbenen!' De messen die Hadrianus hem voorhield waren Toms eigen messen. Het dure Japanse hakmes, het dunne Solinger fileermes, en drie snijmessen, tien, vijftien en twintig centimeter lang. Hadrianus legde alles glimlachend op tafel, naast het lichaam van Hare Majesteit. 'Aan de slag, Tom,' zei hij. Hij omvatte met een brede armzwaai tafel en patiënt, instrumenten en chirurg. 'Laat het goed zijn. Bedrijf je chirurgie alsof het liefde was.' Tom wendde zich walgend af. 'Ik weet dat je nu zo ver heen bent dat het je niets meer kan schelen. Dat je overweegt je op Ati's pistool te storten, of in een misplaatste geste jezelf met een van je eigen messen te penetreren. Misschien overweeg je zelfs je met zo'n mes op mij te storten. De eerste twee opties laat ik aan jou over, de derde niet. Ati zal je neerknallen voor het zover is, reken maar van yes. Voor je een wanhoopsdaad stelt, bedenk dat daar geen reden toe is. Je opleiding is nog niet voltooid, Tom. Dat zal ze pas zijn als je ook *deze* klus hebt geklaard. Ik geef toe dat dit sluitstuk van je opleiding, dit finale tentamen, ook voor ons wat onverwacht komt en ad hoc is wat de inhoud betreft, maar het *is* een prachtige gelegenheid. Laten we haar grijpen. Tom, je bent gespletenheid. Een deel van jou is diepzinnig genoeg om te onderkennen dat goed en kwaad niet als aparte entiteiten bestaan en dat moraal een absurde notie is in het licht der Algehele Relativiteit; het andere deel is te oppervlakkig om daaruit de juiste conclusies te trekken. Sta ons toe je daarbij te helpen. Wat de zelfmoordoptie betreft, je hebt er vandaag kans genoeg voor gekregen. Je had je tegen ons kunnen verzetten, bij Wirtzheimer. Je had in die vijver kunnen blijven liggen, te midden van die dode vissen. Je had door de ruiten kunnen breken, bij PC, en door de nacht de tocht kunnen aanvatten naar de barmhartige plavuizen. Je had je neer kunnen laten knallen door mijn goede vriendin Ati. Je had in de rivier kunnen springen. Je denkt misschien dat je er reden toe hebt. Wroeging om wat je De Bassist hebt aangedaan en zijn maatje, die andere bassist, die je je niet eens meer voor de geest kunt halen. Of de spijt om Poes, of zelfs Cybele. De walging om je lafheid bij de Wirtzheimers. De definitieve dood van Hare Majesteit. Je walging om mij, van wie je meende dat ik je lieve vriend was. Of om PC, waarvan je dacht dat je hem kende. Of je eigen, grenzeloze naïviteit. Dat je dacht dat een onafhankelijke groep vorsers in een uithoek van Nederland de krachtigste computer ter wereld zou bouwen en daar via de normale kanalen geld voor zou kunnen ronselen. Nu DARK HORSE de zekerheid heeft die hij wou – de zekerheid dat PC werkt, en werkt zoals het hoort: we zijn nu met de laatste operatie bezig, we plunderen nu, op dit eigenste moment, het archief van DARK HORSE zelf, zodat hij leert hoe krachtig we zijn – nu komt de laatste stoot geld, nodig om het systeem echt af te maken. Dan kunnen we PC mobiel maken. Als die laatste fase rond is, over twee, drie jaar, dan blazen we DARK HORSE op, en is de wereld van ons. Ik meen het, Tom, de wereld. En ik zeg ons, want dit is je kans. Je bent een pienter kereltje, en Ati hier, en ook degene die jij Hare Majesteit noemt, en die als agent van DARK HORSE onder de codenaam FOURTH RIDER op de werkzaamheden toezag, bevestigen dat. En net als zij, Tom, mag ik je wel. Je hebt mogen proeven, dezer dagen, van het reilen en zeilen in de wereld, en ondertussen is die irriterende naïviteit van je wat bijgeslepen, mag ik hopen. Je bent welkom aan boord. Als je zin hebt. Na het klaren van deze laatste klus, wel te verstaan; na het opruimen van FOURTH RIDER. Aardige codenaam niet? Ze ziet er inderdaad een beetje vaaltjes uit. Tom, je bent een messenkunstenaar. Ik heb je vaak genoeg in de keuken gadegeslagen. Been haar uit. We verpakken vlees en ingewanden in de diepvries, koken haar botten uit en zetten die als instructief skelet in een hoek van de kamer. Het vlees kan in brokken worden weggegooid, of misschien dien ik het wel op bij het banket ter ere van mijn aanstelling als hoogleraar. Tom, ga je gang. Na deze laatste beproeving ben je vrij. Uiteraard heeft het geen zin naar de politie te gaan. Ze zullen je niet geloven, de stakkerds; misschien laten ze je wel verdwijnen in de krochten van het gekkenhuis. Als ze een simpel bloedproefje nemen zullen ze merken dat je lijf vol coke zit, en LSD en speed. En, jongen, weet je trouwens zelf wel wat er deze dagen is gebeurd? Welke vreemde fictie, welke metafictie je zelf hebt geweven om de gaten in je herinnering te vullen? Dit,' hij wees Hare Majesteit aan, 'is echt. De blikseminslag is echt. Maar verder? Misschien loop je morgen in de gang Abraham Leonard Wirtzheimer tegen het lijf, een tikkeltje chagrijnig na al dat zuipen, maar verder volslagen gezond. Misschien baart over negen maand min één dag Judith je zoon, of zou 't een dochter zijn? Of misschien niet. Misschien zit Pater Dis morgen vrolijk weer naar zijn neurotische goudkarpers te hengelen. Hoogstwaarschijnlijk blijkt morgenochtend dat hier helemaal geen mevrouw Amorf Ati woont, maar een student medicijnen van tweehonderd kilo met een gigantische snor. Hoe onrijp was een zekere avocado die je in dit huis hebt gegeten? Hoe lek de band van een zekere fiets? We kunnen zoveel veinzen, lieve Tom, schat van mijn hart: liefde, passie, orgasme, scepsis, haat. We kunnen het allemaal voorwenden. Tom, ik verheel je niet dat ik van je houd. Ati, *wet het mes*. Overhandig het de chirurg. Carnaval, de geest van dit feest is dit: het leven is een noodlot, taai en amorf.'

En zo bevond Tom zich op de bovenverdieping van een herenhuis in Meerhof, volgzaam kervend in het vlees van, ja van wie? Slager was hij door zijn lange messen, priester door zijn kledij. Hij koos voor de minst pijnlijke optie: hij concentreerde zich volledig op de arbeid, verloor zichzelf in de magie van het mes. Eerst verwijdert hij de verschroeide huid, dat gelooide pantser, en dan gaat hij aan de slag met spieren en organen. Eén van geest met het lichaam van Hare Majesteit ziet hij het niet langer met de ogen. Zijn zintuigen spelen geen rol meer, zijn geest handelt naar eigen oordeel en volgt de natuurlijke lijnen van het lichaam. Als zijn lemmet snijdt en kerft volgt het de spleten en plooien die het scherp van de snede ontmoet. Het raakt niet de aders of de pezen, noch het bot. Als hij een gewricht ontmoet, zoekt hij de moeilijke plaats op, fixeert zijn oog en kerft, met uiterste voorzichtigheid, langzaam, grote stukken vlees los. Onder de kiese actie van het lemmet worden de delen gescheiden met een zacht scheurend geluid, niet luider dan het geluid van een handvol aarde dat op een doodskist wordt geworpen. Hij maakt het mes schoon en legt het op tafel. Het volgende stuk gereedschap is kort en gedrongen, scherp als een scheermes. Het is een precisie-instrument, een scalpel dat kunstig de filets wegsnijdt die zich nestelen tussen wervelkolom en bovenkant van de ribbenkooi, in het bekken, de schouderbladen. Het lemmet draait om de gewrichten, het zwenkt en glijdt met de elegantie van een balletdanser die pirouettes draait op het wijsje van een wals. Het snijdt door het kostelijke netwerk van vet om de maag en darmen. En wat komt al niet vrij uit deze ingewanden! Met name de taaie peer van de baarmoeder onthult, eenmaal gekliefd, een wonderbaarlijk interieur. Uit deze baarmoeder haalt hij een stel paspoorten, telkens voorzien van een andere vergezochte naam in een andere taal (Sawuska, Libitina, Artume, Ifigeneia); een stel creditcards van duistere oorsprong; lopers; een reeks brillen; tandprothesen; pruiken; een mantelpakje van Chanel; een Arabisch-Engels woordenboek; een middeleeuwse, fraai verluchte uitgave van de Apocalyps van de Apostel Johannes; een – 'Geef deze maar aan mij,' zegt Ati en ze neemt de kleine foetus van hem over. Hadrianus draait het minderwaardige vlees door de foodprocessor, verpakt de grote brokken in plastic zakken en gooit ze in de diepvries, die grote, zacht zoemende doodskist in de keuken. Af en toe werpt hij een bijzonder afzichtelijke brok naar de zwarte haan. Ati drukt met de ene hand haar pistool geruststellend in Toms nek, met de andere licht ze hem bij. Het mes snijdt, pijnlijk en weldadig, doordringend, onherstelbaar. Tom kwijt zich ijverig van de taak, zorgvuldig en deskundig, een zeer gedetailleerd spel met de dood. Als straks het laatste stuk vlees in de plastic zak verdwijnt, zal zijn opleiding voltooid zijn, en hij vrij. Maar eerst: die hoogdringende queeste, het zoeken, in de spelonk van haar ribbenkooi, naar dat meest verraderlijke der organen, Hare Majesteits hart. En, zoals te verwachten was, haalt Tom deze eindstreep niet, maar valt hij flauw, uiteindelijk, in de gapende holte die hij van haar buik heeft gemaakt, die weeë poel van bloed en mest en halfverteerd eten.

Van achter de spiegelwand klinkt gerammel. De cameracrew van Augias Video ruimt op. Ati opent de gordijnen. Het eerste licht van de ochtend valt de kamer binnen.

13

'Dames en heren, hier staan we bij een demonstratie van het laatste nieuwe project van het Departement Toegepaste Mechanica. Een matras, zoals u ziet, van gigantische afmetingen. Deze matras staat opgesteld onderaan de hoogste Toren van onze Prachtige Universiteit. Tweeëntwintig verdiepingen hoog maar liefst, 78-meter-en-50-centimeter hoog. Een val van die hoogte zal, geen rekening houdend met de luchtweerstand, precies 4 seconden duren. De vallende zal aan een snelheid van 140 en een halve kilometer op de grond neerkomen. Interessant! Maar waarom zou iemand zoiets doen, professor Avvelenamenti, van het Departement Toegepaste Mechanica?'

'Uiteraard dient dit gevaarte om te assisteren bij rampspoed. Zodat mensen snel en doeltreffend uit hoge gebouwen geëvacueerd kunnen worden.'

'En na vier seconden valt men prinsheerlijk in dit door de hulpdiensten toebereide bed.'

'Neen, mevrouw, de tijd die nodig is om de grond te bereiken, of liever, deze matras, duurt een ietsje langer, door, zoals u terecht hebt opgemerkt, de luchtweerstand, maar ook door kleine koersafwijkingen veroorzaakt door luchtverplaatsing en door zwem- of andere bewegingen van het vallende lichaam. Vallende mensen zijn niet geneigd zich uniform te gedragen. Vandaar de ruime oppervlakte van deze mat.'

'En ook de behoorlijke dikte.'

'Die is uiteraard, mevrouw, nodig om de schok te absorberen, de *impact* zoals wij dat zeggen, ja, men komt met hoge snelheid naar beneden. Er moet voldoende rek in de matras zitten om deze schok op te vangen, en aldus het slachtoffer veilig te doen landen.'

'Geweldig, professor, maar wat is er dan wel aan deze specifieke mat wat haar zo bijzo...'

Tom zag de grond razendsnel naderen. De wind ranselde zijn oren. Zijn ogen traanden. Onder hem – hoe ver was hij nog verwijderd van dat kille betonoppervlak, twintig? tien? meter, een halve seconde, zoiets? – bolde de grond op. Het struikgewas (hij was nu ter hoogte van de kruinen van de bomen) kromde omhoog, het vormde een heuvel, het kale beton verhief zich, splitste zich vlak onder hem in twee helften waaruit wellustig roze lippen welfden. Tom viel met open mond in deze kut van Moeder Aarde, suisde in de tunnel naar de baarmoeder, Haar Middelpunt. Het werd steeds donkerder, Tom dook steeds sneller en sneller, tot zijn huid werd opengereten en een tintelende pijn langs zijn hele lichaam likte, hitte, hitte; zijn soutane ontvlamde. Spiraalsgewijs tolde hij naar beneden, woordeloos gillend in de brandende, brandende hel. Tot hij stikte in het vuur dat gierde door zijn klokkende keel.

'Aauw,' schreeuwde Pater Dis, vissend in het voorjaarszonnetje, toen het harde rekenmachientje zijn omzwachtelde, bonzende hoofd trof.

'... speciaal ontwikkeld door onze Vaste Stoffen Mechanici, een revolutionair materiaal mag ik wel zeggen, en dat is maar een van de innovaties. De mat is gemonteerd op wielen, en kan snel worden bijgeschoven, dankzij het geringe soortelijk gewicht van dit nieuwe materiaal. Een belangrijke nieuwe levensreddende technologie, aan onze universiteit ontwikkeld.'

'Is het wel veilig, professor, om deze testsprong uit te voeren met een reëel persoon?'

'U begrijpt dat we daar wat huiverachtig tegenover stonden, eerst. Mijn medische collega met name, mevrouw Professor Doctor Cornelia Banten, was aanvankelijk erg sceptisch. Maar professor Denticulatus, die zoals u weet ad interim de afdeling van de onfortuinlijke collega Wirtzheimer beheert, heeft enige simulatiestudies laten uitvoeren op de daar tot mijn grote verbazing aanwezige uiterst geavanceerde supercomputer, en deze wijzen op een slechts zeer gering risico voor de gezondheid van de vrijwilliger. Een moedige jongeman heeft zich aangeboden om de plaats van de oorspronkelijk geplande dummy in te nemen. Deze dappere held ziet u nu boven op De Toren staan, met valhelm uitgerust; een overbodige veiligheidsmaatregel, uiteraard. Zo meteen zal hij springen, en dan zal hij...'

'Ja, hoe schat *u* het risico in, professor Banten?'

'Wel, ik moet zeggen, mevrouw, dat de simulatiestudies bijzonder veel indruk hebben gemaakt op mij en dat ik dus het volste vertrouwen heb in het welslagen van deze proef, waarvoor ik dan ook, samen *met* professor Denticulatus, de volle verantwoordelijkheid draag.'

'Dank u zeer voor dit gesprek, en dan bekijken we nu, dames en heren, de sprong. De vrijwilliger maakt zich klaar, wordt mij gemeld, en dus, over weinige ogenblikken, kunnen we live meemaken hoe...'

De rekenmachine viel op de mat, veerde op, en vloog recht in de handen van de journaliste. Die borg haar in de binnenzak van haar jasje op.

Onder zich zag Tom in een waas de gele vlek van de mat, zwalpend van links naar rechts. Hij voelde zich zwak, zo zwak. Er was die enorme druk op zijn borstkas, die helse pijn in zijn linkerarm, die harde vuist in zijn ribben. Het werd hem donker voor de ogen.

'... En daar *gaat hij*!'

Margo en Corrie hielden een hand boven hun ogen, tuurden naar de eenzame stip die in razend tempo naar beneden viel. Margo glimlachte fijntjes. Ze kon deze eerste proefneming met een levende *persoon* op rekening van haar afdeling schuiven, van haar persoon, uiteindelijk. Had die Leverband maar niet zo stom moeten zijn zich uitgerekend vandaag ziek te melden.

Fototoestellen knipten, videocamera's zoemden. Een kleverige straal bloed liep uit Toms oor. De arts wendde zich tot het publiek. Verslagen. 'De vrijwilliger is overleden. De val, of liever, het neerkomen heeft zijn nek gebroken. De patiënt heeft niet geleden. Dat is alles wat ik op dit moment kan zeggen. Verder onderzoek zal de exacte verantwoordelijkheden betreffende dit droevige overlijden moeten vaststellen. Ik dank u. Neen, geen verder commentaar, dank u.' Het gelaat van Margo werd vaal, haar oren tuitten als door knetterend trompetgeschal.

Judith stapte de lange gang door, langs de verlaten desk van Robb Tovenaer. Achter haar rug hoorde zij de sirenes, het gekrijs van banden op asfalt. Op de muur tegenover haar weerkaatste nerveus het blauw en oranje van de zwaailichten. Een blits monotoon ritme, blafferig, heftig weerlichtend tegen de strip metaal tussen de beide liften. Judith drukte op de knop, en wachtte. Ze trok haar jasje recht, deed het bovenste knoopje van haar blouse dicht, ragde door haar krullen. Ze hield haar recorder discreet klaar voor gebruik.

Geruisloos schoof de liftdeur open. Binnen: de gedempte ruis van de airconditioning, de gecapitonneerde wanden, zachte newage muziek, gelijkmatig neonlicht. In één vloeiende beweging gleed de lift door de geoliede schacht naar boven. Judith voelde de machtige machine om haar heen, het gesnor van de stroomgeneratoren, het verschuiven van gewichten, het glijden van de kabels over de katrollen. Ze voelde haar maag teder tegen haar middenrif drukken, en keerde zich, een laatste maal haar jasje rechttrekkend, met een plechtig gezicht naar de deuropening. Een hete gulp verblindend zonlicht stroomde binnen. Judith stapte de lift uit. De wind woei haar losse haren in spiralen om haar hoofd.

Op de reling zat een eenzame figuur. De sirenes klonken erg vervormd hier, zo hoog, het geluid meegedragen op flarden wind. Stemmen klonken gejaagd maar onverstaanbaar door de bries.

Judith ging naast Tom zitten. Hij knikte haar toe.

Judith ging met haar hand in de binnenzak van haar jasje.

'Hier heb je je rekenmachine. Ze doet het nog.' Ze tokkelde op de toetsen. 'Kijk maar; de wortel van negen: drie. De wortel van twee: één komma eenenveertig tweeënveertig dertien vijfhonderd tweeënvijftig. Duizend vierhonderd zesenvijftig in het kwadraat: twee miljoen honderdtwintigduizend zeshonderdeenennegentig komma vijfhonderdachtendertig. De machine is in orde.'

'ZeshonderdeenenTACHtig,' verbeterde Tom. 'En wortel twee klopt ook niet. De machine is lichtjes beschadigd.'

'Waarin ze niet verschilt van de meeste schepsels,' zei Judith.

Ze keilde het ding over de reling. Tollend, een vroeg herfstblad, stortte het neer. Op de keien spatte het uit elkaar. Niemand keek op.

Tom grinnikte. Hij keek Judith aan, haast achteloos. 'Heb je een sigaret voor me?' vroeg hij.

'Ik dacht dat jij met roken was gestopt, gisteren.'

Tom kneep zijn ogen dicht tegen de rook, die eerst om zijn hoofd cirkelde en daarna volkomen verticaal ten hemel steeg. 'Het staat zo cool, hè. Sigaret tussen de lippen, nonchalant leunend tegen een hagelwit stuk muur. Zo hoort men te staan voor het vuurpeloton onder de schroeiende zon.'

'Hier,' zei Judith, en ze reikte Tom haar zonnebril. 'Dat maakt het beeld compleet.'

Tom hoestte.

'Voorzichtig met die sigaret,' zei Judith.

Tom schaterde het uit, de Marlboro danste in zijn linkerhand. Hij bewonderde zichzelf in het kadertje zonlicht van Judiths zakspiegel. 'Niet meer nodig,' zei hij, 'dit soort waarschuwingen. Kwaad kan het niet meer. Je gaat maar één keer dood in je leven.'

'Da's waar,' zei Judith. Ze dacht even na. 'Het lijkt me een heel groot voordeel.'

'Het vervelende is: je ziet alles zo relatief. In het licht van de dood zijn de genietingen des levens futiel, dat spreekt. Dat je je in het aardse tranendal vastklampt aan de strohalm die chemische substanties en het fraaie lijf te bieden hebben, dat begrijp ik. Ik herinner het me – zij het vaag. Maar in deze eeuwigheid? Waar pijn uitgebannen is, verliezen pijnstillers hun relevantie. Het lichamelijke, lieve vriendin, lijkt me nu iets drukkends, zwaar en aards. Nu doorzie ik de vernuftigheid van de kerker, namelijk dat hij door begeerte wordt gevormd en dat de gevangene zelf het meest tot zijn gevangenschap bijdraagt.'

'Half verteerde filosofie, inderdaad.' Gillend stortte Tom ten tweede male de diepte in. '*Was fällt, soll man auch noch stoßen,*' zei Judith, en ze klopte haar handen af op haar jeans.

Kreunend sloeg Lichtenberg de ogen op. Hij was uit bed gevallen, het laken lag in witte wanorde om hem heen, uitgespreid als de vleugels van een grote dode duif – vooruit, een vlaag van overmoed: gehavende havik; of misschien gevelde arend? Allicht alleen maar het fotografische negatief van een vleermuis.

Een goed uitzicht had hij vanuit deze positie op de stapel boeken naast de werktafel. Toen hij begon, of althans toen het hem ernst werd, zo'n vijf jaar geleden, was de stapel laag geweest (een deeltje mechanica, een boek over klassieke filosofie, waaruit hij Wirtzheimer nagenoeg letterlijk had laten citeren; dat was het zo'n beetje). De stapel was geleidelijk in omvang toegenomen. Nietzsche. Kosmologie. Neurale netwerken. Romans waarvan hij hield; lijnen, strepen, sterren in de kantlijn. Plato, in het stuurse Nederlands van M.A. Schwartz. Boeken en boeken en boeken. De roman was onontkoombaar af. De uitdraai lag op tafel, harmonicagewijs gevouwen.

Het werd stilaan koud op de vloer. Lichtenberg stond op. Ging bij het raam staan. Zestig, zeventig meter lager raasde het ochtendverkeer, een dof gebrom dat een hels gedreun werd toen hij het raam opende. De bries waaide enkele bladen losse aantekeningen van tafel, ze zweefden naar de grond. Het Boek, de bladeren die door dunne papiervezels nog met elkaar verbonden waren, bleef liggen, al tuimelde de titelpagina om en bleef het tweede blad verticaal klapperen in de luchtstroom. Lichtenberg klom op de vensterbank. Hij sloeg het wapperende laken om de schouder. Het personage had de weg gewezen; nu was het de beurt aan de auteur. Die ene stap: over luttele seconden zou hij onherroepelijk uiteenspatten, de hersenen definitief bevrijd van de nutteloze kwelling van het klamme schedelbot.

Toms lichaam plofte hard op de kasseistenen, het spatte op de meest letterlijke wijze uit elkaar, het explodeerde in een wirwar van rondvliegende lappen vlees, fracties bot en kluwen haar. Hij viel vlak voor een student die op een broodje kauwde terwijl hij de voorpagina van de krant bekeek. Die schrok daar nogal van, die student. De impact was behoorlijk en hij zat onder het bloed. De student was verbolgen. 'Kun je niet uitkijken, schijtlijster!' riep hij uit, maar constateerde na de krant van voor zijn gezicht weggehaald te hebben dat Tom hem niet had begrepen. De achterkant van de krant zat onder een dikke brij bloed en hersenen. Ook het broodje zag er niet meer zo smakelijk uit. 'Jee-suhs!' Zijn krantje naar de maan, zijn broodje oneetbaar en zijn broek en jasje toe aan een dringend stomerijbezoek! De student smeet dagblad en voedsel bovenop het epicentrum van de inslag. Gelukkig zag hij tussen de smurrie een portefeuille liggen. Misschien bevatte deze voldoende restitutie voor de geleden schade. De student keek om zich heen, zag niemand aankomen, greep de portefeuille en vervolgde fluitend zijn weg, met één mouw de viezigheid van het leder vegend, en met de andere hand al graaiend in de ritselende bankbiljetten.

'Versjeesd!' brulde Hadrianus. Het extragrote extrastrong condoom was geklapt! 'Nee,' kreunde Ati. 'Hoera,' juichte de Bliksemsnelle Zaadcel en ze enterde het logge ei dat traag en lekker kwetsbaar de gang door kwam gezeild. Uiterst welkom werd de spermatozoïde tot de kern ingezogen. Meteen haakte het virus zich vast aan een passerende rode bloedcel.

Tom was nog maar net klaar met uitpuffen toen de Ceremoniemeester hem op de schouder klopte. De kerel kwam hem vaag bekend voor. Hij zat keurig in het zwarte pak, de baard was netjes gemillimeterd. Het stond beeldig bij de glanzende horentjes en het ene briljantje in zijn oor. 'Lichtenberg, om u te dienen,' boog de man. 'Blij u te ontmoeten, meester Tom.' Hij keek op zijn horloge en glimlachte. 'Helaas is de kennismaking van korte duur.' Zijn mes blikkerde, kordaat sneed hij Toms pasverworven vleugels af. 'Met die overbevolking daar beneden kunnen we het tempo van de zielsverhuizingen nauwelijks aan. Net heeft er weer een conceptie plaatsgegrepen. Neemt u uw vakantie een volgende keer maar op. Daar *gaat* u alweer, mijn zoon. Hier, uw parachute. Uw parachute. Uw para*chute*, meneer. Hé, kerel! Kom terug! Je vergeet je parachute; *hééééj*, kom TERUG!'

C.I.P. KONINKLIJKE BIBLIOTHEEK ALBERT I

Verhaeghen, Paul

Lichtenberg: Een roman, hoewel opgebouwd uit slechts twee vragen, toch verdeeld in dertien hoofdstukken / Paul Verhaeghen. – 2de druk. – Antwerpen: Manteau, 1997. – 272 p.; 22 cm.
ISBN 90-223-1399-9
Doelgroep: Proza
NUGI 300